読み継がれるアメリカ

「丘の上の町」の夢と悪夢

Handing the Torch: Reading Relay through American Culture

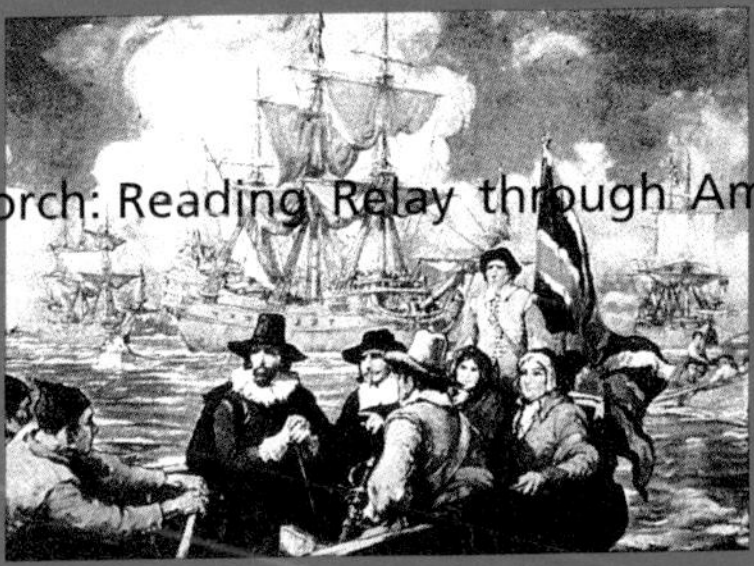

佐々木みよ子
+
土屋宏之
+
粂井輝子
編著

Edited by SASAKI Miyoko+
TSUCHIYA Hiroshi+
KUMEI Teruko

南雲堂

読み継がれるアメリカ　目次

II 先祖の地ヨーロッパへ

III 南部の陰りと再生

IV 「丘の上の町」の他者たち

V 江戸とフロンティアの笑い

読み継がれるアメリカ

「丘の上の町」の夢と悪夢

序章

アメリカ文化に見る封じ込め

土屋宏之

アメリカの建国と発展は三つの要素によって支えられてきた。一つは一六二〇年にメイフラワー号で渡ってきたピルグリム・ファーザーズ（巡礼始祖）とその後につづいたピューリタンたちで、彼らは中世からあったキリスト教の教区から離脱し、理想とする宗教の実践を目指し、旧約聖書の故事にちなんで、「シオン」あるいはエルサレムの「丘の上の町」の建設にはげんだ。息苦しい神権政治が何十年もつづき、清教徒の子孫たちの多くは脱落していったが、それでもハーヴァード大学や出版文化に見られる知的遺産が副産物として残された。二つ目は、一七七六年の独立宣言と一七八八年の憲法の成立で、啓蒙時代にふさわしい、自由・平等と政教分離がアメリカ建国と民主主義理念の中心となった。三つ目は、一八〇三年のルイジアナ購入と、一八四八年のメキシコ戦争後の領土拡張などの結果、太平洋までつづく広大なフロンティアが人びとに夢を与えた西漸運動である。しかしその過程において、先住民たちの多くが土地を奪われたあげく、白人のもたらした天然痘など免疫性が全くなかった伝染病の犠牲になり滅亡の一途をたどったことも周知の事実である。

これから、このようなアメリカの夢と理念がたどった発展とその裏側に生じたねじれとゆがみを文学作品と大衆文化を通して、「アメリカ文化に見る封じ込め」という観点から検証する。佐々木みよ子教授と白百合女子大学博士課程の院生たちが中心となって、コロキアムを発足させ、三名の教員も加わり、一九九九年春より毎月一人づつこのテーマに基づいて得意の分野での発表をつづけてきた。その研究成果が、佐々木教授の定年退職を記念して刊行される本書である。

アメリカ人のメンタリティー形成に果たしたピューリタニズムの影響は、家系と宗教教義において必ずしも直結していなくても、決して少なくはないので、ここでは、「ピューリタンの末裔」という名称を、幅広くアメリカ人全体に適用したい。ピューリタンの宗教的要素はやがては形骸化していったが、その間、世俗化した「丘の上の町」はテーマパークという形をとり、ピューリタンの末裔たちの心を捉えつづけていった。ラスベガス、ロスアラモス（原爆の開発）、ディズニーランド、マクドナルド系列店などでは、過酷と言えるほどの徹底したテーマの追求が行われていった。またアメリカ経済の繁栄の象徴となった世界貿易センタービルは、テロリズムの格好の標的にされてしまった。

第一部「ピューリタンの末裔たちのテーマパーク」で、上島順子は「消費社会のピューリタン――ウォートンの『無痛分娩』での「丘の上の町」は物質文明の恩恵により、苦しみや悲しみのない不老不死の楽園という形態を帯びてきた、と指摘する。一九二〇年代を背景に、文字通りピューリタンの末裔である中年女性ポーリーンは、義理の娘リタのお産を、「最も完璧な無痛分娩」とするために、消費文明の粋を集めた環境を整える。「人は苦しみのうちに出産しなければならないという、神の命令に逆らう冒瀆」を犯すことで、ポーリーンは「丘の上の町」の現在版ともいえる「現世の天国」に封じ込められていくが、すべてを見透かしている娘のノナには、それが地獄絵に思われる。消費文明が目指す「現世の天国」こそ「プロテスタンティズムの資本主義精神」が行き着いた場だが、そこでは宗教は形骸化しても、テーマパーク的要素だけは健在であった。

土屋宏之は、「西部劇の『木箱』」で住居、教会、酒場、棺桶、馬車およびそれらの集合体である町や砦に、無限の荒野へのアンチテーゼを見いだす。このような「木箱」は自然の猛威からの避難所となる一方で、それぞれが表象する価値観はその中に人を封じ込めてしまう。また町はしばしば独自の価値観が主張される劇場的空間となる。『駅馬車』では「愚者の町」から「神の町」への旅が描かれていて、最終目的地に到着するや、登場人物の社会的地位が反転する。『荒野の決闘』の実在の町トゥームストンは文字通り「墓石の町」で、賭博師のドク・ホリデーと酒場の女チワワは、町の浄化の過程において命を失うが、それは曖昧さを嫌うピューリタンの倫理観が彼らの存在を許さなかったからであろう。また『真昼の決闘』のハドリヴィルは、清教徒の末裔たちにふさわしい「偽善者の町」であるが、物語の普遍性を強調するあまり、地理的な具体性は希薄にされている。

大木理恵子は、ウォルト・ディズニーによっていわば再構築された「丘の上の町」とも言えるディズニーランドでは、世俗的空間と聖域との境界線がどのように機能しているかを、「抱く聖像からクリックするアイコンへ――ディズニーランドにおける『結界』の崩壊」という表題の下に四十数年の歴史を通して解明する。メイフラワー号を彷彿とさせる「巡礼」たちが目指す「魔法の国」の周辺には有形無形の柵が取りつけられているが、そのような「結界」を巡らすことに、ディズニーは多大な情熱を燃やしていたのである。

西漸運動がアメリカ文明史の主流をなしている一方で、ヨーロッパ志向性も常に存在していた。アメリカ小説の一つのジャンルとなっている、先祖の足跡をたどりながら現在の自分を知る究極の過程とは、ヨーロッパに向かうことである。このような逆戻りのプロセスを経て、アメリカとアメリカ人の定義や本質が、第二部「先祖の地ヨーロッパへ」で論じられている。

伊藤美香は「近代消費社会のフォーチューン・ハンター」で、『ある婦人の肖像』を取りあげ、作者のヘンリー・ジェームズがたくみに描き上げた、庭園という空間を比喩として、ヒロインのアメリカ娘イサベルの精神の成長過程を探究している。財産目的の結婚の犠牲になったイサベルが、広い視野が開けていた庭園から、牢獄のような景色が閉ざされた建物の中に閉じ込められる描写に、彼女の運命の暗転が見られる。イザベルは罠にかけられた衝動的体験を経て、書物からだけでは達成できなかった内的な成熟をなす。一方で加害者のオズモンドから見れば、狩りの妙技は獲物を仕留めるかわりに、被害者自らの意思で罠の中に追い込むことであり、そのように巧妙な技法が必要とされるフォーチューン・ハンターこそが、人類の最も古い職業の一つである狩りうどの現在版である、という解釈がなされている。

太田紀子が、「ヘンリー・ジェイムズの旧世界巡礼者たち」で取り上げた二つの初期の作品、『アメリカ人』と『ある婦人の肖像』の主人公ニューマンとイサベルはともに「自己中心の自我」を持ち、自分の知る世界の中だけで自己充足していくが、二人とも困難を乗り越えて自己の成熟と向上を達成する。自我の発露を封じ込めるような社会的束縛から、若くて未熟なイサベルは常に自己を解き放ってきたが、成熟したあと、この不幸な結婚に閉じ込められてしまった我が身を、彼女はなぜ解放しようとはしなかったのかの理由が、「社会的自我」の理解を通して解明されていく。

鵜沢文子の「『慶ばしい空間』を求めて――ウィラ・キャザーの『私たちの一人』」では、開拓時代が終焉して久しい、十九世紀末に生まれてきたために、主人公のクロードにとっての「慶ばしい空間」はもはや存在してはいなかった。それでも、執拗に自分にふさわしい「空間」を探し求めたクロードは、それを意外な場所に見いだす。不本意にも、全く自分には不向きな時代と場所に生を受けたが、せめて死に場所ぐらい自由意思で選びたいという、主人公の無意識レベルの決意は、あまり知られてはいないが、当時の風潮を反映しているという指摘がなされている。母親に愛想をつかし、妻ともぎくしゃくしていた主人公が始めて青春を謳歌することができたのは、第一次大戦下のフランスであったのは皮肉なことと言えよう。


第三部「南部の陰りと再生」では、建国の理念に逆行する奴隷制度が廃止されるきっかけなった南北戦争以前から、二十世紀半ばに至る南部を背景に生じていったゆがみと矛盾の本質とそれらの是正へのメカニズムの働きが、十九世紀と二十世紀の作家たちの観点から、三人三様に多角的に論じられている。

瀧岡啓子は、「ミシシッピを超えて――『ハック・フィン』から『四十四号』へのトウェインの旅」で、いわばトウェインとともにする旅のモティーフを通して、黒人への偏見という人間性「封じ込め」からの解放が求められていく。偏見や偏狭に囚われている社会を改革するには、そのしきたりに浸っているトム・ソーヤーではなく、全身全霊で判断し行動するハックに、思いを託していくトウェインの意識の変化が、ハックの逃亡奴隷ジムとの旅の過程に投影されていく。また偏見などを払拭するために必要な、衝撃的体験を得るために、その担い手として、トウェインは「四十四号」という大宇宙を体現しているかのような英雄をサタン一家の出身として創造し、その辛辣な洞察力と諧謔で読者を魅了し啓蒙する。

三橋恭子は、「自己探究の始まり——『冷血』以前のカポーティ」で自己呪縛の中に封じ込められ、そこから抜け出せない現代人の普遍的苦悩を、カポーティの複数の長編と短編を通して浮き彫りにする。まず、雪に閉じ込められたニューヨーク市の映画館とアパートで、少女時代の自分に出会う初老の婦人の心の揺れを描いた「ミリアム」から、女子大生の夜行列車での、不気味な男女との遭遇に触れた「夜の樹」などを経て、深南部を背景とする作品へとじょじょに移行していく。『遠い国　遠い部屋』は、主人公の対話を通し他者の存在を始めて認識する過程に、また『草の竪琴』では南部再生の希望が託されている樹上の家などに象徴される愛の連帯に、幾分かの救いが見いだされる。想像力が『冷血』の執筆で枯渇してしまう以前のこれらの作品にこそ、カポーティの神髄がみなぎっている。

中村恭子は、「堕落から目覚めへ——フラナリー・オコナーの南部」で、南北戦争後、いわば楽園を追放されることで、力と生命の限界に目覚めた南部人たちは、神の存在も見失いかけていった。しかし、オコナーにとっては神は確実に存在しているが、神との出会いは、悪魔的な出来事の裏に隠されている、神秘を見抜く感覚が与えられて始めて達成される。そのような南部の特異性を、オコナーは『賢い血』ではイーノックとヘイゼルの「神秘を察知する感覚」を通し描き上げる。また現状認識を自己満足と過去への郷愁の中に封じ込めてしまった複数の中高年女性たちの三つの短編における回心の軌跡と再生の神秘がヴァイオレンスの効果的なイメージを通して描写されている。

第四部「『丘の上の町』の他者たち」では、ピューリタン世界の枠外におかれた、いわゆるＷＡＳＰ（白人、アングロサクソン、プロテスタント）のいずれの文字とも符合しないが、人間の尊厳を保ちながら生存を果たす、日系の一世と二世の姿や、ＷＡＳＰの一部の条件は満たしているが、長年その仲間入りが果たせなかった、アイルランド系移民たちの生き方と、先祖の国と合衆国の狭間で複雑に絡み合う忠誠心などが、俳句、川柳、短編小説などに手がかりを求めながら検証されていく。

川崎友絵は、「日系人の心の闇――ヒサエ・ヤマモトの短編集を読む」で日系女性は複合的なアイデンティティーを有することから、複合的差別にさらされていた事実を、ヤマモトの代表作とされる三つの短編小説、「十七文字」、「ヨネコの地震」、「ササガワラさんの伝説」を通して伝達する。家庭や収容所での「封じ込め」の加害者ともいえる、一世の男性たちをただ単に糾弾する前に、日系社会を取り巻くアメリカの白人男性を中心とする政治や社会の要因をも含めて多角的に考察する。このようなヤマモトの姿勢は、多文化主義の中で、「物言わぬ集団」の一人一人の声を掘り起こすことで、「封じ込め」の中の加害者、被害者の双方の傷を癒すことを可能としたと、川崎は指摘する。

アメリカは移民の国であるが、移民がどのような思いでアメリカを築いてきたかについては、移民指導者の記録を通して、あるいは第二世代、第三世代の英語を媒体として語られてきた。

粂井輝子は「『唇を噛んで試練へ血を誇り』――川柳が詠むアメリカ強制収容所」で、川柳の持つ庶民性と即時性に着目し、移民の母語による文芸活動を掘り起こしている。サンタアニタ仮収容所で「馬小舎川柳」を詠むことを通して、アメリカでの「青雲の志」を実現しようとした日本人移民が収容所に「封じ込め」られたときの思い出をたどっている。「馬小舎川柳」は、共同体崩壊と馬と同列に扱われる屈辱を越えて、共同体意識が再生強化されていく過程が読み取れると、粂井は論じる。

栩木伸明は、「アイリッシュ・カウボーイと分裂した夢想のアメリカ――ジョン・モンタギューの『オクラホマ・キッド』を読む」で、移民たちの歴史は、個人の記憶であるとともに、エスニシティーの記憶でもあると述べている。「息子が語る父の移民物語」は、アイルランド共和国独立後の複雑な事情で渡米してきた世代の人たちの個人史である。自伝的短編小説「オクラホマ・キッド」では、アイルランドに引き返した少年が、いまだ空想の中でアメリカ西部の荒野をさまよっている。逆移民の少年が想像するアメリカは、またブルックリンとワイルドウエストに分かれている。前者が不在の父と少年の「前世」を表しているのとは対照的に、後者は自分の魂を住まわせる神聖な場所として描かれ、そこには、二重のエグザイルとしてのモンタギューの世代の複雑な姿勢が反映されている。

第五部「江戸とフロンティアの笑い」では、江戸落語の爛熟期と同時代のフロンティアとの比較において、江戸が大都会でアメリカ（辺境が対象となっているので当然ではあるが）が田舎という前提が、従来の村型共同体の日本と洗練された都市型のアメリカといった紋切型を反転させている。「日米の悪態くらべ――江戸落語とフロンティアの法螺」では、腕力や武器を使用しての実力行使のかわりに、頭を使って言葉を武器に相手をやりこめる決着のつけかたを取ることで、佐々木みよ子は、その段階で笑いが生じる限り、悪態をつくことも一つの立派な文化の形成につながる、と指摘する。つまり心理的に封じ込められてしまうような場合でも、ユーモアが生じる余裕があれば、相手の本意が理解できることもある。

十九世紀前半太平洋の両岸、日本と北米大陸で発生し進展した庶民話を比較すると、共通するところは発話者が平民であること、自慢による自己の格上げと、相手をけなす格下げの発話（つまり悪態）が、海の彼方の日本は江戸という大都市文化の所産であったが、アメリカでは、広大な荒野で西漸運動をつづける、主としてヨーロッパからの白人移民たちの、いわば村文化の所産であったことである。

アメリカ文明史を、頭脳にたとえるなら、独立戦争の記憶よりもさらに古い皮質に、ピューリタンの最盛期が見られるが、第一部では、二十世紀までには世俗化していった彼らの「丘の上の町」の発想が、様々な形態を取りながらも、それぞれのテーマの追求を通して機能していく様子が描かれている。

第二部では現状からも、終息しつつあった西漸運動からも充足感を得られなかった主人公たちが、先祖の地ヨーロッパ既存の「丘の上の町」で見いだしたものは果して夢か悪夢か、に多様な解釈がなされる。

第三部での、公民権の法制化（一九六四年）以前の南部での「陰り」と「再生」への期待と兆しが、歴史の流れを微妙に反映して描かれている。黒人も、第四部の日系もともに、古い「皮相」の「丘の上の町」からも、より新しい「皮相」の領域を占める建国の理念からも見放されてきた。奴隷制度に反対してきた、リンカーン大統領やストウ夫人ですら、黒人と同じ共同体で暮らすつもりなど毛頭なかった。州や河川にアメリカ先住民の名称が、また南西部にヒスパニック系の地名が多く見いだされる一方で、同じ少数民族でもアフリカ系の地名などがほぼ皆無である背景には、歴史のルーツ抹消の罪と悲劇が痛感される。

第五部では、フロンティアの彼方に横たわる太平洋の向こう側には、それなりに磨きがかかった大都市文化が存在していて、庶民レベルでアメリカのカウターパートと太刀打ちできた点が、東の果ての大西洋の彼方を対象にした、ヘンリー・ジェイムズの作品などとも共通する比較文化の基盤を提供している。

本書の刊行で、若い学究たちの研究成果がこのように結実できたのは、長年にわたる佐々木みよ子教授の温かい指導と力添えに寄与するところが多い。またこの論集が、アメリカ文学・文化研究の広がりと深みに、わずかでも貢献できれば幸いである。

二〇〇一年十一月記

I

ピューリタンの末裔たちのテーマパーク

1 消費社会のピューリタン

ウォートンの『無痛分娩』

上島順子

はじめに

イーディス・ウォートンの『無痛分娩』(*Twilight Sleep*, 1927)[1]は、一九二〇年代のニューヨーク社交界に出現した極端な消費社会を舞台に、消費活動と宗教の衝突を描いた異色の作品である。

この衝突をウォートンは正反対の母娘の姿に描き込んでいる。母親のポーリーンはこの消費社会を牛耳る新興成金であり、消費活動に邁進している。一方、娘のノナはジャズ・エイジに属しながらも、非常に禁欲的である。

この一見、共通点がないように思われる親子に、ウォートンは同じ資質を与えている。それはピューリタンの遺産である。ウォートンは禁欲的なノナのことを「小さなピューリタン」(Singley, 106) と呼ぶだけでなく、作品の結末部分でポーリーンに残された「唯一の確固たる性質」を「昔ながらのピューリタンの恐怖」（TS, 315）として取り上げ、ポーリーンもピューリタンの末裔であることを強調している。

1　ポーリーンの場合

ポーリーンと「末人たち」

あらゆる痛みや苦しみを避け、社交に興じるポーリーンは、一見いかなるピューリタン像ともかけ離れた存在に見える。しかし、ヴェーバーが『プロテスタンティズムの倫理と資本主義の精神』の中で取り上げた「末人たち」（Weber, 366）の姿は、彼女と合致している。

ヴェーバーはこの有名な論文の中で、プロテスタントの信仰に支えられた禁欲の精神が、資本主義経済を成り立たせている「強力な秩序界」を造りだす原動力となったことを論証している。しかし資本主義社会の成立に一役買った宗教心は、その社会が発展するに連れて形骸化してしまった。彼はこの論の最後に「末人たち」を取り上げているが、この「末人たち」とは、宗教心を失ってもなおこの強力な秩序に支配され、ただ黙々と資本主義経済がもたらす豊かさを追うことに喜びを見出している人間である。ヴェーバーは彼らを「精神のない専門家、心情のない享楽人」（Weber, 366）と言い換えている。彼はこのような人間を資本主義を発展させたプロテスタントの最後の姿として予見したのであった。

一方、ウォートンの『無痛分娩』はこのヴェーバーの主張の穴を埋めている。彼女はポーリーンの消費活動を描き、それがいかに健全な宗教心と矛盾するものであるのかを示すことで、資本主義経済とそれに付随する消費社会においては、伝統的な宗教が衰退せざるをえないということを浮き彫りにしている。

ポーリーンの楽園

では莫大な金を背景に、最新技術や贅沢品を次々に獲得していく消費活動は、人々の生活をどのように変え、その宗教観を歪めて行ったのか。リーチは消費活動が「痛みや苦しみを免れた天国」、「変身」、「自由」、「時間における新たな永遠」(Leach, 149) を人々に与えたと指摘している。ポーリーンもまさにこれらのものを追い求めており、作中、「人間の当然の宿命」(*TS*, 98) に立ち向かう「英雄的」(*TS*, 160) な人物とされている。

ポーリーンはこの消費活動を通し、ニューヨークの自宅や田舎の邸宅、社交の場に地上の楽園を築き上げている。その楽園はそれまでの人間を封じ込めてきた、あらゆる限界から人々を解き放ち、彼らを神に近い存在にまで格上げしている。

この楽園はまず、人々を時空の法則から解き放っている。中でもポーリーンの田舎の邸宅は特徴的である。蛇口をひねれば即座にお湯の出てくる風呂。ボタン一つで家中の人間が集まり、数分で消防車が飛んで来る警報装置。一部屋に一台備えつけられた電話。季節に関係なく楽しめる温室の花や果物。温水プール。日本庭園をはじめ、世界各地の特徴を組み合わせて作られた庭。ここでは人々はどんな時でも即座に望むものを手に入れることができる。

またこの楽園は肉体を持っていることで生じる、死や病、痛み、そして加齢といった苦しみを人々から遠ざけている。ポーリーンはレントゲンを初めとする、費用の掛かる最新医療で死や病、苦痛を取り除こうとするだけでなく、掃除や消毒によって家中から細菌を追い出し、空気を入れ換え、健康を保とうとする。また、「エレベーター」(*TS*, 69) や「シルクのカバーやレースのクッション」(*TS*, 261) などで快適な暮らしを演出し、疲労感を初めとする、あらゆる身体的な不快感を取り除こうとする。そしてしわ取り治療やマッサージ、体操によって、加齢をも拒否しているのである。

このような消費生活は人々の感覚に二つの作用をもたらしている。この作用は離婚と博愛主義を金持ちの間に蔓延させた。まず、人々は変化を当然のものと感じるようになっている。それどころか、変化を積極的に求めるようになっている。次々と魅力的な商品が提示される消費社会の中で、人々は新しいものを購入することが、常により豊で安楽な生活を保障してくれると確信するようになった。また資本主義の発展に伴い、社交界の担い手が保守的な旧家から成り上がりの新興階級に移行したことも、変化に対する社交界の意識を変えている。それにより、十九世紀末のニューヨーク社交界ではタブーとされていた離婚が、当たり前のものとなっている。ノナの世代では、離婚しないことが珍しい程で、結婚二年目のノナの兄夫婦は「結婚生活という流砂の中に定着したランドマーク」(*TS*, 17)と見なされている。

次に、死や痛みが消費活動によって遠ざけられたことで、人々はそのようなものに対する免疫を無くしている。そしてその存在が仄めかされる度に、恐怖を感じ、それを駆逐しようとしている。ウォートンはこの恐怖と不安に駆られた行為をポーリーン世代の女たちの間に蔓延した博愛主義的な行動と結び付けている。彼女たちは博愛主義によって全ての人の生活から死や痛みを仄めかすものを消し去ろうとしている。

新興成金の消費社会で大流行した、離婚と博愛主義というこれらの二つの現象が、もう一つの限界から人々を解放している。ポーリーンは離婚の有無が人々の生活に与える影響を次のように考えている。「貯蔵室のように決まった間隔で人々の生活を消毒し、白く塗り直す代わりに、離婚を認めず、あらゆる種類の家庭内の悪を腐敗させる社会組織ほど、衝撃的なものはない。」(*TS*, 22)また、ポーリーンの夫のディクスターは博愛主義を「何の助力も受けない自然の光の元にいる時よりも、より清らかで、より強く、より健康で、より幸せになることをあらゆる人に強いる」(*TS*, 162)ものと捉えている。つまり、離婚と博愛は人々に精神の解放をもたらしている。これらのものは道徳面においても人々の前から悪の存在を消し去り、彼らを過去の過ちから解放し、人生を清める力を与えたのである。

ウォートンは、このように人間がその限界を超越し、それまでの神との関係を破壊してしまった象徴として、出産を取り上げている。ポーリーンは出産に対する信念を次のように表明する。

もちろんどんな痛みもあってはいけないわ。美しいもの以外あってはいけないのよ。赤ちゃんを産むということはこの世で最も愛らしく、詩的なことの一つであるべきですもの。(*TS*, 18)

この信念は作品のタイトルにもなっている「無痛分娩」によって実現されている。彼女は義理の娘のリタのお産を「最も完璧な無痛分娩」(*TS*, 18) にするため、単に薬で痛みを和らげようとするだけでなく、田舎に豪華なスイートルームを用意し、その部屋を春の花や温室の果物、最新の小説や写真雑誌で満たしている。このように受け身で快適な妊娠期間を過ごし、麻酔で寝ている間に出産することで、リタは麻酔から覚めた時、彼女の妊娠生活を満たした多くの美しいものや気晴らしの最後の一つとして子供を見出すのである。キロランはこの「無痛分娩」を取り上げ、「人は苦しみのうちに出産しなければならないという神の命令に逆らう冒瀆の形、一種の現世の天国をポーリーンは造り上げようとしている」(Killoran, 113) と評している。つまり「無痛分娩」によってウォートンは原罪すら取り除かれた現世の楽園を暗示しているのである。[2]

現世と神への信頼

このように消費活動によって築かれたポーリーンの楽園は、それまでの人間を縛っていた三つの限界、即ち時空、肉体、精神の封じ込めから人々を解放している。それは神と被造物という関係を否定する、冒瀆の楽園である。しかしポーリーンを初め、この楽園に属する多くの人間にとって、それは冒瀆の世界とは受け止められていない。この楽園での経験は、却って現世と現世を造りだした神に対する盲目的な信頼感を人々に付与している。

リーチは人々が何の疑念も抱かずに、消費活動に邁進する理由を「生産の世界と消費の世界の分離」(Leach, 147) に求めている。彼は「店舗経営は組織的に売り場からきつい仕事の全ての痕跡を取り除く」(Leach, 147) と指摘している。そしてこのような消費と生産の分離こそ、消費社会の人間の感覚を狂わせるとする。

ポーリーンたちの現世信仰も、このような分離の中で生まれている。ポーリーンの楽園の背景には、膨大な金によって得られる最新の技術、専門家、使用人の労力が欠かせない。しかしポーリーンはこれらの労力や最新技術のからくりが、楽園の表面から見えなくなることを望んでいる。ポーリーンは田舎の邸宅の美点を次のように評価する。

> その美点は全てがいとも簡単になされたように見えるところにある。セダレッジでの慎ましい生活が、微笑んでいるその作り手に、ニューヨークの社交シーズン以上の手間をかけるということに、無頓着な観察者は考えも及ばないだろう。
>
> (*TS*, 222)

つまりモノを獲得する苦労が消されてしまったことで、ポーリーンの楽園の人々は蛇口をひねればお湯が出てくるように、全てが容易に満たされていることを当然とする幻想の中に生きている。その快適な日常生活の中で、彼らは非常に都合の良い世界観を身につけてしまった。

この楽園の作り手であるポーリーンすら、この幻想に捕らわれている。彼女はその楽園を築くために多くの労力を費やしてはいるが、結局最も手間の掛かる部分には、手をつけていない。こと実務の面となると、「続けざまの電話で細く鋭くなったように思われる声」（*TS*, 9）のブラスが常にポーリーンの側に控え、結婚もせずに全ての雑事をこなしている。

このように快適な世界が造り上げられる過程が、それを享受する人間から隠されることで、ポーリーンの楽園に訪れる人々はポーリーンの「安楽でバラ色の世界」（*TS*, 66）を「単純」で「即興的」で「原始的」（*TS*, 222）なものとして受け入れている。それは決して神の意図に逆らって作られた冒瀆の楽園ではなく、「創造主が意図した」（*TS*, 65）世界として彼らの前に繰り広げられているのである。そしてこの世界が人々の目にそのように映ることで、幻想の作り手であるポーリーンもその世界を当然のものと信じ込むことができる。

ウォートンが『無痛分娩』に描き上げたこのような消費社会においては、もはやそれまでの宗教は必要ない。人生が辛苦に満ちたものではなくなったのと同時に、死は来世への希望を意味しなくなっている。死はこの世で築き上げてきた楽園からの失墜に他ならない。そのため、ポーリーンたちの幸せは、消費活動によって現世に作られた幻想の楽園を信じ込むという、ただ一点にかかっており、彼女たちはこの確信を補強してくれるものを常に求めている。

車輪の中で走るリス

しかしウォートンはこの幻想の世界が孕む矛盾と危うさを取り上げ、ポーリーンたちの現世に対する信仰が、いかに馬鹿げたものであるのかを描出している。自分の身の回りのものがどのような過程を経て、そこに存在しているのかということを無視した生き方は、ポーリーンたちに「万能薬」（*TS*, 51）の存在を信じさせている。彼女たちは蛇口をひねればお湯が出てくるのと同じように、ゴルフをすれば、ビジネスマンのストレスが解消されると信じて疑わない。そしてこのような感覚で多くのものを取り入れていくことで、その世界は矛盾したものとなっている。

物事の成り立ちを見ていないポーリーンは、問題が起こってもその原因を決して見直そうとしない。それよりも新たな「万能薬」を取り入れることでその問題をかき消そうとする。例えば彼女はエレベーターに乗って階段を使わないことでついた脂肪を運動の時間を設けることで落とそうとするのである。つまり彼女の生活は正反対の矛盾するものを取り入れていくことで、バランスを保っている。

このような形で多くのものを取り込んでいくポーリーンの楽園は、まったく逆の方向を向いた多様な改善の努力が、全体としては調和すると信じることで成り立っている。しかし結局ポーリーンの生活には一貫性がなく、何の関連もないか、異なる性質のものが連なり、目まぐるしく移り変わっていくものとして描かれている。

7:30　精神の高揚　　　8:15　料理人に会う
7:45　朝食　　　　　　8:30　黙禱
8:00　精神分析　　　　8:45　フェイシャル・マッサージ

9:00　ペルシャの細密画を持参する人
9:15　文通
9:30　マニキュア
9:45　リズム体操
10:00　髪にウェーブをかける
10:15　胸像のモデル
10:30　母の集いの代表を向かえる
11:00　ダンスのレッスン
11:30　産児制限委員会

（*TS*, 9–10）

以上がブラスによって記入された、ある朝のポーリーンの予定表である。そこには彼女の日々のスケジュールがはみ出さんばかりに書き込まれ、十五分間隔で分断されている。そのため娘のノナがポーリーンに会おうとしても入り込む隙間はない。彼女の楽園は一見、時間や距離の束縛や苦しみから人々を解放したように思われるが、実際は様々な活動に人々を縛り付けている。彼女の予定表は、人間が結局、一つの肉体と人生に囚われており、その許容量には限界があることを露呈している。またウォートンは、皆がこのような形で時間に追われ、様々な場所に行こうとすることで、その流れが衝突しあい、ニューヨークの町が大渋滞になっていることをさりげなく描き、空間の限界をも示している。

つまり、あらゆる限界から人々を解放するように思われた消費社会は、新しいやり方で人々を封じ込めている。この社会では、それぞれの活動が有機的につながっておらず、深みのある一つの結果にたどり着くことがない。それは終わりのない、永遠の活動に人々を誘う世界である。人々の生活は、猛スピードで移り変わる、多様な活動の連続によって支配されている。ウォートンはこのポーリーンの消費活動を車輪の中で走り続けるリスの姿に例えている。

このような目まぐるしく、一貫性のない生活は、結局ポーリーンから精神の自由をも奪っている。彼女は常にストレスに押しつぶされそうになりながら、「ポーリーン、心配しないの。この世に心配することなんて何にもないのよ」（*TS*, 176）と自分に言い聞かせている。そして彼女の現世への信仰を補強してくれる宗教を手当たり次第に求めているのである。彼女が信じる宗教の基準は非常に浅はかである。ポーリーンは「聖なるエクスタシー」（*TS*, 23）といわれる運動で彼女の頑固なお尻の肉を取り除いたとか、科学的なしわ取り治療を行う新興宗教の教理に過大な信頼を寄せている。彼女はまるで健康食品を選ぶかのような気軽さで入信し、次々と宗派を変えていくだけでなく、あらゆる宗派の代表を同じパーティーに招くことに何の抵抗も感じない。

ウォートンが『無痛分娩』の中で描き出した消費社会は、モノによって、苦しみや悲しみのない不老不死の楽園を現世にもたらした。しかしその楽園は結局、幻想である。さらにその世界を満たすモノは関連のない同士が並列的に連なっているだけで、深まることがない。この楽天的な現世主義の中で、宗教すらも一つの消費の対象となっていくのである。

2 ノナの場合

ノナの懐疑

消費社会に辟易していたウォートンは、その社会の象徴的な人間として、ポーリーンをこのような形で造形した。しかしその一方で、娘のノナには深刻なテーマを付与している。それは消費社会に生きる人間が、来世に宗教的な救いを求められるのかという問題である。このテーマは全く時代の異なるものではあるが、彼女の「一番のお気に入り」(Lewis, 111) であった、ゲーテの『ファウスト』のテーマとつながっている。

ファウストはこの世のありとあらゆるものを体験することで、この世界を理解し、掌握したいという強い欲望を持つ。そのためには悪魔とすら手を結ぶ。ファウストの行為は来世への軽視と徹底した現世主義に彩られている。しかしあらゆることを経験したファウストは、結局全てを手中に収めようという野望を断念し、この世においては具体的な仕事に邁進することこそ意義があると気付く。ゲーテは現世での生が断念を伴うと分かったファウストの究極の救いをキリスト教の神の救いに求めている。

このテーマをヴェーバーも『プロテスタンティズムの倫理と資本主義の精神』において取り上げ、次のように言っている。

> 近代の職業労働が禁欲的性格を帯びているという考えは、決して新しいものではない。専門の仕事への専念と、それに伴うファウスト的な人間の全面性からの断念は、現今の世界ではすべての価値ある行為の前提であって、したがって「業績」と「断念」は今日ではどうしても切り離し得ないものとなっている。
>
> (Weber, 364)(傍点筆者)

ヴェーバーはファウストを引き合いに出すことで、資本主義社会においては効率的な分業が不可欠で、個人は世界の全体を鳥瞰することなく、割り当てられた役割に勤しむことを求められると主張しているのである。

しかし資本主義とは切り離すことのできない消費社会において、個人はこの「全面性」を回復することができると、ウォートンはポーリーン通し、示唆している。進歩という名の下に、多様な発展を遂げたあらゆる概念、あらゆる製品がポーリーンの楽園には集められている。そのためこの楽園は全世界を凝縮した一種の小宇宙と言うことができる。これを所有することで、ポーリーンはヴェーバーの言う「全面性」を手にしているのである。

一方、ノナはポーリーンの「全面性」に懐疑的である。ポーリーンは、同じ時期に母親の集いと産児制限委員会の双方で演説しているが、ノナはその行動の矛盾点をつくことで、ポーリーンの「全面性」を崩壊させようとしている。ポーリーンは単に多様なものを並列的に置くことで、どんなものでも最終的には「より高度な調和」(*TS*, 123) の中で結びつくという、幻想を抱いているに過ぎない。ノナはこの調和に疑問を呈することで、消費という共通点によってのみ結びついたポーリーンの「全面性」の危うさを指摘している。

このように消費社会がもたらす「全面性」に対して否定的なノナに、ウォートンはいかなるテーマを描き込んだのか。彼女はノナの苦しみを描写し、「全面性」を求めることが不可能であると気付いた人間が、消費社会の中でどのような断念を強いられるのか、また彼らにはどのような救いが用意されているのかということを明らかにしようと試みている。

一八八〇年代と一九二〇年代に見る断念の形

ウォートンは『無痛分娩』に限らず、アメリカ社会、特にニューヨーク社交界を人間に「全面性」を付与する場として描いている。その中で主人公たちはしばしばその「全面性」の歪みに落ち込み、断念を強いられている。ウォートンの傑作として名高い『無垢の時代』(*The Age of Innocence*, 1920)[3] もそんな作品の一つである。ここでは一八八〇年代を取り上げたこの『無垢の時代』と一九二〇年代を舞台とした『無痛分娩』を比較し、ノナの断念の持つ、消費社会ゆえの特徴を探ってみたい。

ポーリーンの社交界が消費活動によって人間のあらゆる限界に挑戦する楽園であるならば、『無垢の時代』に描かれた一八八〇年代のニューヨーク社交界は、金と暇を持て余す有閑階級の人間が倫理的な無垢を保てる楽園である。この社交界もポーリーンの楽園と同じように禁欲と秩序というピューリタンの特徴を受け継いでいる。この特徴は作中、ヨーロッパのカトリック国の社交界のものと対比され、強調されている。

ではこの二つの宗派の違いとは何か。ヴェーバーによると、禁欲的で秩序だった生活をもともと実践していたのは、カトリックの修道僧である。しかしカトリックの一般信徒たちは懺悔によって罪が許されるため、倫理的な一貫性を厳しく求められることがなかった。彼らは比較的、天衣無縫に生きている。それに対し、プロテスタントは世俗の生活に修道院のような秩序と禁欲を持込み、世俗の生活にも倫理的な一貫性を持たせようとした。

このような宗派の違いを反映し、『無垢の時代』のニューヨーク社交界の人々は、ヨーロッパのカトリック国の社交界を不合理で罪に満ちたものと見なし、特にその結婚制度を批判している。政略結婚が横行し、離婚の許されないカトリック国の社交界では、結婚は不満を抱きながらも、妥協せざるをえない状況に人々を追いやる社会制度であり、頽廃的な娯楽に溢れた「フランスの日曜日」(*AI*, 106) はそのような人々を骨抜きにし、不倫などの罪に誘い込むものであると彼らは考えた。

それに対し、当時のニューヨーク社交界は、新興成金の侵入を許す前の保守的な社交界であり、あらゆる誘惑や例外を遮断している。そしてその狭い社会の中に存在する全ての現象を「然るべきことかそうでないこと」(*AI*, 24) に分類し、社会の中から倫理的な曖昧さを駆逐している。

このように明確な一つの価値観によって秩序立てられた世界は、その価値観に精通する人間に全知の感覚を与えている。この社会の中で彼らが複雑で特異な状況に巻き込まれることは皆無に近く、柔軟な見方を持たなくても、「然るべきことかそうでないこと」という、因習的で単純な価値観を適用することで、全ての問題に対処することができた。

『無垢の時代』には二人のヒロインが登場するが、その一人、メイはニューヨーク社交界が三代かかってようやく造り出した「社会制度の産物」(*AI*, 42) である。彼女はこの社会の秩序の象徴であり、因習的な「公民道徳のポーズを取るために選ばれた」(*AI*, 159) かのような無垢の化身である。この象徴的な人物は「誰か他の人に対する誤った、不公平な扱いによって幸せになるなんてできないわ。」(*AI*, 126) と主張し、その寛大さで主人公のアーチャーを感動させるが、その美徳はいかなる経験にも磨かれていない。メイはその潔癖な倫理観に沿った行動を常に実践しているが、それは例外を排除することによって保たれた、ニューヨーク社交界の秩序の中でのみ可能な生き方である。彼女はこの秩序の永続性を信じ、「どんな椿事も起こるはずがない」と確信しているが、それはその秩序から外れたものに対する無知によってもたらされた確信に過ぎない。

このメイの世界を脅かすのが、不合理で罪にまみれたヨーロッパの社交界から舞い戻ってきた、もう一人のヒロイン、エレンの離婚問題である。エレンはニューヨーク社交界とは異なり、物事が単純化されていないヨーロッパ社交界の中で、自分の気持ちに誠実に生きてきた。彼女はメイのように明確な倫理観に守られていないため、時として刹那的な生き方に走るが、彼女の倫理観はヨーロッパの複雑な男女関係の中で磨かれている。

このエレンの離婚問題に弁護士として携わることで、アーチャーはニューヨークの単純な価値観では推し量ることのできない世界の存在に目覚めている。アーチャーはメイと婚約し、後には結婚に至るが、一方で、独自の価値観を磨いてきたエレンに惹かれていく。

アーチャーはこの三角関係の中で、エレンとの恋愛を選び、自分自身に対する誠実さを貫くか、それとも自分の心を偽ってでも、妻の幸せを守るべきか、葛藤している。この葛藤により、彼はある基準によって正しいとされる行為が罪や苦しみを生み出しうるという、現実の複雑さに開眼する。彼はエレンとメイのどちらを選んでも、その選択が自分自身や他人に対する不誠実、良心の呵責、犠牲を伴うということ、そして全てが調和し、丸く収まる解決策など彼の問題には存在しないということに気づき、苦しむ。結局アーチャーはエレンとの恋愛を諦めている。ウォートンはこのように一人の人間の倫理観が矛盾をきたす状況とその結末を示すことで、秩序や一貫性を保てず、犠牲や断念を強いる複雑な現実を明らかにしている。

『無痛分娩』のノナの悩みも、基本的にはこのアーチャーの葛藤と共通している。ノナは「手に負えない正直さ」(*TS*, 12) を持つ人物として造形されており、この世にある様々な矛盾、特に人生が彼女に求めるものと彼女自身が人生に求める幸福の食い違いや衝突から目をそらすことができない。ただ『無垢の時代』では主人公が現実の複雑さを知るのに、ヨーロッパからの侵入者を必要とするのに対し、『無痛分娩』の世界はそのような侵入者を必要としないほど、無秩序なものとなっている。

ポーリーンの消費活動はあらゆるものをニューヨーク社交界に詰め込み、それを矛盾に満ちた世界に変えてしまった。しかし彼女は「もし勇敢で信頼しているなら、物事は常にうまくいくのよ」(*TS*, 127) と主張し、その矛盾を放置している。ノナ世代のジャズ・エイジの若者たちはこの矛盾に満ちた世界の中で育っており、その大半が秩序に対する信頼感を持たず、享楽的に生きる。一方、ノナのような少数派は複雑さの中から正しいものを選び取り、なんとかその混沌とした世界を正そうとしている。

このノナタイプの若者たちには、あらゆる問題が押しつけられている。ポーリーンは痛みや苦しみをその消費活動で覆い隠し、見ようとしないため、家族に起こる深刻な問題は全てノナに相談されることとなる。十九歳のノナはこの家の「救急センター」(*TS*, 143)の役割を担わされているのである。これに対し彼女は「いつも判断し、決定する役を担うのは、私の若さでは無理だと思う」(*TS*, 49)と不安を隠せない。

ノナはこの悩みの中で、彼女に唯一の幸福を与えてくれるスタンレーとの恋愛すら犠牲にしている。スタンレーは離婚を認めない妻に縛られているため、彼との恋愛の成就は駆け落ち以外になかった。しかしノナは家族中に必要とされている。また、彼女は彼女の兄の離婚を阻止し、兄の苦悩を取り除こうと試みるが、この試みはスタンレーとの恋愛とは矛盾する倫理観を彼女に突きつけている。いつも複雑さの中から正しいものを選びだそうとしてきたノナは、このスタンレーとの恋愛が多くの人を傷つけざるをえないことをはっきりと認識している。この状況の中で彼女は恋愛を断念することを選択するのである。

しかし断念を強いられたアーチャーとノナのその後は異なっている。一八八〇年代のニューヨーク社交界を舞台とした『無垢の時代』では、ジャズ・エイジのノナの世界のように複雑ではなく、因習的で単純な倫理規定によって支配されているため、アーチャーが別の選択をすることは不可能な状況であった。彼はエレンとの恋愛を適わぬ夢と諦め、因習的な妻との暮らしと政治活動に身を捧げ、最終的には自分の人生に価値を見い出すことができた。

一方、多くの人が多様な形でその欲望を満たすジャズ・エイジの中で、ノナは自分の幸福と一緒にスタンレーの幸福をも犠牲にし、決して罪を犯そうとしない自分の行為が却って卑怯なものなのではないか、悩み続ける。彼女はこのような終わりのない悩みの中で「堕落する新しいやり方のほとんどを分かっているわ。私はただ、まともでいる新しくて最善の方法を自分が分かっていると確信したいのよ。」（*TS*, 206）と頭を抱えるのである。ウォートンはありとあらゆるものを消費という手段でつなぎ合わせ、幻想を造り上げる消費社会が、誠実に生きようとする人間を苦しみと混沌に突き落とすのではないかという危惧を表明している。結局、ノナは特定の生き甲斐を見い出すことができず、全てを断念し、ただ人々の苦しみを引き受けていくこととなる。

この苦しみの中でノナは結婚よりも修道院に入ることを希望する。あらゆる幸福を断念し、修道院の中に自分を封じ込めることで、彼女は秩序と平和を手にすることを期待しているのである。『無痛分娩』の消費社会においては、ヨーロッパ社交界の女性が政略結婚から身を守る唯一の手段であった、修道院のような避難所が必要となっているのである。

ノナに救いは訪れるのか？

ノナの並外れた苦しみと断念は、全てを求め、苦しみを避ける母親の身代わりとなったがゆえである。ポーリーンはその消費活動によって、ありとあらゆるものを彼女の世界に詰め込み、そこで生じた問題を全て無視し、放置してきた。そのためノナの生きる世界は矛盾に満ち満ちている。その矛盾をいかに正せばいいのかという問題を前に、ノナは絶望している。ウォートンは彼女を「イピゲニア」（*TS*, 45）に例えることで、ノナが親の生贄であることを強調している。

このように現世における幸福の全てを断念し、生贄となったノナに『ファウスト』のような救いはあるのか。ウォートンは『無痛分娩』の結末で、消費社会におけるキリスト教の救いの有無というテーマに挑んでいる。そしてその上でキリストの贖罪に注目している。

シングレーはウォートンが『人生と私』("Life and I", 1990)[4]の中で「常にキリストの贖罪と言う血なまぐさい概念に恐れおののいていた」(*LI*, 1091)と告白していることを指摘し、キリストの贖罪という根本的な教理に対してウォートンが少女時代から疑念を持っていたことを明らかにしている。シングレーはまた、ウォートンが神を母に投影し、次のように想像を巡らせていたことを取り上げている。「でも、もし使用人たちが何かお母さまを苛々させることをしたとして、ハリーや私を殺しても、お母さまは満足なさるはずないわ。」(*LI*, 1091)

しかしウォートンの作品を見る限り、彼女は後に現実社会がその制度を保つために多くの犠牲を要求すると気付いている。問題はそのような犠牲が本当に意味があるのかということである。

『無垢の時代』は『無痛分娩』のように宗教色を帯びていないが、ここで彼女は犠牲の意義を認めている。メイは常に倫理的な潔癖さを守ってきたが、結局、試練が訪れると、エレンとアーチャーの恋愛を犠牲にし、自分の生活を守っている。しかしこの事件は慣習の鋳型にはまったメイの心の奥底まで揺り動かし、メイは自分の幸せが犠牲の上に築かれているという感謝と重荷を生涯背負っている。そしてこの事実を死の床で息子に告白している。息子がこのことをアーチャーに告げると、アーチャーも深い感動を覚えている。

一方、非常に楽天的で、苦しみを否定するポーリーンは、苦しみの存在を仄めかすこと自体を恐ろしいことと受け止めるようになっている。そして自分の犠牲となって苦しんでいるノナを尻目に、次のように主張する。

苦しむことに備えるというのは、苦しみを実際に造り出す方法なのよ。そして苦しみを作るということは罪を作るということなの。なぜなら罪と苦しみは本当に一つのものなのよ。私たちは苦しむことを拒絶しなくてはいけないの。全ての偉大な信仰療法家は私たちにそう教えてきてるのよ。

（TS, 275）

これに対する娘の反抗的な答えは「キリストもそうだったかしら？」（TS, 275）というものである。このノナの質問はポーリーンに理不尽な怒りすら覚えさせる。ノナは彼女の父親で、ポーリーンの二番目の夫めがけて最初の夫が放った銃弾にあたって負傷することで、最後の、そして目に見える犠牲を払うが、この犠牲もポーリーンの楽天主義を変えることはできない。彼女はさらに頑固に痛みから目を背けようとするのである。

このように何が起ころうとも苦しみを否定し続けるポーリーンを前に、ノナのいかなる犠牲も何の感動も引き起こせない。ポーリーンの世界と人生観は変わることなく続いていくのである。

ウォートンはノナの犠牲を認めようとしないポーリーンの態度がキリストの贖罪すら否定していると示唆する。母親の姿に犠牲の空しさを感じるノナが求める修道院は「誰も何も信じない修道院」（TS, 315）なのである。[5]

ウォートンは『無痛分娩』において消費社会が現世に楽園を作り上げることで、強力な神を必要としなくなったことを取り上げている。しかし全ての苦しみを否定するこの社会は、その犠牲となった人間の苦しみさえ否定している。このように犠牲が無視される社会においては、もはやキリストの贖罪すら犠牲者たちの心の救いとはならない。彼らはこの世に一種の地獄図を見ているのである。ウォートンは消費社会の楽園に生きるポーリーンと、その地獄に生きるノナを母娘として描くことで、加速度的に消費活動にのめりこんでいく、二十世紀アメリカへの危惧を表明したのである。

おわりに

ウォートンの『無痛分娩』には、消費社会の二つの封じ込めの形が描かれている。一つはポーリーンの消費活動である。彼女は互いに関連のない活動の連続から抜け出すことができない。もう一つはノナの生き方である。彼女は救いのない苦しみに封じ込められている。そしてこれらの二つの封じ込めの背後にある宗教観の歪みは、二人から来世への希望という解放を奪っているのである。

『無痛分娩』は出版当初、ベストセラーを記録し、批評家の評判も悪くなかったが、[6] 後の研究者たちは「構想を練りすぎた」、「混沌とした筋書き」(Bauer, 95)[7] と手厳しい。またその作風は「探偵」(Killoran, 110) 小説風で、メロドラマ的要素をしばしば指摘されている。しかしこれらの欠点があるとしても、この作品では現代の消費社会を占うような多様な問題が提起されていると共に、ウォートンの自伝的要素も見受けられ、研究材料としても興味深いものとなっている。特に倫理的な一貫性を厳格に保とうとするピューリタンの挫折を描いたものとしてこの作品を捉えるなら、晩年カトリックに傾倒していたというウォートンの宗教観を究明する上でも役立つものとなろう。

2

西部劇の「木箱」

土屋宏之

はじめに

アメリカ映画の重要なジャンルを占めていた西部劇の時代的・地理的背景は幅の広いもので、十八世紀後半のフレンチ・インディアン戦争から二十世紀初頭のメキシコ革命頃までがその対象になる。またフロンティアを求めて、東部から太平洋まで進む過程での地理的背景にも風土の多様な変化が見られる。

なお本稿では時代的には、南北戦争の終結時（一八六五年）からフロンティアの消滅（一八九〇年頃）までの約二十五年間が、また地理的には『真昼の決闘』以外は南西部[1]が共通の背景をなす、五編の西部劇を対象とする。さらにそれぞれの製作年は、一九三〇年代末から、一九五〇年代初頭までの約十三年間のいわゆるハリウッドの黄金時代に集中している。

神が創った自然への、人間による制御の試みの第一歩には皮膚の延長線上の衣服が考えられる。また衣服のさらなる延長線上には、北米先住民に例を絞るならば、イヌイットの氷の家イグルー（半球系）、ナバホ族やアパッチ族のホーガン（半球系）、ウィグワム（半球系もしくは円錐形）や大平原で見られたティーピィー（円錐形）など球形が一部をなした住居の形態は母体を思い起こさせ、自然界により近い存在を感じさせる。なお定住性が高まるにつれ、南西部の石や土性のプエブロ集団住宅や北東部のイロクワ族のロング・ハウスのように正方形や長方形が主流となる。

大平原とよく比較される大海原[2]を背景とした小説、『白鯨』（一八五一年）では拝火教徒のフェデラーが、エイハブ船長は、死者を載せた二種類の霊柩車を見ることさえなければ、死ぬことはありえない、と予言する。一つは人間の手を経ることなしに創られ、もう一つはアメリカ産の木材から作られたモノ。前者は絡みついたロープで固定されたフェデラー自身の死体を運ぶ白鯨であり、後者は白鯨に体当たりされて沈没するピークォッド号のことであった。ここで自然界（鯨）と対比される帆船の捕鯨船とは、当時の技術の粋を集めた、長方形立方体と円筒形が組み合わせで、居住・工場・輸送の機能を兼ね備えていて、長期間、世界の潮流から隔離されていた船員たちの生存するための空間であった。大気にさらされた甲板と、自然の猛威から遮断された船倉が対比をなすが、とりわけ前者には甲板の段差が「役者」と「観客」の仕切りとなり、演劇の舞台としても最適あった。

西部劇に見られる酒場、理髪店、教会などの「木箱」およびそれらの集合体である、町や砦にも、演劇や儀式に適した空間が見いだされる。また陸の「孤島」とも言えるこのような辺境の地の、さらに仕切られた一角に、登場人物たちはどのように自分や相手を封じ込め、またどのように解き放ったかなどを、無限の荒野に対するアンチテーゼとしての「木箱」の役割に焦点を当てながら探究したい。

『駅馬車』――「愚者の町」から「神の町」へ

『駅馬車』（一九三九年、ジョン・フォード監督）はモーパッサンの短編「脂肪の塊」（一八八一年）のアメリカ版という指摘[3]があるが、モーパッサン自身は、売春婦や駅馬車をしばしば題材にしたカリフォルニア作家のブレット・ハートの影響を受けていたようである。

アリゾナ準州のトント（スペイン語で「愚者」の意味）からニューメキシコ準州のローズバーグ（神の町）[4]までの駅馬車の旅に、「法と秩序を守る婦人の会」の決定で町から追放される売春婦とアル中の医師の他に、軍人の夫に会いにいく身重の南部出身の妻、彼女の護衛を使命と思い込む南部名家出の賭博師、ウィスキーの行商人、公金を横領し逃亡を計る銀行家が乗り込む。また護衛を兼ねた保安官が、御者の左側に座る。さらに、途中で脱獄犯のリンゴー・キッド（ジョン・ウェイン）が加わる。

中継地点のドライフォークでは、売春婦のダラスと同席するリンゴーと彼らを避けるように、窓側を占める銀行家や軍人の妻たちが、昼食の空間を二極化する。しかし宿泊に立ち寄ったアパッチ・ウェルズでは、産気づいた軍人の妻が、アル中医師とダラスの献身のおかげで出産した女児が「共同体」の要となり、差別による二極化は解消する。

駅馬車が無事に目的地に到着する前に、水と火の試練を受けなければならない点でも、ジョン・バニヤンの『天路歴程』（一六七九-八二年）を思い起こさせる。渡河地点ではアパッチ族により、平底の渡し船は焼き払われていた。浮揚力を高めるために、側面に木材を取りつけて渡河することで、赤ん坊には馬車ごと「洗礼」が授けられた。つぎに起こるアパッチ族の襲撃に火の試練が見られる。まず窓の隙間から打ち込まれた矢は、ウィスキー行商人を負傷させる。「囚人」として駅馬車に閉じ込められていたリンゴーは、保安官に解放され、屋根の上で防戦し、手負いの御者の替わりに馬をあやつる。不利な情勢の下で、賭博師は軍人の妻を安楽死させようと、最後の一発が込められたピストルを彼女のこめかみに向けたとき、騎兵隊の突撃ラッパがかすかに聞こえてきた。賭博師は被弾し絶命する。この駅馬車という「木箱」は不思議な力によって守られていて、目的地に到着したときの生存者数は、新生児が加わることで出発時の人数と同じになった。

南部の騎士道精神を具現化した賭博師は、世代交代の場では時代遅れで、消え去る運命にあった。ここではたしかに馬車の動きのように、歴史は直線（リニア）上を進行していく。しかし同時に、時間と空間を超越した普遍性も見られる。売春婦という歴史上最も古い職業の女性が登場するし、リンゴー・キッドは強すぎる神話的英雄の例にもれず、ハンディキャップが課せられて、脱獄犯という設定になる。意外な姿で現れる救国の英雄に、歴史の繰り返しが感じられるが、このような円環史観は、また回転する車輪からも見られるとおりである。

夜間に到着した、目的地のローズバーグ（神の町）は、前日の午前中出発したトント（愚者の町）の反転で、銀行家はいきなり高い地位から引きずり下ろされ、逮捕される。軍人の妻は売春婦に心から感謝と敬意を示す。また三発の銃弾しかなく、一対三という不利な状況での決闘で、リンゴーが無事に父親と兄の仇を討つのもこの夜であった。映画で見るかぎり、酒場や紅灯の巷もあるローズバーグは、十七世紀の清教徒たちが理想とした「丘の上の町」にはまだ程遠いが、駅馬車の乗客たちそれぞれの生き方に対して決算がつけられる場所で、トントでのそれぞれの評価がここでは逆転する。保安官の粋なはからいでリンゴーはダラスとの新しい生活を目指して、メキシコの牧場へ向かう。二人の乗った被いのない馬車は、外気と一体となり、自由の謳歌にはふさわしい空間となった。

『西部の男』――罠には罠を

『西部の男』(一九四〇年、ウィリアム・ワイラー監督)ではテキサス南西の小さな町ヴィネガルーンの酒場は法廷を兼ねているので、「世俗空間」と「聖域」の境界線が不明である。実在の人物でもあり、判事を自称していたロイ・ビーン(ウォルター・ブレナン)は、もめ事や事件が起こると、損得勘定で容疑者をいとも簡単に縛り首にする。通りから数段と高い所にあるこの酒場は、判事の気分しだいで「神聖な」法廷へ瞬時に様変わりする。中では仕切られたカウンターの内側から、普段はバーテンをしているビーン判事が容疑者が連れてこられるたびに、形だけの陪審員たちを前に、独断で有罪判決を下す。

牧畜業者の利益を代表している判事は、敵視している自営農民に、折りあるごとに難癖をつけ、その一人を縛り首にした。旅の男コール(ゲーリー・クーパー)は馬泥棒の嫌疑をかけられ、ビーン判事に絞首刑の判決を受ける。何とか知恵を使って窮地を切り抜けようと、コールが酒場を見渡すと、「神聖な」法廷(酒場)の「聖域」と思われる一角を占める、リリー・ラングトリーという女優のポスターに気づき、判事の泣きどころを知る。女優の知り合いであり、彼女からもらった一房の髪の毛を後生大事にしていると、でたらめを言う。関心を示した判事は、刑の執行を猶予する。その間、馬泥棒が姿を見せ、コールの無罪が証明される。

出口なしの状況に追いやられても、観察力と機転で生還を果たす例は、E・A・ポーの「大渦への下降」(一八四一年)にも見られる。恐ろしい渦巻きの奥にすべてが吸い込まれていく中で、主人公は観察により、円筒形の物体だけがかろうじて浮揚していることにきづき、急遽、近くの樽に乗り移り九死に一生を得る。

この酒場と法廷の共同体にいちじるしく欠落している女性の要素を、思い起こさせてくれる唯一の「女性」は、女優ラングトリーの分身か影のようなポスターだけである。男たちだけで、相互のきずなを確認しながら酒を酌み交わす光景から感じられる女性不在の背後には、健全な人格形成期を経ることなしに「少年期」に封じ込められたままの男たちの女性への恐怖心の反映が見られる。映画版『シェーン』(一九五二年)[5]でも悪党たちの溜まり場になっている酒場は、同様に女性不在であった。

判事とのかすかな友情がじょじょに芽生え、その間、親しくなった自営農の女性ジェーンから一房の髪をもらい、コールはそれを女優のものと偽り判事に渡す。数日後、牧畜業者たちによる、農民の共同体の焼き討ちと殺人が起こる。首謀者が判事と分かり、コールは復讐を誓う。

数十キロ離れた町フォート・ディヴィスに女優ラングトリーが公演に来ていることを、コールから聞いた判事は二十年前の南軍の軍服を着て、手下たちと町に乗り込み、全席を買い占め女優を独占する喜びに浸りながら一人で劇場に入る。しかしカーテンが上がるとコールが舞台で待ち構えており、撃ち合いのあと判事が倒れる。外で待機していた部下たちは、銃声を聞いても、南北戦争の場面が派手に演じられていると思い込み、助けには来なかった。判事が息を引き取る直前に、コールは彼の女優との対面を実現させる。

ビーン判事の酒場(法廷)は、無実の人間の運命を、一方的な判決で封じ込めてしまう「箱」であり、「ピーコス川の西の法律」[6]にふさわしい酒の儀式もそなわった裁きの場で、そこでは、女優のポスターがいわば「ジャスティス(正義の女神)」として君臨している。「正義の女神」による裁きは、ビーン判事にとって安全だった酒場(法廷)から、劇場という異なる空間への移動を経て始めて実現する。

舞台の上で繰り広げられる虚構の世界を求めて観客は通常、劇場にやってくる。しかしここではカーテンが開くや、舞台には実弾の入った拳銃を腰につけたコールが待ち構えていた。劇場がもはや逃避できない、人生の総決算をつきつける裁きの場となったことは、判事にとっては皮肉である。なお実在したロイ・ビーン判事は、病気で他界したとのことである。[7]

「もし家を建てるなら、車のついている家にしたい」[8]と述べたほどの移動志向性の強かったコールもジェーンと結婚し、自作農としてテキサスに根を下ろすことで、この映画は大団円を迎える。

『荒野の決闘』――「世俗空間」と「聖域」

『荒野の決闘』(ジョン・フォード監督、一九四六年)では銀鉱ブームで沸き立っていた実在のアリゾナのトゥームストンに、クラントン一家に多数の牛を奪われたあげく、弟のジェイムズを殺害された[9]ワイアット・アープがやって来て、保安官の仕事に就く。彼と町の顔役で結核に蝕まれた医者くずれの賭博師ドク・ホリデー[10]との、腹の探りあいと力関係を決める酒場のカウンターでの対面で、ドクはシャンパンを勧めるが、アープはウィスキーを所望。結局は、二種類の酒で乾杯が行われ、同盟関係が成立する。署名を交わし、蠟で封印された条約や契約書などと同様の厳粛さで、酒の儀式に封じ込められた暗黙の了解をホリデーは死ぬまで守り抜く。ドクの家柄を表すシャンパンよりも、荒々しい風土に適したウィスキーがこの場ではふさわしい。両端がコの字型になったやたら長いカウンターは、ここの「世俗空間」の中のいわば「聖域」の部分を構成している。

マクブライドとウィルミントンはクラントン一家に対抗する、この酒場に集結した勢力を「酒場の政府」と呼んでいる。[11] 多くの決定や作戦は保安官事務所よりも酒場でたてらる。酒場が悪人たちの牙城となる、『西部の男』や『シェーン』とは対照的である。また煙草の煙がこもったこの空間は、飲酒以外にも、カード賭博やチワワ（リンダ・ダーネル）のような女をもとめてやってきた男たちの溜まり場となる。このような酒場は、アメリカ西部の発展を理想化したクーリエとアイヴスの絵画「帝国の発展は西を目指す」[12] のアンチテーゼに思われる。

飲んだくれたシェイクスピア俳優が、観客が待っている劇場をすっぽかし、酒場で『ハムレット』の「独白」の場面をリサイタルする。泥酔のためせりふを忘れると、ドク・ホリデーが流暢な語り口で補足する。俳優もドクも、根が生えたかのように酒場から抜け出せない。ここでは酩酊という共通性が加味され、酒場が劇場に様変わりする。清純な東部女性のクレメンタインと蓮っ葉なチワワとの間をさまようドクの優柔不断さと、アープ保安官の、弟の仇討ち実行の迷いなどが、この「独白」に投影される。ドクはせりふの補足を通して、自分自身の心情を発露したようにも思われる。

揺り椅子に見立てて、アープ保安官が、板張りの歩道の椅子を傾けながら、足を突き出し、バランスを取る仕種が印象的だ。フィリップ・フィッシャーは、文学作品に見る揺り椅子の役割を、「外と内の中間地点を示すポーチの揺り椅子とは、屋内に留まりたい気持ちと移動願望との妥協である」[13] と述べているが、それは、エネルギーが上下に働くので先には進めないからだ。ワイアットも保安官としてこの町に留まるべきかどうかの迷いを、上にはひさしが下には板の歩道があるいわば屋内と屋外の中間地点から、景色を眺めながら椅子で均衡を取るこの動作を通して、無意識に心の葛藤を伝えようとしているように感じられる。また「野性と文明の接点」[14] をワイアット自らバランスを取りながら体現している、とも受けとれる。

アープがトゥームストンに着いた夜、旅の間にのびた髭を剃ってもらおうと、立ち寄った理髪店の店主の「ボントン整髪店にようこそ」という言い回しに、「床屋のことだろう」[15]と彼は訂正する。アープが座らされていた、シカゴから取り寄せた理髪用の椅子がうまく機能しないことに加えて、酩酊した先住民が発砲した銃弾が、窓と鏡を破壊する。「ここはなんてひどい町だ」[16]というアープの反応から、このブーム・タウンの文明化と現状との乖離が伝わってくる。

東部から来た、婚約者のクレメンタインはドクに過去を想起させるが、もはや戻れないことが分かった彼は、部屋の壁にかけられた外科医の免許証にコップを投げつけ、過去との決別をつけるが、額縁に封じ込められていた免許証のガラスをたたき割る動作は、逆に医師の腕前がもう一度必要とされる前触れとも取れる。

つぎの日曜の朝、アープ保安官は理髪店で整髪してもらったあと、理髪師が掲げる、長方形の鏡の中のやや変身した自分の姿に目を見張る。理髪師がカンサス・シティーから取り寄せたスイカズラの香水をつけてもらった保安官は、歩道の窓ガラスに映った自分の姿に再度見とれていた。その直後に町の一角で、ドクに捨てられたと思い込んでいたクレメンタインに出会う。香水を「砂漠の花の香り」に取り違えた彼女に、彼はその種明かしをする。びんの中に封じ込められた「自然」の恩恵に、時間と空間を越えて随時に浴くすることに、理髪師が果たす文明化の役割が見られる。これはまた、西部男の女性化というよりも、教養ある東部女性クレメンタインによりふさわしい相手を目指した、保安官の無意識レベルでの変身願望の反映のように思われる。

木製の土台と鐘楼の骨組みができた段階で、教会の起工式が通りの外れで行われた。牧師はまだいなかったが、世話好きの老人が「聖書はよく読んだつもりだが、どこにもダンスをしてはいけないとは書かれていない。今日のよき日をダンスで祝おう」[17]と提案。ヴァイオリンなどにあわせて人々は踊りに興じる。途中から加わった保安官とクレメンタインに会衆は敬意を払い、二人だけにフロアーを提供。未完成で、牧師もまだいないこの段階での骨組みだけしかできてはいないこの教会では、文字通り風通しがよく、宗派の壁もなく、はためく複数の星条旗だけが共同体の唯一の基盤を示している。いわばこのタブラ・ロッサ（無垢の石版）は人々にとっては、完成された教会よりも祈りや願望を投影しやすい対象となった。ジェイムズ・ミッチェナーの『ハワイ』（小説一九五九年、映画一九六六年）でも、マウイ島の教会建設をめぐり、先住民たちは風通しをよくするためにニューイングランドから来た組合教会派の宣教師に、壁を取り払うよう要求する。

主な行動範囲が酒場という「世俗空間」であったドクとチワワは、当然、教会の起工式には姿を見せなかった。アープ保安官ですら、自分が「聖域」に属する側にいるとは思ってはいなかったので、主催者からの起工式への招待をいったん断るが、クレメンタインとの出会いがきっかけとなり、この「聖域」へ足を踏み入れる。

俗性の象徴のような酒場のアンチテーゼとなる「聖域」の出現は、ドクとチワワの運命を封じ込めてしまう。保安官の弟ジェイムズ殺害の秘密を知って犯人に撃たれたチワワは酒場のテーブル上でのドクの手術にもかかわらず絶命する。多様性の高いこの酒場の空間は「病院」にまで様変わりする。またドクもクラントン一家との果たし合いでチワワの後を追う。マクブライドとウィルミントンは、この二人は「曖昧さをまったく受け入れたがらない、ピューリタン倫理の下では、創成期の社会からは排斥されなければならない存在であり、善悪の対決でいわば犠牲にささげられたのである」[18]と解釈している。

なお、『荒野の決闘』は「第二次大戦に関するアメリカ側の決算と（中略）、アメリカ人が枢軸側に対して果たした復讐および、世界をよりまともで安全な場所にすることへの願望を反映している」[10]とマーク・シーガルは述べている。

『アパッチ砦』――自己主張する「木箱」

『アパッチ砦』（一九四九年、ジョン・フォード監督）の冒頭では、砦へ向かう新任の司令官サーズデー中佐（ヘンリー・フォンダ）にとって、すべてはかけ違えたボタンのようにうまく行かない。駅馬車の御者から「兵隊さん」[20]呼ばわりされた中佐はむかっ腹をたてるが、娘のフィラデルフィア（シャーリー・テンプル）はそれを楽しむような余裕を持っている。御者はここでは一種の権威者で、駅馬車の木箱の空間を、一段高い所から仕切っている。いかに誇り高い軍人でも、ここアリゾナでは単なる新参者にすぎない。

中継地点で別の駅馬車を見た中佐は、それが自分のための砦から出迎えに出されたものと思い込むが、何かの行き違いがあり、それは新任のオローク少尉のためであった。少尉は中佐と娘をその駅馬車に乗せ、自分は馬でその後を走る。フィラデルフィアは、化粧箱を開き、ふたの裏側の鏡に騎乗のりりしい少尉の姿をこっそりと映していた。「木箱」の中の娘が、楕円形の縁のある鏡に捉えた外を駆ける騎馬像は、たとえ瞬時であっても、その枠の中に封じこめられてしまった。数秒と数年の差は相対的なものであり、時間とは、心理状態などによりその長短の感じ方が異なる。

夜間に砦に到着した中佐は、そのとき催されていたダンスは自分を歓迎するためと思い込むが、ヨーク大尉（ジョン・ウェイン）はそれはワシントン初代大統領誕生日の記念行事であることを説明する。その直後に画面に映し出されたワシントン将軍の肖像画が、あたかも、その時空間の支配者であるかのように君臨していて、中佐の出る幕などはなかった。駅馬車の御者から「兵隊さん」に「降格」させられた中佐は、つぎにはヨーク大尉から「将軍」に「昇格」させられるが、あくまで「中佐」であることを主張する。それに対してヨーク大尉は、「(南北)戦争の時のことを覚えておりましたので」[21]と説明する。最後まで中佐には誤解や混乱がつきまとう。

現実的で辺境での経験が豊かなヨーク大尉と、東部の価値観で凝り固まった上にヨーロッパに滞在したこともあるサーズデー中佐の関係と、J・F・クーパーの『モヒカン族の最後の者』(一八二六年)の主人公ナティー・バンポーとイギリス人のダンカン少佐との対比に多くの類似点が見られる。

実在したアパッチ砦もこの映画版にも周囲に柵などない。[22]ダンスなどが催される共有空間、執務室、居住空間などいわばそれなりに自己主張をしていて、独自の象徴や儀式性が強調されている。

息子の少尉が着任後、家族との再会に訪れる直前、カメラの焦点は聖母マリア像が飾られた部屋で、聖書を読んでいるオローク上級曹長に向けられていた。この部屋では、アイルランドの先祖たちから引き継がれた信仰が脈打っていた。数日後に、オローク少尉、彼の両親、中佐の娘フィラデルフィアがこの部屋で団欒を楽しんでいる最中に、中佐が娘を引き取りに押しかけてきた。少尉がフィラデルフィアと婚約したことを話すが、中佐は承服できない。少尉が下士官の息子であることがその根底にあったからだ。オローク曹長はたとえ上官であっても、屈辱的な発言は容赦できない。「あなたを招待した覚えはない」[23]と伝えると、中佐は引き下がっていった。

砦から少し離れた場所にある交易所に軍の査察が入り、貪欲なインディアン監督官がアパッチ族に横流ししていた、粗悪なウィスキーとウィンチェスター連発銃が押収される。交易所は人目をはばかるように作られた、背の低い建物で、並んで立っている倉庫からは禁制品が発見された。「聖書」と書かれた四角い木箱の中に、二つの中くらいの樽が見つかった。ロシアのマトリューシカ人形のように、倉庫という「容器」の中に別の容器が隠されている、入れ子構造になっていた。二種類の禁制品が発見されたのは、二つとも隠し通すことが困難な「火」の要素を持っていたからだ。ウィスキーは先住民から「ファイアーウォーター」と呼ばれていた。また銃は「火器」（ファイアー・ウェポン）ともいう。連発銃はヨーク大尉によって台尻からたたき壊され、ウィスキーの処分は四人の軍曹たちの裁量にまかされた。

安ウィスキーを自らの体内に流し込むことで処分しょうとした四人は、泥酔したあげく営倉に閉じ込められた。とはいえアパッチ族を取り巻く情勢は緊迫し、四人の能力や経験が不可欠となり、一兵卒から元の軍曹の地位へ復権する。

和平の話し合いの場を敵を一掃する好機と捉えた、サーズデー中佐は砦の一部の将兵を率いて無謀な突撃を行ったが、アパッチ族の罠に陥り退路を立たれて戦死。娘のフィラデルフィアは、あの化粧箱の鏡に「封じ込めた」オローク少尉と結婚する。

『真昼の決闘』――「封じ込められた保安官のリビドー」

『真昼の決闘』（一九五二年、フレッド・ジンネマン監督）にはスティーブン・クレーンの「花嫁イエロースカイに来る」（一八九八年）とマーク・トウェインの「ハドリバーグを堕落させた男」の二つの短編小説の特徴やテーマが見られる。また町の名称のハドリヴィルは後者の町名のもじりである、という指摘[24]もある。

テックス・リッターが歌うテーマ・ソングを背景に、ハドリヴィルに馬で乗り入れた三人のならず者の動きをカメラが追う。日曜の礼拝に人々が集まりだした町外れの教会、街角の酒場、理髪店、保安官事務所そして判事の事務所の前を通過していく。表を通り過ぎる三人に気づいた、理髪店主は不吉な表情を浮かべる。田舎町の理髪店はしばしば、噂話や伝聞が行き来する場所で、この映画ではガラス張りになっている構造からも分かるように、情報のいわば受信と送信が容易に行われる空間と言えよう。三人は保安官事務所を通り過ぎたとき敵愾心を燃やすが、肝心のケイン保安官（ゲーリー・クーパー）は判事の事務所で花嫁のエイミー（グレイス・ケリー）と結婚式を挙げていた。

数年前に保安官が殺人罪で逮捕したフランク・ミラーが予想以外に早く出所し、復讐をとげに正午の汽車で町にやって来ることが判明。三人の手下たちはその準備をととのえていた。馬車で新婚旅行に出かけた保安官は途中で気が変わり、きびすを返して町に戻る。表面的には、職務遂行に対する強い義務感がその理由であることは明白であるが、保安官の結婚の完成、すなわち花嫁との契りにたいする不安が、無意識のレベルで反映されているように感じられる。

ケイン保安官が孤立無援であることを知った保安官助手のハーヴェイ（ロイド・ブリッジズ）は、バッジを返上する。保安官の弱い部分を象徴しているハーヴェイは、彼の分身とも思われる。かつては保安官の愛人であった、酒場の経営者でメキシコ人女性ヘレン・ラミレスはいまはハーヴェイの愛人となっていた。また彼女は五年前までは顔役だったミラーの女だった。

ミラーを有罪にした判事は、過去の体験を教訓にして、早々と町から退散する。また、夫の過去の女性関係など、短時間にいろいろな情報を知ったエイミーは、犬死を覚悟で意地を通すようなケインに見切りをつけ、町を去る決意をする。

支援を求めてケイン保安官が訪れる酒場は、まったく見込み違いの場所であった。保安官が町を浄化させた以前に、ミラーが君臨していた腐敗した時代を懐かしむ者たちが常連になっていたからだ。つぎに日曜の会衆をたよりに彼がやって来た教会は、他の建物と軒を連ねている酒場のような世俗的空間とは対照的に、町はずれの独立した一角を占め、数段高い階段の上に入口があり、鐘楼の尖塔が天にそびえるいわば聖なる空間であった。

礼拝を中断させられた牧師は、保安官が結婚すら教会で挙げなかったことになどに異議を唱えるが、「家内がクエーカー教徒であったからです」という彼の答えに納得する。このように、教会に入る資格そのものが問われることは、彼の属性がそもそも「聖域」よりも「世俗空間」にあることの裏返しに思われる。保安官が教会の前に酒場を訪れたことからもそれがわかる。町の浄化の恩恵に浴している会衆の一部は、自警団を組織し保安官に協力することを提案する。しかし、撃ち合いでも起これば、治安の悪さが伝わり、北部からのこの町に対する投資など減少するから、最善策は保安官に町から出ていってもらうことにつきる、という長老の発言で議論は急転する。

いよいよ孤立無援となったケイン保安官は、馬の預かり所で馬に鞍をつけるが、まだなお逃亡するべきかどうかの迷いが残り、優柔不断のままでいると、元保安官助手だったハーヴェイが現れる。力ずくで馬に乗せようとするハーヴェイに抵抗した保安官は殴り倒されるが、やがては相手を打ちのめす。隔離されたこの馬小屋はケインにとっての最もプライベートな空間で、彼以外は妻ですら入り込めない。自分自身とだけ向かい合うこの馬小屋でのハーヴェイとの殴り合いで、彼は優勢になりつつあった自分の臆病な部分（ハーヴェイ）と対決し、それを封じ込めることができた。なおジェーン・トンプキンズは、保安官は決闘の前に自分と「年齢が半分の若者（中略）と殴り合わなければならない」[25]のは、この場面が、暴力による決着の予備段階であるからだ、という解釈をしている。

顔に傷をおった保安官は、理髪店で簡単な手当てをしてもらう。動脈、静脈を表す赤と青の看板が中世の時代では、外科医も兼ねていたことの名残であるように、ここの理髪店でもこのような機能の多様性が見られる。理髪店の裏側からは、これから起こる決闘に備えての、棺桶作りのかなづちを打つ音が響いてくる。理髪店主は壁越しに作業の中断を要請する。身体がやっと納まるスペースしかない松の木箱が、自分が行き着く先であるなどと、保安官に思い込ませたくはないという配慮が理髪店主にはあったからだ。

打開策を模索していたエーミーは、夫ケインの元の愛人ラミレス夫人に面会する。「もし私があなただったら彼を見捨てないわ」[26]という彼女の忠告は土壇場でエイミーに影響を与えることになる。まだ決断できなかったエイミーは、ラミレス夫人とともに二人乗りの四輪馬車でホテルから鉄道の駅へ向かう。馬車は夫もしくは彼女の所有物であるのでエイミーが手綱をあやつるのは当然であるが、これは同時に、彼女が運命を自分自信の手にゆだねていることを示す。金髪のエイミーは右側を、黒髪のラミレス夫人は左側を占め、いわば無垢と人生経験が左右対称をなしている。それまでは、けっして屋内の場面以外には姿を見せなかったラミレス夫人は、白昼の通りを車輪のついた開放された木箱の一角を共有することで、エイミーとは一体をなす。またエイミーの夫でありながらラミレス夫人のかつての愛人だった保安官を、右手に見ながら馬車は町の中心部を走る。夫から目をそらしているエイミーとは対照的に、ラミレス夫人が彼を直視していたのは、彼女が保安官のかつての過ちを思い起こさせる存在であるからだ。保安官が新妻よりも任務を優先する決意の裏側には、彼が引きずっている過去の情事からの抑圧された罪の意識があり、これが結婚へのくさびとなりかけている。また、この短い相乗りは、フェアー・レディーがダーク・レディーを媒体として、運命の決定を左右するような洞察力を、封じ込められていた意識の淵から解放する儀式的な過程ともいえる。

二人が隣り合わせに着席している汽車は、屋根のない馬車とは対照的に閉鎖性が高い空間である。いわば運命が封印される直前の、発車すれすれに町の方向から聞こえてき銃声で、最終決断に踏み切ったエイミーは汽車から飛び下りる。動きだした列車の外側から写されたラミレス夫人の左顔からは、エイミーの決断に賛意を示すかのような含みのある表情が見られた。

ミラーと手下の三人を相手に孤軍奮闘している保安官は、一人を射殺したあと、馬小屋へ閉じこもる。すでに述べたように、彼の心を具象化したようなこの空間では、地勢をすみずみまで知りつくし有利な立場にある保安官は、ミラーの二人目の手下をいとも簡単に撃ち殺す。馬小屋の干し草めがけてミラーが投げつけた火のついたランプが火災を引き起こす。すると、保安官はすべての馬を引き離し、その一頭の側面に曲乗りをしながら表で待ち構えている二人の銃弾から身をかわす。何頭もの馬の暴走は、ラミレス夫人との過ちから抑制されてきた、保安官のリビドーの解放を象徴しているように思われる。男女の関係を、ダーク・レディーが象徴する罪の意識に封じ込めてしまった保安官は、フェア・レディーとの関係に踏み出すことができないところだったが、彼の「馬」は解放され暴走を果たした。対照的に、ヘンリー・ジェイムズの短編小説「密林の野獣」(一九〇三年)では主人公の中の「野獣」は最後まで跳躍をとげることはなかったが、その間、待ちつづけていた彼の婚約者は病死する。

エイミーはクエーカー教徒としての信条に反して、三人目の悪党を後ろから射殺することで夫に加勢する。馬小屋から脱出した保安官は、つぎには馬具販売店に逃げ込んでいった。その直後に、エイミーはミラーに捕まり楯にされるが、夫はわずかな隙をついて、ミラーを射止める。するとゴーストタウンのようだった町に、いままで自らを息を殺して閉じ込めていた町の人たちが、ふと沸いたように出現してきた。

保安官はバッジを捨てて、新妻と馬車で町を後にする。

おわりに

『駅馬車』の銀行家や『西部の男』のロイ・ビーン判事は、それぞれの町にいる限り、権力を掌握しているが、いったん別の町へ移ると神通力が効力を失っていく。個々の「木箱」に個性があるように、その集合体である町も個性を帯びている。前半の二本の映画に描かれているそれぞれの最初の町は、おそらく映画が作られた大恐慌の一九三〇年代後半のアメリカの現状を反映している一方で、二番目の町は正義が行われる理想の町、すなわち十七世紀のピューリタンが憧れていた「丘の上の町」に近い場所のように感じられる。

『駅馬車』では「愚者の町」と「神の町」が描かれ、『荒野の決闘』での「墓石の町（トゥームストン）」では善人（アープ保安官の二人の弟）、悪人たち（クラントン一家など）そして、その分類の当てはまらない二人（ドクとチワワ）が帰らぬ人となる。『真昼の決闘』のハドリヴィルの地理的背景が曖昧にされているのは、マーク・トゥエインの短編で描かれた「ハドリバーグ」の反復でもある、「偽善者の町」の普遍性を強調する過程での地理的な具体性を薄れさせることが必要だったからであろう。いずれにせよ、それぞれがいわゆるテーマ・パーク的要素を帯びている。

『駅馬車』の南部名家出の賭博師がアパッチ族の襲撃で絶命し、『西部の男』では南軍の軍服がビーン判事の死装束となったことは、アメリカ歴史の流れから、彼らの価値観が淘汰されていくことのほのめかしとなるようだ。また西部の風土を無視した『アパッチ砦』のサーズデー中佐も、生存することができなかった。ここでは歴史は過去から現在へと直線上（リニア）を進行していく。

同時に『駅馬車』などには円環の史観も見られる。心の優しい売春婦ダラスの同類は、ブレット・ハートの複数の短編や、モーパッサンの「脂肪の塊」でも駅馬車に乗った姿を見せてくれた。またサーズデー中佐自身、『モヒカン族』のダンカン少佐や実在したカスター「将軍」の反復でもある。

無垢と悪という相反する二つの要素が、ビーン判事一人の中に閉じ込められている一方で、『真昼の決闘』のエイミーとラミレス夫人は、一人の人間の無垢と経験といった二つの対照的な部分を代表している。同様に元助手のハーヴェイはケイン保安官の弱い面を象徴しているようだ。それは愛人（ラミレス夫人）まで共有してたことからも察することができよう。

酒場と教会から理髪店や馬小屋まで。それぞれの「木箱」には共同体の文化から登場人物のセクシュアリティに至る、さまざまな要素が封じ込められているが、その間、多様な機能を果たす「木箱」を通して、文明と荒野の接点で自己主張し、お互いに拮抗し、葛藤を繰り広げながらも、西漸運動は文明を浸透させ、辺境をじょじょに消滅させていった。

3

抱く聖像《イコン》からクリックするアイコンへ

ディズニーランドにおける「結界」の崩壊

大木理恵子

はじめに

ディズニーランド、少なくとも二十世紀のディズニーランドは、「結界」[1]の文化であった、と言えるのではないだろうか。

ウォルト・ディズニーという一人の男が、自ら陣頭指揮をとって南カリフォルニアのオレンジ畑を切り拓き、着工から僅か十一ヶ月で創り上げたこの王国では、独自の信条、戒律があり、それに賛同しない者や、そこに掲げられた建国理念の達成の妨げになる恐れのあるものは、人や物から自然事象にいたるまで、幾重にもわたって張り巡らされた有形無形の境界線によって、徹底的に排除されてきたからである。

本章では、二〇〇〇年七月に四十五周年を祝った世界で最も有名な遊園地、ディズニーランドを、単なる境界線の域を超えた「結界」をキーワードに、開園時から一九九〇年代前半までの王国発展のベクトル、そして九十年代後半以降急激に進行しつつある方向転換と、発展的自己破壊の歴史を辿っていきたい。

非日常の時空設定

人類は昔から切り取られた非日常の空間・時間を意図的に作り出してきた。そこに精神を遊ばせることによって日常のストレスを緩和させ心のバランスをとる、というのは、古今東西を問わない人間の知恵である。この所謂「ハレ」の時間・空間に不可欠な要素の一つが、より完全に演出された境界線、であるのは間違いない。

「ハレ」は、日常「ケ」の中に存在しながらも、その延長上と容易に認識される空間であってはいけない。まただらだらといつまでも続くようではいけない。但し、一旦その中に足を踏み入れたなら、日常を思い出すのも、思い出させるのも野暮な行為として忌まれる。「ハレ」の場面には、時空両面における効果的な境界線が不可欠なのだ。

卑近な例をあげれば、酒場の照明が暗いのも、多くの祝祭が夜行われるのも、レストランや家庭で食卓に蠟燭を点すのも、太陽に支配される日常から切り離された時間・空間を人工的に作り出す作業である。また「ハレ」には酒がつき物だが、アルコールは人工的に作り出されたその「非日常」が「日常」の延長に他ならないという明確な事実を知覚する能力を低下させるという役割も担っているといえる。

一方、文学者たちも、複数の時空間の間に引かれる境界線の重要性を心得ている。所謂冒険文学作品や、ロマン派以降の「子供の発見」以降の児童文学作品の多くには、現実世界の中に存在する別世界が数多く描かれている。中でも主人公たちが、自分たちが生まれ育ち生活している現実の世界（第一の世界）と、現実から切り離された別世界（第二の世界）とを往復する作品の場合、その境界の線引きに対して作家らは、細心の注意を払っている。

ジュール・ベルヌの『二年間の休暇（邦題『十五少年漂流記』）』*Deux ans de vacances*（一八八五年）や『動く人工島』*L'Ile à hélice*（一八九五年）、ウェルズの『モロー博士の島』*The Island of Doctor Moreau*（一八九六年）、スティーブンソンの『宝島』*Treasure Island*（一八八三年）、バーネットの『秘密の花園』*The Secret Garden*（一九一一年）、ピアスの『トムは真夜中の庭で』*Tom's Midnight Garden*（一九五八年）などは何れもその題名に「二年間」「島」「花園・庭」という囲い込まれた時間・空間での冒険であることが示されているのを想起していただきたい（下線筆者）。

エイキンが短編集で描いたアーミテージ一家の不思議は、月曜日ごとにおきた。バーネットの『小公女』（一九〇五年）は外界と切り離された寄宿学校、バリーのピーター・パンの話（一九〇六年）は、「ネヴァー・ネヴァー・ランド」なる島が舞台となっており、その伝統はブライトンの寄宿舎もの、別世界もの等を経て現代にまで脈々と受け継がれてきている。ボストンの「グリーン・ノウ」シリーズで主人公トーズランドが三百年前の子供たちと交流することになる舞台は、「学校の遠足で見たことがある古いお城」（亀井俊介訳）[2]を彷彿とさせる「グリーン・ノウ」という屋敷だが、その屋敷は洪水の真中に孤立しており、ボートがなければたどり着けない設定になっている。『不思議の国のアリス』（一八六五年）に描かれたアリスの冒険は深い深い穴のなかで起きている。ファンタジーを生み出さない国と言われるアメリカの現代児童文学でも、例えばカニグズバーグの『クローディアの秘密』（一九六七年）で幼い姉弟が潜伏し、謎にであうのは、八万平方メートルの床面積を囲いこみ、守衛によって入場口を護られる「メトロポリタン美術館」だ。

これらの境界線で仕切られた世界に展開される冒険物語は、二十世紀末から二十一世紀初めの今、現在進行形で世界中の子供たちを巻き込んでいる二大旋風といってよい「ハリー・ポッター」シリーズとポケモンの遠近の先祖となっている。

このように、不思議や魔法、冒険といった非日常的な物語には、境界線によって厳然と仕切られた時空、しかも一度中に入ってしまうとその境界線が見えなくなり、永遠・無限を感じさせるような時空が必要である。しかも現実世界の祭りで飲み騒ぎ踊る大人と違い、分別のある素面の子供たちを白けさせずに物語に引き込むには、ひとつの矛盾もあってはならない。そのため、『アラビアンナイト』の「シンドバッドの冒険」のような素朴な冒険物語に比べ、時代が下る作品ほどその境界線は、巧妙かつ細心の注意をもって、二重三重に引かれている傾向があることも、指摘しておきたい。

非日常空間としての遊園地、そしてディズニーランド

武藤脩二は、アメリカの祝祭情景は、サーカス、共進会、移動見世物のほぼ三つに分けられるとして論じているが、固定テントの中の「サーカス」、一年中の「共進会」そして移動しない「見世物」である遊園地も、第四の情景として加えてもおかしくない。[3] 二〇〇一年現在全米で二二六を数える[4]近代的遊園地の起源は、十七世紀以降ヨーロッパで流行したプレジャーガーデンが原型といわれる。平行して、祝祭の際にフェア・グランドに並んだ遊戯施設や見世物の興行を起源とする説もあるが[5]常設のものに限定するなら前者が、現在の遊園地の直系尊属と言えるのではないかと思う。

散策路や遊戯施設、スポーツ施設、飲食施設などが塀に囲まれた、元貴族の庭園であるフランスのプレ

ジャーガーデンにせよ、十八世紀イギリスの「ヴォルクス・ガーデン」(一七二八-一八五〇年)、またそれらの凋落を教訓に十九世紀ウィーンに誕生した「プラーター」や、ディズニーランドのモデルであるコペンハーゲンの「チボリ公園」にせよ、ローラーコースターやダークライドなどの独自の遊戯施設を採用し、十九世紀末から二十世紀初頭に隆盛を誇った「コニーアイランド」のようなアメリカ式遊園地にせよ、その端緒から庶民にとっての「ハレ」の空間であり続けてきたことは、いまさら説明するまでもない。但し、クリスマスやイースター等、暦によって自動的に定められ、そのために自ら準備をしなくてはならない、「やってくる」型の「ハレ」の時空間とは異なり、遊園地は、お金と時間さえあれば何時でも好きな時に利用できる「行く」型レディメイドの時空間である。[6]

ディズニーランドもそういった意味では、これら従前のプレジャーガーデンの延長線上に並んで、一つもおかしいことはない。しかし決定的に違うのは、遊園地のオーナー以前に映画人であるウォルト・ディズニーが、その経験と人材(イマジネーションとエンジニアとの合成語で「イマジニア」と呼ばれる)を活かし、彼のイマジネーション、つまり彼自身の頭の中に巡る物語を現実以上に現実化したこと、そしてしばしば聖域に例えられ、そこに赴くことは巡礼と称される「魔法の王国」の周囲に、有形無形の柵、——聖域を護るための「結界」——を巡らすことに拘泥し、非常な情熱を燃やしたということである。彼の死後も「王国」建国の理念は遵守され、その理想の達成に向けて終わりのない発展を展開してきた。

「結界」外の世界の排除

ディズニーランドは僅か十一ヶ月の工期の後、一九五五年七月十五日に開園したが、その構想は既存の遊園地の運営方法や設計とは、全く違っていた。その一つが、敷地内から外の世界が見えないように周囲に盛り土をすることであった。[7]

盛り土された周囲には樹木が高密度に植えられ、遊園地の中にいる人は外界の様子を垣間見ることもできないばかりか、その樹木が実は塀であるということを認知し難い仕組みになっている。[8]

さらにもう一つの特徴は、入場口を一つにすることであった。既存の遊園地の常識を破り、入場口を一つにしたことについて、「分かりやすいひとつの出入り口」[9]と説明されているが、分かりやすくするためだけなら、入場口にそれぞれ特徴的な名前をつけるなり、色分けするなりすればよい。ウォルトの意見に反対する既存の遊園地経営者ら専門家の意見を全て取り下げ、彼が独自の方式を貫いた理由については、映画の手法を取り入れたという以上の、明確な公式説明は未だなされていない。しかしこれも、より完璧な「結界」に囲まれた、「ハレ」の空間、魔法が起きても不思議のないファンタジックな別世界を作るためであると考えると、筋が通る。現実世界と別世界との接点は、小さいほどよいからである。

例えばC・S・ルイスの「ナルニア国」シリーズ（一九五〇-五六年）で、ナルニアと現実世界との接点は、子供たちの疎開先である大邸宅の中の、使われていない一室に置かれた衣装ダンスの中の、さらに毛皮のコートをかき分けた奥であった。『トムは真夜中の庭で』のトムがヴィクトリア時代の少女ハティと出会う過去の庭は、滞在中のアパートのホールと繋がっているのだが、そのドアのボルトは「あきらかにながい年月の間にさびついた」（高杉一郎訳）[10]錆でざらつき、イエール錠がかかっていて、十三時の鐘なしにはアクセス不可能である。高い塀に囲まれた『秘密の花園』の庭園に入るための扉は、蔦に覆われて見えにくく、鍵がかかっていて、その鍵はといえば、地中に埋められていた。「ハリー・ポッター」シリーズで、ホグワーツ魔法学校行きの特急列車が出るホームは、キングズ・クロス駅の九と四分の三番線である。

飲食物持込禁止にも触れておこう。ディズニーランドでは、開園時から原則として[11]食べ物、飲み物は持ち込みが許可されていない。これは、飲食施設の売上減少を恐れてのことでなく、飽くまでも園内の雰囲気を壊す可能性のある外部の食べ物を排除するという構想に基づく。その構想の真意は大衆には伝わらず、悪評のみ高かったため、後に妥協策として入場口外の西側にピクニック・エリアと称する野外テーブルを配置した小区画が設けて、持参した弁当等を使うことができるようになった。ただし、そのエリアは鉢植えの生垣で囲われ、外から見えない配慮がなされている。

生死に係るなど、よほどのことがない限り、園内呼び出し放送をおこなわないのも、同様の趣旨のもとにある方策である。ロディオ大会で伝統的に聞かれる「○○出身○○氏の長男○○君」という選手紹介アナウンスは、観客の帰属地と選手とを親密に結びつける作用を生む。しかし遊園地で聞く「○○市からお越しの○○様」という呼び出しは、一瞬のうちに多くの無関係の客を、「結界」外の日常世界に引きもどしてしまう。

実現はしなかったが、観客が自宅から着用してきた衣服の代わりに、テーマに沿った衣装に着替えをさせる（所謂コスプレ）計画や、現実世界の金券を目にする機会を排除する構想も、外界の侵入を拒否する計画の一環である。後者は、価格表示をできるだけ見えないところに提示するという妥協点を見つけて、現在も実行されている。

ディズニーランドの、その唯一の入場口を入った観客が、更に内部に進むには、エンデの『モモ』（一九七三年）における「さかさま小路」（大島かおり訳）を想起させるトンネルをくぐらなくてはならないが、そのトンネルのアーチには次のような言葉が記されている。「あなたは、ここに、きょうを離れ、きのう、あした、そして空想の世界に入る」。"HERE YOU LEAVE TODAY AND ENTER THE WORLD OF YESTERDAY, TOMORROW AND FANTASY."

結界の綻び

もちろん四十五年の歴史の間には、その境界線は、幾度となく綻びそうになる危機に直面してきたが、そのたびに修復されてきた。それが如実に表れているのが、トゥモローランドのアトラクションの履歴だ。未来をテーマにしたこのテーマ・ランドには、開園当初十一のアトラクションが設置されていた。しかしその内現在も残っているのは、「トゥモローランド・オートピア」Tomorrowland Autopia[12]のみである。現在このエリアは、十一のアトラクションで営業しているが、別のアトラクションにあとを譲ったものも含めて少なくとも二十二以上のアトラクションが既に過去のものとなっている。

これら二十二のアトラクションを別表に記すが、その中には、「こどもオートピア」Junior Autopia(一九五六年)、「まめオートピア」Midget Autopia(一九五七年)、「地底の世界」The World Beneath Us(一九五五年)、「海底二万リーグ」20.000 Leagues Under the Sea(一九五五年)、「幽霊ボート」Phantom Boats(一九五五年)、「カラー・ギャラリー」Color Gallery(一九五五年)、「(モンサント)未来の家」の前身「モンサント科学ホール」Monsanto Hall of Science(一九五五年)、「未来のトイレ」Bathroom of Tomorrow(一九五六年)など、かつて存在したのは確かだが、完全に撤去されたと言い切れるのか微妙なもの、いつどのような経緯で撤去されたのか、あるいは単なる名称変更なのか、調査中のものは含まれていない。仮にそれらを全てカウントした場合は三十以上になるだろう。

別表 「未来の国」から撤去されたアトラクション一覧（1955-2001現在）

「宇宙ステーションX-1」Space Station X-1(1955-60)	
「TWAムーンライナー」TWA Moonliner(1955-62)	
→改装	「ダグラスムーンライナー」Douglas Moonliner(1962-66)
→改装	「月へのフライト」Flight to the Moon(1967-75)
→改装	「火星へのミッション」Mission to Mars(1975-92)
「潜水艦の航海」Submarine Voyage(1959-98)	
「全方向カメラ」Circamera(1955-64)	
→改装	「サークル・ヴィジョン360度」Circle-Vision 360(1964-97)*
「アストロ・ジェット」Astro Jets(1956-64)	
→改装	「トゥモローランド・ジェット」Tomorrowland Jets(1964-67)
→改装	「ロケット・ジェット」Rocket Jets(1967-97)
「世界の時計」Clock of the World(1955-66)	
「ファンタジーランド行きスカイウェイ」Skyway to Fantasyland(1956-94)	
「未来の家」House of the Future(1957-67)	
「空飛ぶ円盤」Flying Saucers(1961-66)	
「宇宙空間の冒険」Adventure Through Inner Space(1967-85)	
「進歩のカルーセル」Carousel of Progress(1967-96)**	
「人移動機」People Mover(1967-96)	
「アメリカが歌をうたう」America Sings(1974-88)	
「魔法の旅行」Magic Journeys(1984-86)	
→改装	「キャプテンEO」Captain EO(1986-97)

*その間上演内容の変更一回

**ファンタジーランドのカルーセルとは異なり、回転木馬ではない。

「あした」の世界をテーマとしたこのエリアは、アポロ11号の月面着陸成功（一九七二年八月十二日）を初めとする科学の進歩につれて、「あした」が「きょう」になるたび、また用語に新鮮さが感じられなくなるたび、—つまり、日常の世界とディズニーランドが筒抜けになる毎に—いち早くその施設を撤去したり、名称を変更したりを繰り返してきたのだ。

そういった意味で、「結界」が決壊するリスクを全く伴わない空想の世界、ファンタジーランドと比較してみると、違いが歴然としているのがわかる。こちらのエリアにこれまで設置された遊戯施設は二十一にのぼるが、そのうち、廃止されたのは四つ、そのうち完全廃止となったのは、「ファンタジーランド・オートピア」Fantasyland Autopia（一九五九年）「トゥモローランド行きロープ・ウェイ」Skyway to Tomorrowland（一九五六年）だけで、「世界のカナル・ボート」Canal Boats of the World（一九五五年）と「白雪姫の冒険」Snow White's Adventure（一九五五年）は、それぞれ「お話の国カナル・ボート」Storybook Land Canal Boats（一九五六年）と「白雪姫の怖い冒険」Snow White's Scary Adventures（一九八三年）への改装のため発展的に姿を消したものである。

独立国家としてのディズニーランド

外の世界は可能な限りにシャットアウトされたが、ウォルト・ディズニーは同時に「結界」の中の「ハレ」の空間、第二の世界の内側、すなわち「きのう、あした、そして空想の世界」を充実させることに資金と情熱を注いでいった。その、想像世界を現実化する作業——イマジニアリング（ディズニーの造語）——については、『イマジニアリング——魔法の実現に関する夢の背景——』（一九九六年）[13]他、多くの先行研究に詳しく述べられているのを参照していただきたいのだが、ウォルトは常に本物の現実よりも更に本物らしい仮想現実を要求し、「イマジニア」たちはその過酷な要求に十分に応えたということだけは、書き留めておく。

ウォルトは「バッド・ショー」(bad show) すなわち客を現実に引き戻してしまうような言動、事象を毛嫌いした。先に「ハレ」には酒がつきものと述べたが、健全な施設を前提とするプロジェクトであるディズニーランドでは、基本的にアルコールは販売されないし、また酒に酔った観客の入場を禁じているため、酒の力を借りての演出は、問題外である。時に非情で残酷なことも―「どうせあのミッキーの着ぐるみの中には、バイトの人間が入ってるんだぜ」という類の発言をしがちである―と、社会人として経済の一端を担う大人が、日常世界に戻る（シラける）暇を与えず、正攻法で圧巻し、有無を言わせぬだけの説得力を、ディズニーは求めたのであった。

五つのテーマランド、三十六のアトラクション[14]で、一九五五年の七月に開園したディズニーランドは、その後毎年新しいアトラクションを追加しながら、「世界にイマジネーションが残されている限り、ディズニーランドは完成することはない」[15]というウォルト自身の言葉通り、外界から完全に切り離された別世界の終わりのない完成に向けて、彼が他界した後も発展を続けた。

加えて同時に私が注目したいのは、ディズニーランドが謳っている「きのう、あした、そして空想の世界」が順調に発展していくにつれ、ウォルト・ディズニー個人を元首とした独立国家としての体裁を整えて行ったという事実である。

もとより、遊園地の名称からして、字義的には個人的な「ディズニーの国」であった。「アメリカの歴史に捧げる」[16]という開園日のウォルトの演説と矛盾して、そのシンボルは中世ヨーロッパの「城」である。おとぎ話や彼自身の映画の三次元化を主題にしたファンタジーランドの中ではない。敷地の中心に据えられたその城には、ディズニー家の紋章[17]を掲げた。（これは、どのような不可能を可能にすることのできるイマジニアでも絶対にできない作業─即席かつ人工的に歴史と伝統を獲得する作業である。）

開園四年後には、軍備を持つようになる。「潜水艦の航海」Submarine Voyage（一九六一年）は、ドイツ製M・A・N・四十馬力ディーゼルエンジンを搭載し二本のレールに沿って海底を進む「原子力潜水艦」のアトラクションだが、ウォルトはこれを「世界一の平時の潜水艦艦隊」"the World's largest peacetime submarine fleet"と称し、そのアトラクションを利用することは「七つの海の海底をいくディズニーの海軍に同行する」"join Walt Disney's unique navy on a voyage beneath the Seven Seas"と言い換えられた。[18]更にその五年後の一九六四年に、最初の「アンバサダー（大使）」が選ばれ、翌一九六五年に就任した。

一九六六年、ウォルト他界のニュースでは、「大きな耳を生やした地球」が涙を流した。その後テレビ番組『ディズニーランド』も終了したが、テレビで会えるディズニー小父さんが、完全にこの世から姿を消したことにより、ディズニーランドが得をしたことが一つだけある。それは、独立国としてのディズニーランドが唯一欠いていたもの、神話・伝説を持てたことである。ウォルトは死して仮想現実の独立国の人柱となった。

一九八二年には、それまでの入場券とABCDEのそれぞれのチケットに加えて、旅券「パスポート」を導入。一九八五年には年中無休の体制にはいり、そして一九八七年には、「ディズニー・ドル」と呼ばれる独自の通貨が発行されることになる。

このようなプロセスを経て、伝説の人ウォルト・ディズニーを創始者にいただく国家としてのディズニーランドは、一九八〇年代後半にはほぼ完成した。とはいえ、所詮は仮想現実の世界に築き上げられた、空しい偽の王国である。七十年代のチリで、アリエル・ドーフマンは、ディズニー漫画における帝国主義的イデオロギーを告発し、禁書に指定された『ドナルドダックの読み方』（一九七五年）の中ですでに、ディズニー漫画の人気をアメリカの文化と政治思想の侵略と等価視し憂慮の意を表明した。また、アメリカ国内でも『ディズニー版』（一九六八年）を初めとする、知識人によるディズニーに対する批判が数多く発表されてきた。しかし、それらの批判によって、「王国」は倒れただろうか。

王国から聖地へ

もちろん、その答えは否である。マーシャル・フィッシュウィックは「もしポップ・カルチャーにスローガンがあるとしたら、それはこうだろう。『きみらがぼくの後押しをしているのだよ』[19]と述べたが、その言葉どおり大衆はディズニーを支持した。

既に第二次世界大戦の戦前戦中を通じて、「ディズニー・クラシックス」と呼ばれる作品群、ミッキー・マウスとその仲間たちの繰り広げる冒険やドンチャン騒ぎは、アメリカ国内はもとより、世界中の映画館に次々と配給されて来ていた。彼らの人気は、イラストが印刷された衣類、食品、文房具他、あらゆる日用品、そしてディズニーが発信するヒット・ソングの軽快なメロディーに乗って各家庭に浸透し、ディズニーランドのEチケットは「胸がときめくような、素晴らしい、特別のもの」を表す代名詞となった。『ドナルドダックの読み方』の序文に、著者は「ミッキー・マウス・クラブの将軍になるためには」という皮肉な小題をつけているが、将軍まで行かなくとも、無数の潜在的士官候補生が養成されていたことは間違いない。（そのうちの一人が大戦中の敵国イタリアの指導者ムッソリーニであった！）

能登路雅子は著書のなかで、「ディズニーランド」を宗教の聖地になぞらえて論じた[20]が、世界中のディズニー・ファン（信者）が、聖母マリアのメダイや十字架のかわりにアメリカ生まれのズボンを穿いたネズミの縫いぐるみを抱いて眠るとき、彼らにとって、そのネズミはポップな聖像《イコン》となり、「王国」＝「聖地」（「み国が来たらんことを」の『み国』が"your Kingdom"であることも想起していただきたい）の周囲に巡らされた境界線は単なる境界線ではなく、一種の宗教的意味を纏った「結界」となる。

かつてはメインストリートUSAの消防署の二階の窓から、そして一九九三年以降は分身ミッキー・マウスと手を繋いで「王国」の中心地に立って、ウォルト・ディズニーが指差し続けているのは、イヤーキャップというベールを被り[21]ウォルトと使徒ミッキー・マウスへの服従の印であるバッヂ（そもそもバッヂとは君主への隷属を表す印である）を身につけ、ヘリウム入りのバナーを手に、山門をくぐって巡礼にやってきた、信者たちの人波である。

その光景は二十一世紀に突入した現在でも、一見変わっていないように見える。

「結界」の自己破壊

しかし四十年以上にわたり守られてきた「聖地」と、それを取り巻く「結界」の持つ意味は、二十世紀最後の五年間に、あっけなく根本から覆されることになった。この「聖地」を取り巻く「結界」は特にトゥモローランドの水際で何度となく綻びそうになったが、その度に修復されてきた。今回はそれら過去の危機とは本質的に異なり、修復不可能なもので、しかも従前の危機とは比べものにならない速度で恒久的に襲ってくる、怒涛のごときものだった。情報技術革命である。
ウォルト亡き後、なかなかヒットを生み出せなかった映画部門がネックとなり経営不振に陥っていたディズニー社再建のため、一九八四年から会長の席に座り[22]見事に事業の好転をやってのけたマイケル・アイズナーが、間もなく二十世紀末に世界が経験することになる最も大きな転換期がディズニーの「王国」に及ぼす影響を、いち早く危機的なものと察し、深刻に捉えた。

アイズナーの挑戦　このような眩い成功の十年間の後も、魔法を効かせておくために。テーマパークの上に不気味に襲いかかりつつある、新たな競争と人の流れの変化に関して、ディズニー社は再考を迫られている。情報高速道の時代がすぐそこにきている。ディズニー社は、その高速道の流れにどうしたら乗ることができるかの判断を迫られている（『ニューズ・ウィーク』、一九九四年九月五日）[23]。

アイズナーの憂慮は、的を射たものだった。かつて東京ディズニーランドの「ミート・ザ・ワールド」には、劇場から出口への動く歩道に沿って、未来の家庭像を描いたジオラマが展示されていた。[24]ディスプレイを見ながらキーボードの前に座って作曲する少女がいる。玄関先には、パソコンで注文した食料品が届く。一九八三年の開園当時、ディズニー社が予言した近未来像は、見事に現実のものとなった。が、皮肉にもその自らの予言内容によって、テーマ・パークのあり方を変える選択を迫られることになるとは、おそらく誰も想像していなかったであろう。
『星に願いを』をＢＧＭに、妖精の粉を撒き散らしながらティンカーベルが画面を舞うテレビの前[25]で、こども部屋のベッドの中で、ミッキー・マウスという聖像《イコン》を抱き、いつか行ってみたいと祈る時代から、ディスプレイ上に表示されたミッキーのアイコンをクリックするだけで世界中のどこからでも仮想巡礼が可能な時代へと、世の中は変わった。

すでに八十年代から、ディズニーの土分野である映画においては、映画鑑賞のスタイルは、大きく変化してきていた。一九八〇年から僅か十年間に全世帯の七割にまで普及した家庭用ヴィデオを受け、アイズナーは、『ピノキオ』を皮切りに次々とヴィデオ商品化を行った。ディズニー映画も他の娯楽映画同様、映画館に出かけ、毎回鑑賞料を払って見る「ハレ」の催事から、「永久に家庭に」（ディズニー・ホーム・ヴィデオの宣伝文句）保存していつでも見られる「ケ」の一部になった。

九十年代の情報・通信技術の発達と、それに伴うライフ・スタイルの変化は、映画の分野だけでなく、さらに遊園地を「ハレ」の空間から「ケ」の延長へと変えた。それまでは現地に行って初めて知り得る情報であったものが、ホームページを通して、簡単に得ることできるようになった。

マニアのホームページを見れば、関係者以外知り得ぬディズニーランドの秘密や裏情報が、インターネットの匿名性に後押しされて、いくらでも流出してくる。かつてはディズニーランドの秘密、例えば「蒸気船」は、実はレールの上を走っているのだ、というようなことを活字にして公表した雑誌を出版する出版社は、数ヶ月間ディズニーランドの取材、写真等の使用が禁じられる、ということが行われていたが、発信源を特定するのが極めて困難なインターネットの場合、そのような制裁は意味をなさない。

また余程の緊急性を要する事項以外の園内放送を、禁忌扱いとして行わず守ってきた「結界」も、携帯電話の普及には勝てなかったと言わざるを得ない。乗り物の順番やパレードを待つ間、また園内のいたるところで不意に鳴る自分や隣人の携帯電話の着信音は、人を白けさせる。従業員が携帯電話の電源を切るよう依頼するが、もとより「携帯電話」という現実世界の用語を口に出した時点で、客の何割かは魔法から醒めてしまう。

新しいディズニーランドは、その園内外を分かつ不可侵の聖なる「結界」を守る努力を止める英断をするしかなくなった。

「結界」を守るために注がれてきたエネルギーは、逆に「結界」を徹底的に取り払うことに使われることとなった。全米に七百店舗以上あり、さらに増えつづけているディズニーストアは、買い物のついでに立ち寄るプチ・ディズニーランドだ。新しく出来たディズニーズ・カリフォルニア・アドヴェンチャー(二〇〇一年二月開園)は、入場口外から中が丸見えである。そしてその開園に伴い併設された商業地区「ダウンタウン・ディズニー」では、客は入場料を払うことなく、ディズニーらしい雰囲気とディズニーとは無関係だが巷で評判のレストラン・チェーン等のサービスを、同時に堪能できるようになった。またケーブル・テレビ(ディズニー・チャンネル)やラジオ・ディズニーは二十四時間家庭とディズニーの世界をつないでいる。

こうしてアイズナーらの新構想のもと、ディズニーランドは「聖地」から、還俗した。かつての「ウォルト・ディズニーのディズニーランド」は一九八四年の買収以来、商標「ディズニーランド」になった。そして二十一世紀を目前に、ディズニー・カリフォルニアと直営ホテルを含む一大リゾートエリア「ディズニー・リゾート」の一部であるところの「ディズニーランド・パーク」として、全く別の遊園地に生まれ変わった。

手元に数枚の地図がある。これまでディズニーランドが公開してきた、イラスト地図だ。地図は、現実が先にあって、それに基づいて作られるのが普通だが、ディズニーランドの場合は、逆であり、それだけに設計者の意図を雄弁に語っていておもしろい。[26]

計画段階のもの、着工してからのもの、開園時、五十年代の終わり、六十年代前半、そしてその後の節目節目に描き直されてきたそれらの地図を、年代順に並べて比較してみると、ウォルト・ディズニーとディズニー社が、ディズニーランドと外界との境界線をどのように認識しているかの推移、そして一九九四年を境に、厳重な「結界」に囲われた「ディズニー王国」は、時代の流れという外部からの抵抗できない力を締め出すのではなく、抜き差しならぬ状況になる前に自ら門戸を開放するという、「結界」の自己破壊という途を選択し、危機を回避した経緯がはっきりと投影されている。これまで述べてきたことを、これらの地図を道案内に、もう一度振り返ってみよう。

① 「ディズニーランド」を描いた最初のスケッチとして知られる、「初期の鳥瞰図」(制作年不詳)ペンによる比較的精密なスケッチである。斜め四十五度から描いた敷地全体が盛り土され、彩色されているのは園内敷地部分のみで、かなたの山並み連なる地平線以外はかすんで見えない。鉄道が園の内外を分かっているだけで、特に生垣などは描かれていない。ディズニーの夢が強調された一枚である。

② 一九五四年十月のテレビ番組『ディズニーランド』の第一話で紹介されたディズニーランドの全体図ウォルトの背景に掲示された地図　ペンによる写実的なスケッチである。上記のものより高いアングルから、ほぼ正面向きのパークを描いている。周囲を巡る鉄道の外側が土手のように盛り土され、土手の上には樹木が茂り、外界と園内とは完全に分離されている。ただし、園外には来園者の乗用車がびっしりと並び、また伐採されなかったオレンジの木や、近隣の農家のもの納屋と思しき建物なども描かれ、外界との

つながりを残している。

③　一九五八年に園内で販売された地図　鬱蒼とした樹木で境界線が描かれている、デフォルメが目立つ、彩色のスケッチ。当時はまだディズニーランドが、建前どおり「アメリカの歴史に捧げ」られていた時代で、現在「スペースマウンテン」Space Mountain がある場所に「エジソン広場」という広場が設けられていた。広場に至る通りは「リバティー通り」と呼ばれ、ワシントンDCのミニチュア、自由の木、独立宣言のジオラマ、などが設けられていた。近隣農家などは一切消去されているが、敷地外にモノレールで繋がった（実際は五九年から運行）直営のディズニーランド・ホテルと、キャンプ場、ヘリポートが描かれている。駐車場は描かれていない。近未来にかけてのディズニーランドにおける休暇の過ごし方を提案する地図である。欄外には「ウォルト・ディズニーの魔法の王国　ディズニーランドU・S・A・」と書かれ、ウォルトの似顔絵とともに、彼のメッセージが印刷されている。

④　一九六三年に園内で販売された地図　フロンティアランドの「踊りの広場」で踊るインディアンが消え、代わりにトーテムポールの数が増えたのは、公民権運動の影響だろう。ヘリポートは姿を消したがモノレールで繋がったディズニーランド・ホテル他の施設に加えゴルフコースでゴルフを楽しむ人のシルエットも加わり、園外は大変賑やかである。欄外には引き続き「ウォルト・ディズニーの魔法の王国　ディズニーランドU・S・A・」と書かれ、ウォルトの似顔絵とともに、彼のメッセージが印刷されている。

⑤　一九八九年に園内で販売された地図　「聖地」が完成し、円熟した時代の地図である。以前の写実性

はなくなり、全体にデフォルメが強く、コミカルな筆致である。八四年の乗っ取りを受けて、「ウォルト・ディズニーの……」というクレジットは消えているが、同時に直営ホテルをはじめ、敷地外の一切の施設が姿を消し、「結界」の内側だけが描かれている。因みに同年に東京ディズニーランドで販売された地図も同じ方針のもとある。

⑥ 二〇〇〇年に園内で販売された地図　入場口の外にはチケット売り場のほかに、翌年開園予定のディズニー・カリフォルニアを暗示する椰子の木が描かれ、用紙の外に向けて延びたモノレールやトラム（新設された立体駐車場と間を送迎のために往復する乗り物）乗り場は、外界とのつながりを最早隠していないことを示す。開園四十五周年。「聖地」の還俗を象徴する地図である。再びウォルト・ディズニーの似顔絵と、彼のメッセージが、意味ある復活をしている。

おわりに

以上、ディズニーランドという七十七エーカーの遊園地が、ウォルト・ディズニーにとって、ディズニー社にとって、そして大衆にとって、どのような意味を持ち、変化してきたのかを、「結界」をキー・ワードとして述べてきた。しかし、最後にもう一つ付け加えずに、拙文を括ることはできない。「聖地」を失ったものの、遺跡見学や仮想巡礼では満足できない「信者」への対応についてである。

ディズニーがまだディズニー家の手中にあったころの映画をいくつか観た経験のある人なら、その主題歌の多くに共通する言葉があったことを思い出すことができると思う。「あなたの心がどんなに嘆き悲しんでいても、信じつづけていれば、あなたの願う夢はかなうはず」（『シンデレラ』一九五〇年）「小さき者よ、あなたの希望と願いがかなうまで、信じていなさい」（『ザ・レスキュアーズ』一九七六年）「星に願いをかけるとき、あなたが誰であるかにかかわらず、あなたの心が望むことは、何でも実現する」（『ピノキオ』一九四〇年）「必要なのは信じることと信頼すること…君は飛べるんだ」（『ピーター・パン』一九五一年）。

アイズナーは、自分の代になってからは、すっかり箪笥にしまいこんでいたこれらのディズニーの常套句を取り出してきて、古くて新しい、ノスタルジックな「お題目」として起用した。「信じるのです！」"Believe!" 街中ビルの屋上や国道沿いの畑の真中で、こう書かれたビルボードをみて、その下の句を連想しないアメリカ人はいない。

園内の照明が落ち、かわいらしい男の子の声が、昔ながらの願掛けをはじめる。「明るい星よ、輝く星よ…」[27] 目のさめるような花火を背景に「信じるのです！」とナレーターがお題目を唱えるとき、来園者の視線は間もなく飛んでくることになっているティンカー・ベルを一目拝もうと、「マッターホルン」の頂上に集まる。アイズナーには出来なかったウォルト・ディズニーの魔法が、IT時代の信者の、心のアイコンに触れ、危篤状態の聖像《イコン》が息を吹き返す瞬間である。

II

先祖の地ヨーロッパへ

4　近代消費社会のフォーチューン・ハンター

伊藤美香

はじめに

ヘンリー・ジェイムズ（一八四三－一九一六年）の作品には、既成の概念にとらわれず、自分らしい価値観を大切にして伸びやかに生きるアメリカ娘が多く登場する。彼女たちは家庭の中で守られて育ったため、世の中の悪事や辛苦を知らない。ジェイムズは彼女たちにあえて試練を与え、未熟な少女が挫折を経ることによって、強靭な精神力と知性を備えた女性へと成熟する過程を描く。

ジェイムズが作家として活躍した十九世紀末の欧米社会では、人々の関心が金銭的な富の獲得に集中する消費中心の時代を迎えていた。ジェイムズの描くヒロインは、その財産ゆえにフォーチュン・ハンターに狙われて、信頼する者からの裏切りを経験する。

ジェイムズ自身はこの消費社会をどのように見ていたのだろうか。長編『ある婦人の肖像』（一八八一年）を中心に、ジェイムズの代表作数編を通じて検証する。

庭園とヒロインの心理描写

『ある婦人の肖像』の第一章は、ガーデンコート邸の庭でのアフタヌーン・ティーの風景から始まる。その庭はロンドン郊外のテムズ川を見晴らす低い丘の上に位置している。広大な敷地には、長い破風の赤レンガの邸宅、手入れの行き届いた芝生、さらに自然のまま密生する樹木が調和を成して溶け合っている。ジェイムズはこのガーデンコート邸を「私が描いてきた中でも、最もイギリス風な特徴を持った建物だ」(*PL*. 1, 2）と述べている。エドワード六世の治世に建てられたその邸宅は、クロムウェル時代の戦争で外観を損なわれたものの、大増築されてイギリスの歴史を三百年間見守り続けている。その極めてイギリス的な邸宅に三十年以上住み続けているのは、アメリカ人のタチェット氏である。タチェット氏が祖国を離れ、この地を終の棲家と決めたのは、その庭からガーデンコート邸を眺めるのが心から好きだからである(*PL*. 1, 3)。この豪邸にはイギリスの長い伝統が染み込んでいるが、対照的にその庭では四季が移り変わる度に、新しい緑の命が繰り返し生み出されている。タチェット氏は恐らく、この屋敷に混在する、伝統と新しい命との融和に愛着を感じているものと考えられる。芝生に椅子を置き、息子のラルフ・タチェットとその友人のウォーバトン卿との会話を聞きながら、ゆったりとお茶を飲むタチェット氏の様子は、充実した人生の晩年を静かに満喫している彼を象徴している。

第二章ではタチェット氏のこの庭園に、ヒロインのイザベル・アーチャーが訪れる。ジェイムズがイザベルの最初の登場を庭園に設定したのは理由がある。若いイザベルの成長を辿るこの作品において、ジェイムズは彼女の心の中を庭、あるいは園に見立てて、一層深い心理描写を試みている（Gale, 44-46)。文字のみで表現する芸術である文学作品の中で、ジェイムズは彼の思い描く映像を鮮やかに読み手に伝えるために、比喩を有効に活用しているようである。ジェイムズが表現する個人の意識の中にある庭は、人生経験や内省力によって様相を変える。人が苦しみや葛藤を経て、精神的に成長すると庭も広がりを見せる。そして、この庭は各自の手入れの仕方、つまり自分を磨こうとする向上心によって変化する。また、適当ではない相手に手を加えられると荒れてしまうこともある。[1] ジェイムズは庭の比喩を用いることによって、辛い、悲しいという感情的な表現より深く、さらに緻密なイザベルの心理描写に成功している。

ガーデンコート邸に初めて来たにも関わらず、イザベルはまるで以前からそこに居たかのように違和感なく馴染んでいる。タチェット氏の飼い犬は全く警戒せずにイザベルの足元にじゃれつき、彼女も躊躇なくその犬を抱き上げる。この光景にはイザベルのイノセンスが示唆されている。父親に守られて育ったイザベルは、他人を疑ったり憎んだりする必要がなかった。最愛の父親を亡くし、伯母であるタチェット夫人に渡英を誘われた時も、イザベルの心には一点の不信感もなく、ただ新しい世界や未知の人々への無防備な好奇心に突き動かされた（*PL.* 1, 35)。ガーデンコート邸の庭に自由に解き放たれたイザベルはその内面も庭園と同様に広大で、夏の樹木の様に若々しい生命力に満ちている。ジェイムズは冒頭のこの印象的な場面において、庭園とイザベルの成長に密接な関係があることを暗示している。

ギルバート・オズモンドと出会い、結婚を決意する転機に立った時、イザベルはそれまで勇み足で進んできた道の上で歩調を弱める。その時、彼女の周囲には庭園が広がっていた、とジェイムズは表現する。物怖じしないイザベルは常に前方を見つめて進んでいるが、時に自己嫌悪を感じると徹底的に自らを振り返り、深く反省する。そうしていくうちに彼女の精神には、いわば手入れの行き届いた庭園が存在するようになり、その広がりを増していた。

イザベルの性質にはどこか庭園のようなところがあり、芳香、風にそよぐ枝、人の心を和ませる木陰、遠くまで広がる眺望、といったところがあった（*PL.* 1, 72)。

規制の概念に捕らわれない、自由な精神が魅力のヒロインであるだけに、イザベルの庭園は美しく広大なものとして描かれている。オズモンドの連れ子のパンジーが実母のマダム・マールよりもイザベルの方にすぐに打ち解けて、生き生きとした表情を見せるのは、イザベルの手入れの行き届いた庭園こそ、パンジーという名の彼女が花を咲かせることのできる場所だということを表す。[2] しかし、結婚後間もなくイザベルの庭園はオズモンドに手を加えられる。彼は容赦なく庭園を小奇麗に縮小していく。

彼女の考えは彼の考えと同じであるべきで、広い鹿猟園に付属する小さな庭のように、彼の考えに付属するものでなければならなかった。彼は土壌をそっと起こし、花に水をやり、花壇の雑草を取り、時々花を摘んで香りを楽しむことだろう（*PL.* 2, 200)。

イザベルの柔軟な発想力は、オズモンドにはただ煩わしいだけである。「広い鹿猟園」に付属する「小さな庭」のように、オズモンドはイザベルが自分の綺麗な付属品でさえあればいいと考える。行動や考え方までも制限されて、イザベルの広大で豊かだった庭園は「害虫のようなオズモンドの手」（*PL.* 2, 357）によって生気を失い、枯死しかかっている。

本作品のクライマックスである四十一章では、苦しみの中で現状を見つめ、どのように問題に対処していくべきか葛藤するイザベルの迷いが彼女の心の動きに沿って語られる。彼女の意識は広い視野が開けていた庭から一転し、景色のない建造物の中へと封じ込められる。そこは「窓のない壁が行き止まりにある、暗く細い通路」(*PL.* 2, 189) を辿るうちに行き着いた、四方を壁に取り囲まれた未知の空間である。その建造物は「暗黒、沈黙、そして窒息の家」(*PL.* 2, 196)、すなわちオズモンドのエゴイズムが作り出す、イザベルを押し込め、閉じ込める牢獄である。見上げても小さな窓しかないそこは息苦しく、光も入らない。

牢獄に閉じ込められたイザベルのこの比喩的表現は、『黄金の盃』(一九〇四年) のマギー・ヴァーヴァーの心理描写の一節と類似している。マギーはアメリーゴ公爵と結婚したものの、夫の本心がつかめずに悩む。その時の彼女は「未だに分類さえされていない、部屋一杯に取り散らかされた問題の前を、行ったり来たりする」(*GB*. 2, 14) 状態であるとジェイムズは説明する。マギーは、夫の言動に対する疑問の一つ一つを心の中の「部屋」に放り込むようにして曖昧に過ごしてきたところ、いつの間にか「部屋」は飽和状態になってしまっている。手がつけられないほど沢山の物が無秩序に詰まった部屋の前で、マギーは呆然とする。彼女が不安な気持ちを物として片付ける、というジェイムズの比喩は、人々が沢山の物に囲まれた生活を送るようになった当時の消費社会を反映している。『ある貴婦人の肖像』でオズモンドがイザベルを建造物に押しこめるのも、彼が妻を品物として扱っているからである (Edel, 1984, 135)。オズモンドは妻を思いやり、人間的な愛情を育み蓄積することを望まない。妻の商品価値に満足感を見出し、金銭への執着の塊と化したオズモンドのような人物の造形に、ジェイムズは消費社会が持つ、暗い一面を描いている。

「顕示的消費」の時代

『ある婦人の肖像』の背景となっている十九世紀末の欧米社会はどのような状態にあったのだろうか。南北戦争以後、アメリカ社会はいわゆる金めっき時代と呼ばれる急速な経済成長期を迎えた。ニューイングランドを中心に起こった工業化は、それに伴う都市化に拍車をかけた。オフィスで働く管理職や専門職の人々が増加し、中産階級の幅が広がった。一方、産業革命を経たイギリスでも、階級制度に変化が起こった。機械工業の発展により雇用労働者の割合が減少し、代わりに資本家や専門職、公務員といった中産階級が増加した（秋元一四一）。このように十九世紀末の欧米社会は、経済力を身につけた新興中産階級が台頭する時代を迎えていた。彼らは経済システムにどのような動きを与えたのだろうか。

アメリカの経済学者ソースタイン・ヴェブレン（Thorstein Veblen）は、著名な『有閑階級の理論』（一八九九年）において、当時の中産階級の消費形態を「顕示的消費」[3]と名付け、その特徴を述べている。信用や名声を得るために、人は自らの経済力を他人に印象付けるような消費をしなければならなかった、とヴェブレンは言う。人口の移動が盛んな都市では頻繁に新しい人との出会いがあり、手早く相手を判断する材料として、表面化されたその人の経済力が最も役立った。それゆえ人々は高額な贈り物、豪勢な祝宴は勿論のこと、富裕の象徴である時間の浪費のために財産を注ぎ込んだ。イギリスでも、中産階級は地主階級の贅沢な生活様式を好ましいものとし、それを模倣することをステイタス・シンボルにした。彼らは贅沢品を購入して住居を装飾したり、海外旅行などの余暇を楽しんだり、クリケット、ゴルフ、サイクリングなどの時間と金のかかる流行のスポーツに熱中した（長島二六〇）。こうした新興中産階級の活発な消費活動によって、欧米では必要以上に物が氾濫する消費社会が生まれた。人々の生活形態はそれまでの生産中心のものから消費中心のものへと完全に移行したのである。この社会の風潮は、当時の人々の内面にどのような変化を起こしたのか。

経済成長期を生きた中流階級以下の多くの者が、一攫千金を狙うフォーチュン・ハンターの夢に生きたと言っても過言ではない。事業が上手くいけば百万長者になることも不可能ではなかった。何より金銭上の富が成功を計る尺度であり、もはやフォーチュン・ハンティングは悪徳ではなく、ごく当たり前のことと認識される時代となった。消費社会では物の価値が金銭的に換算される傾向が強かった。どれほどの金銭的価値があるかということは、しばしば人間にも適用された。ジェイムズの後期の代表作『鳩の翼』（一九〇二年）に登場するヒロインのケイト・クロイは、大富豪のアメリカ娘ミリー・シールの富を狙い、策略を立てるフォーチュン・ハントレスである。しかし彼女は同時に他人のフォーチュン・ハンティングの道具とならざるを得ない境遇にもある。ケイトの父のライオネルと姉のマリアンは、ケイトの美貌と社交能力に「実質的な価値」（*WD*. 1, 9）を見込んで、ケイトを利用して財産を獲得しようと企てる。

注目に値するのは、ケイトが自分に付けられた価値の実質を自覚している点である。小説の冒頭でケイトは父の家にある曇った鏡に自分の全身を映し、それを品定めするように客観的に見る。ケイトの自己評価の基準は、当時の時流に乗った商業主義的な価値評価と同じ視点にある。[4]

ケイトは、消費社会で貧苦の状態にあることの厳しさを痛感している。姉のマリアンは優しくふくよかな女性であったが、結婚後の貧困生活を通して身も心も荒んでしまっている。[5] 父のライオネルも同様に、人生に望みを失って自暴自棄の生活を送っている。ケイトはこのような最悪な状態から家族を脱出させるために、社交界で通用する自分の商品価値を最大限に利用することを決意する。

社会変化は、それに伴って貧苦の中身も変容させる。昔の素朴な共同生活での貧苦は互いに助け合い分かち合う精神を共有したが、近代消費社会の貧苦は孤独な闘いを強いるものであり、人間性までも変容させる。個人の小さな力では大きな社会の流れには逆らえない。ケイトには止むなくフォーチュン・ハントレスになる以外の選択肢がない。他人の財産を利用しようとする行為は、それまでは当然の如く悪徳とみなされていた。しかし、消費を中心に固定化した社会において、この行為は血の通った人間的な営みと考えられるようになった。ジェイムズはこの社会の変容を浮き彫りにすることで、家族や恋人との幸せの為に必死になるケイトの戦略に十分な必然性を持たせている。[6]

天性のフォーチュン・ハンター

『ある婦人の肖像』の中盤に登場するマダム・マールは、オズモンドの元愛人であり、パンジーの実母である。彼女こそがイザベルの遺産相続に目をつけ、オズモンドに戦略を提案した真の黒幕であるが、ジェイムズは「マダム・マールが自分を責める必要はない」(Matthiessen, 18) と作家としての意見をはっきりと記し、彼女がオズモンドと同類の人間ではないことを明確にしている。

マダム・マールはアメリカ生まれだが、幼少の頃からずっとヨーロッパに住み続ける四十代の成熟した女性である。彼女は若い頃、尊敬できるような偉大な人を夫にしようと決めた。しかし、同じアメリカ生まれで縁があったオズモンドという男は、財産が全てという冷血漢であった。そして彼は、マールに財産がないからという理由で彼女と結婚しなかった。マールにとって残された唯一の望みはイザベルをパンジーの継母にして、娘を幸せにすることである。

イザベルが七万ポンドの遺産を手に入れたと知ると、マダム・マールは早速オズモンドの元へと急ぎ、彼にイザベルに会うことを勧める。マールが何よりも心配しているのは、実の娘パンジーの将来である。オズモンドが裕福になったイザベルと結婚すれば、パンジーの将来に金銭上の不自由が全くないことは保証される。さらに、マールはイザベルの人間性をも認めた上で、パンジーの継母にイザベル以上の存在はない、と判断している。

マールがオズモンドに女性を紹介することには打算を含んだ重大な意味があり、それを二人は暗黙のうちに了解している。これまでにマールが幾度か見つけてきた女性の中には、オズモンドの趣味に合う者はいなかったようである。オズモンドはマールの紹介に半ば飽き飽きした様子で、次のように述べている。


その女性は美人で、賢くて、金持ちで、輝きがあって、何事にも理解力があって、稀に見る貞淑な人なのですか？　こういった条件が揃っていないと、お付き合いする気になりませんね。すすけた人間ならたくさん知っていますから、もううんざりしているのです（*PL.* 1, 344）。


オズモンドの言葉には、彼の理想とする妻の条件が具体的に表れている。オズモンドが初対面からイザベルを気に入って接近していくのは、彼女がこれらの条件を満たしているからである。オズモンドは鈍感な人間を嫌う。オズモンドもイザベルも芸術鑑賞を好むが、イザベルの豊かな感受性にオズモンドが惹かれたのは事実である。

しかし、やはりオズモンドにとってはイザベルの財産が最も魅力的である。イギリス貴族を高く評価するオズモンドは、高貴な星の下に生まれなかったことを悔やむほどに金銭への執着心が強い（*PL.* 2, 19）。イザベルの指摘するとおり、オズモンドは地位と財産に恵まれた他人を見ると必ず自分の境遇と比較し、その人物に取って代わることを熱望する。芸術作品を収集するオズモンドは、美貌も人間の価値を決める重要な要素だと考えている。イギリス貴族のウォーバトン卿は、容姿や経済力、賢明さの全てにおいて非の打ち所のない人物である。イザベルを争うにはウォーバトン卿は強敵であるが、それ以上にオズモンドは彼が周囲から認められた存在であることが羨ましくて仕方がない。そのウォーバトン卿の求婚を断った女性となれば、オズモンドがイザベルに付加する商品価値は上がる。イザベルとの結婚は、オズモンドの劣等感を満足させるのである。

イギリス貴族ウォーバトン卿の存在は、オズモンドの劣等感を刺激すると同時に、イザベルを必ず手に入れようとする彼の闘志を掻き立てる。その一方で、イザベルはウォーバトン卿が何もかも備わった人物であるゆえに、彼を敬遠する。既に完璧に形成されているものにイザベルは関心がない（*PL.* 1, 78）。完全無欠なものには、それ以上の変化や向上が望めないからである。イザベルは自分が出会うべきたくさんの機会を逃したくないから、という理由でウォーバトン卿の求婚を断る（*PL.* 1, 186）。ウォーバトン夫人として落ち着けば安定した生活が得られるが、それと引き換えにこれまでのような自由な行動が制限されることをイザベルは恐れる。伯母との出会いを機に新しい環境、未知の文化に触れる毎日を楽しむイザベルにとって、ウォーバトン卿との結婚生活は窮屈に思えてならない。イザベルは満ち足りた境遇のウォーバトン卿よりも、慎ましい生活の中で感性を磨く芸術家オズモンドの方により魅力を感じる。

しかし、実際ウォーバトン卿がイザベルの想像するような、妻の行動を束縛する夫になるとは考えにくい。ウォーバトン卿は話し上手であるが、彼の言葉にはオズモンドのような打算はない。むしろウォーバトン卿は聞き上手であり、イザベルが沢山の質問をすれば、それら全てに真摯に答える誠実さが彼にはある（*PL.* 1, 94)。ウォーバトン卿は財産と地位に恵まれているが、決してそれらを誇示したり、他人を見下したりすることはない。オズモンドのように、自分を良く見せようとして演技することもない（*PL.* 1, 97)。ウォーバトン卿となら、イザベルは互いの考えを分かち合える夫婦関係を築くことができたはずである。しかし、イザベルはウォーバトン卿と正反対のフォーチュン・ハンターであるオズモンドを結婚相手に選ぶ。自分の選択が重大な誤りであったことに気付いたイザベルが、どのように問題に対処するのか、という点にジェイムズは焦点を当てる。

オズモンドはイザベルの頭の良さを評価したが、彼女の考え方が枠にとらわれない自由なものであり、また彼女がいかに自分らしさを大切にしているかということについて、彼は認識不足であった。オズモンドはイザベルを支配できるものと信じ、後に彼女の自己主張に悩まされることになろうとは予想もできない。

イザベルはタチェット夫人のフロレンスにある邸宅でオズモンドと出会うことになる。広々とした、高い天井の部屋には多くの壁画が掛けられ、そこにはまるで美術館のような雰囲気が漂っている。この出会いの舞台は偶然にもオズモンドに味方し、イザベルはウッフィーツィ美術館の作品の一つを眺めるような気持ちで、オズモンドに見とれてしまう。

> 彼の話し声はガラスの器の振動のようで、もし彼女が指で触れれば音の調子が変わり、調和が失われることであろう（*PL.* 1, 356)。

イザベルにはマダム・マールと会話するオズモンドの声がガラスの振動のように感じられる。このイザベルの考えは、彼女の芸術への関心の高さを裏付けている。十九世紀の欧米では高い光の屈折や分散をもったクリスタルガラスの組成が開発された。透明感を生かすカット加工を施されたガラスの器が鑑賞用として盛んに作られたのもこの頃である（中山一二一–一四八）。恐らくイザベルは、タチェット夫人の邸宅で多くのガラス細工を鑑賞していたと考えられる。

クリスタルガラスは、高い調子の澄んだ音と長い余韻を特徴とする。不純物が少ないので、振動を加えられた際の内部摩擦が少なく、そのため残響が長く続く。またその形状によっては共鳴音が多く出て見事な協和音が生まれる（HOYA五三–八六）。オズモンドの声はガラスの振動に聞こえても、打算に満ちた彼の内面は透明なガラスの内部とは対照的である。

オズモンドの繊細な声は、彼の細い体つきや整った顔立ちと調和し、イザベルに強い印象を残す。彼女は出会いの日に既にオズモンドに魅了されている。オズモンドはイザベルが今まで会ったことのないタイプの人物である。誰に対しても気負いがなく、感情を率直に表現するイザベルであるが、オズモンドを前にするとなぜか調子が狂ってしまい、彼女は緊張の余り疲れてしまう（*PL.* 1, 379）。これはイザベルにとって初めての感覚である。何事も自分の価値観に基づいて判断して行動する、と伯母のタチェット夫人に断言していたが、イザベルは完全に主導権をオズモンドに委ねてしまっている。この時点でイザベルがオズモンドに自然体で接していれば、オズモンドはもっと早くに彼女を支配するのは不可能だと分かり得たはずである。ある意味でイザベルは自ら災いを招いたとも考えられる。

しかし、オズモンドの自己演出は余りにも巧みである。イザベルを落としがいのある標的に決めたオズモンドは本性を隠し、簡素な生活を送る繊細な芸術家を完璧に演じている。彼は精神的な価値を求めるふりをしながら、実は世間体ばかりを気にかけている。オズモンドの趣向や収集品といったものは全て、自分を演出するために計算されたものに過ぎない。世間の注目をどれだけ集められるかが彼の成功の尺度である（*PL.* 2, 144）。

オズモンドが浅薄で冷淡な人物であることを、従兄のラルフは見抜いているが、[7] その鋭さゆえに彼はオズモンドからひどく嫌われているのかもしれない。オズモンドの幻想に騙されたイザベルが急速に彼に惹かれていくのを見兼ねて、ラルフは彼女に忠告する。しかしオズモンドを侮辱されたイザベルは却って意地になってラルフに反論し、オズモンドの魅力を力説するうちに彼女はますます信念を深めてしまう（*PL.* 2, 69）。こうして、イザベルを気にかけるラルフの努力は空回りする。イザベルに背を向けられるラルフの切なさを、ジェイムズは彼に同情するように描いている（*PL.* 2, 76）。

この場面でのイザベルの心理状態を、ジェイムズは冬の荒野に例えている。見通しのきかない荒野に立つイザベルは、周囲の物を認知できずにいる。不安定にさまようイザベルの魂を、ジェイムズはつぎのように傍観している。

この若き女性の魂の働きは奇妙なもので、私はただ見たままを語るしかない（*PL.* 2, 22）。

イザベル自身が揺れ動く自分の心を模索しているのであるから、第三者であり男性であるジェイムズにとってはなおさら、恋に落ちたイザベルの心はつかめない。イザベルはオズモンドを過大に評価する余りに、彼の本質を見極めることを忘れてしまっている。オズモンドと互いの信頼関係を築くことができるのか、この時のイザベルには判断できない。

オズモンドはイザベルが自分に夢中になった頃合いを狙って、彼女に求婚する。その際にも、彼はイザベルの心を揺り動かすような表現を用意している。

私にはあなたに差し上げられるような物が、余りにもありません。財産も名声も無く、表面上の利点は何も無いのです。だからあなたには何も差し上げられない（*PL.* 2, 18)。

財産や名誉は持たないが、そのようなものへのこだわりは無く、その代わりに精神的な豊かさなら差し出せるというオズモンド流の謙遜ぶった言いまわしである。実際には、オズモンドはまさにこれらの財産と名誉を熱望している。彼はこのように本心とは正反対のことを平然と口にできる人物なのである。イザベルはオズモンドを質素で控え目な暮らし振りの人物だと思い込んでいたので、彼になら財産の管理を任せられると信じてしまう（*PL.* 2, 193)。オズモンドとマダム・マールの策略はこの時成功したのである。イザベルの財産は、オズモンドの悲願である貴族的な生活のために注ぎ込まれることになる。

オズモンドは、イザベルという獲物を強引に仕留めることはしない。彼は獲物が自由意志で近づいて来るような魅力的な罠を仕掛けて、獲物をその罠の中へと誘い込み、やがて封じ込めてしまう。天性のフォーチュン・ハンターであるオズモンドの、イザベルという獲物を狙う「狩り」の方法は、人間の最も古い職業である狩猟の現代版であるといえる。

イザベル・アーチャーの資産教育

イザベルがオズモンドの野望を少しも疑わなかったのは、彼女の育った環境、言い換えれば彼女の父親の教育方針（*PL.* 1, 43）に要因があった、とジェイムズは示唆している。アーチャー氏は三人の娘に正規の学校教育を受けさせず、短期間の家庭教師を付けたり、頻繁にヨーロッパへ連れて行ったりという自由教育を行なった。彼はその一方で、人生から不快なものや浅ましいもの、つまり苦悩や金銭に関する問題といったものを一切排除しようとした。実際アーチャー氏は賭け事などで財産を浪費して借金すらあったのだが、娘たちには知らせず、好きなことをさせていた。

彼の自由教育は娘たちに広い視野を与えることには成功したが、人生における厳しさについては全く教えられなかったのである。アメリカにいた頃のイザベルは、時間さえあれば書物を読み耽って知識を深めたが（*PL.* 1, 31）、彼女は不幸の苦味を味わったことはない。読書に偏った人生経験しか持たない当時のイザベルにとって、不幸は本の中で客観的に眺める興味の対象に過ぎなかった。そのためイザベルは世の中には悪が存在すること、そして時には他人を疑う必要があることに対しての認識がない。

さらに、イザベルに資産教育がなされていないことは致命的であった。莫大な遺産を相続すれば、それをオズモンドのような財産目当ての者に狙われる危険がある。こういったことに対する認識が欠けているために、イザベルはオズモンドの本性を見抜くことができない。

タチェット夫人がアーチャー氏と疎遠になったのは、彼の教育方針が原因であったと考えられる。実際的なタチェット夫人にとって、ただイノセントな娘たちを育てるに過ぎないアーチャー氏の教育方針は、共感できない点が多いはずだからである。しかし、タチェット夫人自身、息子のラルフに適切な資産感覚を身に付けさせたとは言い難い。生まれながら裕福な家庭に育ったラルフには、財産が人生を狂わす元凶になり得ることは想像しにくい。タチェット氏は本来、イザベルに五千ポンドのみを残すつもりであったが、ラルフに自分の相続分の半分をイザベルに譲るように依頼される。ラルフは病弱な自分よりも、将来性のある従妹のイザベルに財産があった方が有効だと確信している。財産があれば、イザベルは結婚に依存する人生を必要とせず、さらに自由独立した人生経験を持てるはずだとラルフは考えたのである。女性は結婚して家庭を守り、夫と子どもに尽くすのが当然であった当時の社会において、ラルフのこの考えは時代の先端をいくものであるといえる。

ラルフはイザベルに秘められた豊かな可能性を感じ、自分の未来を託すような気持ちで彼女に力を貸そうとする。多額の財産はイザベルの負担になると予想するタチェット氏は息子に反対するが、人は財産で堕落することはないとラルフは主張する。タチェット氏には年輪と共に備わった洞察力があるが、最後は息子の意見に従ってしまうことが彼の弱点である。ラルフは至って楽観的であるが、資産管理の経験が無いイザベルにとって莫大な財産分与は、まるで背後から大きな拳銃が発砲されたような（*PL.* 1, 299）衝撃である。

哲学者であった父の思想に影響を受け、ジェイムズは人間の内的な成熟にはそれまでの安穏な意識に衝撃を与えるほどの強烈な経験や挫折、いわゆる「幸運な堕落」（Lewis, 61）が必要だと考える。「一種の死と称してもよい苦しみ」や、「人間を変革する衝撃と苦悩、思考と錯誤—つまり経験」が、成熟と個性をもたらすという。ジェイムズが銃の発砲という比喩で表現したイザベルの衝撃は、まさに死の苦しみに近い経験である。財産にどう対応すべきか全く判らないイザベルの心を読み取っていたかのように、オズモンドは彼女に手を差し伸べる。本来なら、相手の本質を鋭く見極めることができるイザベルである。しかし、この時のイザベルの思考は完全に停止しており、彼女は冷静な判断力を失っている。そして、イザベルは助けを求めるようにオズモンドの差し伸べた手を取ってしまう。彼との結婚によってイザベルは更なる試練を重ねていくのだが、彼女の苦悩はこの財産分与の時に始まったといえる。

おわりに——ヘンリー・ジェイムズの資産感覚

資産家に生まれ育ったジェイムズ自身は作家以外の職業に就く必要が無く、独身を通したその生涯を執筆活動に注ぐことのできる自由があった。いわゆるディレッタント作家であった頃のジェイムズの作品について、「彼は、金銭の世界に対して無知である」と評する批評家もいる。しかし、ヤン・ディートリッヒソン（Jan W. Dietrichson）が、「そういう批判をする人はジェイムズの本質を知らない」（Dietrichson, 40）と述べているように、ジェイムズの作品には頻繁に登場人物の資産や所有物の具体的な記述があり、またそれらによって翻弄される人物の運命が描写される。このことは、むしろジェイムズが「金銭の世界」に対して多大の興味を抱いていたことを示している。

しかしジェイムズ自身の実生活は、決して財産によって堕落することはなかった。アメリカン・ドリームの典型的な成功者で、三百万ドルの財産を残したジェイムズの祖父（Moore, 5-6）は以下のように示した遺言書を残し、まるで墓の下からも子孫の暮らし振りを管理するかのようであった。「資産は浪費や堕落行為のために使うものではない。あくまでも家庭経済の助けとして、有益に使うこと」（Edel, 1953, 22）ジェイムズの父はその教えを守り、ピューリタン的な慎ましい生活を実行して、子どもたちが金銭の価値を積極的に評価できるように教育した。

ジェイムズの生活態度や作品には、幼少の頃に形成された金銭感覚の影響が十分に見受けられる。初期の中編小説『ヨーロッパ人』(一八七八年)に登場する、ニューイングランドのピューリタンの典型であるウェントワース家は、財力がありながらも実に質素な生活をしている。家族が互いに思いやる喜びこそが何にも勝る豊かさだと考える一家を、ジェイムズは作品の結末で好意的に描いている。またジェイムズ自身も『アメリカ人』(一八七七年)をスクリブナー社に連載するに当たって、そのライバル社であるアトランティック社にも作品を売る意志を示し、高く買ってくれる方の出版社を選びたいという意向を述べている(Edel, 1975, 70-73)。ジェイムズがイギリス南東部のライにあるラム・ハウスに住んでいた時、彼と親交のあった作家のイーディス・ウォートンもジェイムズの簡素な暮らしぶりを証言している。ジェイムズは友人たちを頻繁にディナーに招待したが、親密さを好む彼は、一度に二人以上の客を招くことはなかった。そして、ジェイムズは招待客が普段食べているご馳走と、ジェイムズ家の簡素な食事が余りにも対照的にならないようにいつも気を遣っていたという。さらにウォートンは、「ヘンリーはもし誰かに経済的な援助を求められたら、喜んで救いの手を差し伸べるでしょう」(Dupee, 207)と述べ、ジェイムズの寛大さも強調している。

裕福であった故にジェイムズは、資産とはどのような意味を持つのか、またそれが人々にどれほど影響を与えるものであるか、という命題について冷静に思考することができた。ジェイムズは金銭を汚いもの、人間を堕落させるものとして否定的に捉えていたのではなく、むしろその価値に多大な関心を寄せ、金銭と人間との密接な関係について鋭い視点から追求しようと試みた(阿出川九〇)。ジェイムズは作品中の登場人物の描写において、資産の所有の有無や資産感覚を重要なポイントとして扱う。

さて本作品に戻るが、イザベルにとっての財産分与は彼女の自由を保障するか、あるいは逆に彼女を束縛して不幸にするか、という二つの相反する可能性を孕んでいた。イザベルの人生は財産によって狂わされる。しかし、ジェイムズは最後にオズモンドの元で暮らす決意を固めたイザベルの姿を描き、自ら選択した運命から逃げない彼女の潔癖な道徳観念[8]を強調している。ジェイムズは『ある婦人の肖像』をヒロインの悲劇として完結させるのではなく、金銭で失敗する者、金銭を利用しようとする者を客観的に描写することに徹している。

物が溢れる消費社会で、ギルバート・オズモンドのように清貧を愛する寡黙な芸術家を装う者は、際立って美しく見える。実は彼が虎視眈々と一攫千金の機会を狙っているという事実を悟っても、マダム・マールとイザベルはなぜかオズモンドに愛着を持ち続ける。彼には、確かにマールやイザベルを惹きつけるだけの、人物としての魅力があるのだろう。ヘンリー・ジェイムズは、新しく起こった消費社会におけるフォーチュン・ハンターを、ギルバート・オズモンドによって見事に血肉化した。ジェイムズは、金銭の世界とは無縁の孤高の精神世界を描く作家のようでいて、実はそれだけに終始してはいない。彼は自身の金銭感覚を鋭く反映させて、激動の消費社会の現実を描ききっているのである。

5　ヘンリー・ジェイムズの旧世界巡礼者たち

太田紀子

はじめに

一八六〇年代から七〇年代、多くのアメリカ人が旧世界へ赴く。ジェイムズは、様々な憧憬を持ってヨーロッパへ出かけて行くアメリカ人を、「情熱の巡礼者」[1]と表現するが、実はジェイムズ自身もそのひとりであった。円熟した文化の欠如に対するアメリカ人作家としての彼の愁いは、「ホーソン論」やW・D・ハーウェルズへの手紙（*L* II：二六七）[2]などにも見られる。しかし旧世界は、大聖堂が巡礼者を迎えるようには、彼らを受け入れてはくれなかった。ジェイムズは、G・ノートン宛ての手紙の中で、ヨーロッパは決して人を手元までは寄せ付けず、表面しか味わわせてくれないと嘆いている（*L* I：四二八）。

ジェイムズは、アメリカ人達を旧世界に駆りたてるものは、ヨーロッパに対する「迷信的評価」（*L*

Ⅰ：二七四）と、「渇き」[3]であると考える。しかしジェイムズは、彼らの旧世界賛美には同意しても、彼らを挫折させずにはおかない旧世界のもうひとつの側面――道徳的腐敗や排他性――を知っていた。その一方で、母国にいる時のように気ままに行動する若者や、現地の社交界の顔色を窺う居留者など、在欧アメリカ人の生活態度がジェイムズの目を引いた。故国の母親に宛てた手紙を見ると、彼が旧世界のアメリカ人に対し、「低俗」あるいは「教養の欠如」（*L* Ⅰ：一五二）という印象を抱いていたことがわかる。ジェイムズは、これらの問題を扱うことが自分の使命であると考えるようになる。こうして新旧両世界を観察、比較してゆくうちに、「アメリカ人とは？」あるいは「生の充足とは？」という生涯にわたる彼のテーマが生まれる。

　ジェイムズの作品の主人公となるアメリカ人は、無垢、自恃の精神、道徳意識などに支えられた強固な自我を持っている。母国においては美点と考えられるこれらの特質は、旧世界ではむしろ負に作用し、彼らの挫折の主原因となる。彼らは様々な案内役に導かれて旧世界に入って行くが、堅固だが未熟な自我の故に、ヨーロッパの洗練の中でしたたかに打ちのめされる。本論ではジェイムズの初期の作品『アメリカ人』（一八七七年）と『ある婦人の肖像』（一八八一年）を取り上げ、「個」対「社会」[4]という観点から、アメリカ人の自我の成熟について考えたい。

Ⅰ

　『アメリカ人』の主人公クリストファー・ニューマンは、アメリカン・ドリームを達成した西部の実業家である。これまで人生の目的が財産を築くことであったニューマンは、その反動として、「教養を高める為に」(II：二四)[5] ヨーロッパへやって来る。彼はこの地で最高のものを見、手に入れようと熱望している。個人の権利、平等、自由を信じ、自己啓蒙と最高のものを求める彼の姿勢は、理想と完全性を追求する一九世紀アメリカの時代思潮の一面を反映している。[6] ジェイムズはニューマンを堂々とした体格、感じのよい態度を持つ「最高のアメリカ人」(II：二)と読者に紹介し、好意を持って描いている。しかしこの豪腕実業家も、ジェイムズが教養に欠けると評したアメリカ人旅行者のひとりである。ルーヴルで名画に囲まれ「審美性頭痛」(II：一)に襲われたニューマンは、初めて自信喪失を感じる。ジェイムズはニューマンのルーヴル体験を、粗野ではあるが無垢なアメリカ人が、洗練と腐敗を併せ持つ旧世界へ入って行く序奏として描いている。[7]

そのニューマンが思いがけず出会うのは、旧友のトリストラムである。彼は長年パリに暮しながら、ヨーロッパの歴史、文化に何ら影響を受けることもなく、アメリカ人居留者のクラブでトランプ遊びをするのが唯一の楽しみである。ジェイムズは『覚書』の中で、彼自身が知っている、善良ではあるが退屈な人々の居留地を、「うんざりするアメリカ人のパリ」(N：二六)[8] と言っている。トリストラム夫人はこのような夫との生活に一種の諦めを持ち、他人の人生を楽しむかのように、伝統と格式を誇るベルガルド侯爵家の娘で、今はサントレ伯爵の未亡人となっているクレアとの結婚をニューマンに焚き付ける。ジェイムズの作品にしばしば登場する「からくり」(III：xix)を仕組む人物である。彼女は、この前代未聞の結婚が首尾よく成就するために、彼女なりに理解しているヨーロッパの風俗習慣についてニューマンに知恵を授ける。

彼女は、フランスの家族関係、そして貴族の閉鎖性について説明する。彼らは政治家や軍人を認めることはほとんどなく、まして実業家などは見下している。貴族の社交の輪に入りこむことは不可能である。

ジェイムズ自身、フランスに定住を決めた後も、永遠にアウトサイダーであると感じている（N：二六）。こうした閉鎖性の故に、好奇心旺盛な案内役トリストラム夫人がニューマンを案内できるのは、ベルガルド家の外郭のみである。[9]

ニューマンとベルガルド家との対立は、「個」対「社会」、言いかえれば、個人を作り上げるのはその人間自身であるという考えと、個人を取り囲む環境もまた個人を作るという考えとの衝突と捉えることができる。ニューマンは親から相続したものは何もなく、少年時代から自分ひとりを頼りに道を切り開いてきた。そして数々の困難を乗り越えてきた自信から、自分自身を高く評価するに至っている。一方ベルガルド家は、ブルボン家を唯一絶対のフランス王家とする貴族正統派であり、その華麗な歴史はシャルルマーニュ大帝にまで遡ることができる。しかし由緒ある伝統の陰には、腐敗堕落も潜んでいる。秘密を隠すかのように世間に背を向けて佇む侯爵家の屋敷が、彼らの閉鎖性を象徴している。

この排他的な社会にニューマンを案内するのは、ベルガルド家の次男ヴァレンタンである。彼は貴族の嗣子らしいウルバンと違い、妹の幸福を犠牲にしてまで、家の繁栄に貢献しようなどという気持ちはなく、汚点さえ抱える古い家系を醒めた目で見ている。ニューマンを何事かを成し遂げた人物として賞賛する一方、何もしなかったゆえに自分自身を失敗者と見なすことからもわかるように、貴族社会のはみ出し者である。ヴァレンタンは、制約に縛られた無為の生活をベルガルド家の人間であるためとし、ニューマンが思うままに行動していることを羨む。そしてこのアメリカ人実業家の突飛な願望に驚きながらも、その成就に一役買う約束をする。初めて出会うタイプのニューマンに魅了されたと同時に、家名に固執する、因習の権化である母と兄とを仰天させたいという思惑もあったのだろう。

しかし、このへそ曲がり貴族ヴァレンタンも、所詮は貴族気質を脱ぎ捨てることはできない。資質を無駄にすべきではないと考えるニューマンは、ヴァレンタンに、アメリカへ行って能力を存分に発揮するよう忠告する。最も「貴族的」(II:三三八)に思われる銀行で働くよう勧めるが、ヴァレンタンは期待と関心を示しながらも、「品位を落とすのに、程度の差なんかありはしないさ」(II:三三八)と答える。彼にとって働くことは零落である。ニューマンの生活手腕に対しては賞賛を惜しまないにも関わらず、生計の資を稼ぐことへの侮蔑的な態度を捨てきれない。そして、社交界での成功を求める野心的な女の虜となり、彼女をめぐって決闘までする羽目になる。決闘を高潔な伝統と捉えるヴァレンタンは、貴族社会に留まることも、そこから飛び出すこともできない宙ぶらりんな男として、結局は因習の犠牲となって死を迎える。

ニューマンの財力には抗しがたく惹かれているベルガルド家が、唯一我慢のならないことは、ニューマンが実業に携わるたたきあげだということである。彼らにとって、洗濯盥、革やゴムなどを扱う人間に気品があるはずがない。一方品性は人格の問題であると考えるニューマンは、品格において彼らに引けを取らないと確信している。[10] ヴァレンタンが羨む通り、彼はどこにいても臆することなく、ゆったりとくつろいでいる雰囲気を漂わせている。貴族は、この雰囲気は貴族こそが、年齢を経るに従って身に着けるものであり、日用品を商っている者が努力で手に入れられるものではないと考えている。しかしニューマンはこの雰囲気を、額に汗して働くことからくる自信と誇りによって得た。全ての人間は平等であるという信念を持つニューマンは、重々しい威厳に満ちたベルガルド家の客間でも、落ち着きを失わない。

ニューマンが「個」を代表する新世界のチャンピオンであるとすれば、ベルガルド老侯爵夫人は「個」を取り囲む「社会」を代表する旧世界のチャンピオンであるといえる

「…この自分の家のことは分かっておりますし、友人のことも分かっております。ですがパリのことは存じません。」

「おやおや、それじゃあたいへん損をなさっておられるわけですね。」とニューマンは言った。

マダム・ド・ベルガルドは目を丸くした。損をしているといって同情されたのは、恐らく初めてのことだろう。「私は今こうして持っているもので、結構満足しております。」彼女は威厳を持って答えた。（II：一八五–六）[11]

老侯爵夫人の言葉には、パリよりもはるかに古い家系を誇る者にとって、パリなど知らなくとも何の不都合もないという自信が示されている。両者の対決は続く。

「…私はごく気位の高い、お節介な年寄りですからね。」

「ですが僕の方は、大金持ちですよ。」ニューマンはこれならどうだとばかりに言い返した。

彼女はしばらく床を見つめていた。おそらく彼の計算し尽くした露骨な物言いに対し、腹を立ててしかるべき理由をあれこれ考えているのだろうとニューマンは思った。やがて目を上げると、あっさりとしかし明瞭に言った。「どのくらい？」（II：一九七）

ニューマンには、クレアと結婚するのに、自分になんら不足があるとは思えない。それどころか、相手には経済的困窮という弱点がある。一方、夫人が「どのくらい？」と悠々と質問する態度には、富の欠乏を補って余りあるものが自分にはあるのだという誇りが窺える。財政的困難はベルガルド家のアキレス腱ではあるが、老侯爵夫人は決して怯まない。[12]

寛大さ、おおらかさはニューマンの魅力ではあるが、見方を変えると尊大にも映り、ベルガルド家の神経を逆撫でしていると言える。彼はあらゆることが金で成り立っているとは思わないまでも、彼の富が、紋章とは無縁の出自、教養の欠如を補えるものと確信している。まるで高級品を買うかのように、貴族社会の最高の女性を求める彼の願望には、自身の経済力への高い評価が明らかである。

「…僕が考えるには、僕の成功を完全なものにするには、記念碑の上で輝く像のように、僕の築き上げた財産の上に、すばらしい女性がのっていなくてはならない。…僕は妻に多くを与えることができる。だからこちらも多くを求めることを恐れない。…僕は、ひとことで言うと、市場の最高の品物が欲しいのです。」（II：四九）

ニューマンは女を男の所有物と見ている。彼がいかに女性を賞賛し、望む物全てを与えようと、その女性はニューマンの成功の証でしかない。十九世紀アメリカの急速な産業の発展は、物事の基準を金に置く傾向を生み出した。ニューマンの言葉には、金で全てが得られるかのような自信が見られる。しかし実際、ニューマンには金では買えないものが欠けているのである。ベルガルド家は、伝統、風俗習慣が個人の努力や金で得られないものであるが故に、その継承者としての誇りを持ち続けている。富に依存したニューマンの派手な言動は、ヨーロッパ文化の洗練の極みにいるベルガルド家の人々にとっては衝撃である。[13]

ベルガルド老侯爵夫人とウルバンは、ニューマンの財力に惹かれ、彼とクレアとの結婚を承認するが、彼らにとってこれは実験である。婚約披露の祝宴では、社交界の人々、そしてトリストラム夫妻でさえ、彼らの心境を察して居心地の悪さを感じるが、ニューマンは至福を味わっている。彼の喜びには、楽天的な無邪気さ、人を疑わない善良さが現れている。老侯爵夫人はニューマンに促され、彼に腕を借りて人々に挨拶をして回るが、[14]夫人にはこれが限界である。ふたりの結婚は、やはり「不可能」であり「不適当」（II：三六四）であると痛感する。ニューマンの富がどれほど大きくとも、彼は実業家であり、彼に娘を与えることは、ベルガルド家にとって金への服従に他ならない。ジェイムズは後年『アメリカ人』を再読し、ベルガルド家をこれほど誇り高く描いたのは失敗だったと考える。しかし一八九〇年、ハッピーエンドに仕立て直した劇作が不評であったことは、貴族の誇り高さを証明していると言えよう。

クレアは、母と長兄とを家長と仰ぎ、威厳に満ちた薄暗いベルガルド家の世界でひっそりと暮している。家長の権威に服従し、自我を抑えることを当然として育てられてきたクレアではあるが、ニューマンの誠実な人柄、物怖じしない自信に溢れたおおらかさに、彼女の自我も次第に目覚めてゆく。しかし皮肉なことに、彼によって引き出された自我は、ニューマンの侵入を嗅ぎ取り、恐れる。

「…この一週間、あなたが頭を高く構えてこられたところは、僕の妻ならそんな風であって欲しいと思っていた通りです。あなたがおっしゃることは、まさに僕が妻に求める通りです。部屋の中を歩かれるところも、やはり僕が妻に望む通りだし、あなたのドレスも、僕の妻に望む通りの好みです。つまり一口に言って、あなたは標準にかなった方なのです。しかも、いいですか、僕の標準は高かったのですよ。」（II：三一〇）

ニューマンはクレアを賞賛しているつもりではあるが、それはあくまで彼の好みに照らしてのことであり、彼の言葉には、クレアに対する所有欲が露呈している。賢明にも、クレアはニューマンの寛大さの陰に潜むこの精神的独占欲を見て取っている。そして彼の自己中心的な賞賛の言葉に不快感を覚え、他人の基準に封じ込められることを拒む。

ジェイムズはニューマンとベルガルド家との衝突を描く一方で、クレアの中にもうひとつの「個」対「社会」を描いている。クレアは自分を独立した女性と見てはいるが、これまで家の権威者に従順に生きてきた。自分がベルガルド家の世界の所産であることを承知しているクレアは、ニューマンのように結婚を個人の問題と見なすことはできない。ベルガルド家から見れば一介の億万長者にすぎないニューマンと違い、イギリス貴族であるディープミア卿との縁組は、ベルガルド家にとって、面目を失わずに富を手に入れる絶好の機会である。当然のことながら、ベルガルド家はクレアと彼との結婚を切望するが、ひとたび目覚めたクレアの自我は、ベルガルド家の権威に対しても反発する。自己を家族から切り離して考えることもできず、もはや家長の権威に忍従することもできないクレアは、ニューマンの世界にも、ベルガルド家の世界にも生きる場を失う。修道院は彼女にとって、自我を守る唯一の道である。

ベルガルド家がニューマンを受け入れられない理由は、彼が実業家であるという事実であり、彼の人格ではない。彼は教育も教養もないが、実世界で自己啓発をしながら、ひとりの人間として風格を身に着けた。しかしこのような風格は、旧世界の貴族社会の因習を打ち破ることはできず、歴然とした階級社会においては、彼の能力は認められない。ジェイムズはハーウェルズへの手紙の中で、ニューマンとクレアを「解決不可能な問題を抱えた、成就しえない婚約者達」と言い、その理由を、人間が「環境の所産」（*L* II：一〇四‐五）であるからだと述べている。ヨーロッパの円熟した文化はまさに、十九世紀のアメリカ人が旧世界への「情熱の巡礼」で追い求めたものであり、クレアはその文化の精髄である。クレアを望むなら、ベルガルド家の継承してきたものへの誇りを理解することが必要である。

ニューマンは傲慢にも、ヨーロッパの最高のものも自分にとってよすぎることはないと考えていた。しかしサントレ伯爵夫人は決して、求めさえすれば得られるというものではない。ニューマンの金と強い意志をもってしても手に入れることのできないものがあるのだ。これは、旧世界へ赴くアメリカ人へのジェイムズの警告である。ジェイムズはこの作品で、長い歴史に育まれた文化にひたすら憧れる無垢なアメリカ人が、堅固な自恃心でヨーロッパ社会に突進した時に味わう挫折を示した。しかし同時に、「人柄の良さ」（*L* II：七〇）から――ジェイムズはこれを序文の中で「雅量」（II：vii）と呼んでいる――復讐の機会を放棄したニューマンを描くことによって、アメリカ人が道徳性において優れていることも強調している。

II

『ある婦人の肖像』のヒロイン、イザベル・アーチャーは、旧世界で自己の可能性を最大限に発揮し、充実した生を追求したいと願う、熱烈な人生探求者である。ジェイムズが「女性版ニューマン」（*L* II：七二）と呼ぶ彼女の自我もまた、無垢、道徳意識、自恃の精神によって特徴づけられる。作品の初めにイザベルは、伯母であるタチェット夫人の電報の中で、「独り立ちしている」（III：一三）という文言で読者に紹介される。間もなくこれは経済的な意味ではなく、彼女が非常に独立心が強いという意味であることがわかる。イザベルは自分の判断力に自信を持ち、何でも自分で決めることを望む。そうした一面は、イギリスの習慣を知らず、思うままに行動しようとするイザベルを、タチェット夫人がたしなめた時の会話にはっきりと示されている。イザベルはどのような行為が礼節に反するのかを知りたがるが、そうした行為をしないためにではない。するかしないかを自分で決めたいのである。自分のすることを自分で選ぶ、これがイザベルの自由観である。

独立自尊の精神に富み、限りない自我の自由を信じるイザベルは、彼女の自己表現を制限するあらゆるものを嫌う。イザベルの強い自我意識は、自己を表現するものは何かということについての、マダム・マールとの論争に顕著に現れている。

「家のことなど気にしませんわ。」とイザベルが言った。

「それは世間知らずの考えというものよ。私ぐらいの年齢になれば、誰でも殻を持っていて、それを考慮に入れなくてはいけないということがわかってくるものです。殻というのは人間を包んでいる環境全てよ。ひとり孤立して生きている男も女も存在しないわ。皆いろいろな付属品でできているのよ。…だから、自分の家や家具、服、読む本、交際する人、そういうもの全てが自分を表しているのです。」…

…「それには同意できません。私は全く違うように考えているのですもの。うまく表しているかどうかわかりませんが、私が私自身を表現しているのです。私の付属品は、私自身を測る尺度にはなりませんわ。それどころか、そんなものは単なる制約、障害で、気まぐれな尺度にすぎません。私が着ている服など、あなたがおっしゃるように、私自身を表したりしていませんわ。絶対に。」(III:二八七-八)

ふたりの論争は「個」対「社会」と捉えることができる。マールは所有物、生活環境、社会の風俗習慣さえも自己の一部と見なす。世の中をよく知る者の現実的な考え方と言える。他方イザベルは、自己を包む殻一切を剝ぎ取った自己のみが自己であり、それ以外はむしろ障害であり、拘束に過ぎないと考える。それゆえ、社会習慣に照らして行動しては、自己を失ってしまうと恐れる。ここには、社会への迎合を潔しとしない、十九世紀アメリカの時代思潮の一面が窺える。[15] しかし無垢であると同時に無知でもある、イザベルの未熟さも現れている。彼女の考えには、他者や物からの孤立、つまり現実との接触の不足というマイナス面があり、イザベルの自我は社会と切り離されていることになる。ちょうど少女時代のイザベルが一日で学校を辞めてしまった後、開放感と同時に疎外感をも味わったように、社会から隔離された、自分の世界の中だけで生きているのである。この弱点を突かれてイザベルは、財産目当ての結婚の餌食となる。[16]

前述のように、ジェイムズが人間を「環境の所産」と言っていることを考慮すると、この論争では、マールに軍配が挙がっているかのように思われる。しかしジェイムズは、社会を意識しすぎるとどうなるかをも警告している。この作品では、アメリカからやって来た主人公に悪を為すのが、旧世界の人間ではなくアメリカ人である。ジェイムズは旧世界の影響を大いに受ける人物から、全く受けない人物まで、様々なアメリカ人を描いているが、この作品のマールやオズモンドは、ヨーロッパの洗練と同時に道徳的腐敗をも身に着けてしまった人物として登場する。[17]

マールはヨーロッパを知り尽くし、深い教養と礼節を身に着け、旧世界で縦横無尽に生きている。しかし彼女は、自分を社会の中の存在としてしか捉えることができず、絶えず世間を意識し、名声を求めている。優雅な生き様は、実はヨーロッパ社交界で成功したいという大きな野心に根ざすものである。マールは、社会や他人におもねることのないイザベルの自我が、実は世間知らずの正義感や自惚れをも持っていることを、巧みに見抜いている。オズモンドや自分が地位も財産もないことを、ことさらひけらかすような彼女の態度は、イザベルのつむじ曲がりの面をよく承知した上で、資産家の姪を誘導しようとするマールの狡猾さの現れである。イザベルが思いがけずタチェット氏の莫大な財産を相続すると、かつての愛人であるオズモンドとイザベルとの結婚を企てる。イザベルの才気煥発を誉め、好きなだけ話をさせ、熱心に耳を傾ける。そうした態度はイザベルの自負心をくすぐり、彼女はたちまちマールの魅力の虜になる。完璧なマールに不自然さを感じながらも、イザベルはこの聡明で洗練された女性を、人生の手本にしようと決心する。

イザベルはイギリス到着草々に出会ったウォーバートン卿から求婚されるが、彼女はこの非のうちどころのない大貴族を拒絶する。このような結婚が、彼女が旧世界へやって来た目的である「自由な人生探求」(III：一五五)を妨げると思うからである。イザベルはさらに、彼女を追って大西洋を渡って来た実業家グッドウッドをも、彼の情熱や精力を恐れて拒絶する。あらゆる拘束を嫌うイザベルは、自分の「体系と軌道」(III：一四四)を持っており、[18]自由を侵害する可能性のあるものを全て排除しようとする。

従兄のラルフは、大方の女性が喜んで承諾するような結婚を拒むイザベルが、この先どのような生き方をするか興味を抱く。病のために自分の人生を諦めているラルフは、『アメリカ人』のトリストラム夫人同様、身代わり人生を楽しむつもりである。人生に船出しようとするイザベルの帆に風を送ってやろうと、遺産を贈与するよう父のタチェット氏を説得する。富がもたらすかもしれない不幸を危惧するタチェット氏と異なり、ラルフは、富によってイザベルが様々な制約に縛られずに行動できるようになると考える。

無限の自由を欲するイザベルではあるが、その自由の認識には、いやなものには触れたくないという自己中心的な側面がある。

「あなたは人生を見たいのでしょう——青年達がよく言うように、どうしても見たいのでしょう。」

「私は青年達が見たがるように、人生を見たいとは思わないわ。でも確かに、私の周囲を見渡したいとは思っているわ。」

「経験の盃を飲み干したいのでしょう。」

「いいえ、経験の盃なんて触れたくもないわ。毒が入っていますもの！　私はただ、自分の日で見たいの。」（III：二一三）

これはラルフとの会話である。タチェット氏からの遺産は、イザベルの望む「自由な人生探求」を可能にするはずであった。しかし毒杯には触れまいとするイザベルは、無意識のうちに人生の半分しか見ていないことになる。限りなく広がっているように見える彼女の人生探求は、実は生に向かって閉ざされたものでしかない。

世の中の醜い面を避ける傾向は、イザベルの内省にも見られる。ジェイムズは、イザベルが日常的に行う内省を、花の香りや風のささやき、遠くに広がる展望を楽しむ、「庭園の散歩」（III：七二）に例える。強い道徳意識を持つイザベルは、これからの人生を思って楽しい気分になりながらも、自分ほどには恵まれない人々の存在も忘れているわけではない。しかし、まず必要なことは人生探求であり、他人の不幸を顧みるのはその後でも遅くはないというように、自分の身勝手を合理化してしまう。イザベルの内省には、大きな盲点があると言える。

こうした矛盾を抱えているにもかかわらず、イザベルは誰よりも自己を信じる。

自己懐疑が不要なのは、親友を疑わないのと同じだ。自分が自分自身の最高の友になり、このようにして自分にすばらしい交際相手を与えるよう努めるべきである。（Ⅲ：六八）

イザベルの楽観的な人生観世界観は、世の中を明るいものとみなし、人間の善性を信じる、当時の時代思潮からも影響を受けている。しかし自己を自身の最良の友であるとする彼女の自己信頼には、自惚れという大きな落とし穴が潜んでいる。イザベルは大した根拠もなく自分の正しさを確信したり、自己賛美を楽しむ傾向がある。このような自信を持つ若い娘は、独り善がりな望みや幻想を抱いた時には、他人の進言に耳を傾けずに突進しやすい。事実イザベルがオズモンドの魅力の虜となるや、自分の判断力を信じて、彼女より経験豊かな者達の警告を無視する。

明るい世界と人生の無限の可能性を信じたイザベルは、出口のない部屋に閉じ込められたようなオズモンドとの結婚生活の中で、「因習という碾き臼」（*N*：一五）につぶされてしまう。しかしこの挫折の経験によって、「庭園の散歩」のようなものであったイザベルの娘時代の内省は、これまで彼女が避けてきた部分にまで届くようになる。ジェイムズが「作品の白眉」（Ⅲ：xxi）と呼ぶ徹夜の省察で、イザベルはオズモンドとの結婚に至る過程で犯した自分の誤りを認識する。

なぜオズモンドと結婚したのか。結婚の決意には彼女の道徳意識が作用した。思いがけず伯父の莫大な遺産を相続したことは、イザベルに後ろめたさを感じさせた。[19] イザベルはオズモンドを、才能を持ちながらも、それを発揮する手段に恵まれない人物と見ていた。この富を自分よりずっと有効に使ってくれであろうオズモンドに譲ることは、彼女の良心を満足させた。彼女は「寛大で、当然で、明敏なこと」(N:一五)をしたつもりであった。しかしイザベルは、努力で得たのではない富の所有と、その正しい運用の義務から逃れたかったのである。

さらにイザベルは、ロマンティックな想像力によって、世間の野卑を嫌って芸術や歴史の世界に閉じこもるオズモンドを、崇高と見なした。しかし実際にはオズモンドは俗物そのものであり、傲慢で自己中心的な野心家である。娘も妻も、ギルバート・オズモンドを表現する道具でしかない。世間に顔を背けるようにして丘の上に佇む屋敷は、オズモンドの排他性を象徴しているが、世俗からの隠遁は実は彼のポーズであり、オズモンドは世間への無関心を装いながら、その実世間の上に計算され尽くした生活を送っている。皮肉にも彼の世俗との意識的断絶は、イザベルの実人生との無意識の断絶と、うまい具合に調和していた。ふたりともそれぞれのやり方で、自己陶酔している人間なのである。しかしイザベルは、これをふたりの生活を築き上げるための共通基盤だと錯覚する。

オズモンドは金のためにイザベルと結婚したのであり、この結婚はマールによって仕組まれたものであった。結婚が他人に誘導されたものであったという事実は、イザベルの自尊心を根底から揺さぶる。自分の方が優れた判断力を持っていると得意になっていたが、タチェット夫人はマールの不実を指摘していた。ラルフもまた、オズモンドが狭量なディレッタントであると見抜いていた。自らの無知を認めなくてはならないという恐怖に、イザベルは震える。

たえず良心に問いかける道徳心、無知とも言える無垢、自惚れに傾く自恃の精神。この結婚は、純粋ではあっても荒削りなイザベルの自我からは、当然のことである。

深い内省によって事実を把握し、無知と自惚れから解放されたイザベルは、臨終のラルフと和解するためにイギリスに向かう。車中でのイザベルをジェイムズは次のように描く。

彼女の魂の奥深いところに——断念を望むような気持ちよりももっと奥深いところに、これからも長く生きることが、自分の務めとなるだろうという意識があった。このような信念には、心を鼓舞し、勇気づけるようなものが感じられる瞬間があった。それは彼女にまだ力が残っている証拠であり、いつの日か再び幸福になれるという証でもあった。彼女がただ苦しむために生きるということはありえない。彼女はまだ若いのだし、これからも多くのことが起こるだろう。生きて苦しむだけ——人生の苦悩が繰り返され、拡大されるのを感じるだけ——そのような生き方をするには、自分はあまりにも価値があるもの、有能なものに思えるのだった。それから、そのように自分を高く評価するのは、自惚れであり、愚かしいことではないかと自問した。自分を買い被る人間が、価値ある人間であると保証されたことがかつてあっただろうか。歴史全体が、貴重なものの崩壊で溢れているではないか。もし人が優れていれば、人生で苦しむ可能性が高いのではないか。とすれば、人生で苦しまぬならば、粗悪さを持っているということになる。しかしイザベルは、遠い未来の漠然とした影が、目の前をさっと過ぎて行くのを認めた。決して逃げはすまい。最後まで耐えねばならないのだ。そう思った時、中年時代が彼女を包み込み、無関心という灰色のカーテンが、彼女を閉じ込めてしまった。(Ⅳ:三九二-三)

ローマを人類の偉業としか見ていなかったイザベルは、挫折を通して、そこを人々が苦しんだ場所と受け止めるようになる。その人々と苦しみを共有することで初めて、他者との連帯感を持つに至る。この車中の内省でイザベルは、絶望の果てになお明るい未来を予感している。ここには、人は優れていても苦しむのではなく、優れていればこそ苦しむのだという認識がある。さらに、ただ苦しむだけでなく、置かれた状況の中で実現可能な最大限のことを模索してゆかなくてはならない。これが「人は場所を選び、そこを耕さなくてはならない」（Ⅳ：六五）ということである。ジェイムズは成長の過程である「中年時代」という表現で、[20] イザベルの人生が挫折によって終わってしまったのではないことを示している。

イザベルは自分の耕すべき地、つまりオズモンドとパンジーのいるローマへ、新しい自我を持って帰って行く。ジェイムズは『覚書』の中で、イザベルのローマへの出発を作品の「クライマックス」（N：一八）と言っているが、この「クライマックス」が、イザベルのこれからの人生の充足を明示している。かつてイザベルは、世界が彼女の前に広がっていると感じた。それは何でも好きなことができるという意味であった。ローマへの「まっすぐな道」（Ⅳ：四三六）を通して、今も世界は目前に広がっている。しかし今のイザベルには、それは義務を遂行しながら自己実現を果たすことを意味する。ジェイムズはミルトンを思わせる表現で、[21] イザベルの過ちが成熟を示唆する「幸運な堕落」[22] であったことを示している。

若く未熟だったイザベルは、自我の発露を妨げるあらゆる社会的拘束を嫌い、それを否定することで自由になろうとした。しかし自己に付随する様々な条件、状況そして社会的拘束をも受け入れ、それを乗り越え、そこで自己の可能性を最大限に発揮すべきなのである。このように認識したイザベルは「社会的存在」[23] として生き始めたと言える。人生、社会に向かって閉ざされていたイザベルの未熟な自我は、無知、頑迷さ、自惚れから解放された自我となった。ここにはもはやかつてのエゴティズムはない。

おわりに

「社会的存在」として生きること、それは自己のみを主張することではない。古い歴史と円熟した文化を持つ社会には腐敗堕落も潜んでいるだろうが、その社会で、他者や物との関わりの中で生きてゆくことである。ニューマンとイザベルは自己中心的自我を持ち、自分の知る世界の中で自己充足していた。それが旧世界で初めて、社会的自我を持つ他者と衝突する。ニューマンは実業界では豪腕を発揮したが、外の世界に一歩出ると、無邪気と言ってよいほどになってしまう。イザベルもまた旺盛な知識欲を持ちながら、現実の世界では無知である。にもかかわらず、ふたりとも確固たる自信で自分の流儀を押し通し、挫折するのである。

ジェームズは『アメリカ人』では、ニューマンの復讐を断念する道徳心に、アメリカ人の成長の可能性を示した。イザベルの場合は、過酷な現実を認識することによって、無知、自惚れ、頑なな道徳意識から解放され、悪を為したマールとオズモンドの娘パンジーの力になろうとする。これはニューマンを凌駕していると言える。しかし、彼女にはまだ「許す」という行為はない。初期の作品は、アメリカ人の自我のあり方の問題を提起し、成熟への過程である、自己中心的自我すなわち社会に向って閉ざされた自我からの解放を描くことで終わっている。

「アメリカ人とは?」そして「生の充足とは?」というジェームズの生涯にわたるふたつのテーマは、旧世界のアメリカ人を描き始めた初期の短編から三十年の後、後期の作品の中でひとつの答えとなって提示される。『ロデリック・ハドソン』の「器」は、ジェームズの作品の中で次第に発展し、知識、快楽、経験等から、充足した生そのものを象徴するようになる。道徳心に縛られた主人公は、自分の生涯を、生きたとは言えないと振り返り、[24]ヒロイン達の道徳心には「許す」という行為が加わる。完成された最後の長編『黄金の盃』では、ヒロインのマギーが、三つに砕けてはいても外観は美しく整えられた黄金の盃を、「全ての幸福を盛った盃」（XXIV：二一七）と呼び、傷に対して頑迷にならずに、外観の美しさを称えて、盃の価値を認める。叡智と雅量とによって、許した者と許された者が徳化啓発し合いながら、生の充足を共有する。ジェイムズはこのような主人公達の姿に理想のアメリカ人像を重ねた。彼にとって旧世界は、アメリカとの単なる比較観察や憧れの対象ではなく、アメリカ人の自我の成熟、さらには自己実現に不可欠な、「認識の場」であって欲しいと願ったものではないだろうか。

6

鵜沢文子

「慶ばしい空間」を求めて

ウィラ・キャザーの『私たちの一人』

はじめに

アメリカ中西部の女性作家、ウィラ・キャザー（一八七三－一九四七年）はヴァージニア州で生まれ、九歳の時、家族と共にネブラスカ州[1]に移住した。比較的開拓の進んでいたヴァージニアからネブラスカへの移住は幼い彼女にとって、まさに原始の自然空間への移動を意味した。ここで彼女は開拓の厳しさを目の当たりにした。当然ながらこの経験は彼女の作品にも反映される。彼女は当時の物質文明に背を向け、時代の動きに左右されず（佐藤二三三）、精神性を描いた作家である。「こころ」の大切さが叫ばれる昨今、彼女の作品に見られる精神性を見直す時期に来ていると思われる。また、最近の傾向としては空間をテーマにした研究も出てきている（桝田）。空間的「封じ込め」をテーマにキャザーの作品を再評価していきたい。

彼女の作家としての特徴は、開拓者に焦点を当てて創作活動を続けたことにある。目標を定め、それに向かって一心不乱に努力する各種の開拓活動を行う主人公を描く。彼女は人生を生き抜くことも開拓作業として捉えていると思われる。人生の目的は幸福追求と言えよう。人はそれぞれ慶ばしいと感じられる空間にいてこそ幸福感を味わえるものだ。作品『私たちの一人』（一九二二年）の主人公は奇妙なことに、戦場を「慶ばしい空間」[2]（Fryer, 293）だと思うのである。戦場は危険な場所で、通常、人はもっとも行きたがらない。しかしこの場所をあえて「慶ばしい空間」だと主人公に感じさせ、自己の幸福をそこに追求していく姿を描くキャザーの意図は何か。

主人公、クロード青年は神と自分との信頼関係を大切に思っており、まともなプロテスタント信仰をもっていると自負する。しかし周囲の人々は彼を無神論者で信仰がないという。自由思想家と深い交友関係を持つ彼は周囲の者のキリスト教信仰が堕落していると思う。彼の批判的態度は、田舎社会の住民にとっては許されざるものに思えた。田舎社会では自由に自分の意見を言うことはひかえられていたのだ。このようにネブラスカの田舎社会の人々とクロードとの間には価値観の大きなずれがあった。彼をとりまく社会は変化を嫌う保守的な居住空間であった。大多数の人々はその空間の中で満足していた。しかしこのような社会をキャザーは「不潔」[3]（五〇）とみなし、主人公にとっては「慶ばしい空間」とはみなさない。彼女はこの場所で日常生活をおくる主人公を非日常的な空間、戦場に駆り立てる。意外にもこの試みにより、主人公は日常の不安から解放され、安心を得る。では、なぜ戦場なのだろうか。二十世紀の初頭、アメリカの田舎社会では自己の信念にもとづき、自己の自由意志に従って、より良い空間を創りだしていくことが困難だったことをキャザーは訴えたかったと思われる。このキャザーの視点で青年の参戦行為を捉えてみたい。

二世を封じ込める一世の「慶ばしい空間」

「慶ばしい空間」は各人各様であろう。荒野が生きていた開拓以前では、自然が猛威をふるっていた。この荒野に対峙して開拓を進めたのは開拓者であった。不屈の努力の結果、彼らは、この作品の時代、一九一〇年代には物理的な豊かさの点では都会と遜色がないほどの田舎町を作り上げた。荒野を開拓し、居住空間を持つことができた。みずからが理想としていた「慶ばしい空間」を創造したのである。したがって、彼らの現在の課題はいかにしてその空間を保持するかであった。開拓者の子供であり、その「慶ばしい空間」に生まれたのがこの作品の主人公である。開拓者の子、すなわち二世開拓者に属する彼は、現状維持ばかりに神経を使う人々の集団で形成される田舎社会では居心地が悪く、精神的に圧迫を受ける。彼の考える「慶ばしい空間」とは、自身も含めて周囲の人間が偏見を持つことなく他人に接することができ、お互い活発に意見交換のできる知的な場であった。しかし田舎社会の現状は自分の理想とはかけ離れていた。彼はこのため田舎社会の空間を狭苦しく感じ、自分にとっての「慶ばしい空間」はこれ以外の所にあると考えるに至る。

では、一世開拓者と二世開拓者とはまったく異なる種類の人々なのだろうか。かつて一世は開拓に成功し、目標とした居心地のよい居住空間を確立した。開拓を始めた当初、彼らは自分たちの未来の姿を想像し、その方向へ向かって頑張った。だが、居住空間ができあがり、安定した社会ができると、現状に満足し、もはや未来志向をやめる。一方、二世は一世の保守性に牛耳られる田舎社会に満足せず、自分にとってより良い空間を思い描き、それを得ることを目指して、目標達成のために色々な試みを始める。探求の真剣さはかつての一世と同じであろう。しかし一世は目標を達成し居住空間を創造したことに自己満足し、その生活に埋没してしまう。ここに目標達成途中にいる二世とのギャップが生まれる。世代間のずれの深刻さをキャザーは浮き彫りにしている。

主人公は漠然と未来だけを夢想し、見つめている平均的な若者ではない。自分が直面している現在の問題と過去の事象の接点を探す。まず、現在・過去を比較対照し、類似点、相違点を見つけ、その上で現状を把握しようとする。さらに自己を再認識し、現在の自分には何が必要かを思案する。現在という時間上の一点で、さらに田舎社会という空間の場において、残念ながら自分と同類の人物を見つけられない彼は、過去に、さらに空間的には地球の反対側の場所、エジプトやバビロニアに自分の分身を見つけることになる。

かつてエジプトの王に奴隷として使われた、聖書の「出エジプト記」に書かれているユダヤ人、それから数世紀後の紀元前五八六年ごろ、バビロニアに幽囚された彼らと現在の自分の状況が重ね合わされる経験だった。主人公は父所有の農場での彼にとって無意味な労働の後、野外での入浴中にたまたま月を見上げ、この月は「歴史的に過去の時制」(二〇七)からやって来たもの、として捉える。彼は今の自分の生活が捕囚の奴隷のそれと変わりないと認識する。当然、肉体的には奴隷の方が苦しいはずだ。しかし平凡な日々の繰り返しの無意味さには、先が見えず、自由な自分の世界がないと感じていた田舎社会の彼には精神的な苦痛を共有する仲間を得たように思われた。彼は他者との連帯を時空を超えて実感することになる。このようにして、彼の現在は、過去とつながる。時間的、空間的な超越により物事を把握しようとする主人公の姿がある。

不思議なことに、月が彼を時空を超えた世界に導いた。田舎社会では誰にも気持ちを理解してもらえず、苦しんでいた主人公の心を月が照らした。

それぞれの牢獄に月の光がさしこむ。囚人は光に当たるために窓の方に這っていく。絶対に秘密を守りすべてを理解してくれる存在である白い球状のもの（月）を彼らは悲しげな視線で見上げる。（二〇七）

キャザーは人間の心を様々な気持ちのひしめく空間、「牢獄」（二〇七）として表現し、その中でせめぎあう感情を、その空間に「閉じ込められた人々」（二〇七）に喩えている。確かに前述のユダヤ人は一日の労働が終わって、それぞれの家に帰宅することはできても、奴隷生活から抜け出す自由はなかった。そんな彼らのいわば牢獄のような居住空間にも月の光がさしこむのである。一九一〇年代当時の主人公の苦悶は大昔の捕囚の奴隷と全く同じであった。物理的な苦悩が仮に除去されても、心の中に深く秘められた感情は一生涯心に留まっている。今も昔も変わらない月の光が人間の心という空間の一番深い所にある苦悶にまでさしこまれる、と主人公は感じる。ユダヤ人の捕囚体験がクロードにはこんな風に捉えられた。そしてこの月の光をもっとも必要とする種類の人間こそが自分のように「望みを高く持つ者」（二〇七）なのだという結論に到達する。心に光を当てられることにより、人間は勇気を得る。月によるこの勇気づけがあってこそ、「望みを高く持つ者」がその望みを達成するために実際、行動を起せる開拓者になれる。「望みを高く持つ者」が開拓者になるためには、普遍的な存在である「月との交わり」（二〇七）が必要なのであった。キャザーはネブラスカにおいて月が人間の心の支えになっていることを実感している(Mariel への手紙)。不易流行の考え方をキャザーは、月そして精神性に当てはめている。精神的な苦悩にも不易なものである月の光が永遠に照らされ続ける。一時的な流行は変化するが、昔から変わらず存在するものは永遠性を持ち、これから未来永劫に存在し続ける。

また、彼女は月を太陽と区別して表現している。月も太陽も太古の昔から存在し、人類の生活に欠かせないものである。キャザーは太陽が明るい中で光を放ち、月が暗い場所を照らすことから、主人公の想像力を広げさせる。太陽は実際に見える人間の行為を見守り、月は人間の目に見えない内面をも照らし出すもの、と主人公は感じる。こうしてキャザーの、目に見える行動よりも目に見えない精神を重視する考え方に説得性を持たせている。想像力がなかったならば、彼は不満を抱きかかえ一生孤独に人生を過ごしたであろう。

キャザーは開拓における想像力の必要性を開拓生活での経験から深く認識していたと思われる。想像力により人間は他の空間、時間を疑似体験することができ、自分の視野を広められる。限られた空間、時間の中で価値判断することなく、広がりのある空間、時間の中に自身を置き、物事を考えるようになれる。偏った価値基準に縛られることなく、自由な発想が生まれるきっかけになる。これはキャザーが自分の問題として捉えていた、芸術を創造するという開拓作業においても必要である。彼女にとって芸術創造の目的は幸福感を得ることにあった（加藤一三八）ので、想像力を持たないことは幸福になることを拒否することを意味する。したがって幸福を追求するという人間の普遍的な願望を満たすために想像力は重要だ。ところが田舎社会では、想像力を軽視あるいは無視し、住民に考えることを完全に拒否させる教育が行われており、大人たちはそれに何の疑問も抱かないでいた。キャザーは幸福を追求するためにはここは不適当な空間であると判断する。幸福のためには想像力が必要であるが、田舎社会は想像力に対して否定的なのだ。一世の「慶ばしい空間」は彼に想像力を膨らませることを許さない。そこでクロードは田舎社会を離れざるを得ない。

二世の「慶ばしい空間」建設のあがき

まず、主人公は家族とは離れて都会で大学生活を送ることで、より自由な空間に身を置き、自分の存在意義をみいだそうとする。都会は思った通り田舎社会よりも自由であった。しかし、この居住空間にも思わぬ弊害が潜んでいた。田舎社会での常識は通用せず、さらに、非常識なことが都会では当然のこととして認められていた。田舎社会で生きていくためには他人に自分の意見をあからさまに言わないことがもっとも安全だと考えられていた。一方、都会においては相互の意見交換は積極的に行われた。当然、田舎社会に育った主人公にとっては都会の人々の会話の中で話題になっていることに対し適切に自分の意見を述べることは困難だった。話の展開が早すぎるのだ。主人公は都会においても自分の存在意義を見つけることができず、都会の人々からは田舎者扱いされたので、田舎社会にいるのとはまた違う居心地の悪さを感じる。彼にとって都会は刺激の強い場所ではあったが、その刺激はプレッシャーにもなった。彼は取り残された悲哀を覚える。やはり、都会でも周囲と同じように行動することが望まれた。したがって主人公のように活発さに欠ける人物にとって憧れの空間であった都会は、過ごしやすい空間にはならなかった。こうして彼は田舎であれ都会であれ、できあがった空間は自分の「慶ばしい空間」ではないと考えるようになる。

父の命令で父所有の農場の経営を任せられることになり、田舎社会に戻った後、結婚を決意したクロードは自分の家を建てるのである。この空間は物理的には彼の所有するものであったが、彼にとってそこは安心して暮らせる空間にはならなかった。その障害となったのは彼が愛して結婚したはずの妻の存在であった。この夫婦は信仰に対する態度が違い、結婚についてもそれぞれ相いれない別の考えを持っていたのである。妻はキリスト教の規律を守り、牧師の言動を全面的に信頼する当時の田舎社会の典型的なキリスト教徒であった。主人公は彼女の目から見るとキリスト教徒としては失格者である。彼は規律を守ろうともせず、牧師の言うことは懐疑心を持って聞いた。主人公は自分が幸福と感じることのできる空間を結婚生活の中でパートナーと創り上げていこうと考える。しかし、妻は結婚によって自分の夫を教化して、自分同様の敬虔なキリスト教徒にしようと試みる。結婚は彼女にとって慈善活動としての価値しかない。したがって主人公は妻の自分への愛情を感じることができず、妻との心の溝が深まっていくのを感ずる。

彼らの結婚生活が短期間で終わりを迎えた理由はもう一つある。お互い、田舎社会の申し子のため、意志の疎通がうまくいかなかった。主人公は気持ちを内に込めるタイプなので妻に自分の感情を素直に伝えることができなかった。彼が自分の気持ちを表に出すのは、感情が最高潮に達したときなので、爆発した形である。また、妻は鈍感で彼の言動の裏に隠れた本当の気持ちを察しようともしない。彼女は植物を飼育するのは得意だが、人間関係を不得手に感じる人物であった。主人公は相手の気持ちを敏感に感じ取るので、逆に妻の相手への思いやりに欠ける言動が彼を傷つけることになる。妻は、人の気持ちを表面的にしか捉えることができず、自分の言動にも気持ちを込めない。そして彼女のパートナーとしては感受性の強すぎるクロードは感情に左右されない機械人間のような妻と居住空間を共有していることに不自然さを覚えるのである。彼は妻との結婚生活で心の疲労感を持った。自分の心がバランスを保ちながら結婚生活を続けていく方法を模索する。

彼は屋外に自分の安らげる空間を求める。結婚生活で束縛された自己をこの空間で解放し、自由に想像力をめぐらせるのである。彼はたびたびこの所有空間を訪れることにより、幸福感を味わう。ここは父親の払い下げになった森林であり、他の人々にとっては単なる荒れた森林に過ぎない。しかし、クロードはこの低木で囲まれた場所を手入れして満足のいく空間に創りあげるのである。彼によって創造された空間は、居住空間と自然空間の中間に位置する。環境に優しく、また主人公の癒しの空間となり、物理的、精神的にバランスのとれた空間と言えよう。しかしここには一つ問題点があった。主人公は時間や空間を超越して物事を考え、想像の中で自分と同類の人と出会うことはできても、田舎に住んでいる限り、現実に他の人との意見交換や心の交流はできない。主人公の夫婦の別居がこのことを物語っている。結婚生活よりも慈善活動に価値を見出し、機会に恵まれた妻は、彼を田舎に置き去りにして、単身で中国に旅立つ。妻と別れることにより、主人公は皮肉にもあの森林へ行かなくても結婚から解放されることになるのだ。

ところが、主人公は妻に置き去りにされた夫として田舎の人から嘲笑の対象にされる。田舎社会は狭い空間であり、うわさが広がるのも驚くほど早いのだ。再び彼はこの場所にいることに不快感を持つ。田舎社会にいられなくなった彼が永遠に現実逃避でき、自分にとって「慶ばしい空間」を得ることのできる場所として考えたのは戦場であった。空間的に移動することで、自分の現在置かれている状況を改善しようと試みた。これは現代の視点で見ると意外な選択に思えるが、二十世紀初頭のアメリカにおいては現実逃避の選択肢として存在していた。同時期の他のアメリカ文学の作品にも、田舎町から戦場という非日常的な空間に移って自由を得ようとする主人公が描かれている。スコット・フィッツジェラルド（一八九六-一九四〇年）の短編「冬の夢」で、恋愛のため、蜘蛛の巣のようにもつれた心の悩みを持つ主人公は移動することで居心地の良い空間を得ようとする。彼が中西部の田舎町からニューヨークへの移住を考えたとき、ちょうど、アメリカが第一次世界大戦に参入する。歴史的な出来事により、彼の人生の選択肢が増えるのである。主人公は意外にも自分が安心できる空間への移動の手段として義勇兵になることを選ぶ。フィッツジェラルドがここで主人公のニューヨークへの移住と義勇兵になる選択肢を並列させているのは不自然に思える。前者は中西部に比べ、発展した空間で、後者は野蛮な空間への移動を意味し、相反する空間のように思えるからだ。しかし、フィッツジェラルドはこれについて「他の大多数の若者と同様に」(Fitzgerald, 233)と述べ、この主人公が特別ではないことを示している。また、キャザーの『ひばりの歌』(一九一五年)では夫婦関係のうまくいかない登場人物が妻の異常な性格に悩み、酒に逃げる。酒でも彼の心は癒されず、義勇兵になることを望む。かばんにシャツを入れ、海の空気さえ吸えればそれ以外何もいらない、と彼は言う。彼は海という開放的な空間を自由の象徴として捉えている。体を覆うのに最低限必要なもの意外何も持たず、自己解放の空間として戦場を選ぶ行為には当時の若者の戦争に対するロマンティックな考え方が反映されている。科学技術の進歩により戦争が残酷さを増した現代の視点で見ると奇異に映るのは確かだ。しかし、当時のアメリカでは戦争に行くことが美化され、田舎町の若者にとって自由な空間を得る第一歩として考えられていたのは興味深い。

一世開拓者により開拓しつくされた一九一〇年代の田舎町には、二世が開拓できる空間は残されていなかった。つまり当時の田舎町は、もはや夢を実現するために用意された空間ではなく、人々が現状を保つ傾向のある空間であった。この空間にあって日常生活に満足できない人間は、シャーウッド・アンダーソン(一八七六―一九四一年)の短編「語られていない嘘」に書かれているように、時には幻想に逃げることがあっても他人に支えられ、現実に戻るだろう。不満度が高く、若者でエネルギーが余っている場合、『私たちの一人』、「冬の夢」、『ひばりの歌』に書かれているように他の空間へ移動するのである。

戦場、この「慶ばしい空間」

戦場に向かう途中でもクロードは貴重な体験をする。伝染病の蔓延する船の中で彼一人が、伝染病にかからず、幸福感を味わうのである。彼は自分の「慶ばしい空間」に向かって既に出発しており、この船にいる限り、自分が一歩一歩その空間へと導かれているのを感じる。[4] クロードとは対照的に、周囲の人々は伝染病に苦しみ、まだ感染していない人までも、体の不調を訴え、船内は伝染病の病魔に侵されていた。田舎社会という空間で主人公は唯一、病に侵されたように精神的な苦しみに耐えた。しかしこの船に乗船して初めて、他の人との心の交流を感じ、他人の命令ではなく自分の意志で行動し、現実の生活の中で充実感を得ることができた。さらに、この空間は彼にとって過去の自分の苦しみからの「避難所」（三〇四）のように感じられ、苦しみから保護されることで、安心して自分のことを考えられるのである。この船という空間の中で主人公は他の人と充実した関係が持て、自分の心の中にある外から見えない自分とも向き合う。

そしてついに、主人公は戦場へと移動することにより「慶ばしい空間」を得ることになる。戦場には様々な国籍の若者が集うため、出身地に関係なくお互い、一人の個人として対等に意見を交換することができた。彼はここで二つの大きな出会いを経験する。ネブラスカの、父の森林で想像していた、自分の理想像のような人物にまず実際に会った。元ヴァイオリニストでニューヨーク出身の彼と比較して自分が無能なことを意識する。「特別な才能を持ちあわせている人が徴兵されるのは（もったいない）。何の才能も持っていない（自分のような）者で（戦地で必要な兵隊の人数は）十分まかなえるのに（三五四）。」とクロードは彼を目の前に言う。たまたま聴くことになった彼の演奏で芸術の素晴らしさを知り、生きることに価値を見出し、主人公の視野は広がる。金銭の力が支配していた田舎社会に幻滅を感じていたクロードは、生きる喜びを得る。また主人公はこの戦友の「勇気と忍耐力」（三五七）に驚いた。彼は他の者にどう思われようと気にしない。第一次世界大戦の米軍歩兵の多くとこの点が異なる。彼らは、「嫌われることを恐れ、自分が嫌われていることが分かると、開き直って、今度は可能な限り無作法にふるまう。その結果自分が周囲に受け入れられていないと感じる（三八〇）。」彼らの多くは自分に自信がないゆえ、周囲の人々による自分の評価が気になる。つまり、彼らはクロード同様、歪曲した感情を持つ若者であった。クロード青年は、仲間の多くとは違うこの若者と出会い、最初はたじろいだが、彼と時間を共有していく中で芸術家の精神を学ぶ。彼はこの戦友の影響で次第に自信を持つようになっていく。アメリカの田舎社会の抑圧の中で育ったせいで、自信を持つことができず、他の人の言うがままに流されていた若者が戦場に来て、開眼したと言えよう。また、主人公と彼には共通点もあった。二人とも自分の元いた場所には戻りたくなかったのである。「もし戦争で殺されなくても、他の方法で殺されるだろう（三五四）。」というこの戦友の言葉は、この時代、アメリカ社会で信念を持って生きていこうとする若者は社会に押しつぶされており、この社会から逃げ出した主人公クロードが必ずしも例外でないことを表している。

次にフランスの田舎で、あるフランス娘と出会う。「作られたもの」（三八六）、つまり人間が作ったものと人間との関係が脆いもので人間同士の感情の交流の方がはるかに人生にとって大切である、と彼女は言う。クロードは彼女のこの意見を聞いたとき、自分と同じ意見を彼女が持っていることにあまりにも感動して言葉が出ないほどだった。彼はフランスに来て初めて心から共感できる、魅力的な女性に出会えた。フランスはクロードの先祖の故郷で彼がそこに帰郷したからこそ彼はこの地で自分の「慶ばしい空間」を得ることができたのかもしれない。クロードはフランスに多い名前であり、作中のあるフランス人は彼の名前を、「とても良いフランス人の名前だわ（三五一）。」と言う。主人公は特にこの二人との出会いにより自己を認識し、人生に生きる価値を見出し、自分と同じ意見を持つ同世代の人が他にいる、ということにも気付いた。ネブラスカの生活の中で価値観の交流がない環境に育った若者にとって出会いや価値観の交流の素晴らしさを知る良い経験にもなった。キャザーはアメリカの田舎出身の若者にとって戦争が皮肉にもこのような喜びも与えるものだったことを示している。

戦場では彼らは連帯感を持つこともできた。ほぼ同年代の若者たちがグループ単位で移動を続け、衣食住を共にするので自然にお互いを信頼するようになる。そして軍隊の上の者は下の者に支えられていることを感じ、下の者は逆に、上の者に勇気づけられながら相互関係が作られていった。隊員が一丸となって協力しなければ死につながる可能性もある状況の中で協調性が育まれた。全員が同じ目標に向かっているので、アメリカの田舎町で進む方向が分からなかった若者は特に連帯感を実感できた。田舎町で彼らが連帯感を感じていなかったことをキャザーは皮肉っている。クロードはネブラスカにいた時、想像の中でしか連帯感を感じることができなかったので、それを戦場で実感できたのは彼にとって大きな喜びであった。ここで彼は自分の存在意義を確信できたといえる。自分の人生の目的を果したクロード青年にはもはや恐れはなかった。不思議なことに、敵の大砲の音でさえ、彼に自信を与え安心させたのだ。

この大砲に撃たれて死んでいくのがクロードにとっての「華々しい死」（Anderson, 245）であった。当時の田舎で単調な生活を強いられていた田舎の若者にとって戦死は「華々しい死」として位置づけられていた。[5] このような社会思想の中でキャザーは戦死をどのように扱っているのだろうか。キャザー自身、死を恐れていなかったと考えられる。「崩壊」があってこそ「新しい命」が生まれ、「過去」の醜いものに対して身震いを感じてこそ「未来」の美しいものに対して震えるほどの希望を持つことができ、そして

「発見」があってこそ「喪失」もある。それが「人生」というものだ（三九一）、ということを彼女自身、悟っていたからこそ、死、つまり肉体の「崩壊」を主人公に素直に受け入れさせた。死によって人間の肉体は「崩壊」する。しかし肉体という器の中に入っている魂は器の「崩壊」と同時に解放される。主人公が安住できない空間から一時的に現実逃避し、そこで魂を解放することで永久に彼の魂が安住できる、とキャザーは考えた。

キャザーの「慶ばしい空間」

一体、彼の魂が戦死によってしか解放されなかった原因は何であろうか。それはひとえに一世開拓者の二世に対する無関心さにあるといえる。一世は自分たちの目標を達成したことに満足し、彼らの形成した社会が二世の人生の出発点としてふさわしいかを考えなかったのである。かつて開拓者であった一世が現状に留まらず、二世が人生の開拓者として生きていくためには自分たちはどうすべきか、想像力を使って考えていたならば、田舎社会はキャザーの指摘する「不潔」な状態にはならなかったであろう。残念ながらこの空間は一世の開拓の結果に過ぎず、二世が開拓を始めるのに適した空間にはならなかった。現在は過去の結果であり、また、未来への出発点である、という認識を持ちながら現在を生きることが人間には必要なのだ。しかしアメリカの田舎町の一世はこの認識を持っていなかった。だからこそ戦場で若者が自分の元いた田舎町には戻りたくない、と思ったのである。戦争は「慶ばしい空間」を若者に提供しても、永続はしない。したがって当時の若者の魂が永遠に解放される手段は戦死しかなかったのである。この事実は客観的に見ると非常に残酷である。

キャザーは、人間が幸福になるには精神的な安定こそが重要である、とする。彼女は「慶ばしい空間」が贅を尽くさない形でも存在し得ることを私たち読者に示している。

おわりに

私たちの「もの」に埋もれた生活は二十一世紀の日本において加速度を増して一層過激になるであろう。現に、「こころ」を大切にする動きがビジネスを動かしている。人々は「こころ」を癒すためにヒーリング効果のある商品に飛びついているのである。しかし、「こころ」を「もの」で永遠に癒すことは不可能であろう。キャザーは約八十年前に精神性に目を向けたアメリカの作家なのである。このような見方で彼女の作品を再度見直すことは現代において価値があることである。

彼女は二十一世紀の始めを生きる私たちに精神的苦悩の永遠性を示す。確かに私たちは、物理的な苦労から解放されてはいるが、人間が生きている限り、精神的な苦しみから逃れることはできない。キャザーの作品を読むことにより、各自が自身の人生の開拓者である、ということを読者は意識する。さらに現在を生きるということがどのような意味があるかを想像力を使って私たちが考える機会をキャザーは与えてくれるのだ。

彼女が第一次世界大戦の戦場に行った経験がなく、そのため、戦争をロマンティックに描いた、という欠点はあるが、『私たちの一人』の中で幸福を追求する人生の開拓者としてクロードを描いたキャザーの功績は大きい。

III

南部の陰りと再生

7 ミシシッピを超えて

『ハック・フィン』から『四十四号』へのトウェインの旅

瀧岡啓子

はじめに

一八七四年、コネティカット州ハートフォードに、蒸気船が一隻……いや、蒸気船を想わせる不思議な様相の豪邸が姿を現す。マーク・トウェイン邸だ。当時、トウェインは、この蒸気船を操縦し、人生という川を華々しく邁進しようとしていた。しかし、皮肉にも、前途には、既に霧がたちこめていた。

『トム・ソーヤの冒険』（一八七六年）完成後、彼の創作「タンク」（*AMT*, 265）は枯渇し、「挫折の連続の時期」（亀井二七四）に突入した。豪奢な生活ぶりは、多くの出費を生み、事業への投資もやがて失敗に終わる。このような状況の中で、トウェインは、心のすさみ、無力感と苛立ち、そしてむなしさや不安を体験したことだろう。同時に、一作家として、また一個人として、人生とは何であるかを模索していたのではないか。

『トム・ソーヤ』の原稿完成後、トウェインは、次のような手紙をハウエルズに書き送っている。

そのうちに、私は十二歳[1]の少年を取り上げ、人生を経験させようと思います（一人称で）。しかし、トム・ソーヤではありません――彼はこれに向いた性格ではないのです。（*MTHL I*, 92、亀井二七四）

まもなく『ハックルベリー・フィンの冒険』の執筆が始まる。途中、幾度か筆が中断されるが、実際は、「自分を忘れるほどに、自分の奥底からの『真実』をつかみ出」そうと必死に取り組んでいたようだ（亀井三三六）。まるで、『ハック』と共に「人生」を模索するかのように。ミシシッピ川の大自然で繰り広げられる筏での旅で、トウェインが見出した「人生」とは一体何であったのか、さらに、そのような「人生」を生きるトウェインが、晩年、どのように私達に語りかけたのか、『細菌ハックの冒険』や『ミステリアス・ストレンジャー四十四号』を通して、迫ってみたい。

トウェインの目覚め

マーク・トウェイン（本名サミュエル・ラングホーン・クレメンス一九一〇年没）は、一八三五年ミズーリ州にあるフロリダという小さな村に生まれる。その後、同州ミシシッピ川に面するハンニバルに移り、三歳から十七歳まで、そこで過ごしている。当時でいう、奴隷制社会に生まれ育った。ミズーリ州は、高南部（アッパーサウス）に位置し、多くの労働力を必要とする大農園制社会ではなかったから、白人による黒人奴隷の扱いは、深南部ほど過酷ではなかった。しかし、村人の大半は、黒人は劣等人種であり、所有者の財産であるという偏見の虜になっていた。そのため、奴隷制の不当性に気づくものは少なく、トウェイン自身も例外ではなかった。

当時、南部社会では、様々な手段を使った奴隷制擁護論が展開されていた。その一つに、宗教的擁護論がある。教会では、奴隷制擁護に有利とみなされた聖書の箇所が、都合良く引用され、説教が施されていた。その効果は、絶大だった。なぜなら、聖職者は、社会の「精神的指導者」であるばかりか、「社会的、文化的エリート」として、尊敬されていたからである（清水一六一）。そして、庶民の「生活の糧」として、重んじられていた聖書は、「絶対的な真理」を語る書として、文字通り受けとめられるべきものと、堅く信じられていたからだ（清水一六一）。

このような「教育」[2]は、ハンニバルでも、幅を利かせていた。その結果、奴隷制は「正し」く「正義に叶い」「神が特別に与えてくれた神聖な制度」（*AMT* 六勝浦吉雄訳）という概念が、社会全体に浸透していた。奴隷達でさえ、「そういう恵まれた状況にあることを日夜、神に感謝すべき」であると信じていたのだ（*AMT*, 6）。だから、逃亡奴隷を逮捕することは、「正しい」ことであり、それを怠たることは、「過ち」であるとされていた（*HF*, 127）。まして、逃亡奴隷の企てに加担することは、あらゆる罪の中でも、「最大の罪」と見なされていたのである（*HF*, 269）。人種偏見が形作る社会の空気を吸いつづけると、人は感性も、想像力も麻痺した骨抜きの存在にされてしまう。その結果、虐げられる者の痛みに鈍感になる。[3] 実際、トウェインの父親は、しばしば無感情に奴隷を殴ることがあったようだ。しかし、それは彼本来の「人間性」ゆえではなく、奴隷制という「習慣」によるものだった（*FE*, 353）。このような環境に身を置くトウェインも、当然影響を受けていた。

しかし、ハンニバルを後にし、アメリカ国内、国外の様々な土地の空気に触れてゆくうちに、トウェインの眠っていた感性や想像力が徐々に目を醒ましてゆく。[4] それに伴ない、「神聖」で「正しい」はずの奴隷制度は、彼の心に、「露骨で醜い、弁護の余地のない人権侵害」（*AMT*, 6）として迫ってきたのである。そして、不当であるはずの制度を、正当なものと思いこませるような、歪められた社会の規範に、懐疑の念を抱くのである。

このような、彼のコペルニクス的視点の転換は、特に、『ハックルベリー・フィン』が執筆、出版された、一八七〇年代から八〇年代にかけて、顕著である。その背景に、彼が南部の偉大な作家と評したジョージ・ワシントン・ケーブルとの出会いもあった（Pettit, 131）。ケーブルは、一八八三年、最高裁が打ち出した公民権法違憲判決を告発し、南部中の反感をかった人物だが、トウェインは、危険を冒してまでも黒人擁護に尽力する友の生き方に、大いに触発される。

当時、南部では、奴隷制ならぬ黒人法が制定されており、黒人のあらゆる権利が抑制されていた。リンチや搾取が横行し、事態は、奴隷制時代より悪化していた。このような状況の中、トウェインは、作家として、また一市民として、黒人の尊厳回復のために貢献するようになる。その活動の幅広さは、修学困難な黒人学生たちに奨学金を提供していたという事実や、黒人擁護のために書き残された数々の手紙や電報が、物語っている（Pettit, 138）。また、黒人解放運動に尽力したフレデリック・ダグラスが首都ワシントンの式武官を解雇されそうになると、トウェインは、ダグラスの友人としてではなく、むしろ彼の業績に心を動かされる者として、大統領ジェームズ・A・ガーフィールドに手紙を書き送り、再検討するよう促している（Pettit, 125）。さらに、「南部の白人とのあいだに友愛関係を培うことの重要性」（本田一五〇）を重視した近代黒人解放運動の先駆者、ブッカー・T・ワシントンの活動を、様々な記事やスピーチを通して、絶賛、支持している（Pettit, 138）。[5]

しかし、トウェインの黒人への共感を何より物語っているものは、彼が黒人霊歌に傾倒していったという事実であろう。[6] トウェインにとって、黒人霊歌ほど、彼の真髄に訴える「雄弁な」言語はなく（Fishkin, 6）、また彼自身を語る「雄弁な」言語もなくなっていった。一八七四年のある晩、ハートフォードの邸宅で、夕食後、トウェインは、家族に黒人霊歌を披露している。身体を揺らしながら、「目をつむって」（Fishkin, 7）歌う様子は、あたかも曲に宿る黒人たちの魂に、心の耳を傾けているかのようだ。近隣のウォーナー宅へ招かれた晩も、急にすっくと立ち上がって歌い出し、曲の終わりまでくると、「黒人たちが皆そうするように」「叫び」声をあげたという（Fishkin, 6）。まるで、人種の差異を突き抜けて、苦しみを共有しているかのようだ。最愛の妻リヴィーをなくした晩も、黒人霊歌を歌っている（Fishkin, 7）。そして、人生も終わりに近づいた頃、よく揺り椅子に腰掛けて歌っていたのは、やはり、黒人霊歌であったという。次女クララは、後に、その歌声を、「歌というよりはむしろ感動的な叫び」であったと述べている（Wector, 190）。

このように、トウェインは、人種偏見から解き放たれ、代わりに、黒人との深い共感のうちに、生きるようになってゆく。そして、この共感こそが、晩年のトウェインを支え、激動の世紀末へと、立ち向かわせて行くのだ。

筏の上で

トウェインのこのような意識の変化は、中期の傑作『ハックルベリー・フィンの冒険』の主人公ハックに、見事に投影されている。ハックは、もともと村一番の飲んだくれを父親に持つ、貧乏な白人(プアホワイト)だ。家庭の味も、「教育」の「教」の字も知らない(西田実訳一)。一時は、中産階級のダグラスおばさんにひきとられ、「教育」をうけるものの、結局は、社会の堅苦しいしきたりや、父親の虐待から身を守るため、セントピータースバーグ(ハンニバルがモデルとなっている)を、後にする。そして、まもなく、逃亡奴隷のジムに、偶然出くわし、二人の筏での旅が始まる。

しかし、「文明」社会とは縁遠いはずのハックも、一つだけ社会の慣わしに、囚われている。奴隷制だ。黒人は白人に劣るとする、差別という名の「一線」[7](*MTA*, 6)が、彼の意識に、刻み込まれているのだ。なぜなら、酔いが回るたびに、父親が始めるおきまりの話しを、ハックは何度も聞いているからだ。父親は、オハイオ州からやってきた自由黒人が、立派な身なりをした大学教授であり、投票権を持っていることが気にくわない。そこで、「なんだってこの黒んぼを競売(せり)にかけて売っとばさねえんだ、そのわけが知りてえ」(三四)と言い始める始末である。この話を繰り返し聞くうちに、ハックにも、黒人を見下す態度が染み付いてしまった。だから、ジムとの旅がはじまって間もないころ、「ごみくず」(一〇五)のような侮蔑的な言動で、ジムを辱めたりもするのだ。

しかし、ハックとジムの間に存在する境界線は、筏の上で、次第に姿を消してゆく。ミシシッピ川を下りながら、ともに語らい、過ごした日々は、二人の間に、一体感を生んで行く。二人は、やがて互いを家族と見なし、筏を「家(ホーム)」(一五五)と称するようになる。筏上で何より重んじられることは、「みんなが満足して、お互いに裏表なく親切にすること」(一六五)だ。ハックとジムは、徐々にこのような精神を生きるようになる。

例えば、ジムはたびたび自分の疲労を厭わず、自ら夜警を延長し、ハックの休息を守ろうとする。ひどい濃霧の後には、遭難したハックの身を案じて悲嘆にくれ心身ともに疲れ果てるが、無事にハックが帰還すると、全身で喜びを表現する。一方、ハックはジムの数々の「親切」（二七〇）を思い起こし、葛藤を繰り返しながらもジムの逃亡の手助けをする。

ここで重要なのは、二人が互いの問題を自分自身のものと捉えている点である。この相互理解は、決して観念的なものではなく、精神的また身体的な痛みを伴うものである。その痛みは、逃亡奴隷の自由への渇望といった大きなものから、日々の疲れといった小さなものまで大小を問わないのであり、今や、ハックにとってはジムが、ジムにとってはハックが、それぞれの一部を成しており、互いに「融け合」（*MTA*, 6）っているかのようだ。[8]

このようなジムとのかかわりは、「ホーム」の味を知らなかったハックの心に、深くしみわたってゆく。二人の筏は、不本意にもケイロを通りすぎ、深南部へと向かう。しかし、退廃した南部社会の闇を知れば知るほど、ジムとの「ホーム」は、ハックにとって、より一層輝きを増してくる。もちろん、中には、グレンジャーフォード家や、ウィルクス家の長女メアリー・ジェーンのように、ハックを「家族」同様、「親切」にもてなしてくれる人々もいる（二二五）。しかし、結局は、理不尽な出来事に耐え切れず、ハックは、ジムの待つ「ホーム」へと帰って行くのだ。

それにしても、ハックをジムとのさらに見知らぬ他者との共感へと駆り立てたものは、何だったのだろうか。少なくとも、セント・ピーターズバーグを後にする前は、ハックは他者とのつながりに興味さえ示さなかった。ダグラスおばさんから、お祈りがもたらす「霊的な贈り物」は、いつも「他人」を思いやり助けてあげることだと聞いたとき、ハックは、「お祈りなんてなんの得にもならねえと思った――得するのは他人ばっかりだ」と言って、見向きもしない（一一）。

しかし、カヌーでセント・ピーターズバーグを後にするハックが、「月の光をあびて……仰向けに寝たまま見上げる空は、えらく底がふかいもんだ。いままで、そんなこと気が付かなかった」（四二）と語るとき、大自然のふところに抱かれることで、彼の意識が新たな次元へと開かれてゆくことが、仄めかされている。

大自然のふところで

ハックとジムの筏は、ミシシッピの雄大な自然の一部として、川の流れに身を任せてゆく。自然は、時として牙をむき出し二人を襲うが、一方で、慈しみ深く二人を育んでゆく。ハックは、この大自然が見せる微妙な表情を、五官と想像力、そして第六感で敏感に察知してゆく。[9]

夜明けが訪れ、辺りが白んでくると、自然界の全てのものが「微笑み」（一五七）始める。小鳥達はさえずり、さわやかなそよ風は草木や花の香りをもたらし、頬をなでてゆく。さざなみの奏でる音はハックを退屈から救い、天に輝く星はハックを眠りへとさそう。さらに、雷鳴のとどろきや稲光はハックを歓喜させ、ナマズの真っ白い身は、腹を満たしてくれる。

しかし、ハックは決して感傷的に自然を捉えてはいない。ハックは、川の静けさを妨げるガマガエルの鳴き声を聞き逃さないし、蒸気船がひき殺していった魚の腐った匂いにも敏感である。暗闇に響く狼の遠吠えや、ふくろうの鳴き声はたびたびハックをぞっとさせ、洪水や濃霧は容赦なく彼を襲う。

このようにハックは、直感や感覚、想像力をフルに使って周囲の世界を認識してゆく。しかし、昼間は身を潜め、夜活動するという行動パターンのため、五官の中でも最も頼りになるのは聴覚である。もちろん、この聴覚でさえ、濃霧にあっては当てにならないのだが。このような状況のなかで、ハックの耳はより一層研ぎ澄まされてゆき、大自然に響く声を敏感に察知できるようになる。

このような自然体験を通して、ハックは直感的に、自分は何者であるかを悟ったのではないか。自然が示す慈しみは、ハックに、生命体の一部として生かされていることを実感させ、一方で、自然がむき出す牙は、彼が無力でとるに足らない存在であることを体感させる。このような体験が、他者に対する思い上がりを払拭し、代わりに共感と尊敬を生んだのだろう。同時に、自然の声を聞き分けることで、他者へと開かれた心の耳が養われたのだろう。

実際、ハックは、ソロモン王の賢愚やフランス語について、ジムと議論しあうとき、「これ以上言ってもむだだと思った——黒んぼに理屈を教えることはできねえ」(九八)と言って、「黒んぼ」のジムに対し、聞く耳をもたない。しかし、時が経つにつれて、ハックの態度に変化が見られる。

ある朝、ハックが目を覚ますと、一人見張りをしているジムが、生き別れた家族を思い、泣き言を言っている。それを耳にしたハックは、次のように言うのだ。「ジムが家族を思う気持と白人が家族を思う気持とちっとも変わらねえと、おらは本当にそう思う。そんなことは筋が通らねえと思われるかも知れねえが、おらは本当にそうだと思う。……本当にやさしい黒んぼだったよ、ジムは」(二〇一)。ハックが語るように、当時、奴隷州では、黒人を白人と本質的に同じとするのは、「筋が通らねえと思われ」ていた。しかし、社会通念がどう言おうと、「おらは」、両者が「ちっとも変わらねえ」と思うのだ。ハックの心耳が、いかに敏感に、ジムの魂の響きを黒肌の内側に聞き取っていたかが窺い知れる。

このように自然が人の内面に与える影響は、例えば、先住アメリカ人(インディアンと呼ぶ)を例に見ると、明らかだ。インディアンは、自己を「自然の一部」とみなしている(ベア・ハート一八五)。自然界のあらゆるものは、結び合わさっていると体感していた彼らには、他者への共感しか生まれず、土地所有の概念も、他者を奴隷として所有するという考えも起こらなかった。他を傷つけることが、自分自身を傷つけることであると、知っていたからだ。さらに、川や風、木々のささやきに耳を傾ける術を知っていたインディアンたちは、人が何かを語るとき、「目をつぶって座り」、語り手の「本質や、真実の響きに耳を傾ける」ことができるのだ（ベア・ハート二一五）。[10]

期せずして、トウェイン自身がこれを語るかのように、ハックとジムの筏には、「ウィグワム」という「小屋」が据えられている（七八）。これは、もともと、インディアンの「小屋」を指し、そこで、彼らは、どんな差異にもとらわれず、手厚く他者をもてなすのである。[11]同様に、ハックとジムも、「王様」や「公爵」と名乗るいかがわしい詐欺師たちを、「一家の平和が保たれる」かぎり、寛容に受け入れるのだ（一六五）。

ハックとジムの一体感は、あらゆるものとのつながりのうちに、生かされている、という体験に基を据えている。ハックとジムの「ホーム」がミシシッピの大自然のただなかで築かれてゆくという構図は、このような筆者の世界観を、端的に表わしていると言えよう。[12]

唯一の基準

このような旅の過程で、しかし、ハックは、幾度も罪意識にさいなまれる。なぜなら、逃亡奴隷に見て見ぬふりをすることは、「過ち」であり、まして、奴隷に手をさしのべることは、「最大の罪」であるという、あの社会の規範が、頭をもたげてくるからだ。しかし、ハックは、しきたりの中に生きるトム・ソーヤのように、無心に社会の価値規準を受け入れたりはしない。トムは、「本」の中にしか、「正しい」やり方を見出せない（一一）。その有り様は、ちょうど、「聖書の比喩的な言語やたとえ話しをそのまんま受け入れる」（*HF* Explanatouy Notes, 376）村の大人達のようだ。しかし、ハックは、目の前のどんな問題とも、全身全霊で格闘し、彼の全存在が納得しなければ、それを享受することはできないのだ。ハックは、考えに考え抜く。ジムを助けるべきか、否か。そして、苦悩と葛藤の末、彼が下した決断とは、自ら「地獄へ行く」ことだった（二七一）。この決意を裏付けるものは、他でもない、ハックのジムへの共感だった。ハックにとって、ジムへの一体感が、事物をわきまえる唯一の判断基準となっていくように、トウェインにとっても、黒人差別に代表される偏見に虐げられている他者への共感が、彼をとりまく世界を見なおす試金石となっていった。しかし、ベストセラーとなった『ハック・フィンの冒険』は、人種偏見を破ることができたのであろうか。トウェインの共感は、読者に理解されたのであろうか。

一八九五年七月から翌年まで、トウェインは、講演旅行に出る。オーストラリア、ニュージーランド、インド、南アフリカなど、「赤道に沿って」大英帝国の植民地を巡るこの旅で、トウェインは、植民地政策の現状が、自国の黒人差別と何ら変わらぬものであると認識してゆく。現に、インドで、ドイツ人のホテルのオーナーが、現地のボーイを容赦なく殴るのを見た瞬間、トウェインの脳裏には、五十年前の故郷で奴隷を殴る父の姿が閃くのである（*FE*, 352）。

このような世界の現状は、あらゆる人種、差異を超えて、他者との共感のうちに生きようとするトウェインを、直撃するものだった。トウェインは、自国アメリカや、大英帝国を始めとする列強が牛耳るこの世界が、彼の生き方とは逆行するものであり、世界中の人類は自己破壊への一途を辿っているという、懸念と苛立ちを覚えてゆく。そして、このような現状の要因をつきつめてゆくと、その根源に、自己は

「神」に「選ばれたもの」（*WWD*, 439 有馬容子訳）であり、「万物の霊長」（*WWD*, 439）であるという、人間の「思い上が」り（*WWD*, 447）があると、気付くのである。
トウェインは、このような世界観にとらわれている限り、人類はいつになっても自縄自縛から逃れられないと、考えるようになる。そこで、そのような「思いあがり」を、徹底的に粉砕すべく、奇想天外なやり方で、自己認識の旅へと、読者をいざなうのだ。

ミクロの旅

トウェインは、『細菌ハックの冒険』で、読者をミクロの世界へと誘う。この話は、語り手ハックが、魔術師の失敗で鳥になるはずがコレラ菌にされてしまい、酔っ払いの体内血管を漂流しながら、人間世界のミニアチュア版とも言える細菌世界を旅してゆく。ちょうど、ハック・フィンが筏でミシシッピ川を下りながら、南部社会を垣間見るのに似ている。
この作品の序論で、トウェインは、コレラ菌ハックの語りを細菌語から英語に翻訳した「翻訳家」（*WWD*, 434）として登場する。そこでトウェインは、ハックの語り口が「これまで聞いたこともないほど、だらだらしていて、取り留めがなく、饒舌で、自己満足的であり、文法はめちゃくちゃでひどくがっかりさせる」ものであると述べており、まさに「半そでシャツとオーバーオール」を身にまとった鉱夫たちのほら話口調を彷彿とさせる（*WWD*, 434）。[13]
興味深いことに、ハックが旅する細菌世界には、更に小さな別の細菌世界「スウィンクス」が存在している。もしその存在がなければ物は分解されなくなり、生態系はたちまちゴミの山となって機能しなくなる。つまり、「スウィンクス」によって生かされているのだ。ハックは、この「事実」(*WWD*, 433)を前述のようなほら話口調で語っているが、この「事実」は意外にも、ハックが旅する細菌世界が幾層もの世界を内包していることを仄めかしている。同時に、この人間世界でさえ、同様に、果てしなく広がる宇宙のごく一滴でしかないという入れ子的発想を生むのである。

ハックの意識や感覚が、人間世界のものから細菌世界のものへと変わって行く度合いに応じて、この「事実」は、ハックにとって「真実」味を増してゆく(*WWD*, 449)。そして、人間として抱いていた高慢な世界観は、「夢」(*WWD*, 449)にすぎなかったのだと感じるようになる。それに伴ない、私達読者も、その「真実」を共有しているかのように、思われてくるのだ。

マクロの旅

同時期に書かれた『ミステリアス・ストレンジャー四十四号』では、トウェインは、読者に時空を超えた大宇宙の旅を疑似体験させる。その代表的存在としてアウグストを創造している。アウグストが住むオーストリアの寒村エーゼルドルフでは、人々は皆「良きカトリック教徒」(二二五山本長一、佐藤豊訳)であることを「誇り」としている(二二一)。村は少年たちにとって「天国」であった(二二二)。まるで『トム・ソーヤの冒険』で描かれたセント・ピーターズバークを想起させる。

しかし、現実は、人びとは教会権力の虜になるよう、盲目的に「訓練」(二二二)されていただけであり、その妨げとなるような知識は一切持つことを許されず、魔女狩りに代表される偏見が、横行した時代であった。エーゼルドルフという村の名が、「愚かな村」を意味する理由が窺い知れるだろう。このような村で育ったアウグストは、その名の通り、あらゆる被造物に勝る人間の威厳と権限を信じている。彼をはじめとする村人たちは、このような世界観が、たびたび他者への狭量さに拍車をかけ、「不和や憎しみ」（二七二）が後を絶たない世界を形成しているという「事実」に気づいていない。そこで、トウェインは、彼を、果てしなく広がっているかのような、宇宙の旅へといざなうのだ。

その誘い手として、トウェインは、「四十四号」というヒーローを創造している。「四十四号」は、不思議なパワーを持ち、時空を超えて宇宙を気ままに旅する不思議な存在だ。その宇宙的（ユニバーサル）な視点から、たびたび人間存在の卑小さを語る。[14] そして、人間の過去、現在、未来が、いかに争いや憎しみで汚れているかを、アウグストに示して行く。

しかし、その一方で、人間に強い関心を示し、おまけに孤独感や空腹感を感じ、社交性も気にするという親しみあふれるユニークな面をも持ち合わせている。また、彼の存在は、他の登場人物の心に喜びや慰めをもたらし、その声には聞き手を魅了する音楽的な響きがある。

このような「四十四号」は、まるで大宇宙の声を体現しているかのようだ。彼が見せる人間への痛烈さや親しみ深さは、あたかも、ハックが体験した自然の姿を映し出しているかのようだ。そして、ハックやトウェインの心の耳がキャッチした大自然の声を、私達読者は、「四十四号」の語りに、聞き取ることができるのだ。

トウェインは、しかし、「四十四号」を介して繰り広げられる彼の独特の世界観が、読者を楽しませる一方で、とりわけ当時の社会では、異端なものとして受けとめられるであろうと予測していた。「四十四号」を「サタン」一家の出身として創造していることが、それを物語っている。

一方で、トウェインは、彼が体感したような人間のちっぽけなありのままの姿を、読者が認め分かつことを、望んでもいたのではないか。「四十四号」に、美しさや親しみ深さ、そして、人びとの魂に訴える音楽的な心地よさなど、数々の肯定的な特徴を積極的に与えているのは、おそらく、この「不思議な少年(ミステリアス・ストレンジャー)」が人々に共感を抱かせ、彼らの心の耳を捉えることを願ってのことだろう。さらに、「四十四号」の語りがほら話的ムード[15]を醸しているのは、ストーリーテラーとして聞き手の心をつかむ術を知っていたトウェインならではの工夫なのではないか。

だから、「四十四号」が、鋭い洞察力で、人間が天国の存在を信じているのは口先だけで、内心では本当は信じちゃいないんだ、と「懐疑的」(Brown, 90)な発言をしても、また自己を「神のつくられた最も気高い被造物」(三一九)であると信じる人間に対し、人間は「限りなくつまらないもの」(三一九)にすぎないという「非礼」(Brown, 90)な発言をしても、彼の存在そのものが醸し出す明るさと相まって、全体として、「笑いを誘う大胆な」(Brown, 89)言動という印象を残している。

しかし、「四十四号」が、どれほど人間中心の世界観を覆そうとしても、やはり、人間の理解力には、「限界」(三三一)がある。「訓練」の結果、アウグストの意識は、頑なに、それに囚われているのだ。そこで、「四十四号」は、アウグストの感性を惰「眠」(二二一)から呼び覚まし、「真実」へと目覚めさせようと、「電撃的」(四〇四)な言葉を投げかける。

憎しみを超えて

「人生そのものは幻にすぎない、夢にすぎないんです。」（四〇四）
「きみは『ひとつの思考』でしかないのです――移り気な思考であり、無益な思考であり、安息の場もない思考であり、無限の空虚の中をよるべもなくひたすらさまよっているんです！」（四〇四）

アウグストが宇宙と信じていたものは、実は「空っぽな空間」（四〇四）にすぎなかったのであり、しかも、宇宙の中心に実存していると信じていた自己は、「身体もなければ、血も骨もない」（四〇四）、実体のない「思考」にすぎなかったのである。つまり、宇宙の中心に在ると確信していたはずの人間存在は、この無限に広がる「無」を漂う「思考」――しかも争いや憎しみという悪夢しか生み出せない「移り気」で「無益」で「安息の場もない」「思考」――にすぎなかったのである。

しかし、「四十四号」の言葉に不思議と悲哀は感じられない。むしろ、これを聞いたアウグストには「感謝の気持ち」（四〇四）が湧き起こる。なぜなら、「不和や憎しみ」にまみれた「人生」は「幻」にすぎなかったのであり、その「幻」が打ち砕かれた今、もっと別の「よりよい夢」（四〇四）、つまり、悪夢から解き放たれたよりよい「人生」を生み出すことができるのだから。

人は、時空を超えて果てしなく広がる「無」（四〇四）の一滴となるなら、自己中心的な自我から自由になれる。そして、その自己中心性ゆえに歴史に刻まれた数々の「忌まわしい痕跡」（Shakespear, 144）を抜け出し、何の汚点もない振り出しの無垢へと返ることができるのだ。だから、「四十四号」が語る「空っぽの空間」とは、人類とその歴史に再生の希望をもたらす、時間的、空間的に始めも終わりもない

「永遠の生命」[16]なのである。これに身を委ねることによって、何ものにも囚われない自由な心で、新たな「人生」を生きることができるのだ。

まもなく、「四十四号」は姿を消す。その使命が果たされたからだ。「四十四号」は、アウグストを、偏見「頑迷」「狭量」が描き出す「幻」影から目覚めさせることによって、悪夢から「解放」（四〇四）したのである。アウグストは「愕然」とする（四〇五）。なぜなら「四十四号」が「無」に帰した今、彼が言ったことは「みな本当だったのだと悟った」からである（四〇五）。

おわりに

「四十四号」が語るこのような世界観には、不思議な余韻がある。この独特な響きは、しかし、晩年のトウェインの本質であり、「真実」の響きであったのだと私は思う。

トウェインが『ハック』とともに見出した「人生」とは、人を人種に「封じこめ」る差異を破って、他者との共感のうちに生きることだった。そして、生命体のごく一部として、生かされている自己を霊的に体験することによって、はじめてそのように生きられるのだと知るのである。このような生き方が、トウェインにとってリアルなものであったからこそ、人と人、さらに、自然界のあらゆるものとのつながりを脅かすこの世界が、彼の心の目に、「幻」として映ったのだろう。

晩年のトウェインが、たびたび人間の卑小さに光を当てたのは、決して「厭世主義者（ペシミスト）」であったからではなく、むしろ、自己を「無」と認識することが、他者との共感と、自己再生への一歩であると、信じたからではないだろうか。

8

自己探求の始まり

『冷血』以前のカポーティ

三橋恭子

はじめに　主人公の不安

カポーティの初期の代表作には、女性を主人公にした「ミリアム」や「夜の樹」がある。物語の核心は、彼女達が不気味な人物と出会うところにある。両者の関係は、赤の他人同士がふとしたきっかけで一時的に言葉と交わす程度のもので、特に楽しい一時を共にするというわけではない。むしろ主人公達は、次第に相手に恐怖の念を抱くようになっていく。その点こそが作品の面白さといってよいが、同時に、作家カポーティの感性の鋭さがうかがえる点でもある。

「ミリアム」の主人公は年配の女性で、「夜の樹」の主人公は大学生である。年齢設定に差はあるものの、彼女達は映画館や列車の中という公共の場で、見ず知らずの人間と知り合った後、突然不安に駆られる点は酷似している筋書きである。彼女達は人生のある一瞬、他者との遭遇によってそれまで背負ってきた過去が御破算になるほどの大混乱に見舞われる。主人公が出会う不気味な人物は、公共の場にいる一般の人々にとどまらない。ミセス・ミラーの秩序だった生活を乱しにやってくるミリアムも、突然ケイの頰を撫でる列車の中の不気味な男も主人公達の意識から離れない。しかし、一体それは何故なのかと、主人公達が問う以前に物語は終わってしまう。

カポーティはミセス・ミラーとケイ（「夜の樹」の主人公）の経験を、単なる不愉快な出来事ではなく、彼女達に危機感をもたらす重大事件として描いている。彼女達は何故不安になるのか。そして何故、カポーティは彼女達の不安を題材にしたのか。作家によって作り出された作品の中に、作家自身の実体験を安直に見出そうとするのは危険ではある。しかし、十六歳にして既に作家として公に受け入れられていたカポーティは、その頃を振り返って、「技術的に」[1]だけは成熟していたと述べている。つまりは当時、彼が人間的にはまだ大成されていなかったことを暗に示している発言ととれるが、彼自身もなんらかの不安を抱えていたがゆえに、それを問題提起というかたちでフィクションに結実させたと考えてもよいかもしれない。

個人の感受性や、幼児期の経験などにより、人それぞれなので一般化するのは避けるべきだが、年齢を基準に若いとされる人は、先が見えない（もしくは、見えていると錯覚している）が故に不安を抱えていたり、また貪欲な好奇心から豪胆で自虐的な行動にでたりすることもある。「わたし」が精神的にも物理的にも所属する場所、（例えば家族や家）から一歩外へ出た未知の世界に対し、恐れずに開拓していこうとするか、逆に不安を感じて「わたし」の中に閉じこもってしまうかには個人によるが、カポーティが初期に描いた世界には後者の要素が強い人物が多く登場する。

カポーティ自身はといえば、『冷血』（一九六五年）以降、創作意欲が減退していき、未完の『叶えられた祈り』を最後にアルコールと薬物乱用が原因でこの世を去る。『冷血』が評価される中、今の時世に照らし合わせて読むと、それ以前の作品にカポーティの魅力があるのではないかと思われ、本稿では『草の竪琴』までを取り上げた。作家の感受性が作り出した作品世界がいかに変容していったのかを大まか辿ることになるが、それと同時に生きる不安について、大人になるということについて考えられれば良いと思う。

1 「わたし」とは誰か

カポーティの短編「ミリアム」は、分身物語として秀逸であると高い評価を受けながらも、あまり研究対象としてとりあげられなかった。[2] ミリアムと出会った後、正気を取り戻そうとした主人公ミセス・ミラーはその後どうなったのか。「はじめに」で触れたように、彼女の「その後」を読者に色々と想像させる点に作家の意図がある。そしてカポーティによるこの問題提起は、初期の短編以降、作品が進むにつれ徐々に変容していく。つまりカポーティの初期短編群は、彼の作家経歴そのものの「序章」といってよいだろう。

まず「ミリアム」(一九四五年)では、ミセス・ミラーが彼女と同じ名前の少女と出会う。ミリアムはミセス・ミラーが映画館で偶然出会ったのを契機に、その後執拗に彼女の家へ訪ねて来る。そしてミセス・ミラーにあれこれと指図し、彼女が大切にしているものまでを奪おうとする。ミセス・ミラーはミリアムが実在しないと思い込むことで平静さを取り戻そうとするが、少女が再び現れるというところで物語は終わる。
「夜の樹」の主人公ケイも、ミセス・ミラーと同様の体験をする。彼女は叔父の葬儀を終え、大学へ戻る列車の中で、男女二人連れと相席になる。そして彼女は男の方の奇妙な振る舞いに狼狽する。

そのとき、なんの予告もなく、奇妙なことが起きた。男が手を伸ばして、ケイの頬をやさしくなでたのだ。（中略）あまりに大胆な行為だったので、ケイは最初驚いてしまい、どう理解していいのかわからなかった。（中略）突然、同情のような気持ちが湧いてきて、彼女は男のことがかわいそうに思えてきた。しかし、同時に耐えがたい不快感、強い嫌悪感を感じ、彼女はそれを抑えることが出来なかった。男の雰囲気には何かとらえどころのない、わかりにくいものがあり、それが彼女に何かを思い出させたが、それが何かははっきりわからなかった。[3]

ミセス・ミラーがミリアムの子供らしくない言動を徐々に不審に思うようになるのと同様、ケイも男の突拍子もない行動に驚愕する。出会ったばかりの他人に、通常は多少とも警戒心を抱くところを、逆に馴れ馴れしく振舞われたわけであるが、これらは今まで彼女達が「かくあるべき」、あるいは「当り前」だと思ってきた人間の常識的行為が覆される事件であった。このような経験をした後、ミセス・ミラーの場合は次のように受け止める。「ミリアムに会ったことで唯一失ったものがあるとすれば、それは自分が誰なのかという確かな感覚だった。」[4] つまり彼女はミリアムと出会うことによって、自己喪失の危機にさらされたのである。同様にケイも、相席の女のお喋りに耐えられなくなり、列車の最後尾へ出て外気に触れる。そして「わたし」について声に出して確認することで一時的な安心を得る。[5] 彼女も二人組の旅芸人と出会うことで「自分が誰なのかという確かな感覚」を失いかける。

主人公の自己喪失感が右記のような事件によって描き出されたこれらの作品が、なぜ分身物語とされるのか。「ミリアム」については、少女ミリアムの名前とミセス・ミラーの名前が同じであるという点をもとにしばしば指摘されている。「夜の樹」もプロットから同様のテーマを類推できる。両作品において注目すべき点は、「ミリアム」の場合はミセス・ミラーの「部屋」、そして「夜の樹」の場合は列車の中という限られた空間において事件が展開されていくところである。特に「ミリアム」の場合、この限られた空間というのは、ミセス・ミラーの自我あるいは内面を表象するモチーフとなっている。そこにミリアムという見知らぬ他人が入り込んでくることで、彼女は少女と対峙せねばならない状況に置かれる。しかし、ミセス・ミラーは、ミリアムが要求するお菓子や白い薔薇を用意することによって、望みを叶えた変わりに部屋から出て行ってもらおうとすることで、他人と関わりをもつ面倒から逃れようとする。ミセス・ミラーにしか見えないミリアムが彼女の部屋を占拠してしまうという結末は、直面しなければならない煩瑣な(あるいは重要な)出来事は一時的には逃れることが出来ても、自ら折り合いをつけないかぎり煩わされつづけるという警告のようでもある。「夜の樹」のケイも、列車という閉ざされた空間の中で不快な思いをするが、一度列車の外へ出た所で不気味な男から逃れることができない。

同時代の別の作品「無頭の鷹」は、「ミリアム」、「夜の樹」の延長線上にある「分身物語」といってよい。主人公、ヴィンセントはD・Jという十八歳の不思議な少女と出会うことでそれまでの生活を乱されていく。彼はD・Jと親密になっていくうちに、夜、不思議な夢を見る。彼の夢に出てくる人物達は皆「自分自身の邪悪な分身を背負っている」。[6] そしてD・Jは、人生の「無意味な時期」(『夜の樹』一四三)にあり、毎日飽きもせず映画を見に行く。アルフレッド・ヒッチコックの『三十九夜』[7] の感想を述べる場面で彼女は「人間はみんなあんなふうに捕まって、いっしょに手錠にかけられるのね」(『夜の樹』一八八)ともらす。D・Jは彼女が常に「ミスター・デストロネッリ」という人物に追われているという妄想を抱いている。そして誰であれ、彼女が出会う人たちの中には「ミスター・デストロネッリ」が存在し、彼から決して逃れられないと信じている。ゆえにその思い込みのせいで、D・Jはどこにも居場所がなく、いつまでも街の中をさまようことになる。

「無頭の鷹」は、「ミリアム」や「夜の樹」と比較するとテーマが捩れ、複雑になっている。ヴィンセントはD・Jとの出会いで自己喪失の危機に見舞われるが、D・J自身もその危機に直面している。しかも、彼女より年上のヴィンセントが経験する以前に「自分自身の邪悪な分身」としての「ミスター・デストロネッリ」の存在を認識しているのである。

ミセス・ミラーはミリアムの中に、そしてケイは旅芸人の男の中に、「自分自身の邪悪な分身」を見出したとすれば、主人公達が偶然出会った他人の中に見つけてしまうこれらの物語は、結局その後どうなったかという結論は描かれていない。若くして「わたし」が「わたし」である根拠を揺るがされたD・Jも、放浪し続けることしかできない。「幸運にも」自己喪失を経験した者達は、それぞれが解決法を見つけなければならないのだ。ではなぜこのような自己喪失感をカポーティは描いたのか。「夜の樹」のケイが、不気味な男の持つ雰囲気に何故恐れていたのかに気づく場面に次のような描写がある。

…ケイは、自分が何をこわがっているかがわかってきた。それはある記憶、子どもっぽい恐怖の記憶だった。かつて、遠い昔、夜の木の上に広がった幽霊の出る枝のように彼女の上におおいかぶさっていたものだった。叔母たち、コックたち、見知らぬ人間たち—みんなが、お化け、死、予言、幽霊、悪魔といった話を長々としたがり、また、そうしたものを歌った歌を教えたがった。それに魔法使いの男に対する変わらぬおそれがあった。家から離れちゃだめよ、さもないと、魔法使いの男がお前をさらっていって、生きたまま食べてしまうよ！　魔法使いの男はどこにでもいるから、どこもみんな危ないんだよ。夜、ベッドにいても、魔法使いの男が窓をたたく音が聞こえるだろう、ほら！（『夜の樹』五〇）

子どもの頃から離婚した両親の間で多感ゆえに辛い思いを味わってきたカポーティは、いつ親に見捨てられるかと恐れていた。彼は二歳の頃より、母親とホテル暮らしを始め、夜、母親が遊びに出掛ける度に、ホテルの部屋に閉じ込められてヒステリーを起こしていた。その後アラバマの親類の家に引き取られ、彼の人生において重要なこと全てを南部で経験したのである。右記の引用にはその当時の思いや、少年の頃に預けられていた叔母の家で過ごした楽しい一時期がうかがわれる。更に彼がホモセクシュアルであるという自己認識は、世間一般と彼自身との相違に敏感にさせたはずである。ただし、彼の場合はホモセクシュアルであるということを前向きに捉えていたようではある。そしてカポーティは彼の経験に基づいた見解、すなわち、生に感じる漠然とした恐怖や、わたしは大多数の男とは違うという認識によって「ミリアム」という作品で読者を挑発するのである。「あなたが思っている「わたし」は「わたし」ではないかもしれない」と。

2　対話

カポーティの処女長編『遠い声　遠い部屋』（一九四八年）は、十三歳の主人公ジョエルがアイデンティティを追求していく物語といってよいだろう。「ミリアム」や「夜の樹」などでカポーティが繰り返し描いてきた自我の崩壊が、小説を書く原動力のひとつであったとすれば、「アイデンティティ」は彼にとって重要なテーマだったといえる。

ジョエルは実父のもとで共に暮らす名目で、父親のいるスカリーズ・ランディングへ向けて旅立つ。物語にはジョエルがそこで様々な経験をし、自我に目覚めていく過程が描かれている。短編では、主人公達が各自のアイデンティティについて再確認せざるをえない、不気味な体験をするところで物語が終わる。しかし『遠い声』のジョエルは、同じような体験をし、恐れ、戸惑いながらもその体験と向き合おうとするところに、テーマの発展がみられる。また、ミセス・ミラーの部屋が彼女の内面を象徴していたように、『遠い声』の中にも、自分の好きなものだけに囲まれた部屋に閉じこもっているランドルフという人物が登場する。このランドルフとジョエルを比較することによって、自己の中に閉じこもることについての作家の見解が浮き彫りにされてくる。

ミセス・ミラーやケイが偶然の出会いを経て、全く面識のない人たちと時間を共有するように、ジョエルもスカリーズ・ランディングで、新しい人間関係を築かなければならない機会が訪れる。ジョエルが最も不審に思ったのは、ランドルフの部屋の窓辺に見えた女の姿であった。

…そのときである、彼は奇妙な女の姿を見たのだ。その女は左隅の窓のカーテンを片側へたぐり寄せ、挨拶のつもりか、それとも賛成の気持ちを伝えようとするのか、笑顔でこちらに向かってうなずいている。(中略)いったい何者なのか、ジョエルには想像もつかない。だがだれであるにせよ、この女の不意の出現は庭じゅうに眠りを投げかけたようにみえた――[8]

ジョエルにとってこの女との出会いは常に気掛かりであった。彼は女の正体をつきとめようと、出会う人ごとに尋ねるが、納得のいく答えをくれるものは誰もいない。そしてその女がランドルフであったことにジョエルが気づいたところで、物語は幕を閉じる。そこで着目したのがジョエルとランドルフの関係である。ジョエルが「奇妙な女」すなわち、ランドルフを知っていく過程は、二人の対話を通して行われていく。

ジョエルはスカリーズ・ランディングでの生活に、なんとか適応しようとする。新しい環境に突如乗り込んでいくことになったジョエルは、実際に生活を始め、不安を抱く。スカリーズ・ランディングの人々が、なかなかジョエルを父に会わせようとしないこと。クラウド・ホテルとドラウニング・ポンドの逸話。スカリーズ・ランディングに雇われているズー(ミズーリ・フィーヴァー)が夫に殺されそうになったという話。階段の上からふいに落ちてくるテニスボール。その他にもスカリーズ・ランディング周辺には、ジョエルを怯えさせる材料がごろごろ転がっていた。

父親がいるスカリーズ・ランディングは、その保護下のもとにジョエルがいてしかるべき場所であるにもかかわらず、彼は不安を感じ、落ち着かない。気を紛らわすためにか、ジョエルは友人に手紙を書いたり、「おそろしい目にあわないですむ」(『遠い声』一一九)おまじないをかけてもらうために出かけたり、新しくできた女友達のアイダベルとクラウド・ホテルへ探検をしたりする。これらの行動は、彼がスカリーズ・ランディングでの不安な気持ちから逃れるために、外の世界へ気持ちが向かっていることを表わしている。

そしてついにジョエルは寝たきりになった父親と対面し、そこでランドルフとの対話が繰りひろげられることになる。[9] ランドルフが彼の部屋でジョエルに語る中で、次のような言及がある。

すっかりわれわれを空想的にすることができるんだね、鏡は。それが鏡の秘密なんだよ。世界じゅうの鏡をすっかり壊してしまうのは、どんなに名状し難い苦痛だろう――そしたらいったいわれわれは、自分が自分であるという安心をどこに求めればいいのだろう?(『遠い声』一六七)

たとえ鏡に映った己の姿が「幻想」であったとしても、他人の姿に自己を映すことでアイデンティティを確認することができる。このランドルフの発言は「鏡」そのものについて語っているにすぎない。しかし、それはランドルフとジョエルの対面を比喩しているのではないだろうか。はじめのうちジョエルは、ランドルフの素性がわからず、彼がどういう人間なのか見極められなかった。彼はとまどい、あらゆることが不確かに思われ、安心を得ることができなかった。しかし、彼はこのランドルフとの対話を経たからこそ、後に自己を確信できるようになる。

ジョエルは全く理解のできないランドルフの話に、辛抱強く耳を傾けていたが、結局スカリーズ・ランディングでの生活に耐えられなくなり、アイダベルと逃げ出す。しかし雨に打たれて高熱に倒れ、ランドルフに連れ戻されたのちに、彼はそれまで見えてなかったものが見えてくるようになる。ランドルフがいかに「無力」(『遠い声』二七一)であるかという事実。それにも拘わらず、ランドルフはジョエルにとって、愛情をかけてくれる唯一の人間であるということを、彼は知る。しかしジョエルは、自分の全てをランドルフに委ねてしまうことに躊躇する。彼は対話によって、ランドルフが父親の友人であること、また現在では彼がスカリーズ・ランディングの主人であることを知る。そしてランドルフといかに関わっていくべきかを意識するようになる。ジョエルが病気など緊急事態に陥った場合、頼れるのはランドルフしかいないのは事実である。その一方で彼はランドルフの中に幼稚さを認める。

ミスター・サンソムよりも身体の自由がきかず、ミス・ウィスティーリアよりも子どもっぽいランドルフは、ひとたび外にただ一人で放り出されるや、ただ円を、その無価値のゼロを描くより他にどうしようもないのだ。ジョエルは木からすべり降りた、てっぺんまで登りきってはいなかったが、もうそんなことはどうでもよかった、なぜなら彼には、自分のだれであるかがわかっていたし、自分の強いことがわかっていたからだった。(『遠い声』二七一)

ランドルフは彼にとって不都合なことが起こると逃げてしまう。[10] 右の引用は、ランドルフがふいにジョエルを連れてクラウド・ホテルへ出かける場面で、ジョエルが心の中で独白する部分である。彼は、一度スカリーズ・ランディングを逃げ出し、ランドルフによって連れ戻される経験をへて、たとえ逃げ出しても自分の力ではどうにもならない状況があることを知る。さらに彼は、逃げ出してしまいたい状況と向き合い、なんとか工夫をこらしてその状況を乗り越えていかなければならない局面にさらされる。結果ジョエルは、ずっと部屋に閉じこもっているランドルフが、部屋の中で彼がいかに雄弁で、一見自由に見えても、部屋から外に出てしまうと「無力」でしかないことに気が付く。そして、そのような頼りない相手であっても、互いにうまく関係を保つことで彼は不安から身を守り、対話を通して自己確認を続けていく作業を続けざるを得ない。

このようにしてジョエルは対話を通した結果、ランドルフという他者と彼自身を照らし合わせ、自分の置かれている状況を把握していくことによって、アイデンティティ探求への第一歩を経験する。

もはや、争い対抗すべきものもほとんどなかった。ランドルフの会話の大部分におおいかぶさっていた霧までがすでにからりと晴れ上がり、少なくとももう邪魔にはならなかった、ランドルフをすっかり理解できるような気がしたのだ。他人をいわば発見するという過程で、多くの人間は同時に、自分自身を見出すような錯覚を経験するものである—他人の目が、自己の真の、そして光栄ある価値を反映するのだ。（『遠い声』二四八）

こうしてジョエルは出会った当初、なかなかうちとけられなかったランドルフと対話することで相手の立場を知っていき、同時に「ぼくはぼくなのさ」（『遠い声』二七〇）と、彼自身のアイデンティティにも目覚めていくのである。そして、ランドルフよりも自分の方が、不安に正面から対峙できる勇気があると自信を持ったジョエルは、他者と向き合うことによって、不安に打ち克つことができたといってよい。そしてそれは他者の認識、加えて相手への理解といってもよいのではないだろうか。

3 「愛の鎖」

『草の竪琴』（一九五一年）は、十六歳の主人公、コリンの経験を題材にしたもので、少年の成長というテーマは『遠い声』と酷似している。しかし、前作で他者への理解を見せはじめた主人公は、この作品でさらに前向きに、次の段階へと発展していく。

物語の発端は、コリンが預けられている父親のいとこ姉妹、ドリーとヴェリーナのいさかいである。コリン、ドリー、使用人キャサリンは彼等が住む屋敷近くのツリー・ハウスに家出する。そこに彼らに共鳴したクール判事とコリンの知り合いの青年、ライリーが加わり、解放感に満ちたひとときを過ごす。ヴェリーナは、ドリーたちが家へ戻るようにと説得する。ヴェリーナ側につく町の代表者とドリー側に加勢したリヴァイヴァリスト、シスター・アイダの一団が衝突して物語のクライマックスとなる。これは、現実社会とそれに立ち向かう個人の衝突の比喩としてとらえられる。

コリンたちにとってツリー・ハウスは、彼らに束の間の安息をもたらす、一時的な避難場所となる。ランドルフがスカリーズ・ランディングの自室に引きこもり、外界との接触を避けていた状況と同じく、彼らは身を守る場所を見出す。彼らはクール判事のいう、「樹上の五人の愚者」[11]であり、「自分の正体を見すかされまいと、お互いに身を隠す」（『草の竪琴』六九）のにやっきになって生きてきた人々である。ツリー・ハウスではクール判事が先頭に立ち、彼が大切にしてきた思い出を皆に打ち明けることによって、五人がうちとけてくる。そしてそれぞれが本来の自分を認識し、受け入れる機会を得て彼らは現実社会に向かう。ジョエルがランドルフに自らの姿を投影してアイデンティティを見出したように、彼らもお互いに思いや考えを言葉にして他者に伝えることによって、自己確認をする。ジョエルにとってランドルフの部屋は必ずしも避難所とはいえなかったが、ツリー・ハウスに集まった者達はそれぞれの違いを主張しながらも、互いに認めあうことによって、彼らが時として不可解に感じる人生を続けていく勇気を与えてくれる、大切な場所を得たのである。

しかし、コリンはドリーが彼に注いでくれる愛情を励みにしていたが、彼女の死に直面して途方に暮れる。そしてその絶望感を次のように語る。

過去と未来は一つの螺旋形をなしていて、一つのコイルには次のコイルが連なっており、またその中心主題をも包含しているということを、いつか本で読んだことがある。恐らくそのとおりなのだろう。だが、僕の人生は、むしろ閉じた円、つまり環の羅列であって、決して螺旋形のように次から次へと連なっていくことはなく、一つの環から次の環へと移行するには、すべるように伝わって移ることは不可能で、跳躍を試みるより他はない。そのような形に思えるのだった。僕の気をくじくのは、環と環の間に来る無風状態だった。つまりどこに跳んだらよいのかわかるまでの間、その間のことである。ドリーが逝ってからというもの、僕は長いこと無為の日を過ごしていた。(『草の竪琴』一七九)

ドリーの死を経験し、不安や心もとなさを感じるようになったコリンは、「無風状態」から逃れるために「楽しく過ごす」(『草の竪琴』一八〇)ことでその不安を紛らわそうとしていた。しかし、青年ライリーが、つき合っている恋人に「虚しさ」(『草の竪琴』七五)しか感じないとツリー・ハウスで告白した時に、クール判事の語った「愛の鎖」が記憶にあったのか、コリンはこの「愛の鎖」によって弁護士になるという希望を見出していく。この物語はクール判事に「愛の鎖」を語らせるために書かれたといってもよい。ツリー・ハウスで芽生えたクール判事とドリーとの愛情は、結果的に結婚という形はとらなかったが、二人はその後友人としてつきあいを続けていくことで満ち足りていた。

「いまわたしたちは愛について話しているのだよ。一枚の木の葉、一握りの種、まずこういうものから始めるんだ。そして愛するとはどういうことなのかを、ほんの少しずつ学ぶのだ。初めは一枚の木の葉、一降りの雨。それから、木の葉がお前に教えたことや雨が実らせてくれたものを受けとめてくれる誰か。容易なことではないよ、理解するということはね。一生かかるだろう。わたしも一生涯をかけた。しかもまだ悟ることはできない。だが、これだけはわかっている。自然が生命の鎖であるように、愛とは愛の鎖なのだということ。こいつは紛うかたなき真実だ。」(『草の竪琴』七七)

『遠い声』のジョエルが、スカリーズ・ランディングの閉塞した新生活がもたらす不安から脱却できたのは、ランドルフと対話を通して自己確認ができたからであった。彼にとってランドルフは必ずしも心強い拠り所ではない。しかし、我々が生きていくうえで、他者との関わり合いが、大きな支えとなっていくことを作家はジョエルの姿を通して描いている。

右記のクール判事の言葉は、人との関わり合いが、どれだけ長く時間を共有したかではなく、その深度によって、愛と呼べる価値のあるものになり得るかを示唆している。それは彼とドリーの関係からも明らかだが、コリンの場合も、ツリー・ハウスで心を許しあった他の三人が、それぞれ残りの人生を彼らなりに歩み続けているのを目の当たりにし、「心の、愛の跳躍」(『草の竪琴』一八三)を試みようとする。それは彼が弁護士になるという夢で実現されるであろう、当面の希望というかたちではある。しかし、このように以後何が起こるかわからない中でも、コリンが夢を抱くことで不安を乗り越えようとする姿には、作家が人生そのものに対し積極的に向き合おうとしている姿勢が投影されているかのようである。

以上のように、『冷血』以前のカポーティの作品には、突然自己を見失わざるを得ない経験をした人物達が、その不安と共に生き、他者との交わりを通してそれを乗り越えようとしていく流れを汲み取ることができる。そして登場人物の自我を象徴的に表す「部屋」や「ツリー・ハウス」などのモチーフは、我々を常識とされる観念、恐怖、独善性などに縛りつけるものである。また、縛られた自己が何ものかによって否定され、打ち壊された時には我々を引き受け、慰めてくれる場所にもなり得るのである。

おわりに　大人になるということ

主人公や登場人物の自我を象徴する家や部屋が、良くも悪くも彼らに作用していることが見えてきたが、『冷血』では、「家」の中に居ながらにして一家全員が惨殺されたという事件を作家が取り扱っている点は、ある意味興味深い。アメリカ文学において、フォークナーやオニール等により、家族の崩壊をテーマに小説が描かれて久しいが、カポーティになると、崩壊をきたしているのは最早家族ではなく自己にまで及んでいる。しかし、自己崩壊の状態からいかに「わたし」を取り戻していくか、という段階に我々は来ており、さらに、物理的にここにさえ居れば絶対に大丈夫だ、と安心できる場所はありえないかもしれないのだ。『草の竪琴』でクール判事は次のように言っている。

わたしたち誰にとっても、落ち着く場所などないのかもしれない。ただ、どこかにあるのだという
ことは感じてはいてもね。もしその場所を見出して、ほんのわずかの間でもそこに住むことができた
ら、それだけで幸せだと思わなけりゃ。(『草の竪琴』六三)

このようにクール判事が思えるのは、自己の拠り所を目に見える世界にではなく、精神世界に生まれる「愛の鎖」に見出したからである。しかし、不可視の世界は絶対ではない。

…もはや「私とは何か」という問いは問いではない。「本当の自分とは何か?」と問うかわりに、
いったい「本当の自分」などあるのかと問うべきである。[12]

と批評家、柄谷行人は一九七七年に述べている。既に当時から「私とは何か」という自意識は一般に浸透していて、文学でわざわざテーマに取り上げるまでもない問題だという指摘である。「個人」という意識を持つようになった現代の我々には、更なる難問が突きつけられているわけである。集団や共同体から切り離されて「自己」を獲得した我々ではあるが、一人では自己確認は不可能である。やはり他の人との関わり合いにおいて「自己」の位置付けや方向性が見えてくるのではないだろうか。

カポーティの作品の中で、主人公が「私」の中に、「未知の私」が潜んでいることに気が付いた時、狼狽し恐怖を感じるというプロットは、それ自体が作家の問題提起である。今までしっかりと把握していたつもりでいた自分は、「本当の自分」ではなかった。彼等が人生において初めて経験する、自我崩壊の危機である。ミセス・ミラーが穏やかな余生を送っている最中にそのような経験をするというのは、人それ

ぞれ、人生の転換期には時期があるということ、そしてミセス・ミラーがその問題と向き合おうとする素振りも見せない物語の結末は、「本当の自分」などあるのか？　と問うこと無しに一生を終える人達の存在を呈示している。

『遠い声、遠い部屋』のジョエルは、未知の世界に触れとまどうも、最終的にはあるがままを受け入れる姿勢を見せる。そして『草の竪琴』のコリンは、大人になることの苦痛を感じ、それでも生きていくかぎり前進しなければならないことを知る。カポーティは、子供のままでいること、換言すれば、あらゆる辛い経験を避け、身体的にも精神的にも第三者に守られたままでいる状況に価値をおいているわけではなく、子供でいることに甘んじていてはいけないという焦燥感を描いているようでもある。そして、不安と向き合うのは容易なことではないが、どこかで同じような問題を抱えている人達がいて、彼等の存在を思えばこそ、生きる励みになっていくという希望も描いている。

しかし、カポーティ自身、『冷血』で小説家としての成功を収めた後、創作し続けようとする情熱を保てなかった。八歳から人知れず創作活動を始めていた彼は、しばしば自分の部屋に閉じこもってものを書いていたが、後年に至り、ローレンス・グローベルのインタビューで、長い期間一人でいることに恐怖を抱いていると告白している。自分だけの世界を追求するためには一人でいなければ不可能だが、孤独であると同時に、他の誰かとふれあうことなしに一人で居続けることも不可能である。この自我の両義性は、すなわち、自分だけの世界に閉じこもるという「封じ込め」の両義性にも通じる。

一般論となることを憚りながらも川本三郎は『冷血』以後のカポーティが良い作品を生み出せなかった理由として「少年の大人になることの難しさ」[13]を挙げている。『草の竪琴』で、生きていく上での不安や悩みを乗り越えようとする主人公を描いたカポーティではあったが、翻って彼自身が困難[14]に直面した時、アルコールや薬物に依存せざるを得なかった事実は、年齢を問わず「困難」を乗り越えるということがいかに難しいかを表わしている。その点に関しては、彼が弱い人間だったからだとか、怠惰な証拠なのではないかと厳しく批判される要素が多分にある。しかし、真剣に現実と向き合って受け入れようとしているからこそ、その厳しさに耐えられないと感じるともいえないだろうか。人は何歳からがいったい大人だといえるのだろうか。そして人生での困難や不安から解放されている人達を大人というのなら、大人になって以後の人生の意味は何なのだろうか。

「少年の大人になる難しさ」という言葉は、「少年」、「大人」そのものを指し示しているわけではない。この言葉には、性別も年齢も社会的地位も区別なく、人がそれぞれの人生における困難を乗り越え、生き続けていくことの難しさが仄めかされているといってもよい。

9 中村恭子

堕落から目覚めへ

フラナリー・オコナーの南部

はじめに

アメリカ南部ジョージア州生まれの作家フラナリー・オコナーが亡くなったのは、一九六四年八月のことだった。当時、アメリカ社会は混沌に突入しようとしていた。この前年、公民権法案を発表した第三十五代アメリカ大統領ケネディが、白人優越主義者に暗殺される。[1] だが、人種・宗教の差別撤廃を訴えるキング牧師がワシントンへと群集を率いて行進をし、翌年、公民権法は成立した。[2] しかし、すべてが平和に解決したわけではない。社会の至る所に既に火種はばらまかれていた。六十五年以降、既成の価値や権威に挑戦する対抗文化の出現、ベトナム戦争の敗戦など、アメリカ社会は根底から揺さぶられる。この頃、多くの人々は進むべき道を見失っていたのではないだろうか。その反動として、テレバンジェリストの登場など、人々が宗教に指針を求めるという風潮も生まれたのだろう。[3]

オコナーは、このような混迷する社会を既に五十年代に予測していたかのようである。そして、様々な価値観が交錯する中でも、自分にとっての「かけがえのないもの」を見つけ出し、これを貫くことに徹すれば、どのような状況下でも生き抜くことができる、と彼女は訴えていた。彼女にとって「かけがえのないもの」とは、南部人としてのルーツであり、具体的には「神秘を察知する感覚」である。この感覚があれば、奈落の底に落とされても、人は人生をやり直すことができると信じるのである。しかし、現代南部人はこの恵まれた感覚を忘れている、と彼女は警告する。

オコナーの警告は、人種・宗教、また地理や時間を超えて、すべての人々に発せられていると思われる。そして二十一世紀初頭の現在、指針を見失ってしまった我々、多くの日本人にも、彼女のメッセージは強く何かを訴えかけるのではないだろうか。[4]

南部の「堕落」

足かけ五年にわたる南北戦争に終止符が打たれたのは、一八六五年四月九日のことであった。リー将軍がヴァージニア州アポマトックスで降伏し、同時に南部の独立国家建設の夢は消え去った。それからおよそ百年後、オコナーはエッセイ集『秘義と習俗』の中の「作家と地域」で、この南部の敗戦経験は、人類の堕落に匹敵するものであったと述べている。つまり、神により人間が楽園から追放されたという創世記に描かれた「堕落」を、南部は身をもって経験したとみなした。またこれを「我々南部人たちの堕落」としていることから、百年を経てなお、南部に生まれ育つ者たちの心身に、そして彼らを取り巻く環境にも、この経験が染み込んでいる、と彼女は言うのである。

南北戦争前の南部は、綿花栽培を中心とした「農業王国」であり、北部とは異なる独自の社会・文化・価値観を形成していた。そして、多くの信仰篤い南部人たちは、綿花に恵まれたこの地を楽園であると信じ、神は自分たちの側にいると思い込み、満足していた。このような環境におかれた人々は、戦争が始まった当初、自分たちが北部に負けるなどとは想像もしていなかっただろう。だが、これは彼らの思い上がりであり、人間の驕りであることが次第に判明してくる。楽園の至る所は戦場と化し、日毎に荒れ果てていった。[5] 目の前で繰り広げられる地獄絵図を、南部への忠誠心のもと、彼らは耐え忍んだが、揚げ句の果て、彼らを待ち受けていたのは、敗戦であった。

しかし、南部の試練は始まったばかりである。荒れ果てた土地に立ち、南部人たちは北部の価値観が急激に侵入してくる現実に直面し、混乱していた。建物も収穫した作物も家畜もすべて失い、新たに耕作するにも蒔く種が無く、あったとしてもそれを買う金もない。荒れた土地に残されたものがあれば、それはだれかれ構わず奪い取ることが日常となる。敵対していた北部により制定された南部再建法が、即座に状況を好転させるはずもない。財産を失い、南部の伝統的価値観は崩壊し、奈落の底のような混沌とした状況に封じ込められた南部人たち。この時彼らは、楽園から追放されたかのような衝撃を受け絶望した。[6]

神秘を察知する感覚

では、彼らは絶望の中から、どのような希望を見出したのだろうか。オコナーの敗戦観は次のように続く。

我々南部人たちは、人間には限界があるという知識を胸に焼き付け、これと同時に、神秘を察知する感覚を身につけて現代社会に入った…（*MM*, 59）

楽園を追放されることで、南部人たちは人間の命には限りが、つまり死があるという事実に目覚めた。いかに抵抗しようとも、避けることのできない限界、死がある限り、人間は無力である。この人間は無力であるという認識は、子々孫々に引き継がれ、永久に消し去ることのできない焼き印として押され、彼らはそれを受け入れたのである。それでは、彼らは無力であると打ちひしがれ、自力ではなにもできないままに死を迎えるしかないのだろうか。

限界の烙印を押されたと同時に彼らが身につけたものは、オコナーによれば「神秘を察知する感覚」である。この感覚は、人知を超えたものを感じ取る力、いわば第六感のようなものだと思われる。南部人たちは、楽園の中にいるときには、神の存在を身近に感じることができたと信じ、追放された今では、神の存在が見えなくなったと感じている。しかし、神は確実に存在しているとオコナーは信じている。ただ、物事の背後に隠れているために、その姿がなかなか見つけだしにくいものとなったのである。それを察知するために、彼らには悪魔的な出来事の裏に隠されている神秘を見抜く感覚が与えられたのである。

南北戦争は、彼らにとっては奈落の底に落とされ、そこから脱出できない、封じ込められたかのような錯覚に陥る、悲惨な体験であったかもしれないが、この出来事、つまり敗戦にも、神秘が見え隠れする。この神秘とは、彼らに新しい人生、生まれ変わるためのきっかけを与えるものである。混沌の中から立ち上がるためのきっかけとも言えるだろう。すべてが崩壊し、失ったからこそ、逆にこれを機会に見えてくるもの、得るものがあったとオコナーは言う。

封じ込めからの目覚め

南部は一切合切を失ったが、これにより無駄なものをすべて排除した状態になることができたのだ、とオコナーは見なしている。無駄なものが無くなってなお残るもの、それが南部にとってかけがえのないものと言えるのではないだろうか。それは、あたかも砂や砂利をふるいにかけ、砂金だけを残すようなものである。敗戦によって、彼らに神秘が働いたのである。そしてこの神秘を察知する感覚は、砂金のふるい落としの経験を経たからこそ、十分に身につけることができたのである。オコナーは、この感覚は「最初の無垢の状態では発達させることはできなかった」と言う（*MM*, 59）。つまり、ふるい落とされ、無駄なものを排除したからこそ、真の無垢の状態に至ることができたのである。更にこの感覚は、人間ならば万人が持っているものかもしれないが、敗戦を通じて「堕落」を味わった南部人だからこそ、十分に身につけることができたというのである。

南部人にとってかけがえのないものを見極めた後に、彼らは新たな生を生きることとなる。封じ込められた状態から目覚め、南部人としての神聖なるものをしっかりと見極めたのならば、異質な北部の価値観が流れ込む中でも、生き抜くことができる。また、このような南部の特異性を今日に受け継いでいくことができる、とオコナーは信じるのである。[7]

しかし、オコナーが執筆活動をした時代は、科学技術の発達により、神秘なるものを否定する風潮へと変わってきている。その一方で、南部ではファンダメンタリズムが登場し、大衆の多くがこの極端な思想に傾倒した。[8] そして南部の伝統的価値観も、表層的な形でしか残されていないような状況になってきていた。南部人は「神秘を察知する感覚」を持つと信じるオコナーは、このような歴史的変化に直面する、現代南部人たちに警告を発するのである。[9]

「賢い血」を持つ者

オコナーの作品には、今なお受け継がれる「神秘を察知する感覚」を持つと思われる人物が、数多く登場する。そして彼らのうちの多くは、オコナーが創作を行っていた二十世紀半ばの南部に見られた、ごく一般的な南部人の典型として描かれている。

テネシー州を舞台とする『賢い血』に登場するイーノック・エマリーは、この感覚を持つ一人である。町の中心部にある公園の守衛をする十八歳のエマリーは、身よりもなく、この町に着いて二ヶ月が過ぎたが、未だに友人もできず、孤独な日々を過ごしている。知性が感じ取られない彼の言動から、ほどほどの教育さえも受けることができなかったと想像される。ロードミル少年聖書学院で四週間聖書について学んだことが、唯一彼が受けた教育である。この聖書漬けの四週間は、彼の気を狂わせるような日々であり、信仰に対して積極的になったわけではない。だが、この青年は、神秘に対しては非常に敏感に反応するのである。

イーノックは、向上心の強い若者である。自分を変えたい、より良い自分になりたいと願っている。また、有名になりたい、目立ちたいという、一般的な若者らしい野心も持っている。彼の背後には、町では冷遇され、家族も友人もいないという孤独が、垣間見られるのである。しかし、彼はこのような願望を、決して自力で実現しようとはしない。他力で、神秘的な力で叶えてもらおうと熱望する。つまり、今の自分から解放し、新しい自分に変えてくれるものの出現を待ちわびるのである。そして、この願いを叶えてくれる、今の自分を封じ込めから解放してくれる神秘的な何ものかを察知する感覚を持っていると自負する。彼はこの感覚を、「賢い血」と呼ぶ。

その日の朝目覚めたときに、イーノック・エマリーは、それを見せることができる人が今日こそやってくるとわかった。彼はそれを血で感じた。彼は父親と同じように賢い血を持っていた。（*WB*, 79）

「賢い血」を持つイーノックは、願いを叶える何ものかを、ただ待ち続ける。特に何かを始めるでもなく、「賢い血」を持っていることを信じながら待つ。そして、彼の血は教える。今日、彼の願いを叶える「それ」を見つけて、誰かに彼が「それ」を見せることになると。だが、彼はこのとき、「それ」が何なのか、正確にはわかっていない。彼の血はあくまでも感覚であって、明確な論理で説明できるものではない。また彼は、思考の末に決断し、行動することなどもない。ただ本能の赴くまま、身体の中で一番敏感な所である血に従うだけなのである。

しかし、イーノックは本当に「賢い血」を持っているのだろうか？　この疑問については後で触れるが、彼が神秘を察知する感覚を持っていることは、確かだと言える。ただ、彼はこれを持っていると自負してしまい、感覚にすべてを任せ、自分からはなにもことを起こさない。神秘を見極めようという努力もない。これが大きな落とし穴となる。彼の結末を見れば、彼は驕りにより己を封じ込めているが故に、より良い自分になるための本物のきっかけを見失っていると思わずにはいられないのである。

帽子・ワンピース・パンプス

イーノックのように驕りに己を封じ込めている人間を、オコナーは短編作品でも描いているが、彼らは一九五〇年代当時、彼女の周りでよく見かけられたタイプの人間像であると推測される。例えば、戦前の南部独特の伝統的価値観を守り続ける、初老の白人女性たちである。彼女たちは一概に善良な人々で、淑やかさに溢れ、信仰の篤さが彼女たちの優しさを裏付けているかのようである。彼女たちは、テネシー・ウィリアムズが『欲望という名の電車』に登場させたブランチ・デュボワのような、いわゆる古き良き「サザン・ベル」(南部美人)の姿を、戦後社会においても固持する女性たちであると考えられる。[10]彼女たちはみな、南部地主階級の末裔、あるいはいくらか裕福な家庭の出身である。そして、彼女たちが身につける「淑女」らしい服装は、過去の遺物となりつつある、南部独自の価値観や称号を象徴しているかのようである。

「高く昇って一点に」のジュリアンの母親は、本物の教養は心と行いの中にあると言う。どのような行いをするかで、その人となりが判断されると考えている。彼女は無料で受けられる減量クラスに通う時に、紫色のビロードの垂れ縁が片側は下に垂れ、片側は立ち上がっているような優雅な帽子を被り、手袋をはめ、パンプスを履いている。彼女はこの帽子を七ドル半で買ったのだが、贅沢な買い物だったと後悔している。この母親が正装する理由は、「善人はなかなかいない」の初老の婦人と同じ理由からだろう。この婦人は、車で家族旅行に出かける際には、きちんとした身なりをすることを心掛けている。万一事故にあっても、服装で彼女が「淑女」であると判断してもらいたいからである。息子の嫁がスラックスをはき、ラフな服装でドライブに出かけるのに対し、婦人は白い縁のついた濃紺色の麦藁帽に、白い水玉模様の濃紺色のワンピースを着ている。襟やカフスにはレースの縁取りがされている。ドライブをするには不釣り合いな格好は、今もなお過去の「淑女らしさ」を引きずる彼女を外界から守る甲冑を意味しているかのようである。また、「啓示」では、靴がその人の人となりを表すと信じているターピン夫人が登場する。病院の待合室で、周りの者たちがテニスシューズや寝室用のスリッパのようなものを履いている中、彼女は上等な黒いエナメルの皮のパンプスを履いていた。このようなラフな靴を履いている者たちを彼女は蔑んでいる。また、彼女は自分と同じように上品な靴を履く者は自分と同じように善良で信仰に篤く、それ故に「救われる」と思い込んでいる。

しかしながら、二十世紀も半ばに突入する時代に、彼女たちの誇る称号や「淑女らしさ」は、意味をなさなくなっているのである。[11] さらに、黒人が彼女たち白人と法律上平等な立場になったというのに、未だに黒人は柵の中にいて、白人に使われるものであると彼女たちは信じている。柵の中に封じ込めている黒人には優しくできるし、封じ込められている方が彼らにとっても幸せだと考えるのである。[12]

古い価値観と新しいそれが交錯する時代において、彼女たちは自我の拠り所として、保守的な南部の伝統的価値観に、自ら進んで己を封じ込めていると思われる。自分たちとは異質な新しいものを受け入れるよりも、郷愁のなかに己を押し込めた方が楽なのだと想像される。オコナーは、彼女たちのような南部の至る所に見受けられるような女性たちを、時代に取り残された遺物だと非難してはいない。[13] 己に対して疑いを持たない、向上することをあきらめたかのように自己満足に浸っている姿に警告するのである。南部女性らしい淑やかで信仰に篤い善人なのだから、自分には間違いはないと自信に満ちている姿に、彼女は疑いの眼差しを向けている。

「啓示」

オコナーは登場人物たちに、背後に神秘が働いていると思われる出来事を与える。この神秘は、自己満足に浸り、己を疑わずにいる彼らの目を覚まさせるものであり、この働きを含む出来事は、彼らが封じ込めから目覚めるきっかけとなる。だがこのきっかけは、非常に衝撃的な形で訪れる。彼らは、「自己満足の生ぬるさから荒々しく引っ張り出され、岩場の海岸に投げつけられなければならない。[14]」彼らの目はあまりにも固く閉じすぎているため、些細なことでは開かない。[15] 死の間際に追いやられてもなお、気づかない者もいる。

車で家族旅行に出かけた「善人はなかなかいない」の初老の婦人は途中、指名手配中の殺人犯ミスフィットと遭遇してしまう。ピストルを自分に向ける殺人犯と、彼女は一対一で向き合う。息子夫婦と孫たちは既に殺されたが、自分だけは助かりたいと必死に彼を説得する。信仰に篤い「淑女」である自分を、同じ善い血を分けた人間が殺せるはずがないと彼女は言う。しかし、彼女は殺人犯と自分を結びつけるものが何なのか、魂の底からわかってはいない。彼女の頭はもやに覆われている。しばらく犯人と問答を繰り返した後、突然、このもやが一瞬にして消え去った。「あなたは私の子供の一人なのよ！」という声が彼女の魂の中から湧き出て、彼女は思わず手を延ばし、彼の肩に手をかける（*GM*, 132)。その瞬間驚いたミスフィットは発砲し、婦人は死んでしまう。彼女は殺人犯と向き合う、この暴力的な出来事の背後に隠れている神秘に気がつくのが少し遅過ぎたのだろう。もう少し早ければ、生きているうちに、服装という甲冑に封じ込めた己を解放し、新たな人生を生きることができたのではないだろうか。[16] 犯人は言う。「もし生きている間、誰かが分刻みに彼女を撃ち続けていたら、彼女は善良な女だったろうに（*GM*, 133）。」

本物の教養は心と行いの中にあると信じる「高く昇って一点に」のジュリアンの母親は、息子に連れられ、YMCAの減量クラスへ行くために乗ったバスの中で、子供連れの黒人女性と遭遇する。バスは、新旧の価値観がぶつかる空間である。柵の中に入れられていた黒人が、入れる側の白人と席を同じくする。柵は取り外され、境界線もなくなった。封じ込めから解放されたこの黒人女性は、蔑まれまいとして気負いを全身にみなぎらせている。これに対し、ジュリアンの母親は、ますます服装や行いに「淑やかさ」を徹底させる。それらはあたかも要塞のようであり、その中で彼女は身を固くする。そして、人種に関わらずすべての子供に慈悲深く接することが、南部女性としての正しいあり方であると考える彼女は、偶然同じバス停で降りたその子に、ピカピカ光る一ペニーを渡そうとする。彼女には悪意など無いのだが、気負っている黒人の女性から見れば、蔑まれているような屈辱を感じずにはいられないのだろう。「この子は誰のペニーも恵んでもらうことは無いんだよ！」と彼女は叫び、拳を振り上げた（*ET*, 418）。次の瞬間、ジュリアンの母親は頭を抱え込み、歩道にへたりこむ。これまでの人生で、善しと信じてきた価値観が打ち砕かれた瞬間である。つまり、柵は取り外されたという現実を、身をもって強烈に認識させられたのである。偶然にもこの二人の婦人は同じ紫の帽子を被っていた。黒人女性の輝かしい帽子に対し、婦人のそれを過去の栄光をあざ笑うかのようなイメージでオコナーは描いている。尋常ではない侮辱感にすっかり狼狽した彼女は、心臓発作を起こし、死んでしまう。後に残されたものは、彼女の空虚な死に顔と、その死に顔を愕然としながらのぞき込む息子ジュリアンであった。

二人の婦人は、神秘を察知する感覚を活かすことができなかった、あるいは遅すぎたと言えるだろう。しかし同じような衝撃で訪れた神秘を感じ取ることのできる、恵まれたタイプもオコナーは描いている。

花を咲かせていた。「啓示」のタ ーピン夫人は、病院の待合室で自分と同じように信仰篤く、気だての良い婦人方と世間話に花を咲かせていた。自分がいかに神の恵みを授かっているか、声高に感謝するのである。向かい側に座って本を読みながら、しばしば自分を睨み付けるように見ている、ガールスカウトの靴をはいた女子大生を、婦人は礼儀がなっていないと思いながらにらみ返していたのだ。だが突然、この女子大生は読んでいた本をターピン夫人めがけて投げつけた。[17] 本は彼女の左目の上にぶつかり、周囲は騒然となる。呆然とする夫人にその娘は近づく。夫人は、「私に言いたいことは何なの？」としわがれた声で尋ねた。そして息を止め、あたかも啓示を待つかのようにじっとした。「もといた地獄に帰りなさいよ、この老いぼれのイボイノシシ」と娘はささやく（*RE*, 500）。この娘は気が狂っているのだと、同類の婦人方は非難するが、夫人はそれになぜか同調する気にはなれなかった。ただ、なぜ自分がこのような仕打ちを受けなくてはならないのかと、農場で雇っている黒人たちからも親切な人だと尊敬される自分が、なぜこのような屈辱を受けなくてはならないのかと、怒りながらも、自問自答を彼女は繰り返す。

本をターピン夫人に投げつけた娘は、形だけの善良さに安住している夫人の深層を見抜いていたのかもしれない。あるいは、単に虫の居所が悪かっただけなのかもしれない。しかし、本人の意志に関わらず、自分の行いが相手にとって、神秘的な目覚めのきっかけとして捉えられることもあるというのが、オコナーの見解である。いずれにせよ、本が投げつけられた瞬間、ターピン夫人は人生の岐路に立たされた。今、彼女は二者択一を迫られている。この屈辱的な出来事の背後にある神秘の働きを察知し、己を封じ込めていた表層的な価値観から己を解放する、新たな人生の出発点とするのか、あるいは、困難を避け、今まで通りの生き方を死ぬまで貫くのか。この選択は、あくまでも彼女の自由なる意志に拠るのである。そして当然のことながら、自由意志に拠る選択には、自己責任が伴うのである。

ゴリラのぬいぐるみを着る

オコナーは、封じ込めから己を解き放つきっかけまでを描き、これを新たな人生の出発点として、その後登場人物たちがどのように生きるのか、描いていない場合が多い。これまで見てきたように、死の間際に追いやられてもなお目覚めずに死んだジュリアンの母親や、目覚めるのが遅すぎた「善人はなかなかいない」の婦人のような人物もいる。また、ターピン夫人の場合は、目覚めるところまでしか描かれていない。よって、目覚めの後、どのように生きるのか、生きるべきなのか、オコナーは読者の想像に委ねている。

『賢い血』のイーノックとヘイゼルの対照的な生き方は、我々読者の想像を補うのに役立つであろう。「賢い血」を持つイーノックは、自分を変えてくれる事件が訪れることをひたすら待ち続けた。ある朝目を覚ますと、彼の血は「今日がその日だ」と教えた。その日、彼は予期した通りへイゼルと再会し、お気に入りの場所である動物園や博物館に、この男を連れていった。このとき二人は、博物館で赤ん坊大に縮んだミイラを見た。その夜、イーノックはこれを盗み出し、家に持ち帰る。彼の血は、このミイラこそ彼に何か素晴らしい変化を与える「新しい神」であると教えるのである（*WB*, 174）。

だが、イーノックが見つけた「新しい神」は、いくら待てども、結局なにも起こさない。わずか二十分ほどしか待っていないのだが、彼には、ずいぶん待ったという気になるほど十分すぎる時間である。劇的な変化、彼の生涯における最高の瞬間は訪れなかった。十八歳の彼は子供っぽくふてくされる。だが、自分が本当に「賢い血」を持っているのだろうかと疑い、思い巡らすことは無かったのである。

次の日、イーノックは新聞のマンガを読んでいた。すると、突然彼の顔に「目覚めの表情」が現れた（*WB*, 194）。彼の目覚めは静かに訪れたのである。彼は急いで町の映画館に向かう。以前、その映画館で上映されているゴリラ映画の宣伝のために、ゴリラがやってきたのを彼は見ていた。人間がゴリラのぬいぐるみを着ているのだが、このゴリラと握手しようと、子供たちが列をなしている。子供たちは怖れながらも、物珍しさに喜々としてゴリラに握手を求める。これを見ていたイーノックも子供たちに混ざり握手を求め、その手のぬくもりに、孤独な彼は感動したのだった。この日もゴリラはやってきていて、仕事をしていた。ゴリラが仕事を終え、トラックの荷台に入ったところを彼は襲い、ぬいぐるみだけを抱え森の中に逃げ込んだ。そこでぬいぐるみを自ら着て、ゴリラの雄叫びや動きを真似し、満足感に浸るのである。

彼がなぜこのような事をしたのか、その理由は本人にもわからないだろう。彼は血が教えるままに行動しただけなのだから。ただ前にも触れたように、彼は野心ある若者である。より良い自分になりたい、未来ある人間になりたい、多くの人が自分との握手を求めて列を作るような人間になりたいと思っている。ゴリラとの握手を望んで子供たちが列をなすのを見て、自分もこうなりたいと夢見たのかもしれない。だが、ゴリラのぬいぐるみを着て、ゴリラになりきったとしても、所詮、イーノックはイーノックのままなのである。

彼はそれまで着ていた服をすべて地中に埋める。オコナーはこの行動に説明を付けている。

> (服を埋める行為は、) ただ単にそれらの必要が無くなったから埋めたのであって、彼の以前の自己を埋めたという事を象徴しているのではない（*WB*, 196）

彼の行為は、垂直に上昇したのではなく、平行移動したにすぎない。彼の表面はぬいぐるみを着ることで変わったが、その中身、つまり彼自身はなにも変わっていない。それまでの己を閉じこめてきた服を脱ぎ捨てたが、また別のゴリラのぬいぐるみを着ることで、再び己を閉じこめただけなのである。そして、彼の「賢い血」は、ヘイゼル・モーツとの出会いこそが、神秘が働いた出来事であると教えるにもかかわらず、イーノック自身はそれに気づかなかった。それでもゴリラになった今、彼は自分に満足している。[18]

肉体を脱ぐ

ヘイゼル・モーツの目覚めは、突然衝撃的に訪れたのではない。様々な行動を起こし、徐々に彼自身がそれに近づいていったのである。彼は真実を知りたいという強い願望を持っている青年である。彼が知りたいと望む真実とは、神、そしてキリストはこの世に存在するのか、存在しないのかということである。彼は、目に見えないものは信じられない、聖書に描かれたキリストの奇跡などは大嘘であると主張し、「キリストのいない教会」を説いて各地をまわるため、廃車寸前の二十年代もののエセックスを購入する。そして、あえてキリスト教で罪とされること、売春婦を買うことなどをして、神が自分にどのような仕打ちをするのかと様子を伺う。これは、もし本当に存在するのなら、目に見える形で何かを起こして見せろという、神に叩きつけたヘイゼルの挑戦状であった。

だが、ヘイゼルは自分を運んでくれる愛車を失う。[19] 無免許運転だった彼は警察官に呼び止められ、オンボロの車は危険だという理由で、彼はその車を崖から突き落とし破壊してしまう。ヘイゼルは、この警察の無礼な行為に怒らなかった。彼はできるだけ遠くに行くために車を貰ったのだが、実は神から逃げることを望んでいたのかもしれない。しかし、神を否定しようとする彼の心に、間違いなく神は存在し、どこまで逃げても逃げ切れないことを薄々感じ始めていたのではないだろうか。逃げる術を完全に失ったとき、彼は神と向き合う時が来たと悟ったのだろう。この時からこそ、彼の試練の旅は始まる。

ヘイゼルは、肉体を徹底的に痛めつける。肉体があるが故に引き起こされる様々な欲望を否定し、精神のみの存在になるために自分を痛めつけるのである。これは、肉体を脱ぐ行為であるといえるのではないだろうか。視覚があるが故に起こる欲望を拒絶するために、その目を石灰で潰し、眠りたいという欲を打ち消すため、ベッドに横たわる時には、胸に有刺鉄線を巻いて寝る。起きている間は靴に小石を轢いて歩き回る。欲望を満たすための道具である金は、彼が身を寄せる下宿屋の女主人にすべて渡す。食べ物も命を維持するための餌として、機械的に身体に与え、食欲を拒否する。あらゆる無駄なものを排除し、精神に集中する。「私は汚れていない」と断言していたヘイゼルは、車を失った事件をきっかけに目覚め、真の「汚れていない（*WB*, 91)」状態になるための苦闘を選んだのである。それまでの生を閉じこめた車を破壊し、新たな生を彼は歩み始める。

極端なまでに禁欲に徹するヘイゼルの肉体は、ついにはボロボロになり、死を迎えることになる。道ばたでのたれ死んでいた彼のみすぼらしい死体は、女主人のもとに届けられた。彼女は学もなく、神秘に対しても特に関心があるわけでもない平凡な人間である。このような人間にも、ヘイゼルが試練の旅を終え、なにかに到達したという証が見えたのであった。

彼女（女主人）は目を閉じて彼（ヘイゼル）の目をのぞき込んだ。すると、ついに自分は何かの始まりに、今はまだ始めることができない所に到達したような気がした。そして彼女は見た。彼が遠くへ、より遠くへと動いて行くのを。遙か、より遙か遠く暗闇に消えたとき、彼がペンの先ほどの光となったのを。(*WB*, 231)

『賢い血』と出合う機会に恵まれ、このヘイゼルの最期を読み終えた読者に、オコナーは尋ねる。ゴリラの格好をして生きるイーノックと、みすぼらしい死に方をしたヘイゼルと、どちらの生き方をあなたは選びますか?

おわりに——脱いだ後にはなにが残ったのか?

肉体という殻を脱いだヘイゼル・モーツに残されたものは、精神である。彼は、己をとじこめたいた肉体から脱して、純粋なる精神へと至った。そして、この試練を乗り越えた先には、なにがあるのだろうか? カトリックを信仰するオコナーであるから、彼は救済され、神の国に入ることができたと言えるのかもしれない。だがここでは、なにがあるのかという問いに対する答えは、謎のままにしておくのが最善と思われる。オコナーの作品の登場人物たちが目覚めた後、どのように生きるべきかを読者の想像に委ねたように、謎は読者が各々の想像で解決すべきなのかもしれない。

オコナーが描いた目覚めとは、自己満足に安住する人間が、思い込むことで封じ込めていた自己を解放するきっかけである。そして、封じ込めから己を解き放つきっかけの背後には、神秘の働きがある。幸いにも南部には、事件の背後に隠れている神秘を察知する感覚が、あの「堕落」に等しい敗戦体験を通じ身に付き、そして今なお引き継がれている、とオコナーは信じるのである。だが、あくまでもそれを察知した瞬間が出発であり、新たな、より良い人生を始めるには、本人の強い意志による決断が必要なのである。なぜなら、己を封じ込めるあらゆるものを徹底的にそぎ落とした末に残るものを見極めるということは、あまりにも多くの苦痛を伴うからである。この試練の旅は、歩きやすく舗装された道でもレールが轢かれているものでもない。自分の力で無駄なものを取り除いて開拓していかなくてはならない。

ヘイゼルがペンの先ほどの光になるのを見た下宿屋の女主人も、母親の空虚な死に顔にショックを受ける息子ジュリアンも、「自分が何者なのか本当にわかっているの？（*RE*, 507）」という自問が突然魂から吹き出したターピン夫人も、今、再生の神秘の入り口にいる。ここから先に進むのか、きびすを返すのか、選ぶのは彼ら自身なのである。ヘイゼルが選んだ禁欲に徹する生き方は、あまりにも極端すぎるのかもしれないが、彼の自分を律する意志の強さには、どこか人を惹きつけるものがある。多くの現代人が失った何かを、彼の姿には見ることができるからなのだろうか。そして今我々も、女主人、ジュリアンやターピン夫人らとともに、再生の神秘の入り口に立っていると信じてみるのも、悪くないのではないだろうか。

Ⅳ

「丘の上の町」の他者たち

10 日系人の心の闇

ヒサエ・ヤマモトの短編集を読む

川崎友絵

はじめに

世紀転換期を迎え、また第二次世界大戦終結から半世紀を経た現在、われわれは、日系アメリカ人らが受けた排斥、及び日系人強制収容所の問題を問い直すにふさわしい時期にいる。日系二世女性作家ヒサエ・ヤマモトの視線は、日系アメリカ人女性の個人的な悲哀の人生を通して、「民主主義」の理念を著しく逸脱したアメリカ社会の暗部へと向けられている。自ら強制収容所生活を体験し、後に平和主義者となったヤマモトは、従来のアメリカ史の中で常に疎外されてきた日系人、とりわけ女性たちの声をどのように位置づけているのであろうか。

キンーコック・チェンによると、以下で扱うヤマモトの三作品には、「二重の語り」の手法が使われている。つまり、いずれにも、若い二世娘たちの限られた視点に基づく「明らかな」プロットと、彼女らの言葉の断片から推測される「隠された」プロットが流れている(Cheung, 1993, 29)。ヤマモトが、読み手に「隠された」プロットを解読させるよう意図した主な理由として、以下の二つが挙げられる。第一にヤマモトは、しばしば言葉以外の媒体を通して意志疎通を図る日本人独特の習慣や、言語の違いによって一世と二世間に生じるコミュニケーションの隔たりを象徴的に描いたのである。第二に彼女は、収容所を舞台とする作品に隠された、政治的な問題をカムフラージュするために、意図的に「二重の語り」の戦略を用いたのである(Cheung, 1993, 71)。

ヤマモトは、日系アメリカ人女性という複合的なアイデンティティーを有する立場から、「隠された」プロットを通して、アメリカの白人男性を中心とする歴史観によって周辺化されてきた、日系人女性の軌跡を書き残すことに意義を見出している。

世代から世代への入れ替わりのなかで、失われていくように思われる、ある根本的な真実を、再度主張するために、私は書くのだと思う(Kim, 158)。[1]

本論では、ヤマモトの代表作「十七文字」、次に「ヨネコの地震」、最後に「ササガワラさんの伝説」[2]を考察する。これら三作品に共通する問題は、夫や、日系人集団など、生活空間を常に共有する人々から受ける肉体的、精神的暴力によって、自由意志の実現を阻まれる女性たちの悲哀が描かれていることである。しかし、ヤマモトが従来のフェミニズムの概念を超えて、一世男性らの沈黙の裏に隠された問題にも目を向けている点は注目に値する。そこで、家庭や収容所における「封じ込め」の加害者となった者たちへのヤマモトのまなざしにも言及し、彼らを「封じ込め」の暴力へと駆り立てた日系人社会を取り巻くアメリカの社会的、政治的な動因を含めて考察することとする。それにより、日系人女性らが、多重の「封じ込め」の構図の犠牲者となったことが明らかとなるはずである。

1　俳人ウメ・ハナゾノ殺害の裏側――「父」の二重の劣等意識

まず初めに、「十七文字」（一九四九年）に描かれたハヤシ夫婦の問題を考察する。「十七文字」は、俳句の理解をめぐる母娘のコミュニケーションのすれ違いに始まる。そして、衝撃的な過去の告白に続く母の、「決して結婚はしないと約束してほしい」（Yamamoto, 19）[3]という嘆願に対する母娘の意識の葛藤で幕を閉じる。日本語と英語という、世代の差による親子の使用言語の違いにも関わらず、母娘は互いに相手を理解しようとし、また自分の意思を相手に伝える努力をしている。一方、父の言動に目を向けると、常にコミュニケーションの輪から独り離れて、娘ロージーの耳からは不気味な雑音としてしか聞こえない声を発するか、または押し黙ったまま苛立ちや怒りをあらわにするだけである。ハヤシ家のなかで、たった一人だけ名前の付けられていない匿名のこの「父」を、クライマックスにみる突然の残酷な行為へと駆り立てた原因は何であろうか。

この「父」と妻トメが、同じ日本人移民であるという点では、アメリカ社会において両者が置かれた境遇に、さほどの差はない。実際に、ヤマモトが生まれ育った一九二〇年代以降、彼女とその両親は、一九一三年にカリフォルニア州で成立した「外国人土地法」の適用を経験した。別名「排日土地法」と呼ばれるこの法律は、「帰化不能（市民権取得不可）の外国人はこの国の不動産を所有することはできない」と決定した。また、帰化不能外国人、つまり日本人移民は、農業用地を三年以上借りることはできないとも規定された（タカキ一八三）。
「十七文字」のハヤシ一家もまた、決してアメリカ社会に歓迎されることのない「よそもの」集団の一部として、借地をしては移動をするという生活を余儀なくされていたであろう。したがって、彼らには終の住処とする土地も与えられず、また日本人特有の勤勉さと高度な農業技術を活かした労働に見合った賃金を支払われなかった。それにも関わらずハヤシ夫妻は、生きる糧を得るためには、その不当な排日政策を甘んじて受け入れるほかなかったのである。

この作品のクライマックスは、「父」が、トメの投稿俳句の受賞記念品である歌川広重の版画を斧で粉砕し、灯油をかけて燃やしてしまう場面にある。この出来事は、多くの批評家の指摘にあるように、夫の間接的な暴力によって、トメの分身である俳人ウメ・ハナゾノが殺されたことを意味する。しかしながら、ハヤシ夫妻が抱える問題は、父権制度下における加害者と被害者という、二元的な捉え方では限界が生じてしまう。それは、アメリカで暮らしていたタカが、姉妹であるトメに彼を紹介する際に、彼は「無学ではあるが、情の深い」（一九）若い男であると説明していたことから推測される。心根の優しい男が、バンダリズムの狂気へと変貌した引き金は、結婚当初から疎外感や孤独感を募らせていたはずの「父」を無視して、トメ・ハヤシとは別の自己に心血を注いできたトメにあるとしても過言ではない。トメと、新聞の編集者である日本人男性の会話からは、彼女の俳句を評価した相手に、深い敬意や感謝の気持ちを伝えようとする彼女の思いが読み取れる。最も身近な理解者であるはずの家族からは、「熱心で、ぶつぶつ言っている見知らぬ人」（九）とされながらも、ひたすら俳句作りに身を捧げてきたウメ・ハナゾノの「非常に短い」（九）人生の成果が、ようやく他者によって認められたのである。ハヤシ夫婦の人間関係を希薄なものとし、両者の仲をこじらせた要因は、実に皮肉なものである。トメが生きることの意味を見出した言語の世界こそが、「父」を沈黙の世界へとひきずりこむ原因となったのである。

一日の肉体労働を終えた余暇の時間に、自己解放の場を見いだしたトメとは対照的に、「父」は自己表現能力の欠如や、知的教養の欠如を一層痛感し、誰にも理解されることのない孤独感を募らせたのである。以前は夫婦で花札を楽しんでいた時間さえも、今は一人でトランプをするか、もしくは「非文学的な」(九)仲間と遊ぶかのどちらかである。また隣人のハヤノ家を訪れた時は、俳句論議に夢中であるトメとハヤノ氏から離れて、「父」はソファの端に座り、写真ばかりの絵入りの雑誌を眺めていることしか出来なかった。明朝早くから仕事があるから、と突然怒ったようにロージーに帰宅を促した「父」は、自分を差し置いて他の男性と価値観を共有する妻への憤りに加え、知的な会話を楽しむことができない自分に対する強い劣等意識を感じたのである。その年の最高気温を記録したとされる日に、「父」がこれまで沈黙のなかで押し殺してきた感情もまた、沸点へと達し破裂する。投稿俳句が受賞したことを喜んだトメは、トマトの出荷準備の仕事を放り出し、編集者を家に招き入れる。「おまえのお母さんは頭がおかしいよ!」(一七)とロージーに言い放つ「父」自身が、数分後にトメに対する狂気的な報復行動に出ることは、実に皮肉な展開である。ウメ・ハナゾノが「父」によって「火葬」(一八)されるという事件の背後には、「まさにボトルのコルク栓がポンと音をたてたように、突然信じられないような音を発した」(一七)彼が、暴力的な手段でしか妻との接点を得られなかったという、不器用な「父」の悲劇が見られる。

今夜中に出荷準備が終わらなければ、缶詰工場へと送られてしまうほど熟したトマトをそのままにして、編集者とお茶を飲み俳句を論ずるというトメの行動は、夫婦の協力によって成り立つ農作業を放棄したことを意味する。農作業は、現在ほとんど会話のないハヤシ夫妻にとって、唯一の共同作業の場であった。最終的に、彼女が農夫の妻トメ・ハヤシではなく、夫から独立した個人としての俳人ウメ・ハナゾノとしての行動を選択したことにより、ハヤシ夫婦は完全に崩壊したのである。

故国においても、また異国においても、トメが命を懸けて生み出そうとした分身は、どちらも日本人男性の残酷な仕打ちによりはかない生を閉じることとなった。日本で生きる術を失ったトメが、アメリカの大地に蒔いた分身の種もまた、ようやく芽が出た途端に、夫の暴力によってその根をもぎ取られたのである。しかし、彼の暴力の背後には、妻とアメリカ社会から「劣った」人間としか見なされないという、二重の屈辱に耐え切れなくなった「父」の悲劇がうかがわれる。マイノリティーに属する人間であるとともに、言語能力の欠如により「夫」としての威厳を喪失した「父」は、二重の屈辱から逃れる最終手段として、トメと自分とを隔てるウメ・ハナゾノを抹殺したのである。

太陽の日差しを浴びて、日々成長する果実のように、ロージーとヘイザス・キャラスコとの恋も、いずれは実を結ぶであろう。この若い二世の男女は、日系とメキシコ系という人種の違いにこだわることなく、広大な大地で過ごす青春を謳歌している。キャラスコ家がハヤシ家に雇われていたことに象徴されるように、同じアメリカ市民であっても、二人の間に存在する民族的な階級の差によって、彼女たちの間に、ハヤシ夫婦とは別の形の悲劇が訪れる可能性もある。しかしロージーは、自分の将来の結婚を、半ば脅迫的に阻止しようとする母の執拗な嘆願に対して、ヘイザスの名をキリストのそれと重ねて呼びながら、救いの手を求め、最終的に母に決別の態度を示した。ヤマモトは読者に、人種の違いを越えて、純真な恋愛を育む若い二人の未来に希望をもたせたかったのであろう。これにより、当時の日系人らがメキシコ系アメリカ人らに対して抱いていた、差別と偏見からなる偏狭的な態度を和らげたいという、ヤマモトの強い願いを読み取ることができる。

2　妻から愛する者を奪ったホソウメ氏の悲劇——三重の「去勢化」を強いられて

次に、「十七文字」と同じく、ある日系人家庭を舞台に展開される「ヨネコの地震」（一九五一年）に描かれた夫婦の崩壊を考察する。この作品は、当時十歳であったヨネコの視点に基づき、一九三三年カリフォルニア州で起きた大地震の影響により、ホソウメ夫婦間に生じた深刻な葛藤を描いている。

ホソウメ家は、フィリピン人移民である二十七歳の男マルポを雇いながら、クロイチゴ、キャベツ、ジャガイモ、キュウリなど、実にさまざまな作物の栽培を手がけていた。大地震以前のマルポは、人種の違いにより、とりわけホソウメ氏から差別的な待遇を受けていた。しかし、大地震の日の事故を境に、一家の大黒柱であったはずのホソウメ氏が「去勢化」（Cheung, 1993, 48）されてしまう。それにより、二つのヒエラルキー、つまり日本の家父長制におけるホソウメ夫妻の関係と、日系人とフィリピン人との人種の上下関係とが逆転していく。

大地震前のマルポは、あくまでも身分の低い人間として、ホソウメ家と住まいや食事をともにすることを許されていなかった。またホソウメ氏は、マルポが勤勉であるのは、日系人の影響を強く受けながらハワイで育ったからであるという。日系人の間では、「概してフィリピン人は怠惰な奴らであることは、反駁できない事実であるとされてきたから」（四七）である。優れた雇われ農業労働者であるのみならず、運動や音楽、美術など多芸に秀でたマルポは、ヨネコやその弟セイゴに慕われる存在であった。彼らの前では「自信をもち、くつろいでいる」（四九）マルポだが、ホソウメ夫妻の前では「口がきけないほどに、極めておとなしい」（四九）内気な青年であった。つまり、大地震以前のマルポは、主人であるホソウメ氏の前では、彼の命令に従って、勤勉に農作業に励むだけの男であったのである。

地震の直前、ホソウメ氏は肥料の注文をしに車で外出していた。突然の大揺れにより傾いた電柱から垂れ下がった電線と、ホソウメ氏の乗った車が接触し、彼は危機一髪のところで感電死を逃れた。しかし、「割れるような頭痛と、突然のめまい」（五十）という後遺症により、その後のホソウメ氏の生活は一変する。車を運転することも禁じられ、ただ家の中や畑のまわりをぶらついたり、頻繁に横たわって休むという生活を余儀なくされたのである。

大地震後のマルポは、不慮の事故により身体が不自由となったホソウメ氏に代わって、一家の大黒柱としての役割を担うようになった。地震が起きたときに、ホソウメ夫人、ヨネコ、セイゴを自らの腕の中で守ったのは、夫ではなくマルポであった。また余震がおさまった後、マルポは畑仕事全般の他に、ホソウメ夫人との週一度の車での食料品の買い出しを任されることとなった。つまり、大地震以前、一家の主であるホソウメ氏が果たしていた役割を、マルポが全面的に引き受けることによって、ホソウメ家の生活は表面的には落ち着きを取り戻したのである。

しかし、家庭の内と外における性別役割分担が逆転するという問題は、日本の伝統的な家父長制度を固守しようとする一世男性にとって、非常に屈辱的であったに違いない。また、移民間の人種的な階級において、自分よりも「劣った」フィリピン人に一家の長の地位を奪われたホソウメ氏の心境は穏やかであるはずがない。次第にホソウメ氏は、彼の内部に鬱積した感情を、娘ヨネコや妻、そしてマルポに対してぶつけることになる。

まず第一に、爪にフラミンゴ色のマニキュアを塗っていたヨネコに向かって、「まるでフィリピーノのようではないか」（五二）と彼は叱責する。ホソウメ氏のこの発言もまた、「概してフィリピーノは派手な奴らである」（五二）という、日系人の間で疑う余地のない事実とされてきた偏見に基づく台詞である。

第二に、ヨネコと同年代の日本人もマニキュアを使用している、と反論し娘の行為を正当化する夫人に対して、彼は「今俺が病気であるからといって、娘たちが偉そうな行動をとるようになる理由にはならない」（五三）と言う。さらに反論を続ける夫人の攻撃に当惑したホソウメ氏は、「おまえの生意気はもう沢山だ」（五三）と憤慨する。そして「生意気」呼ばわりされた夫人の口答えに対して、彼が返した行為は、彼女の顔を強く平手打ちするという、結婚以来初めての肉体的暴力であった。

第三に、大地震を境に一人の雇われ農場労働者から、一家を支える「不可欠」（五一）な存在へと変貌を遂げたマルポに対するホソウメ氏の意識が大きく変化したことが挙げられる。「気の済むまで殴りなさいよ」（五三）と言う夫人に、再度手を上げようとするホソウメ氏を思い止まらせたのは、ほかでもないマルポであった。今のマルポは、以前のようにホソウメ氏の前で臆病に振る舞うだけの男ではない。雇主である自分の行動を戒めるマルポに対して、ホソウメ氏は「余計な口出しはするな」（五四）と言い家から追い出した。ここでもまたホソウメ氏は、自分が「一時的に」病人であるからといって、マルポが「自分の分際を忘れて」（五四）主人に対して失礼な言動をとることは許されないと憤る。

以上の三つの例から、ホソウメ氏の、妻子やマルポに対する言動は、自分が「永遠に」（五十）不能な人間として生き続けなければならないという「憑きまとって離れない不安」（Cheung, 1993, 51）と、一家の主としての権限を回復しなければならないという強迫観念に基づくものであるといえる。肉体的に健康であった頃は二つのヒエラルキーの頂点に立っていたホソウメ氏が、いまや双方の領域において、完全にその権威の失墜を余儀なくされている。この二つのヒエラルキーの逆転は、大地震による地殻変動の一現象を象徴するものであるともいえる。さらに、移民間の民族的なヒエラルキーや、日系人家庭の家父長制度を包含するヒエラルキーとして、アメリカ社会においてアウトサイダー化される日系一世という構図が歴然と存在するのである。つまりホソウメ氏の「去勢化」の問題は、三重の支配関係のすべてにおいて、従属者を強いられる一世男性の境遇を象徴するものであるといえる。

ホソウメ氏の「性的不能」を最も侮辱することとなった事件は、夫人の妊娠によって明らかとなった夫人とマルポとの密通である。この事実は、父には内緒で母から渡された金色の指輪の贈り主や、その指輪に秘められた深い意味を知らず、いつの間にかそれを無くしてしまった幼いヨネコには想像すら及ばない。しかしながら読者には、ホソウメ氏が家族を乗せて病院へと猛スピードで走らせた車が、一匹のコリーをひき逃げしたという伏線や、その後セイゴが原因不明の病によって五年という短い生涯を閉じたことなどから、夫人とマルポとの間に宿った命は堕胎によって殺されたことが推測される。

胎児と幼い息子の二つの命を失い、いつの間にかマルポにも去られたホソウメ夫人は、その後キリスト教に深く傾倒していく。ある日、彼女は異様にヨネコを凝視していたかと思うと、突然「決して人を殺してはいけないよ、ヨネコ。もし殺してしまったら、神様はおまえから愛する人を奪ってしまわれるからね」（五六）と言う。この夫人の言葉にもまた、大人たちの世界で起こった悲劇を知らないヨネコには理解できない深い意味が込められている。つまり、夫人の言葉の前半は彼女が殺した胎児を意味し、後半は息子セイゴのみならず愛人マルポを意味するのである（Cheung, 1998, xiv）。

信者であったマルポに影響されて神の存在に興味を持ち始めた数ヶ月後、大地震の激しい揺れを止めてくれなかった神を否定し、「無神論者」（四六）となったヨネコと、死ぬまで十字架を背負って生きなければならないホソウメ夫人とを、ヤマモトは実に対照的に描いている。マルポの次にホソウメ氏が新たに雇ったのは、「軍人風の髪型をした白髪まじりの年老いた日本人で、マルポとは異なり、仕事や食事、睡眠、そしてホソウメ氏との碁以外には特別な興味もない」（五四）男であった。これは妻が二度とあやまちを犯すことがないように、というホソウメ氏の慎重な計算によるものであろう。しかし、妻の行動を支配する権力を回復したかのようなホソウメ氏は、家父長制度に固執し、形骸化した「男らしさ」の規範にとらわれているだけの、無力で孤独な人間に過ぎないのである。大地震によって生じた大きな揺れは、二つのヒエラルキーの逆転のみならず、ホソウメ夫婦間の亀裂を、徹底的に深める疎外原因となったのである。

ホソウメ夫婦、ハヤシ夫婦は、共に一九一〇年から二十年にかけて激増した「写真結婚」によって結ばれた夫婦の破綻を象徴している。アメリカの移民局で初めて花婿と対面した花嫁の多くが、写真とは年格好が著しく異なり、平均年齢三十八歳という、十歳以上も年が離れた夫の姿を前に愕然としたという(Kitano, 48)。さらに、日本人農民の現実は、彼女らが思い描いていた豊かで自由な生活とはほど遠く、「過酷すぎるほどに厳しく、生活も質素をきわめていた」(タカキ一七四)のであるが、故国に帰る手段のない彼女らは、忍耐とあきらめの境地において家庭生活を営んでいた。駆け落ちや姦通、離婚などが数多く新聞に報道されていた(河原崎六六)[4]という事実や、「写真花嫁」の悲哀を描いた二世作家ワカコ・ヤマウチ[5]の短編小説「そして魂は踊る」、「母が教えてくれた歌」などの例から、ヤマモトの作品にみる苦悩に満ちた一世女性の人生は、一九三〇年代の日系人家庭において多く見受けられたものであるといえる。

3 「狂女」ササガワラさんを取り巻く三重の「他者化」

最後に、日系人収容所を作品の舞台とする「ササガワラさんの伝説」(一九五〇年)を考察する。第二次世界大戦直後、収容所のテーマを積極的に扱う日系二世作家は数少なかった。その主な理由として、第一に、家族ごとに番号を付けられ、有刺鉄線が張りめぐらされたなかで衛兵に二十四時間監視されるという、人間の尊厳を踏みにじられた民族全体のトラウマを呼び覚ましたくない、という日系人の思いがあったためである。第二に、アメリカ社会に同化していくための一手段として、戦後の日系二世たちは、自分たちを「投獄」したアメリカ政府を非難するのではなく、むしろ「忠実なアメリカ市民」という、肯定的な二世のイメージを強調しようとしたためである。そのような時代的な制約にも関わらず、ヤマモトが、「隠された」プロットという巧みな戦術を利用してまで、読者に収容所の問題を提起した意図は何であろうか。

それは、(日系人の)集団生活のエピソードのなかで、自分たちが理解する以上にわれわれをひどく傷つけた。数年前、ウォルター・クロンカイトの柔らかい声で語られた、このテーマについてのテレビドキュメンタリーを見たときに、初めて私は、自分の潜在意識にあるしこりが何であるかを知った。驚いたことに、私の頬には涙がしたたり落ちていて、びっくりしている夫や子どもたちに、自分が涙を流している理由を説明しようにも、私の声は制御がきかずキーキーと鳴るばかりであった。[6]

右の引用は、二十一歳の誕生日を収容所で迎え、また家族が政府に監禁されていた頃に、アメリカ人兵士となった弟がイタリアで戦死したという過去をもつヤマモトが、終戦後三十年を経た一九七六年に、ようやく収容所の記憶を語った文章である。民主主義を掲げるアメリカ政府が、排日感情のもとに日系人に対して行なった政策は、アメリカにおける少数民族の歴史とつながる「アメリカの伝統の暗い側面」[7]の一部であるとヤマモトは指摘している。ヤマモトは、一世や二世の意識のなかで、「恥」の歴史として封印されようとしている収容所の経験を語り、それを体験していない世代に伝えることにより、彼女たちのトラウマは少しずつ癒されていくと信じているのである。

中心人物である元踊り子の日系二世女性マリ・ササガワラは、チェンの考察によると、作品の三重の入子箱構造において「他者化」されている。つまり、仏教僧侶である父ササガワラ師との家庭、収容所内の日系人集団、そして日系人を排斥するアメリカ社会という、三重の領域（Cheung, 1993, 54）における「封じ込め」のもとに彼女は置かれている。入子箱の中心を成す家庭内の父娘の問題点は、作品の結びに書かれた、語り手キクによるササガワラさん作の詩の解釈によって浮かび上がってくる。彼女の詩に描かれた「ある男」とは、「終生の目標は涅槃に達すること」である父ササガワラ師を意味する。彼は「扶養せざるを得ない家族」を得てから、ある種の「ハンディキャップ」（三二）を負った。しかし、妻の死後、何らかの事情により必死に働く必要性も無くなった彼は、ようやく自由になれたと感じたという。それ以後、彼は一切の邪悪な言行をやめ、高潔な人格形成を目指し修業を続けてきたという。ササガワラさんの詩には、

この男は実に高潔であり……彼は非難の対象からはほど遠い。彼の存在により、確かにこの世は豊かになった。しかし……他の誰か、感受性の強い誰か、感心している誰か、彼のように崇高な境地に到達できず、またそうありたいとも思わない誰かが、どういうわけか、その男の付き添い役につかされてしまった。ごくわずかな最後の汚れを、すでに光り輝いている魂から、喜びに満ちあふれながら清めることに専心する聖人が……おそらく苦悩に満ちた沈黙のなかで、人間の感情が激しくなり、静まり、再び激しくなることに、全く同じ部屋の中にいながら、それが聞こえず見えないことなどありうるのだろうか（三三）。

とあり、この男の献身ぶりは「狂気」や「奇怪」(三三)を思わせるものであるとしている。

母親を失ったササガワラさんにとって唯一の家族である父親が、「聖人」として禁欲主義に傾倒するあまり、踊り子である娘の肉体的、精神的な感情の変化に対して全く無関心であったことが推測される。霊的に清浄であることを、半ば狂信的に追求するササガワラ師は、自分の娘が激痛に苦しみ、収容所内の病院に駆け込んだ時でさえも、彼女のそばに居合わせることはなかったのである。ササガワラさんは、父親からまなざしを注がれることもなく、バラックの狭い部屋の中での孤独な生活を強いられていたのである。

さらに二重目の入れ子箱として、常にササガワラさんをゴシップの対象とし、彼女を異端視する収容所内の日系人集団にみる問題点を考察する。ササガワラ師が、娘のみならず、周囲の人間に対しても全く無関心であったことが、作品の前半にあるキクの言葉を通して既に指摘されている。あたかも彼は、「聖人」として、「より高潔な生への瞑想を一瞬たりとも中断することができないかのように、誰とも直接話をせず、永遠に物思いに耽っている風を帯びていた」(二一二)。集団生活における協調性に欠けている点は、ササガワラ父娘に共通する。しかし、日系人集団の彼らに対する反応は、父娘のジェンダーの違いによって全く異なっている(Cheung, 1993, 57)。ササガワラ師は、たとえ「途方に暮れて」(二一二)さ迷い、「放心して」(三〇)歩く姿を目撃されても、高遠な理想を追い求める僧侶の行動であると周囲から理解されている。華やかな舞台で観客の熱い視線を浴びていた踊り子が、私的な場で孤独を好むのは当然であるにも関わらず、食事やシャワーを他者と共有することを嫌悪するササガワラさんは、「狂女」であるかのように周囲から恐れられている。

しかし、彼女を「狂女」と決めつけるエルシーやササキ夫人ら日系人集団の正当性に対する疑いが、キクの言葉を通して読み手側に生じていく。ササガワラさんの「全てを知り尽くしている」というエルシーは、彼女を「非常に癇癪持ち」（二〇）であると非難したり、ある時は「とても愛想のよい」人であると誉めるなど、その発言の内容は矛盾している。また、エルシーの話によると、ササガワラ父娘側のバラックの清掃を申し出たササキ氏に向かって、「私を偵察しているの？」と金切り声をあげ、バケツの水を投げつけ彼を追い払ったササガワラさんを、彼は「狂女」（二一）と呼んでいる。さらに、少年たちが外で遊ぶ姿を、「首を一方に傾け、指を口に加えながら」（三一）喜ばしそうに眺めていたササガワラさんに対して、ササキ夫人は「彼らの母親となるには、（三十九歳の）あなたは年をとり過ぎているでしょう！」（三一）と叱責したという。ササキ夫妻の発言はいずれも、情報収集源が不確かであるとキクが疑うエルシーを媒介とするものである。また、「自らの選択で子どもを産まない」（三二）と常に周囲に弁解している若いササキ夫人が、ササガワラさんの行為を泣きながら責めた原因として、「うまずめ」という烙印を押されることへのササキ夫人の強迫観念が影響していると思われる。つまり、ササガワラさんを「狂女」とする正当な根拠は、何一つ示されていないのである。

日系人集団のササガワラさんへの疑いを確信へと変化させた最大の要因として、収容所内の病院がある。虫垂炎の症状を訴える彼女を診断したモリトモ医師は、まだ技術面で未熟であるにも関わらず、医師免許取得を早められたという。また、同じ病院に勤務するカワモト医師は、手足が震えるほど老齢であり、戦争の数年前に定年退職した医者である。このように、明らかに医師として不的確な人物が働くような、間に合わせの病院が作られた発端は、一九四二年二月十九日、フランクリン・D・ローズベルト大統領が署名し、太平洋岸軍事地域からの日系一世・二世の総立ち退きと強制収容所への抑留を正式承認した「行政命令九〇六六号」にある（タカキ二九八）。ある日病院からの脱出を図ったササガワラさんは、医者から「みだらに触られた」（二六）ためであると逃亡の理由を説明した。しかし、「狂女」と疑われた彼女の言葉を信じる者はなく、その直後彼女は、医師や看護婦、他の患者や用務員など、病院内全員の好奇の視線にさらされることとなった。その後精神病院に送られた彼女の主張と、無秩序な組織から成る病院側の猥褻行為を否定する主張と、どちらが真実であるかは定かではない。

ササガワラさんが、日系人の「退屈な日々を紛らすとめどない会話」（二一二）の中心となる主な原因として、彼女が三十九歳の独身女性であることと、プライバシーを非常に重視することがある。大学卒業後、何か適当な職業に就き、その後一生面倒をみてくれるような、願わくはハンサムで裕福な若い男と結婚したい（二一一）という、キクやエルシーが描く「女性らしさの神話」を著しく逸脱したことにより、ササガワラさんは「狂女」と判断されたのである。

ミチ・ニシウラ・ウェグリンは、収容所の設計が、日系人のプライバシーをひどく侵害するものであったと非難する。

避難者たちは、共同で食事をし、共同でシャワーを浴び、そして共同で排泄をした……トイレの間仕切りはつけられていなかった。――そのため、収容所全体に便秘の症例が広がった（Weglyn, 80）。

この事実を考慮すると、個人の尊厳が踏みにじられる現状を前に、何の反抗心も示さない他の日系人とは対照的に、「精神異常者」と判断されたササガワラさんは、感受性が豊かな、はるかに「正常」な人間であるといえる。「ササガワラさんの伝説」を政治的な文脈の中で読むと、三重目の入れ子箱として、「軍事的必要性」（タカキ二九五）のもとに、日本人の血を引く「危険分子」は有無を言わさずすべて監禁したアメリカ政府の存在という構図が見えてくる。強制隔離政策は、日本人と同様敵国人であるドイツ人やイタリア人には適用されなかった。この事実の背景には、明らかに黄色人種に対する人種差別がある。一九四一年十二月七日の日本軍による真珠湾奇襲以後、マスコミによって煽られた反日感情はヒステリー状態に達し、アメリカ政府は、生まれたばかりの赤ん坊すら「囚人」として監禁した。幽閉された単調な日々に人々の心は陰鬱となり、中には精神に異常をきたす者もいたという（タカキ三〇一）。ササガワラさんの特異性を危険なものと見なし、半ばヒステリー化して彼女を異端視する日系人集団の背後には、日本軍が犯した行為に対して深い良心の呵責を感じていた日系人さえも、無差別に鉄条網の中に監禁するという、「軍事的必要性」に名を借りたアメリカ政府の狂気性が隠されている。

ササガワラさんは、父親、日系人集団、そしてアメリカ政府という三重の「封じ込め」の力学のもとで半ば酸欠窒息状態に置かれている。収容以前は国中を自由に旅していた踊り子が、華やかな舞台も、また一人静かに思考する部屋も与えられなければ、ある種の「狂気性」を帯びるのは当然ながら正常な変化である。また、収容所での生活を、「古き良き日々」（三〇）であったと回顧するキクやエルシーの言葉には、屈辱的な記憶を故意に打ち消そうとする響きがあり、「恥」の歴史を塗りつぶそうとする日系人らの思いが象徴的に描かれている。しかしヤマモトは、何年経ても収容所体験者らに憑いて離れない屈辱の記憶を少しずつ払拭していくためには、不名誉な収容所体験を美化するのではなく、強制隔離政策の狂気性を次世代に伝えるべきである、と確信している。

おわりに

ヤマモトのまなざしは、日系人農場地帯の家庭や、有刺鉄線に囲まれた日系人強制収容所という、アメリカ社会の周縁部に置かれた日系人の心の闇に注がれている。徹底した排日政策によって狭い檻の中に閉じ込められた日系人らは、「遠慮」や「我慢」といった日本人の伝統的な精神が相まって、差別されることへの怒りや悲しみを内面に鬱積させていった。ヤマモトは、創造性や可能性の芽を摘み取られている女性は、日系人女性に限らず、世界中に存在すると指摘している（Cheung, 2000, 348）。つまり、心身ともに閉塞的な空間に追いつめられた人間が、そこから逃れようとする女性たちを「狂女」と見なし、彼女らをその檻の中に徹底して封じ込めるという暴力は、いつの時代にも遍在する悲劇なのである。

一九八〇年以降、アメリカ政府による正式な謝罪と補償金の支払いをもって、ようやく戦後の日系人の権利回復運動は実を結んだ。しかしヤマモトの文学は、封じ込められた日系人らの悲しみを、単に日系人の狭い枠組みから捉えるのではなく、他の少数民族や女性たちの問題と関連づけることの意義を示唆している。このようなヤマモトの多角的な視座は、多文化主義の流れの中で、マイノリティ集団に対する政治的権利の平等のみならず、アメリカ史を形成してきた一人一人の「声」を掘り起こすことの重要性を提起している。「物言わぬ集団」の意味のない物語とされたマイノリティの記憶を、共に再生するという地道な作業によってはじめて、「封じ込め」の加害者、被害者の双方の傷を癒すことが可能となるのである。

11

粂井輝子

「唇を噛んで試練へ血を誇り」

川柳が詠むアメリカ強制収容所

はじめに

アメリカは移民によって築かれた国である。今日では当たり前のように思えるが、移民が歴史研究の対象になったのは、それほど昔のことではない。マーカス・ハンセンが移民を歴史研究の分野として提唱したのは一九二七年、オスカー・ハンドリンがアメリカ史は移民史であると明言したのが、一九五一年である。本格的に研究対象になったのは、第二次大戦後といえる。しかし、移民の国だと明言しながらも、移民がもっとも自己を表現しえたはずのかれらの母語による活動は顧みられなかった。移民の母語が少数者の言語であり、中途半端なアメリカ人の記録という思い込みも、そうした記録への関心を薄くしたといえる。加えて、彼らの言語はアメリカ化する子孫にはほとんど継承されなかったことも一因であろう。文学の世界では、移民の母語による活動を発掘しようとする研究はようやく始まったばかりである。[1]

近年、日本でもアジア系文学、日系文学に対する関心が高まっている。しかし、この領域においても、第二世代の英語による作品が中心であり、移民の母語による活動に対する関心はまだ低い。[2] 第一世代がどのような思いでアメリカを築いてきたかについては、第二世代の語りを媒体として聞くことになる。だが、それが移民の語る自画像と同一だという保証はない。移民を理解するためには、移民の声を直接聞く方がよい。そうした問題意識から、本稿では、強制収容所時代に詠まれた川柳を題材に取り上げる。

川柳を取り上げたのは、それが庶民の文芸であり、しかも、日々の生活が詠み込まれているからである。移民史は、移民指導層の言動の記録を中心に描かれてきた。庶民の記録は、日記や書簡など、研究者の目に触れにくい私蔵物であり、発掘するのは偶然に作用されてしまう。そのため、庶民の声はあまり顧みられなかった。しかし、日本人移民のあいだでは、和歌、俳句、川柳が広くたしなまれ、日本語新聞には文芸欄が設けられていた。新聞を丹念に読むことで、これらの記録を収集・分析することはむずかしくない。加えて、川柳は移民地で盛んだっただけでなく、日本との交流もあり、日本の川柳誌には北米欄が設けられたこともあるほどの水準に達していた。[3] 川柳から移民の日常、心情を読み取ることができるのである。文芸としても、移民の記録としても、もっと関心が持たれてよいだろう。

強制収容所時代に絞ったのは、一つには、これが日系人史のなかではエスニシティの創生に深く関わっている時代だからである。二世として初めて、研究を通して強制収容を糾弾したミチ・ウェグリンは、研究の成果を『屈辱の歳月』と名付けた。フランクリン・ローズベルト大統領が真珠湾攻撃の日を屈辱の日と呼んだことに対して、日系人の受けた苦痛の深さを表したといえる。強制収容体験を出版したジーン・ワカツキ・ヒューストンは「押し入れの骸骨」であったと回顧した。語ることさえ憚れる忌まわしい記憶であったのである。ウェグリンもヒューストンも、強制収容の時代には幼かった。成長後、アメリカ市民として強制収容の意味を探究したのである。[4] こうした後年の二世の見方に対して、強制収容の日々に、日本語で詠まれた川柳はどのようにその体験を語っているのだろうか。

本稿では、サンタアニタ・アセンブリー・センターで詠まれた「馬小舎川柳」から移民の体験を読んでみたい。[5] サンタアニタに限定したのは、あくまでも紙面の都合による。その語りを通して、アメリカに日本では得られない「成功の機会」と自由を求めた日本人移民が収容所に「封じ込め」られたときの思いを探りたい。なお、用語において本稿は、通常と異なる。アセンブリー・センターは一般的には仮収容所、エヴァキュエーションは強制立退き、リロケーション・センターは転住所ないし強制収容所と訳される。確かに実態を反映しているが、これらの訳語では、アメリカ政府がつけた言葉の意味がわからず、市民権と合法的永住者の権利侵害がどのように正当化されたのかが不透明になると思われる。そこで本稿では、それぞれ、「集結所」、「危険からの避難」、「移転所」と、英語の直訳に近いことばを選んだ。

「馬小舎川柳」

一九四二年三月二十九日、第一軍事地域指定地区に住む十万人の日本人移民・日系アメリカ市民は「危険からの避難」を命じられた。一九三〇年代、アメリカは、日本を進出地域に排他的支配をもくろむ国家と見なし、その行動を不承認と経済制裁によって「封じ込め」ようとした。西海岸では、アメリカが国家として対日「封じ込め」政策をとるはるか以前から、日本人の血をひくものは何世代経ようとも日本国民のままであり、アメリカを内部から侵食する害虫、日本帝国の先兵だと、攻撃してきた。このような長年にわたる偏見が日米開戦をきっかけに日本人移民および日系アメリカ市民を日本帝国と同一視し、内陸に

「封じ込め」る政策を生んだのである。

軍事地区外の「移転所」へ「封じ込め」るために、日系人は、カリフォルニア州ではフレズノ、マンザナ、メリスヴィル、メイヤー、マーセッド、パインデール、ポモナ、サクラメント、サリナス、サンタアニタ、スタックトン、タンフォーラン、ツラレ、ターラックに、オレゴン州ではポートランドに、ワシントン州ではピュアラップに設けられた「集結所」に集められた。[6] これらの施設は共進会場や競馬場などを急場凌ぎに転用したものだった。「危険からの避難」は、荷物が厳しく制限され、武装した兵士が監視するなかで実施された。「集結所」はまだ完成していない内陸部の「移転所」にかわって日系人を収容するための仮設収容所であった。「危険からの避難」は、実際には、西海岸からの強制的排除であった。

妻の汗絞りしホテル夢と消え（七月四日　小原塵外）

日本人移民は「成功の夢」を抱いて渡米した。句会でも、

細やかな儲け映画へ妻を連れ（五月二十四日　小田中曲水）

猫といて二人の趣味は貯金帳（五月二十四日　竹原白雀）

といった日本人移民の昔日の夢が詠まれている。町の日雇いや農場労働者にとっては、儲けたといっても、日本町で日本映画を楽しむ程度であったろう。あるいは猫を友に、貯金帳の残高を眺めつつ、錦衣帰郷を

夢見て床についたのかもしれない。

青雲も馬屋に一人膝を抱き　（六月二十日　竹原白雀）
立退きがあきらめさせる金儲け　（五月十日　尾崎一街）

「危険からの避難」は、成功の夢を砕いたかもしれないが、金儲けできなかった自分へのいいわけともなった。一方、農場を所有したり、商店を経営して、ささやかでも成功を手にした人々にとっては、有無をいわせぬ排除は、悪夢でしかなかった。

汗と血で築いた地盤夢と消え　（六月二十日　景山弓翠）
千金の指輪が嘆く小舎住まい　（八月十五日　国次睦子）
惜別に畑も涙を露に見せ　（八月八日　小原塵外）

しかも、日本人移民社会の名士や日本人会幹部は、明確な逮捕理由もなく、FBI［連邦捜査局］に連行されていった。シアトルでも、句会の会場から安武嘉一朗（雀喜）が連行された。[7]

広告の紙も検挙の種となり　（五月三十日　小田中曲水）

人々は、連行を恐れ、日本との繋がりを示すもの、たとえば天皇や皇族の写真、剣道の道具、日本語の本や教科書、レコードなどを処分した。実際に、広告の紙が検挙の種となったかは定かでないが、そうした噂もささやかれたのであろう。

こうなれば一層気楽な掛け布団　（五月十日　清水其蜩）

というように、むしろなまじ財産のない、ブランケ担ぎ［毛布を担いで農場を転々とする季節労働者］の方が、財産の管理に頭を悩まさずにすむだけ、気楽であったろう。それでも、一九三〇年代の大不況から戦時景気に転じるときに、

棚牡丹の景気立退き命ぜられ　（六月十四日　国次史朗）
雑草に似る半生を又刈られ　（八月二日　勝木水郷）

た無念さは、財産をもつ人々と同じであった。あわただしい荷造りのために、ささやかな家財をたたき売らなければならなかった悔しさは財産の多寡とは関係ない。

諦めてジュウに渡したファーニチャー［家具］　（五月十日　尾崎一街）
十万の汗と血潮はジューが吸い　（六月二十日　小田中曲水）

実際には「ジュー」［ユダヤ人］だけが火事場泥棒のような利得を上げたわけではない。しかし右記二つ

の川柳は、差別された日本人移民もアメリカ社会一般の偏見を共有していたことを示している。とはいえ人々が偏見を持つことと、行政による差別は根本的に異なる。「正義人道の国」での強制排除命令を前に、

法律と書いた名札も哀れなり　（六月二十日　横山桃村）

と感じた。法治主義の原則を誇示する看板を目にして、事務所の主はきっと法の無力さを感じているだろう、弁護士も哀れなものよと、我が身に降りかかる理不尽さを人の身に投じて、その人を案じているのである。

四月末、「避難」命令が出され、

二十年二人の汗も荷に纏め　（五月二十四日　勝木水郷）

て、

忘られぬ我が家見返りバスに乗り　（七月十一日　野間一沙）

サンタアニタの「集結所」に向かった。「サンタニタ馬小舎川柳」句会記録を記した山中桂甫は二十八日に移動したという。こうして半世紀にわたって日本人移民が築き上げてきた共同体は崩壊した。[8]

棚もなく戸と窓ばかり収容所　（六月十四日　二階堂泫水）

「避難」は戦前に築いた地位や名声を根こそぎにした。ロサンゼルス近郊のサンタアニタ公園の「集結所」は、ピーク時には約一万九〇〇〇人を数えた最大の収容施設であった。ここは公園といっても競馬場施設を転用したものであり、次から次に人々が「集結」してくるので、厩まで宿舎に充てられた。どこに入居できるかはまさに運であった。馬と入れ替わって入居した人々は、厩を何度掃除しても、

何処までも不運馬臭を嗅がされる　（六月二十八日　村上彦四）

屈辱を味わった。そうでない「幸運な」人々にも、荷物を広げるテーブルも棚もなかった。

そのような混乱状況のなかでも、四月末には俳句、新俳壇、短歌、詩批評、川柳などの文芸愛好家が集まり、「文芸人連盟」が組織された。『ユタ日報』には「サンタ文芸」欄が設けられた。（『ユタ日報』一九四二年五月二十七日）。川柳の最初の句会は、五月十日に開かれた。指導者は清水其蜩、集会の記録は「サンタニタ戦時仮収容所馬小舎川柳」と名付けられた。

席題や課題には参加者の関心事が選ばれる。第一回は「諦め」が詠まれた。出席者七名の互選の最高点は、

諦めて馬屋に静か囲碁の音　（竹原白雀）

が選ばれた。まだ入居後の片づけに追われている日々である。後日の句には、

電球の笠空き缶で間に合わせ　（六月七日　野田鏡水）
テーブルはセロリクレーツ［木枠の箱］椅子は箱　（八月二日　清水其蜩）

と、ないないづくしのなかを、

タブ［たらい］一つ近所知人を馳せ回り　（五月三十日　池内一代）

と、せわしげに、どうにかやりくりしている生活が詠まれている。そうしたなかで、喧騒から離れて囲碁を楽しむ男性の姿は無責任にも見える。しかし、ぴしゃりと決まった囲碁の音に、青雲の志を今は諦めても、人生までは諦めてはいない男の矜持が感じられる。次点は

諦めて不自由がちに子を育て　（五月十日　小田中曲水）

であった。

隣まで通りし釘を抜きに行き　（七月十八日　横山桃村）
お隣のハットも落とす板一重　（六月十四日　尾崎一街）

薄板一枚の隣である。隣の鼾も寝言も筒抜けである。

隣の子何か寝言の夢を追い　（七月十八日　暁星）
子を諭す隣の声に息をのみ　（七月十八日　景山弓翠）

大声で、あるいはくどくどと、子供をしかりつけるわけにいかない。躾けさえも遠慮がちとなる。子供はぐずる。

残し来て諦めさせる子の玩具　（尾崎一街）

妻も不満をこぼす。

洗濯機ないを今朝又妻愚痴る　（五月三十日　勝木水郷）

不自由ながらも、生活を工夫しなければならない。まずは、

棚もなし牡丹餅もなし仮住居　（六月十四日　杉山龍雲）

に、木切れを拾い、板をつぎ足して、

立退いて木切れ集めた卓作り　（八月二日　尾崎一街）

棚作り隣へ気兼ねハマ［ハンマー］の音　（六月十四日　中村梅夫）

を響かせ、棚やテーブルを作った。棚や卓づくりは、大流行して、「棚」は六月十四日の句会の、「卓」は八月二日の席題に選ばれている。こうして人々が棚作り、卓作りに励むときは、「危険からの避難」の屈辱を忘れることもできたであろう。我ながら

お隣の真似して渋い棚が出来　（六月十四日　山中桂甫）

れば、

棚吊れば小屋もやっぱり部屋に見え（六月十四日　角素子）

る。皆で棚を批評しあっていれば、ときには

棚板の出所知らず褒めている　（六月十四日　南郷）

小さな笑いも起こる。

第三回句会（五月二十四日）の席題は「朗らか」であった。せめて、「朗らか」な気持ちをもとうでは

ないか、と考えるゆとりが出来たのであろう。しかし、詠まれた川柳は二十五、うち十六の句は最高点、次点の句にみられるように、「避難」前の生活を詠んだものである。

口笛が窓から漏れるお湯加減　（竹原白雀）

流行符父も動かす靴の尖　（国次史朗）

「朗らか」さから連想されるのは、こうした戦前のささやかな幸せの瞬間であった。しかし圧倒的な権力を前にすれば、過去の思い出に耽っていてもしかたない。馬小屋生活のなかでも、

小屋に寝て無理につとめて馬笑い　（藤岡健一）

何時来るか平和を待って朗らかに　（田中豊）

生きようとして、強いてキャンプ生活のよさを考えれば、

水代も家賃のビル［請求書］も来ぬ住まい　（土家門）

であると思い当たる。

グランマ［祖母］もスラック穿いて［ママ］陽はうらら　（勝木水郷）

誰も彼もズボンをはかなければならない、土ぼこりの競馬場内である。それでも環境の悪さを嘆く気持ちを切り替えて祖母を見れば、スラックスをはいた姿はさっそうとして、若々しい。

運命を辿って同じメスホール　（八月二日　矢形渓山）

「避難」は戦前の近所づきあいを破壊した。「集結所」での住まい選びにも、まったくの見ず知らずが、

割長屋羅府にサンノゼ隣り同志　（七月十八日　万治）

隣組他人行儀が未だ取れず　（七月十八日　青砥疎影）

に暮しはじめる。上記二つの川柳は、「避難」後かなり時間がたって詠まれた句であるので、これも何かの縁だと隣に親しみを感じ、よそよそしくきどる自分をおかしく思う余裕が感じられる。しかし移動当初は、板一枚隔てただけの暮らしである。息も詰まったことであろう。

せめてもの楽しみは、三度の食事であったろう。ところが、人手も、機材も、設備さえも満足ではない食堂では、その食事さえ不満の種となる。

知りながら諦め兼ねる灘の味　（五月十日　小田中曲水）

豚と豆前に刺身の愚痴も出て　（六月二十日　村上彦四）

は贅沢であろうが、

食堂も世界で一か二万人　（六月二十日　抱陽）

誇れるのは人数の多さだけであった。二〇〇〇人が三交代で食事をとるのである。[9] ということは、食事の鐘がなるごとに、長蛇の列ができる。炎天でも、大雨でも並ばなければならない。

炎天に何処まで続くメスの列　（六月二十八日　二階堂泫水）

あげくが、

一時間待った食事の軽い皿　（六月二十日　池内和代）

しかもまずい。

節穴を数えてまずい飯を食い　（六月二十日　景山弓翠）

まずいうえに、

盛りのいい皿の林檎腐ってる　（六月二十日　山中桂甫）
メスホール［食堂］オレンジだけが無事に出る（六月二十日　清水其嵋）

と詠まれるほどで、

病院車また缶詰の食あたり　（六月七日　勝木水郷）

水や食事に当たることも度々であった。

大不況下でも失業者に食事を施す「ブレッドライン」に並ばないという気概が移民たちを支えてきたのだという（『川柳きやり』一九三五年八月号衣笠衣浪「盟休と川柳」三六）。しかし「集結所」では、農園の所有者も、季節労働者も

皆同じさだめの食事列に入る　（五月十日　岡米利）

と諦めて、

生きるため誇りを捨てて列に入り　（六月二十日　池内和代）
ともかくも食わねばならぬ皿の物　（七月十一日　国次史朗）

であった。そして

飯貰う癖の未来を子に案じ　（八月二日　今井初郎）、

るのであった。

このような苦痛の共有体験が、

貧賤の差別も取れて同じ棟　（八月二十三日　岡村射陽）

という感慨を生み、やがて

甲乙のない御馳走に腹も馴れ　（六月二十日　尾崎一街）
平等に謝して食べよう一つ皿　（六月二十日　二階堂泫水）

という気持ちに変化させる。そうすると、見知らぬ他人であった隣人も、睦み合い

お隣りへ寝た子を頼む洗濯日　（七月十八日　岡米利）
収容所先ず相談は隣にし　（七月十八日　保坂南筑）
近所中寄って一つの凧が出来　（八月九日　岡米利）

しだいに、新たな共同体が育ってゆく。

道楽の芽も吹き出した収容所（七月十一日　石川凡才）

共同体が再生される過程で、人々にも余暇を楽しむ余裕が生まれる。キャンプを歩いていると、ふと

色紙の鶴が舞ってる小屋の窓　（五月三十日　角素子）

を見つけ、その住人に風雅を感じる。もちろん、

日記帳今日も子供と砂遊び　（六月二十日　山中桂甫）

と、毎日子供と遊ぶ自分をふがいなく思う気持ちもある一方で、

キャンプ来何年振りの本を読み　（六月二十日　景山弓翠）
不完備な長屋の内に三味の音　（六月二十日　横山桃村）

とせっかく与えられた時間を積極的に楽しもうとする気も生まれてくる。皆で、囲碁や浪花節、相撲を楽

しむ。

浪花節上手も下手も水を飲み　（七月十八日　二階堂泫水）

棚や、卓や、下駄作りで刺激された細工の腕前は、やがて食事に出た桃さえ、

丹精は指輪に化ける桃の種　（八月十五日　延鳶）

となる。まして庭作りには定評のあった日本人移民は、ごくわずかな空き地や、果ては缶にさえ草花を植えて楽しんだ。草花を詠んだ句は多い。

石油缶錆びて今度は花が咲き　（六月七日　山中桂甫）

やがて、狭い空き地に

何処までも風雅荒れ地に庭が出来　（六月二十八日　村上彦四）

ると、

　どんな花咲くか知らない草を植え　（八月二日　小田中曲水）

　このような風雅な楽しみだけではなく、

　おじさんと呼ばれて同じ巻の一　（八月十五日　竹原白雀）

と英語の初歩を学ぶ人々もいる。しかしこれは、むしろ必要からであった。七月十一日以降はサンフランシスコ陸軍司令部の命令で、聖書、仏教書、英和、和英辞典以外の日本語印刷物の所持が禁じられた。英語習得のクラスは若い二世が教鞭をとり、なかなか盛大であったという（『ユタ日報』八月二十八日）。気になる戦況も、英語紙だけでは

　辞書を繰る新聞読んで日が暮れる　（八月二日　竹原白雀）

英語の不得手な人々にとっては、辛い毎日であった。

　下駄履きが英語を話す小舎住い　（八月二日　景山弓翠）

この句はミスマッチがおかしい。しかしただ笑っているだけの句ではない。下駄を履くのは「日本人」である。「敵性外国人」として家を追われた。それはしかたないと諦めても、なぜ排除された人間が、強制

収容の馬小屋で英語を強制されるのか。しかも、下駄を履くのは、好き好んでのことではなかった。

不自由の身の靴の事にも気を遣い　（六月二十八日　田中豊）

安靴の寿命へ下駄を出して履き　（六月二十八日　小田中曲水）

出してから、人々は争って下駄を作り始めた。木切れを見つけ、

様々な下駄へ二万の知恵絞り　（七月十七日　勝木水郷）

下駄が出来ゆとりも出来た靴の裏　（六月二十八日　角素子）

このような状況を知れば、先の句は強制収容政策の矛盾を単純に皮肉ったのではないことがわかる。馬小屋住まいを強制され、母語を奪われたことへの諦めと悲しみと、下手な英語を交わすおかしさと照れと、下駄の快適さと、安靴への不満といった複雑な感情が詠まれていることが気づく。とはいえ、

収容所女料理の世話もなし　（七月四日　藤井阿恵）

絵にすれば馬屋も岡の家に見え　（七月四日　国次史朗）

という余裕が持てるようになったのも事実であった。

ナンバーで書くアドレスは囚徒めき　（六月二十日　清水其蜩）

余裕が生まれたとしても、人々の心からわだかまりが消えたわけではなかった。「集結所」は陸軍の監視下にあった。鉄条網で囲まれ、銃剣をもった歩哨が警備していた。夜にはサーチライトが煌々と照らされた。

朗らかなまどいを照らす探照灯　（五月二十四日　小田中曲水）
何時の夜も嫌な思いのサーチライト　（八月二日　横山桃村）

楽しい語らいや安眠を妨げるサーチライトにはなかなか馴れることができなかった。

ツラシュ缶歩哨のように角に立ち　（六月七日　池内和代）

逆に見れば、大きなバケツのごみ箱のように、角ごとに歩哨が立っているとも受け取れる。夜昼となく、捕虜のように監視されていた。

陸軍は、経費節減や労働力不足から、「避難者」にできるだけ運営を任せた。規定では、一般肉体労働者は月八ドル、会計や看護婦は月十二ドル、医者や技師ら専門職は月十六ドル、仕事は志願制であるが、一度職に就けば、病気以外は休むことはできない。全収容者の三十パーセントが就労したという。[10]人々は戦前の地位とは無関係に仕事を割り当てられた。

若だんなしばしキャンプの紙拾い　（五月三十日　竹原白雀）
食卓を拭いて八ドル日を送り　（八月二日　山中桂甫）

後の句にはこのような仕事でも給与を受けることをありがたいと感謝する気持ちも感じられるが、

兎も角も人に言われぬペイを受け　（七月四日　清水其蜩）

給与の少なさに馬鹿にされたと感じる人もいた。給与の安さと労働の厳しさを詠んだ句は多い。

月給と靴の値段が平均し　（六月二十八日　保坂南筑）

それでも、家族のためには、

当てにせぬ八ドル今日は欲しくなり　（七月四日　小田中曲水）
月給日父キャンテンへ寄って来る　（七月四日　勝木水郷）

そしてささやかな土産を買う。しかし、わずかな金で刺激された欲望では、

子の夢は八ドルだけで買い切れず　（七月四日　角素子）

給与への不満が出る。

キュウポンを買うには足りぬ初給受け　（七月四日　児玉八角）

八ドルの月給に惜しい本パナマ［帽］　（六月十四日　野田鏡水）

陸軍は五月三十日にカムフラージュネット作成をサンタアニタ集結所の二世にのみ割り当てた。国家の命令であれば、協力することが、愛国心の証明となる。「避難」「集結」に抗議せず黙々と従ったのは、

何処までも行こうじゃないか国のため　（六月二十八日　横山桃村）

という忠誠心があったからである。しかし、炎天下で、八時間座業、月八ドルでは、

網仕事二世の心も曇り出し　（六月七日　南郷）

てくる。名目は何であれ、作業は明らかに「集結所」の低廉な労働力を軍事目的に利用するためであった。陸軍省の報告書によれば、二万二〇〇〇のネットが完成し、政府はサンタアニタでの全食費を相殺してなお差益を得たと述べていることが、労働搾取であったことを物語っている。[11]

ネット材料へのアレルギー、重労働、低賃金、収容所内の食事等、うっ積した不満から、六月にはカムフラージュネット作成ではストが打たれた。六月十八日には逮捕者まで出た。軍用の仕事を二世にのみ課すことで、愛国心の証明を要求しながら、市民を強制収容するという、アメリカ民主主義の根幹にかかわる矛盾が、

カモフラジ下で人類愛を説き　（六月二十日　小田中曲水）

という句に詠まれている。しかし激しく糾弾する力はこの句にはない。「これがアメリカなのだろうか」と、静かに疑問を投げ掛けているかのように響くだけである。「避難」させ「集結」させて、奥地へと「移転」させる行政の姿勢が、偽装そのものだと感じさせるだけである。「集結所」ではアメリカ政府は被収容者全員に忠誠を求めた。

脱帽に国歌かなあと教えられ　（六月十四日　清水其蜩）

おそらく一世のなかには、アメリカ国歌を知らない人もいたのであろう。なぜ脱帽するのかと聞かれた方も、確信は持てなかったが、ともかくも国歌らしいと答えたのであろう。毎朝、国旗が掲揚され、国歌が奏でられ、「敵性外国人」もアメリカの国旗、国歌への忠誠が求められた。そして、多くは積極的に応じた。

碧空に響くラッパに星条旗　　（六月二十日　永見抱月）

叫びたい気も缶詰に似た生活　（六月七日　児玉八角）

国の命令であれば、どこまでも従おうではないか、と自らに言い聞かせ、「国旗」を仰ぎ見る一方で、それでもなお「柵外」の生活への未練は捨てがたかった。「囲い込まれた」生活のなかで自由に渇望する句は数多い。

柵外を飛べる鳩さえ羨まし　　（六月二十日　藤岡健一）
爪揚げは掟に触れず糸を足し　　（八月八日　山中桂甫）

柵をくぐってくるのであれば、野良猫でさえ慰めに来たのかと思われる。

慰問使のように小猫が垣を越え　　（八月八日　山中桂甫）

夜ともなれば　高台にある「集結所」からは麓のロサンゼルスの街の灯が見える。

垣一重ネオンを眺めて三ヶ月　　（八月二日　勝木水郷）

「集結所」に封じ込められていれば、

娑婆恋しああ娑婆恋しキャンプの灯　（八月二日　石川凡才）

暗闇に眺め恨めし麓の灯　（八月二日　抱星）

自分も虫けらと同じちっぽけな存在であった。

人間も虫同然の灯を慕い　（八月二日　二階堂泫水）

柵外に出られない。それでも飛んで灯に入りたい。いつまでも恨めしく街の灯を眺めていれば、あるいは語らっていれば、早くも夜十時、夜警が消灯の時間だと巡ってくる。

小役人らしくキャンプの灯を消させ　（八月二日　小田中曲水）

小役人という言葉に、同じ被収容者であるが当局側について働く人々に対する不満がにじんでいる。被収容者たちは、円満に仲良く暮していたわけではない。デマが飛び、

靴の裏減ってアニタにデマが飛び　（六月二十八日　清水其蜩）

無鉄砲なデマに時々気は曇る　（六月七日　中村梅夫）

人心が迷えば、暴力事件も起こった。

演芸会密訴した奴殴られる　（六月二十日　二階堂泫水）

さらに、所内では所持品は定期的に検査され、短波ラジオだけではなく、懐中電灯や電機製品など、「危険物」は押収対象となった。

仮巡査やたら規則を楯に付き　（八月十五日　延鳶）

検査係りが同じ日系人であるからこそ、葛藤が生じる。叫びたいが、叫ぶことはできない。戸板一枚、プライバシーはない。

興奮の煙草で暗い灯を囲み　（八月二日　矢形渓山）

何を議論しているのであろうか。不穏な気配が感じられる。八月四日「暴動」が起こった。原因は所持品や所在検査の厳しさからであったという。

騒がしく警護の人も血で走り　（八月八日　抱志）

ごたごたがあってキャンプの水濁る　（八月八日　山中桂甫）

騒ぎが終われば、

騒動の後は静かな星月夜　（八月十五日　横山桃村）

であり、結局何事も変わらなかった。

あれ程の事を闇から闇へ闇　（八月十五日　国次史朗）

へ消えた。この暴動に関する歴史書はない。

雑草も生きる力は石を上げ　（八月二日　清水其蜩）

何事につけ、収容体験は異常であった。それでも戦争さえ終われば、解放されるはずである。炎天での作業も

思い出となる炎天で汗を拭き　（八月八日　山中桂甫）
馬小舎は思い出となる一生涯　（八月八日　山名皓月）

と思えば、一つの体験と考えることもできる。しかし、「集結所」は内陸の沙漠や沼地に設置される「移転所」への移動点に過ぎなかった。囲い込まれた生活に馴れて、

センターも住めば故郷の風が吹き　（七月二十五日　竹原白雀）
立退きに自暴の思い出無事を笑み　（八月八日　抱志）

なんとかなるかと思っていると、「移転」の命令が下った。

寝つかれぬままに行く先案じられ　（八月十五日　国次史朗）

る。
「移転」を目前にした八月二十三日の句会の題は「別れ」、詠まれた句は五十三点、互選の最高点から三位までは順番に、

去る人の影にせめても祈る幸　（児玉八角）
振り向けば君も振り向く別れ道　（清水其蜩）

別れても元気で行こう茨道　（景山弓翠）

であった。別れの悲しみ、別れ行く友へ幸いを願う心、再生を誓う決意が詠まれている。人々は番号でユタ、コロラド、アーカンソーの「移転所」へ振り分けられた。「避難」して「集結所」で見知らぬ人が会い、

親しさが増した頃聞く再移住　（二階堂泫水）

と命じられて

再移住鈴蛇〔ガラガラヘビ〕も毒虫も居た便り　（二階堂泫水）

に不安を感じ、

再移住置きどころなき身が追われ　（八月二十三日　国次史朗）

る。それでも、黙々と

協調へ砂塵の汗と只動く　（矢形渓山）

のみである。そして、

別れても同じ柳の下に住み　（藤井阿恵）

ましょうと、川柳を通して結ばれた絆を確かめあった。

最終句会は八月三十日、「慰め」で、三十六句が詠まれた。別れの慰労会を詠んだ句が多いが、二十三日の句会よりも句の内容に多様性がある。もはや別れを運命と諦めたのであろうか。

慰めて慰められて平和待つ　（景山弓翠）

が最高点に選ばれた。

おわりに

被抑圧者は語ることはできないという。家を追われ、内陸部の砂漠や沼地に収容される日本人移民らが詠んだ川柳をみると、彼らは川柳のなかで、その喜怒哀楽を語っていた。被抑圧者は語れないというのは、彼らの表現様式を見ようとしない、抑圧者あるいは外の人々のおごりではないだろうか。

「馬小舎川柳」が詠んだ「封じ込め」られた体験は、無力な犠牲者像とは異なる。確かに彼らは強制立退き、収容には抗することはできなかった。「避難」させられた人々は、共同体崩壊を体験した。移民生活の中で自らを支えてきた「血」のために捕虜囚人として柵内に封じ込められ、馬と同列に置かれる屈辱を味わった。封じ込められ、監視された、狭い収容所内では、あつれきが生じ、暴力事件も起こった。そうした崩壊の危機に、叫ぶにも叫べない心の傷を胸にしまい込むことで、試練を共にする共同体意識は再生された。一時の動転が落ち着くと、試練にもやがて終りがあり、思い出となることを信じられるようになった。「移転」を前に、再び共同体は解体する。しかし、「集結所」の体験から、再び共同体が再生できると信じた。

別れても又来る春を俺は待つ　（八月二十三日　一星）

「移転所」では更なる試練が待っていた。しかし、この解体と再生の繰り返しのなかで、共同体のあつれきさえも共有の体験となる。やがて、時が経て、何が起こったのかが歴史的に解明されてゆくなかで、日系人の戦時体験が再び語られ、伝承され、共通の記憶となっていった。その記憶のなかに、単なる犠牲者像とは異なる日本語話者たちの静かな力強さも含まれるべきだろう。

12

栩木伸明

アイリッシュ・カウボーイと分裂した夢想のアメリカ

ジョン・モンタギューの『オクラホマ・キッド』を読む

息子が語る父の移民物語

移民たちの記憶は、個人の記憶であるとともに、彼(女)が属するエスニック集団の記憶であり、世代の記憶でもある。アメリカへ向かったアイルランド移民の数は、一八四〇年代後半のじゃがいも大飢饉による大波をピークとして、今世紀のはじめにかけてゆるやかに減少していった。一九二〇年代になると合衆国側の移民受け入れ抑制政策のせいもあって、アイルランド移民の流入はあまり目立たなくなった。ニューヨークのアイルランド系移民史を概観した研究によれば、二十二年に「北」の六州を連合王国に残すかたちで南の二十六州がアイルランド自由国として独立した後には、アイルランド系アメリカ人たちが祖国に寄せるナショナリズムは統合性を見失って弱まったとみられ、他方、彼らは政治家たちとのあいだに蓄積したコネを利用して禁酒法下にしたたかな蓄財をおこなったとさえいわれている(McNickle, 352-

2)。

一九一〇年代末から二十年代前半にアメリカ合衆国へ流れ込んだ「目立たない」アイルランド移民たちを政治・社会史的にみると、そこには特異なひとびとが混じっていた。対英独立運動のなかでIRAのテロ活動に参加した活動家や、独立戦争にひきつづいて起こった内乱のさいアイルランド自由国軍に反旗をひるがえした後に敗北を喫したIRAの志士たちが、アイルランドをぞくぞく脱出したのである。やむをえず、または自らを追放するようにして、アメリカへ渡っていったこれらの男たちのその後の心情の一端は、たとえばつぎのようにまとめることができるだろう。

ある短編小説のなかで、二十年代にニューヨークへ移民したアイルランド西部メイヨー州出身の父のことを、息子がこう語っている。

「親父は、アイルランドに対してややこしい感情を抱いていたな。愛憎相互ってやつ? いつもは、〝アイルランドなんざ冗談じゃない。あんな坊主だらけのゴミ捨て場には爆弾の雨を降らしてやればいいんだ〟という感じなのに、酒が入るとがらっと変わるんだ。IRAよ永遠なれ、マイケル・コリンズのため杯を三度あげよ、という調子さ。親父は、ベルファストから南北統一独立論者《リパブリカン》の新聞らしきものを郵送で取り寄せ、愛読していた。よく言ってたっけ。〝わしは世界中どこへ行っても民主党員《デモクラット》だがね、北アイルランドでは、筋金入りの共和党員《リパブリカン》なんだ。おまえもそうなれ〟」(ボルジャー二〇七)

このせりふはあくまでフィクションだが、あの世代の男たちの心性を端的に映し出している。現存するアイルランド系アメリカ人の第二世代、つまりこれら落魄した志士たちの息子の世代によって書かれた小説や回想のなかに、この「父」と酷似した人物が頻繁に見つかるからだ。

一九三五年にブルックリンで生まれたピート・ハミルの自伝的小説『ブルックリン物語』に登場する父も、元ＩＲＡ活動家だった。「アイルランド独立を目的としたシン・フェーン党にはいっていたころ、警官が殺されて、父はアメリカへ逃れた」（ハミル六三）のである。この「父」とほぼかわらない経歴をもつハミルの現実の父は、「統合されたアイルランドという古き夢はベール・ナ・ムラーで暗殺されたマイケル・コリンズとともに消えた」（Hamill, 91）と信じて、一九二三年、「北アイルランド」になったばかりのベルファストをあとにブルックリンへ渡った。一方、彼と結ばれることになる女性は一九二九年、ニューヨーク株式市場が暴落したちょうどその日に同じベルファストから到着し、ふたりの男女の間にはつぎつぎと七人の子供たちが生まれる。だが、「仕事」でいつも不在の父は周囲から「アイルランド人の酔っ払い」と陰口を言われる存在であって、息子のピートは少年時代いつもその噂に心を悩ませなければならなかった。

さて、ハミル家は貧困と闘いながらブルックリンでなんとかやっていくが、同時期にこの町に住んでいたもうひとつのアイルランド系家族、マコート家には、アイルランドへ逆移民するよりほかに生きる道がなかった。ピューリツァー賞を受けたベストセラー回想記『アンジェラの灰』でフランク・マコートが描く父、マラキ・マコートもハミルの父と同じ「北」のアントリム州出身である。「旧ＩＲＡに入って戦い、何か命知らずのことをして、首に賞金のかかるお尋ね者になっ」（八）て、「ゴールウェイ出港の貨物船でこっそりアイルランドから消えるはめになった」（九）彼の経歴は、まるでしめしあわせたかのようにハミルの父とそっくりである。マラキ・マコートは、リムリックのスラムに育ち、二九年にニューヨークに来たばかりの女性アンジェラと出会い、翌年に息子のフランクが生まれる。この家でも父の行状はかんばしくない。「仕事を探しに毎日出かけていますが、一日中酒場で時間をつぶし、床の掃除や樽運びで何ドルか稼いでも、すぐに酒で店に返してしまいます」(六二)というありさまである。そのため、一家はニューヨークで暮らしてゆけなくなり、親戚をたよってアイルランドへ帰ってゆく。

互いによく似たこれらの家族物語を、不況の三十年代に移民の家族がどのように崩壊したか、またはかろうじてもちこたえたかをたどるケース・スタディとみれば、息子たちの目を通して語られたブルックリンの「父」たちの個人史は、ひとつの物語のさまざまなヴァージョンとして読むことができるだろう。理想をかかげて戦ったあげくにアメリカへ落ち延びた父たちはおしなべて落魄し、アルコールに依存した日常生活を送り、自分たちの物語は語りたがらない。

ピート・ハミルによれば、アイルランドから移民してきた——つまりかつてはアイルランド人であった——両親の世代と、最初から「アメリカ人である子供たち」の世代の間は「神秘的に隔てられて」いて、親たちの物語はほとんどの場合、子供たちによって語られる。ハミルは続ける——

なぜか自分にはよく分からない理由のために(もちろん教育が主な理由であろうが)、移民自身の口から語られたアイルランド系アメリカ文学はほとんどない。この文学はアイルランド的な経験を少々超えてしまうのだ。というのも、父たちと息子たちの物語はほとんどいつも息子たちによって語られるからである。しかし、多くのアイルランド系アメリカ人の書き手は、(わたしもそうだが)ふと気がつくと自分と両親という二つの異なる世代のことを思い出そうとしている—片方は個人史という形で、もう一方は想像力の行為として。わたしたちは自分自身の人生について思い出したことがらを語ることはできるけれど、自分が両親を知る以前に彼（女）たちが生きた人生については想像することしかできない。(Hamill, 92)

こうして、父たちの語られずに終わった挫折の物語を掘り起こし、再構成して語ることが、息子たちのしごととなるのだ。

逆移民する少年と失われたブルックリン

一九二九年、フランク・マコートより一年早くブルックリンで生まれたジョン・モンタギューとその父の物語は、いままで見てきた家族物語に、さらにもうひとつのヴァージョンを提供する。モンタギューの父、ジェイムズも他の「父」たちと同じくアイルランド北部に生まれた。彼はティローン州の共和主義者《リパブリカン》の活動家で、アイルランド自由国成立の時期に警官に深手を負わせる事件に連座したのち、農場を売って事業をおこすが失敗、失業して二十五年にニューヨークへ渡った。彼との間にすでに二人の息子をもうけていたモリー・カーニーも追いかけるように二十八年に移民し、ブルックリンでもうひとりの男の子が生まれた。この末っ子がジョンである。ところが、間もなくやってきた大恐慌を背景に夫婦間の絆は崩壊し、母は三人の息子たちを連れて、ティローンへ帰る。そして、兄二人は母とともに彼女の実家に身を寄せるが、当時四歳だったジョンひとりだけが、祖父が治安判事だった「栄えある」モンタギュー家の系譜を次ぐ最後の者として、母の実家から7マイル離れたところに住む父方の未婚のおばふたりに預けられ、十一歳までここで暮らした。ここはアイルランド語で「荒蕪地」を意味するガルヴァヒーという地名で呼ばれる土地であった。なお、念のためつけ加えておけば、モンタギューという名前はもちろんイタリア系ではなく、アイルランド語で「タイグの息子」を意味する「マック・タイグ」が転訛したものである。

長じて詩人・小説家となるジョン・モンタギューの幼少時代を要約すれば、ざっと以上のようになる。[1] 少年は当時、自分の境遇を「父がいるのに父なしで／母がいるのに母もなく／兄がいるのに家族なし、それは誰?」(*Figure*, 15) という謎々に仕立てていたという。自分が立たされているポジションの心細さを克服するために、モンタギュー少年はその地点を夢想のアメリカのなかにむりやりでも転位しなければならない。そのようにして彼の内面に形成されるアメリカの表象が、自伝的短編小説「オクラホマ・キッド」('The Oklahoma Kid') に描きとられている。語り手の少年は物理的にはアイルランドにいるが、想像力のなかではアメリカ西部の原野にたたずんでいるのだ——「クローバーの匂い、静けさのなかへ消えてゆく蜜蜂の羽音、そしてぼくの想像力の平原——ワイオミングの丈高い草原とアリゾナの赤い岩のメサ—は、だんだん縮んでいって、綾織り木綿のシャツを着てティローン州の野原に立っている少年になる」(一三)。

彼が身を寄せていたおば姉妹の家は、かつての栄光の名残を誇示するかのように、雑貨を商い、副郵便局と地域図書館をも兼ねていた。おばのひとりは「郵便局長」、もう片方は「名誉司書」の肩書きをもっていた。そして、農場仕事で留守がちなおばを助けるために少年自身も「代理司書」を拝命していた。現実そのものがどこか「ごっこ」遊びめいた牧歌的な環境のなかで、この「代理司書」は、四半期ごとに送られてくる百冊の書物が詰まった木箱のなかから、カウボーイの通俗小説本を探し出しては読みふけった。

これらの物語がぼくにおよぼした幻惑的な支配力はいまになってみるとよくわかる。あの時分、ぼくはカウボーイ物語を神秘的な前世と結びつけていたのだ。半年に一度くらい、郵便配達のファーガスンさんが派手な切手のついた細長くて青い封筒を届けてくれたのだけれど、その手紙をみるたび、大恐慌のさなかにぼくをここへ送り返した父の心のなかに、ぼくが存在しているんだなあ、と思った。この土地こそ父がかつて幸せに暮らした唯一の場所だったのだ。インディアンといえばタバコ屋の店先の像しかないブルックリンのブッシュウィック通りとアリゾナとの間が、ほとんど大陸ひとつほども離れているなんて、ぼくはちっとも知らなかったし、自分自身の夢をあたためながら父の夢を棒引きにしていたなんてことも、まるで思いもよらなかった。（一六-一七）

アイルランドへ逆移民した少年がいだく夢想のアメリカは、ブルックリンとワイルドウエストに分裂しているのだが、少年の無知ゆえに両者は奇妙なかたちで癒着してもいる。

彼にはブルックリンと父の記憶がほとんどない。失われた父の物語をさがしもとめる少年という役どころは、同世代の他の「息子たち」と同様である。だが、この少年には、父の故郷にいるにもかかわらず、あるいはそれゆえに、かんじんの父との接触を禁じられるという逆説的な孤独が運命づけられていた。少年は「前世」としてのブルックリンを、かつての父を知る故郷のひとびとの昔話や手紙から拾い集めた断片的な情報によって再構築しようとする。

その途上、小説上の仕掛けとして、少年はその名も「パパ」という愛称で呼ばれる人物に出会い、結末近くではそのひざで眠りに落ちる。その代理父は、ティローンの片田舎の前近代的な口承文化にどっぷりつかった人物であった。だが、著者であるモンタギューは、自分自身の父探しの探究をこんな虚構上の気休めで満足させることはできない。

彼は父の像をさまざまな詩のなかで再構築していく。不在の父と自分の少年時代を結ぶ土地の名である「ガルヴァヒー」を英訳してタイトルとした『荒蕪地《ラフ・フィールド》』という詩集がある。そのなかの「短所」というセクションを構成する作品をいくつか見てみよう。まず、「北の共和主義者《リパブリカン》のための墓碑銘」（'Stele for a Northern Republican'）には、父母の世代に刻印された挫折が、息子の視点から語られている。父が警官に深手を負わせた晩、近所のホテルに隠れたこと。ずっと経って後、近所の地所から錆びた銃や銃剣が掘り出されて、子供のおもちゃになったこと。母が今は「北」になってしまった土地で自由国の軍服を燃やしたが、つましくもボタンだけはとっておいたこと、などが次々に明かされる。そして、北からも南からも裏切られたティローンではなく、ブルックリンのスラムで生きることを選んだ父の生涯を息子が正当化して、この詩はしめくくられる。

だが、ブルックリンへ落ちのびた志士であった父の心中は幸福や平穏からはほど遠かった。そもそもこの詩は、地獄の暗闇から浮かび上がった亡者のような父の幻影が息子をくりかえし訪れるところからはじまっていた。

皺だらけの額と
震える手をした父が
息苦しい暗闇から、またやってくる……
あなたがアルコールに溶かそうとした
あの重たい鎧から解放されて
ぼくのところへちょくちょくやってくる

夢の光に漉された顔は
人生にむかってあおむけに腹をみせた
　　　　魚みたいに青白いというのに、
ぼくはあなたの苦しみをほとんど知らないのだ。(*Poems*, 40)

詩のなかで、存命時代の父が息子に目撃される場合もあるが、父の姿に覇気はない。「檻」('The Cage') という詩に現れる蒼白な顔色をした父は、「わが父、ぼくの知る限り／いちばん不幸せな男」(*Poems*, 43) と呼ばれ、この男には、ブルックリンハイツの「地下鉄クラーク通り駅の切符売り場の檻」(*Poems*, 43) のほかに職場はなかった。事実、零落した父とその家族が住んだウィリアムズバーグ地区のスラムは、ニューヨーク市の地下鉄網が発達し、ブルックリンからマンハッタンへのアクセスが容易になってゆく過程でうまれてきた、貧しいアイルランド系移民のふきだまりであった。当時の移民たちの地域社会の動勢は、おおよそ次のようにまとめられる。

世紀の変わり目以降に地下鉄網が延長されたおかげで、ブルックリンではアイルランド系の人口の再配分がおこなわれた。フルトン通りから河岸にかけての「アイリッシュ・タウン」から、ひとびとはもっとブルックリンの奥へ散らばっていき、二十年代までにはハイツの邸宅や、ヒルの上、フラットブッシュ、ケンジントン、パークスロープ、グリーンポイント、ウィリアムズバーグ、さらにはエア・ベイスンのほとりにまで陣取るようになった。これらの地域共同体は、ブルックリン「イーグル」紙とブルックリン・ドジャースとブルックリン海軍ヤード、それにブルックリン司教管区によっ

て繰り返し説き聞かせられたカトリック信仰で結ばれていた。（Casey, 163-4）

この時期にブルックリンに流れついたアイリッシュたちを束ねていたのは、旧世界から携えてきたカトリック信仰だけではない。それにくわえて、彼らが青春を捧げて挫折した共和主義《リパブリカニズム》の大義、あるいは過激な理想主義に彩られた愛国の志士としてのプライドも、彼らが携えてきたアイデンティティの重要な一部分をなしていたはずである。その証拠に、このプライドは、ブルックリンで思いがけない方向へと屈折する。次に引用するのは、かつての地下鉄労働者がアイルランド系移民の新聞『アイリッシュ・エコー』紙に寄せた回想録の一節である。

一九二〇年代にアイルランドを離れたとき、わたしたちはアイルランド共和軍（ＩＲＡ）からアメリカのクラン・ナ・ゲール（アイルランド系アメリカ人の共和主義結社）への乗り換え切符をもらっていた。この組織はわたしたちを経済的に保護してくれたし、職探しの世話もしてくれた。わたしはこちらへ着いてすぐに活発に行動しはじめ、いくつかの月例会で、もとＩＲＡのメンバーで今はクランで活動している地下鉄労働者たちに出会った。なかでもとくにオースチン・スタック・クラブのマイケル・Ｊ・クイルと親しくなった。六十六丁目のタラ会館でのクランの会合の後、ふたりでよく食堂へ出かけてコーヒーを飲みながら、アイルランドでの出来事についてとか、労働条件についてとか、よい空き部屋情報（仲間内では掘り出しと呼んでいた）はないかなどという話をしたものだった。
（O'Reilly, 144）

地下鉄労働者たちはやがてこのマイケル・J・クイル[2]をリーダーとして団結し、労働組合を旗揚げしていく。この引用と照らし合わせると、モンタギューの父のなかば隠された履歴が見えてくる。アイルランド系の地域共同体に腰を据え、拡大してゆく都市の地下でもぐらのように働いた「いちばん不幸せな男」の人物像が、他の「父」たちがつくる群像のなかにおさまってくるのだ。

「檻」の詩ではさらに、「仕事していないときにはしたたかに酔っぱらう伝統的なアイルランド男」(*Poems*, 43)としての父が描かれ、時を経て北アイルランド、ティローン州の故郷ガルヴァヒーに帰還した晩年の父の様子が回想される。この詩の後半では、父探しをしていた「テレマコス」がようやく帰還した「オデュッセウス」と再会するが、それもつかのま、今や若者に成長した息子はそそくさと旅に出てしまう。最後の連では、旅の途上で立ち寄るさまざまな都市の地下鉄の檻のなかに、テレマコスは父の亡霊をみる。

サブウェイやアンダーグラウンドへ
降りていくとき、しばしばわたしは
小さなブースの鉄格子のむこうに
彼の禿げた頭をみつけることがある。
幽霊のような彼のひたいにむかしの
自動車事故の名残りの
傷跡。(*Poems*, 44)

「同じ短所」（'The Same Fault'）という詩では、この同じ傷が、父と子の絆を証明する不吉な聖痕としてあらわれる。息子である語り手は、父の傷とそっくり同じ傷が自分の額にもあると語る―「まるで／同じ短所が父とわたしを貫いている／かのようだ。怒り、短気、／暴力からうまれたストレス。」（*Poems* 42）モンタギューはホメロスをもじりながら自分が受け継いだ宿命を自己劇化して、神話的な円環にはめこんでいる。たった今引用した箇所は、息子のテレマコス／ジョン・モンタギューが、父オデュッセウス／ジェイムズ・モンタギューの芳しからぬ血が自分自身にもたしかに流れていることを悟る、皮肉な「対面シーン」なのである。

ワイルドウエストと第二次大戦下の北アイルランド

「オクラホマ・キッド」の少年が描く夢想のアメリカ地図には、ブルックリンの都会生活の対極に、ワイルドウエストのカウボーイの世界がある。ブルックリンが不在の父と少年の失われた「前世」に地続きになっているのとは対照的に、ワイルドウエストのほうは少年が自分自身の魂を住まわせるために肥大させた想像力の世界と結びついている。

すでに見たように、モンタギュー少年にとっての現実であるティローンの日常生活は、「ごっこ」遊びめいた非現実の色をおびていた。詩「花咲ける不在」（'A Flowering Absence'）によれば、ニューヨークからティローンへ送り返されたのは、前世紀へ移植されたようなものだった。

そして気がつくとぼくは

もっと古い国の父の故郷へ送り返されていた。
前世紀へ転送されていたのだった。
そこでは父の姉たちがぼくを修復してくれ、
自然な愛がぼくのまわりで花開いていた。(*Poems*, 181)

少年にとってティローンの田舎は癒しの力をもつ牧歌世界だったが、この土地の「前世紀」的で簡素な日常生活は、じつはアメリカのフロンティアの生活とそれほどかけはなれてはいなかった。「オクラホマ・キッド」においてモンタギューが設定したクライマックスは、ガルヴァヒーの「田舎のネズミたち」が近くの町まで西部劇映画を見に行くという冒険である。ワイルドウエストのことをいままで小説本でしか知らなかった語り手の少年は、あるとき「カウボーイ経験のある俳優が主役を演じているので映画全体がほんもの」(一九)だというふれこみの西部劇映画「オクラホマ・キッド」が、近くの市場町で上映されるという情報を耳にする。どうしてもこの映画を見ないわけにはいかないと考えた少年は、年長の友人たち—カウボーイ小説の読者仲間である—と資金を出し合い、車に相乗りして映画館のある市場町にたどりつく。町に着いた一行はこんなふうに描かれている。

ぼくたちの足取りはのろかった。歩道が人混みでごったがえしていたからだ。最初、買い物客だとおもったのだけれど、人混みをかきわけて一列縦隊ですすむうちに、このひとたちのほとんどは兵隊だとわかってきた。〔中略〕そして、ぼくたちがやっとのことで映画館にたどりつくと、ここにも兵隊たちがいた。彼らはみんな女連れで長蛇の列をつくっていて、列のしっぽは通りにはみだして角のむこうまで続いていた。五頭の羊みたいなオクラホマ・キッズが二十世紀の町へ乗り込んだまではよかったが、ぼくたちは呆然とした。映画館に入れる望みはとうていなかったからだ。(54)

町に兵隊たちがあふれかえっていたおかげで、ティローンのオクラホマ・キッズは結局、映画「オクラホマ・キッド」を見る機会を逸してしまう。夢想のカウボーイ・ライフを生きるアイルランドの少年が「ほんもの」のカウボーイ・ライフを映画によって検証しようとして、みごとに失敗するという結末である。だが、そもそも夢想に過ぎないものを虚構/映画で検証することなど不可能なのだから、これはむしろ当然のなりゆきである。少年にとって、映画を見そこねたことよりはるかに重要な意味をもつのは、それまでまどろんでいたガルヴァヒーの牧歌世界から現実が支配する町へ出たことにより、彼の夢想が心地よく自閉した小宇宙として機能するのを止めてしまったことだろう。

では、少年が直面した現実とはいったいどんな姿をしていたのだろうか。「オクラホマ・キッド」の背景は一九四〇年春であり、小説には当時の戦時体制が反映されている。映画館のある「市場町」のモデルは、ティローン州に実在するオマーの町である。第二次大戦中、南の共和国エールは中立を保っていたが、連合王国の領土であるとともに戦場となったヨーロッパ大陸から遠く離れた北アイルランドは、連合軍にとって格好の集合地であり演習地だった。少年たちが町で見かけた大勢の兵隊たちは、当時駐留していた連合軍のイギリス兵たちである。北アイルランドが戦争に終始協力的であったことはひろく知られている。そのことは、戦後、チャーチル首相がおこなった演説でも、「ヨーロッパが勝利を目ざす困難で暗い時期にあったとき、北アイルランドが演じた重要な役割を英本土の人間は決して忘れることはないだろう。そして、北アイルランドが強固で親英的であることは、わが大英帝国とその連合王国の安全と福祉のために、今後つねに不可欠なことであろう」（小野三〇三）と、賞賛されているほどである。

しかし、北アイルランドのすべての住民が心から戦争に協力していたわけではなかった。「オクラホマ・キッド」の語り手が言うように、アイルランド自由国の独立後、連合王国の領土として残留したこの地域は、「あるひとびとにとっては北アイルランドであり、他のひとびとにとってはアルスターである」（一三）。つまり、親英派の住民と南北統一独立を主張する住民が混在するこの土地は、ふたつの名前をもっているのだ。

少年が属する少数派のカトリック共同体のひとびとは、心のなかではブリテンの敗北を祈っていた。この感情は「戦時のアルスター」（'The War Years in Ulster'）というモンタギューのエッセイのなかで、次のように回想されている。

> アメリカが参戦したのでわたしの政治的忠誠が向かう方向ははっきり決まった。早い話が、わたしはそこで生まれたのだが、そのことが混乱と誇りの種だった。ヒルの『合衆国の歴史』がアーマー寄宿学校の教科課程に加えられたが、ほとんどの少年たちは、われわれの伝統的な敵がこてんぱんになるのを見たくてうずうずしていた。ベルファストが数回爆撃を受けて、そのたびわたしたちは防空壕へ逃げ込んだが、内陸まで爆撃機が飛来することはほとんどなかった。（*Figure*, 31-2）

アイルランド系アメリカ人として生まれたモンタギュー少年の態度が、「混乱」あるいは分裂していたのも無理はない。自分が生まれた国であるアメリカを応援することは連合軍に「政治的忠誠」をつくすことになるが、困ったことに彼は、連合軍の一翼をにないながらアイルランドの「伝統的な敵」でもあるブリテンの敗北を望んでもいるからである。
これと同じ分裂した感情は、アメリカへ移民を送り出した―つまり、生まれ故郷に居残った―ひとびとにも見られた。モンタギューの同じエッセイに出てくる、祖母が経営するパブでの逸話を次に引用してみよう。彼女の店は駐留中のアメリカ軍兵士たちがよく訪れた。

祖母のパブは、うちの一族の多くがアメリカ生まれだったせいもあってか、人気があった。だが、思うに、アメリカ軍の兵士たちは祖母の政治的立場にはあまり注意をはらってないようだった。彼女の息子たちふたりはアイルランド独立をめぐる紛争時に強制収容されたことがあったし、彼女自身も依然として熱狂的な共和主義者《リパブリカン》で、毎晩ホーホー卿（筆者注：ドイツの英国向け宣伝放送をおこなったウィリアム・ジョイスの渾名）の放送を熱心に聴いていた。祖母は、「ラジオ聞いてるかい。こんどこそイギリスはお陀仏だ。地獄へ堕ちろ！」と、ビールのグラスに口をもっていこうとしているあわれなGIに向かって叫んだものだ。すると、礼儀正しい兵士たちは、とんでもない歓喜にひたって祖母が受け売りするジョイスの傲慢な大風呂敷に、わけがわからぬまま賛同していた。（三三）

頑固なおかみさんが仕切っているこのパブの情景は、ドタバタ映画の一シーンを彷彿とさせる。元IRAの「札付き」の息子たち、つまりモンタギューの父とおじがふたりともニューヨークへ移民していた関係で、祖母にとってアメリカは、ブリテンとは対照的に、とても近い存在だった。そして、ブリテンの敵であるドイツ、すなわち「敵の敵」を自分の味方であるかのようにおもってしまう彼女のナイーブな理屈も苦笑をさそう。しかし、たったい今引用した一節につづくあたりで、モンタギューは、ここにあらわれたアメリカ軍兵士たちがじつはノルマンディー上陸作戦のために集結していて、決戦に生き残れる可能性がすくないために憲兵隊が兵士たちの飲酒を放任していたのだ、という背景をあっさり言ってのける。そこまで読み進むと、読者はこの事態が笑ってすませられるどころではないことを悟る。読者はここにいたって、モンタギューがこの逸話を平然と紹介することで、この文章を読む者の内面を悲喜劇におとしいれるアイリッシュ・ヒューモアを披露しているのだと気づかされる。北アイルランドという場所は、カトリック共同体の視点から見ると、ブリテンの西の沖合にではなくて、アメリカ合衆国東海岸の沖に浮かぶ島なのである。

だから、「オクラホマ・キッド」の少年／モンタギューが、ワイルドウエストのカウボーイの世界に対するほのかな親近感を、大人になっても持ちつづけたとしても不思議はあるまい。この作品のポストスクリプトで、語り手は「十七年後」、ということは一九五七年に、グレイハウンドのバスでオクラホマ・シティを訪れたとき、プレスリーの「ハートブレイクホテル」が聞こえるカフェテリアで薄汚い身なりのチェロキーと出会い、その男の物腰に「なんとなくなつかしいような雰囲気」（二一八）を感じ取る。そして、この短編小説はこんなふうにしめくくられる。

「おれはタルサから来たチェロキーだ」と彼は言った。その口調にわたしは運命論的なあきらめと誇りの両方を嗅ぎ取った。「あんたはオクラホマのどこから来たのかね。」

思わず知らず「オクラホマ・シティだよ、ティローン州の」ということばが自分の口をついて出た。われながら、痛快さと、恥ずかしさと、とてつもない思いつきをしたもんだという気持ちとがごたまぜになってこみあげてきて、むせかえってしまった。（二一八）

大人になった語り手の視点からみたポストスクリプトがついているために、この短編小説では「物語の価値が、物語そのものにではなく、その物語が語り手の成長に貢献したという意味において価値がある」(Denman, 134) と、ある批評家は指摘する。この指摘の方向をさらに延長していけば、次のように言うことが可能だろう。すなわち、ポストスクリプトにおいて、語り手は、ティローンこそが彼のオクラホマだったことにはっきり気づいたということ。また、アイルランドはヨーロッパの西のどんづまり、ヨーロッパのワイルドウエストだったということ。さらに、少年時代にあこがれた「ほんもの」のワイルドウエストは、西部劇映画のなかにではなく、ガルヴァヒーでの毎日の生活にこそあったということ。したがって、子供の頃、自分では気づかぬまま、そしてオクラホマを訪れるずっとまえから自分はすでにオクラホマを「生きて」いたというアイロニーに、彼はようやく気がついたのだ。

ところが、事情はさらにもうひとひねり捻れている。この短編小説が、インディアン文化復興運動がいちじるしい六十年代に書かれたことを考えると、語り手が「オクラホマ・シティだよ、ティローン州の」と言ったセリフにふくまれる親近感には、成長したアイリッシュ・カウボーイのかすかな自嘲と無知ないし鈍感さが混じっている。というのも、オクラホマはかつてのインディアン・テリトリーであって、「運命論的なあきらめと誇りの両方」をもって語り手に話しかけたチェロキーの数世代前の父祖たちは「涙のトレイル」を歩いてオクラホマへ強制移住させられた歴史があるからだ。こうなると、先住民のチェロキーが白人アメリカから抑圧された点でカトリックアイルランドと似ているところに目を留めて、西へ追われたケルトとチェロキーの運命をうっかり重ね合わせてみたくなる。しかし、語り手の少年が昔からあこがれていたカウボーイは、もちろん先住民を抑圧した側であったということを忘れるわけにはいかない。それゆえ、彼は自分とチェロキーを同一視できないし、かといって敵対することもできなければ、まったくの傍観者を気取ることさえもできない。ホームレスな感覚に捕らわれた「オクラホマ・キッド」の語り手／モンタギューは、互いに矛盾しあう二重性をかかえこんだまま絶句せざるをえない。この宙づり状態は、第二次大戦中に北アイルランドの共和主義者《リパブリカン》たちが抱いた分裂した感情とよく似た構造をもっているばかりでなく、北アイルランドという土地の歴史が宿命的に内包した、矛盾しあう二重性とパラレルになってもいる。

再度のチャンスの国としての戦後アメリカ

さて、宙づりになったモンタギューは絶句状態にどう対処したのだろうか。ニューヨークにたどりついたばかりの母から生まれ、わずか数年後に再び大西洋を渡り返したフランク・マコートとジョン・モンタギューがふたりとも、アメリカとアイルランドから二重のエグザイルとなることを運命づけられていた経緯を、もういちど思い出そう。そして、彼らが分けあう運命をひとつの世代のエスニック・グループの物語として語り直すために、アラン・パーカー監督によって映画化（一九九九年）された『アンジェラの灰』のラストシーンで自由の女神に輝かしく迎えられる青年フランクの姿を思い出そう。あの場面を見て、「なあんだ、ステレオタイプの上塗りじゃないか！」と思った観客は少なくなかっただろう。ハリウッド的な演出によって「アメリカの夢」礼賛を押しつけられるのはたしかにうんざりである。だが、アイルランドの貧困を脱出してアメリカの希望をつかもうとしたフランクの生き方が、移民たちにとってリアルな経験の神話となっていることは否定できない。事実、不況の三十年代にアメリカからアイルランドへ舞い戻ったアイルランド人たちの子供の世代―たくさんのフランクやジョンたち―にとって、戦後、景気をとりもどしたアメリカは新たなチャンスの国となったからである。じっさい、二重のエグザイルという運命を分けあうマコートとモンタギューはふたりともアメリカへもどって高等教育を受け、その後、この国で職に就いている。

モンタギューの場合、アメリカとフランスを中心に世界各地を行き来するコスモポリタンな作家になったが、その作品の多くは戦後アメリカとヨーロッパの主流文化の双方にたいするいごこちの悪さと向き合うところから生まれている。また、詩人としての彼の経歴はアメリカ詩人たちのスタイルの影響を受けながら、自分自身の錯綜したルーツを語るべき声を発見してゆくプロセスである。しかし、その詳細はいずれときをあらためて語るべき物語であろう。

付記……本文中の引用における邦訳は、引用資料一覧に翻訳文献を掲載したもの以外はすべて筆者によるものである。

V

江戸とフロンティアの笑い

13 佐々木みよ子

日米の悪態くらべ

江戸落語とフロンティアの法螺

どの民族も、豊富な悪態文化を固有の歴史の中にもっている。大昔から人は笑いによって束縛から解き放たれ、広い自由な世界を知るようになる。支配階級の文化に拮抗して、宗教、社会上の制約を超克できる唯一の道は笑いである、といっても過言ではあるまい。

悪態は、格上げと格下げという二つの行為のどちらか、あるいは、その両者の多様な混淆とみなされる。多くの場合、発言者自身の格上げ（自慢、誇示）と、対象物の格下げ（批判、罵倒、封じこめ）を、言葉を武器として相互的にとり行う。

悪態の機能は、言葉で相手をやりこめ、孤立させることにある。さらにそれを見た仲間が笑うことによって、自己が属する集団の秩序の基礎を再確認する。日常生活で避けられている集団的対立や抗争が一時的に露呈する行為をとおして、日常の秩序の再結合と強化をはかろうとするのである。

したがって、「悪態文化」と称するものは、悪態を楽しみ、親愛、連帯を生むもので、激しい緊張感から暴力沙汰、殺傷沙汰になるものではない。笑いを生み出す悪態は、誇張とユーモアが生命となる。長い間、日本の支配階級であった武士社会では悪態は公的に禁止されていた。武士社会では悪態をつくことは刃物沙汰の殺傷事件になることが多かったからである。悪態文化は武士ではなく、これに拮抗した町人に芽生え育った。

海の彼方、北米大陸では、ヨーロッパからの白人移民が西漸運動のうねりに乗って、広大な辺境荒野に進入し、多様な意図と欲望をもつ流れ者集団が互いに競合する荒削りの社会を形成していた。

落語の悪態

十九世紀前半の日本の首都江戸は、「お江戸」とか「大江戸」と呼ばれる、人口百万人を越える巨大都市であった。江戸は元来、武士の町であり、しかも圧倒的に男の町であった。ほとんどの大名が、多くの男性家臣を参勤交代に同行し、出稼ぎの庶民も断然男が多かった。江戸に出店を出した上方商人も、例外なく、江戸店《だな》を男たちだけで経営した。

武士が社会の上層を占めるかたちは、形式的には、幕府が崩壊する時まで変わらないが、江戸も後期になると、江戸根生《ねお》いの商人が力をつけ、職人などともあわせて武士に拮抗する層を形づくる。そのほか、多くの出稼ぎ、流浪の人々も流入した。したがって、これまでの幕臣と地方侍や侍同士の対抗関係に加えて、侍と町人や町人同士の相互の対抗意識は烈しく、喧嘩が江戸の特色ある人間模様を浮き出させた。この辺の事情は古典落語に如実に反映されている。

こうした社会では、また独特の悪態が日々とりかわされた。本稿では、落語を通して、江戸庶民の悪態文化の諸相を探ってみる。

江戸っ子は五月の鯉の吹き流し
口先ばかりはらわたはなし

と、特徴づけられる江戸っ子の喧嘩白慢。それは古典落語の啖呵と口上に雄弁に表されている。数多くの啖呵や挑発的な口上が落語に精彩を加え、独特のおかしさを生み出した。

啖呵

啖呵《たんか》とは「痰火」の当て字である。痰火はもともと痰のはげしく出る病気をさし、「痰火を切る」とは、医薬、医療によって痰を治す意で、胸がすくところから、転じて、思い切り胸の思いを言葉にのせて吐き出すことを言うようになった。偉そうな口をきいたり、大言壮語を勢い鋭くまくしたてる意である。こうした意味の「啖呵を切る」は、すでに延亨二年（一七四五年）に用例が見られる。[1]

古典落語の啖呵の要点は、罵詈雑言《ばりぞうごん》を相手に浴びせて、口の武器で相手をやり込めようとするところにある。早口、多弁、流暢、威勢のよいことが、よい啖呵の特徴になる。間が抜けたり、どもったり、的確な言葉が続かなかったりすると、失敗する。啖呵を切るのはむずかしい。「喧嘩すんのん、なかなかむずかしいもんやな」、「そらむずかしいもんや。しっかりいきなはれ」（「野崎詣り」）ということになる。

落語の世界では、庶民の自己防衛の手段として啖呵は巧みに使われる。丸腰の町人や職人が二本差しの侍と対決したり、すっかんぴんの長屋の住人が掛け取りや大家とやり合ったり、江戸っ子が旅先で田舎の強欲な造り酒屋と掛け合ったりする場合などに、彼らには、己れ自身の頭の働きと臨機応変の言葉の応酬以外に、何の武器もなかった。

　こうした啖呵が、話の重要な構成要素になっている落語は数多い。[2]

　まず、罵り語を浴びせかけながら、より強い罵り語に移っていくのが目立つ。啖呵に使われる罵り語で一番種類の多いのは、間抜け、馬鹿などを意味する語である。明治以降には、悪態がすたれて、悪口の語彙は減る一方。極論すれば現代のこの種の語彙は、「バカヤロー」の一語だけになってしまった。[3] だが、落語で使われる罵り語は実に豊富である。罵り語を重ね合わせてより強い罵り語になっていくのは、耳に快い、印象的で小気味よい調子を生む。

　「馬鹿、まぬけ、どじ、あんぽんたん」（「樟脳玉」）。「だからおまえのことは揉《も》めくちゃばばあ、ちり紙ばばあ、反古紙《ほごがみ》ばばあ、浅草紙ばばあ、便所用紙《おとしがみ》ばばあさん、小半紙ばばあの端不切《はしきらず》ばばあてえんだ」（「山崎屋」）。「女うんつく、男うんつく、おまえさんの顔はどう見たってうんつくの顔だ……子うんつくだね」（「長者番付」）。「汚帽子《きたなシャッポ》に汚羽織《きたなはおり》、汚駒下駄《きたなこまげた》に汚帯《きたなおび》」（「野ざらし」）。「馬の骨、牛の骨、軍鶏《しゃも》の骨に傘《からかさ》の古骨……流れ者、紙屑野郎、この人殺しっ」（「大工調べ」）。「入り日の影法師……半鐘盗っ人、うどの大木、のっぽー、あほめが、馬鹿野郎！」（「野崎詣り」）。男「やめだい、こんなことァ」、女「やめ？　じゃァよしちまおうじゃないか」、男「よしゃァがれッ」、女「こっちだって厭《や》だいッ。……こっちだってこんなことしたかァないんだよ、ええ？」（「お直し」）。「『なによォ生意気なことォ言いやがんだこのおかめ奴《め》』……そいからあたしもくやしいから『ひょっとこめ』ッて、……そしたら向うが『般若《はんにゃ》』……そいからあたしが『外道《げどう》』ッ……」（「厩《うまや》火事」）

江戸の町人たちにも開府以来百数十年を経た宝暦ごろから、江戸根生いの町人気質、江戸っ子の誇りがうかがわれはじめる。[4] そこに出てくるのが、一種の「開き直り」の啖呵である。

「なあに、構うもんか、べら棒め、こちとら江戸っ子だい、何があろうと構うもんかい、やってくんねえ」（「大山詣り」）。「手前《てめえ》なんぞに頭ァさげるようなおあにいさんとおあにいさんの出来が少しばかり違うんだい」（「大工調べ」）。「自慢じゃァねえが晦日《みそか》にもってく家賃は、二十八日にきちんきちんと届けてら。それほどおれはおめえに義理を立てるのに、てめえは何だい。盆がきたって、正月がきたって鼻っ紙一枚よこさねえだろう」（「三方一両損」）。「やかましいやい。下手《したて》に出りゃつけあがりやがって、人をばかにするんじゃねえ。相手を見て口をきけ。こちとらはな、江戸っ子だい、旅をしてるんだ、馬一駄も酒を買いこんで道中飲みながら歩けるかい」（「長者番付」）。「やいやいやいやいーっ……なにをぬかしてやがるんでえ、べら棒めっ。大きな声はこちとら地声だい」（「大工調べ」）。「ぶつのかい。ああ、ぶつならおぶち。冗談じゃないよ。あたしはね、あたしの体には、お金がかかってんだよ。あたしをぶつんなら、身請けしてから、ぶつでも、けるでも、何でもしやがれ」（「三枚起請」）。「銭《ぜに》がねえんだい。逆さにふるっても鼻血も出ねえ。ま、ない袖はふれねえってやつだ」（「掛取万歳」）。「小さい小さいと、軽蔑さらすなィ。大は小を兼ねるといえども、簞笥《たんす》や長持、あらあ枕にならんわい。牛は大さいても鼠をよう捕らん。江戸は浅草の観音さん、お身丈《みたけ》は一寸八分でも、十八間四方のお堂の主人《あるじ》。山椒《さんしょ》は小粒でも、ヒリリと辛いわい」(「野崎詣り」)

神仏でさえも、江戸っ子の啖呵の集中砲火を免れることができない。

「やい観音、観公、尻食らい観音、よせッ、馬鹿、手前《てめえ》みたようなものにもう頼むもんか。治らねえなら治らねえと初《はな》に吐《ぬ》かせ。こっちは目が悪いのに、杖にすがって毎日こうしてくるんでえ、まぬけめェ、手前はなんだな、百日の間よくおれの賽銭をただとりしやァがったな。騙《かた》り、詐欺、盗ッ人、観音の馬鹿ッ」(「景清」)

罵り語がエスカレートするように、開き直りもエスカレートする。故意に同じ語を何度でも繰り返し使う。そして繰り返す度ごとに、意味が強まっていく。

「へぼだから、へぼと言ったんだ、へぼじゃないか」(「笠碁」)。「そ、そんな大家さん……それじゃあんまり因業……」、「因業だよ、あたしゃ。あたしゃ因業大家でとおっているんだ。因業と言われようと常日頃から努めているんだ。因業なあたしにうんと言わしたけりゃ……」(「大工調べ」)

もう一つ、かの有名な長屋の鰯《いわし》喧嘩をみてみよう。

「お昼のお菜《かず》、鰯の酢味《ぬ》噌和《た》だよ。味噌はあたしがこしらいといたい、鰯こしらいとくれ、鰯を。

南風《みなみ》が吹いてるんだよ、ぽかときているんだよ、くさっちまうよ、い、わ、しッ」

「畜生、大きな声で鰯ィ鰯ッてやがら。お昼のお菜が鰯だッてえことが、長屋中みんなにわかっちまうじゃねえか」

「あら、わかったっていいじゃァないか、わかっちゃァいけないのかい、ええ？　お奉行所《かみ》から、あの、鰯を食べちゃいけないッてお触《ふれ》でも出てんのかい……こしらいとくれよゥ、い、わ、しッ」

（「猫久」）


亭主は捨てぜりふを残して出ていってしまう。この長屋の女房は、亭主を鰯で追い飛ばす。こうなると、もう理屈も何もなくなって、言葉の勢いだけで相手を責めていくことになる。

「飲むんならもっとさっぱりしたもんで飲め。そんなしつこいもんで食《くら》ってねえでよ」（「三方一両損」）。「オイ。女《おなご》に日傘《かさ》さしかけて、夫婦気取りであるいてけつかるけど、そらァお前の嬶《かかあ》やなかろ。どこぞの稽古屋のお師匠はんを、うまいことというて、住道《すみのどう》あたりィ連れ出して、酒塩《さかしお》で、銅《どう》がら、いためて、ボンと蹴倒《けたお》そと思てけつかるけど、お前の面《つら》では分不相応じゃェ」（「野崎詣り」）。「馬鹿野郎、てめえの名前きいてんじゃねえや、おとといきやがれ、さいなら」（「平林」）。「何をぬかしてんでえ、くそったれ家主」（「三方一両損」）。「たかが雪隠《せっちん》大工が、あんまりでけえ面《つら》をするない」（「大工調べ」）。「斬る？　これほどたのんでも……斬りやがれいッ、丸太ン棒」（「たがや」）。「いやならよしやがれ、うんつくめ。ほんとうに話のわからねえ、どんつくめ」（「長者番付」）。「帰らい！この唐変木！　帰りゃいいんだろう、何を言ってやがんでえ。忙しいって言いやがら、忙しいのはこっちの身体だい」（「笠碁」）。「よし、試し斬りなら斬られてやろうじゃァねえか。人間一度死にゃァ二度は死ななくってすむんだ」（「首提灯」）。「初回にあたって金をもって真っ直ぐに帰って来るような奴はもう親じゃねえ、子じゃねえ、その金にゃあ人の怨霊がたかってるんだ」（「三人旅」）

思いがけない奇抜な比較によって、相手を戸惑わせたり、茶化したり、侮辱したりする。背の高いのと二人連れでいたチビが、「片仮名の、トの字の、丶《ちょぼ》がへたった」（「野崎詣り」）と悪態をつかれ、かんかんに怒る。「あんまり舟のきわ寄るな。ドブンと川へはまったら、雑魚《ざこ》がくわえていきよるぞ」（「野崎詣り」）。これも、雑魚のような小魚の餌になるほどの卑小さをさす。

「三両ぐらいなお金ができなけりゃねえ、豆腐の角《かど》へ頭ぶっつけて死んでおしまい！」（「穴泥」）。長屋住まいのお内儀《かみ》さんにこんな風にどやされて、不甲斐ない亭主はまた金策に家をあとにする。豆腐の角にぶつかって死ぬほど柔弱な人間はいないから、これはひどい侮辱になる。

起請文を濫発する海千山千の遊女は、客のいない所で、客のことを「水がめェ落ッこったおまんま粒」とか「日陰の桃の木」と悪態をつく（「三枚起請」）。怒った男たちに詰めよられると、この遊女は開き直る。「いやな起請を、どっさり書いてネ、世界中の烏《からす》を殺してやるんだ……朝寝がしたいんだよ」（「三枚起請」）。古くからの言い伝えで、起請一枚書くごとに熊野で烏が三羽死ぬと言われた。この烏は同時に男の意味も兼ねる。

「その位の事がわからねえのか、ばかっ。手前《てめえ》みてえに血も涙もねえのっぺら棒を丸太ん棒ってんだ。覚えとけ、このキンかくし」……「何を言ってやがんでえ、おォ、丸太ん棒に違えねえじゃァねえか、目も鼻もねえ丸太ン棒みてえな野郎だから丸太ン棒てえんだ、呆助、籐十郎、ちんけえとう、株かじり、芋ッ掘めッ」（「大工調べ」）。「てえげえにしやがれ、この丸太ン棒めえ……帆柱野郎……ぼこすり野郎」（「首提灯」）

ここでは、憎い相手を非人間の丸太ン棒に比較して、繰り返しその語を使い、感情が昂じ、最後には類似の物を羅列して、相手の血も涙もない非人間性を強調する。

女房と喧嘩をした長屋の亭主はぼやく。「いやだいやだ、嬶《かか》ァの悪いのを貰うてえと、六十年の不作だッてえがまったくだい、一生の不作だね……どうしたら離れるだろうな、煮湯《にえゆ》かなんかぶっかけてやろうか。うふッ、虱《しらみ》だよ」（「猫久」）。相手を虱にたとえて、やっと気が晴れてくる。

「大きいからかまぼこ屋のすりこぎで、ぼこすり野郎」（「首提灯」）。「飲んでるそばから頭へピン、あたピンじゃねえか」（「鰻《うなぎ》の幇間《たいこ》」）。これは、悪い安酒に怒って、その酒を命名したものである。「あた棒を知らないのかい、あたりまえだ、べら棒めってえのをつめるとあた棒になるんだよ」（「大工調べ」）。威勢のよい言葉の命名の由来がおのずと知れる。

二本差しの侍が喧嘩相手になっても、町人はちっともひるまず減らず口をたたく。侍「大小が怖くないのか」。町人「大小が怖《こわ》かった日にゃァ柱暦《はしらごよみ》の下ァ通れねえ、侍が怖かった日にゃァ忠臣蔵の芝居は見られねえや、なに言ってやがる、馬鹿ッ、四六《しろく》の裏《め》！」侍「なんだ四六の裏とは」町人「三一《さんぴん》てんだ。たまにゃサイコロのひとつもひっくりかえして目をおぼえとけ」（「たがや」）

当時の暦は、一年の大の月と小の月が区別できるだけの簡単なものであった。ここでいう柱暦に、その大小の月が書いてある。町人は侍の刀の「大小」を、生命の危険のない柱暦に転化させてしまう。さらに転化は進んで、侍の世界を芝居の舞台の上のことにして、現実離れさせ、最後には侍をサイコロの目にたとえる。「四六の裏」はサイコロで「三一」になる。三一《さんぴん》は同時に、三両一人扶持の俸禄をもらう侍の意味で、武士は武士でも、かなり軽輩であった。したがって、職人や遊び人などが武士に浴びせる罵り語としては、もっとも痛烈なものとなる。

この「たがや」と同様、「首提灯」にも侍に対する有名な西瓜《すいか》啖呵がでてくる。「おゥ斬って赤い血が出なかったら赤えのと取っかえてやる。スイカ野郎てえのはこちとらのことを言うんだ。斬る？　何処からでも斬ってくれ、さあ首から斬るか、腕から斬るか、尻《けつ》から斬るか、斬れ、さァ斬ってくれ、斬れ」斬って赤い血を出すことが、西瓜のたたき売りに同格化される。町人は自分を西瓜にたとえ、喧嘩相手の侍を、たたき売りの西瓜売りのレベルに格下げしてしまうので、侍の殺意は急速に減じる。つまり相手の闘争心が茶化されてしまう。

こんな侍への悪口もある。渡し舟のなかで、怒って屑屋をぶった切ると騒ぎ出した若侍が岸に取り残されて、舟に乗り合わせた町人は一斉に悪口雑言を若侍に浴びせる。「言わしてくれ、俺を皮切りによ。やあァい、馬鹿ァ、わはッ、知らねえや、怒ってやがら、とろろッときやがって、こン畜生、馬鹿野郎ォォッ。そこで廻ってやがれ、糞づまりィ、なァ？　くやしいと思ったら飛び込んじまえ、徳利野郎め。さもなかったらこうしろ、両国橋を大廻りに一と廻り廻って来い、そのうちにゃァ俺ァ家《うち》ィ帰って茶漬け食って寝ちまってらァ。顔《つら》ァ見やがれ、宵越《よいご》しのてんぷらァァッ……あッはは、あげッぱなしだァ」（「巌流島」）。こうして最後は岸に一人取り残された若侍を、あげっぱなしでぐちゃぐちゃの食べられない天ぷらにたとえて、なぶる。

喧嘩相手が使った論法や語句を、そっくりそのまま相手の逆襲に使うやり方がある。一瞬の機知が、相手を黙らせてしまう。侍「無礼者、手はみせぬぞ」、町人「気取るねえ、見せねえ手ならしまっとけ」（「たがや」）。「何を。江戸の人とはなんでえ。ふざけやがって、こちとらはちゃきちゃきの江戸っ子だ、べら棒め。てめえ田吾作だろ」（「平林」）。「今日は大晦日だ、勘定を貰おうじゃねえか？」、「何ィ、てめえ勘定を取る気か」、……「お前《めえ》の方から勘定を取るまでは一寸も動かねえと言ったんだ、一年だって二年だって、おれが勘定を払うまでは動かねえ」（「掛取万歳」）。「矢でも鉄砲でも持って来い」、「矢だの鉄砲が要るのかい、てめえ一人ぐれえ、この拳固《げんこ》で」、「何ッ」（「三方一両損」）

また、町人は侍の脅しの「差し」を茶化して応酬する。侍「二本差しているのが分からぬのか」、町人「二本差しが恐《こわ》けりゃ、焼豆腐は食えねえよ。気の利いた鰻《うなぎ》をあつらえて見やがれ、四本も五本も差してら、手前なんぞ、そんな鰻を食ったことがねえだろ」（「たがや」）

「掛取万歳」では、相手の一言、二言が逆手にとられるばかりではなく、話全体が逆手にとられ、勘定を取りに来た魚屋がしっぺ返しにあう。

魚屋「……人間ふだんが肝心だ。こないだってそうだ、おれが表でお前に逢ったら手前、おれの面《つら》ァ見て脇を向いて、スウッと横町へ曲がったろう？　いやな真似をするない。なぜあの時に言い訳のひとつもしねえんだ。おまはんのとこには借りがあって長びいてすいません。とてもこの大晦日には払いがつきませんから春まで待っておくんなさいましと、一言頼まれりゃ忙しいのにエッチラオッチラ来やしねえや」

掛取りを次々に撃退する亭主は、相手が使った啖呵をそっくり繰り返して仕返しをする。「えっ、勘定をとろうてんならふだんが肝心だぜ。こないだも表で逢ったら、手前人の面を見て脇を向いてスウッと横町へ曲がったろう、いやな真似するない、ああいう時になぜ催促のひとつもしねえんだ。手前んとこにゃ貸しがある。大晦日には取りに行くから、間違えなくこさえとけと言われりゃあ、どんな無理算段をしてもこさえようじゃねえか。手前の方で、知らん面をしているから、こいつは大晦日には来ねえんだなと、そう思って此方《こっち》はこさえておかねえんだ」

「祇園会《ぎおんえ》」では、かつての都《みやこ》、京の男と、江戸っ子のお国自慢がぶつかる。互いに相手の自慢の種を逆手にとってケチをつける。

京の人「江戸というところはコセコセこせついて、あんなところに一日中住んだら頭が痛うなりますわ。第一往来がきたない。あっちにもこっちにも犬の糞だらけ。武蔵《むさし》の国の江戸やのうて、むさい国のヘドやがな。アハハハ……」

地口のきつい洒落を使って江戸をけなす。むっとした江戸っ子のしっぺ返しは、奇想天外な論理の展開で相手のど肝を抜く。

江戸っ子「なにォ、むさい国のヘドっていいやがったな。ヘン、京の人は江戸へ来たらそう思うかも知れねえが、江戸の者が京へ来たらたまらねえ。寺ばかりあって線香くさくって、こちとらァ体がくさくさしねえかと心配でたまらねえや。江戸は将軍さまのおひざ元、生き馬の目を抜くというくらいのもンだ。まごまごしてりゃァどんな目に遭《あ》うかもしれねえような烈しいところなんだぜ。往来に犬の糞があるからってびっくりする奴があるものか。江戸っ子はネ、お前さんの前だけれども食物がいいんだ。魚河岸《かし》へ上って来るのを待っていて一尾二両ぐれえの鯛を眼肉だけくり抜いて人間が食って、身のいいところは犬に食わせちまうんだ。食物がいいから犬がむやみに糞をするんだ。京の奴らァなんでえ。年中、馬の飼葉《かいば》みたようなものを食ってやがる。朔日《ついたち》十五日にはどんなものを食うかと思うと棒鱈《ぼうたら》に木鱈の煮付けたの食って魚だと思ってやがる。人間でせえそんなものを食ってやがるんだから犬なんかやせっこけて、ろくに動くこともできねえや。糞をするだけの力がねえから、風をくらって屁でも垂れてやがるんだろう」

犬の糞で往来が汚いと悪態をつかれると、これを逆手にとって、江戸っ子は、江戸の犬は食物がいいんだとやり返す。これはもちろん、五代将軍徳川綱吉の「生類憐之令《しょうるいあわれみのれい》」（貞享四年＝一六八七年）以来、犬を特別に大事にしたことを、江戸自慢の種にしている。ともかく、糞には糞をと言うわけで、精進料理の京を揶揄して、強烈なしっぺ返しをした。

この江戸っ子の啖呵のなかにある、「一尾二両ぐれえの鯛を眼肉だけくり抜いて人間が食って身のいいところは犬に食わせちまう」なども、このあべこべの価値を吹聴する例である。世間一般の常識に逆らう価値観や論理を展開することが、かえって斬新な印象を与える。

有名な江戸っ子の自慢の一つに、宵越しの銭《ぜに》は使わぬことがある。これもあべこべの一例となる。「銭《ぜに》が残っちゃたんだよ」、「何だってそんな間抜けたことをしやんでえ！」、……「面倒くせえからドブの中にたたき込んじゃおうかと思ってんだよ」（「三方一両損」）

こうした威勢のいい話を聞いていると、貧乏もまた楽し、という気持にさえなってくる。「財布拾っちやったんだよ」、「何だってそんなドジなことをするんだ」、「したかねえが、下駄へひっかかちゃったんだよ」、「そんなささくれてる下駄をはくからそういう間違いが起こるんだ」（「三方一両損」）。貧乏を自慢にする親父は息子をしかる、「手前という跡つぎが出来て、おっそろしい貧乏っぷりがいいからこれなら安心してあの世へ行けると思ってるのに、なんだって無尽《むじん》なんぞへえりやがるんだ、この馬鹿野郎め」（「三人旅」）

この論理では、出世も災難とみなされる。大工は平大工を誇って、「あっしゃア自慢じゃァねえが……どうか一生棟梁になりたくねえ、人間は出世をするような災難に出あいたくないと思えばこそ、毎日金比羅さまへお燈明《とうみょう》あげておがんでるんだから」（「三方一両損」）

以上の啖呵はみな、金銭欲とか出世欲に恬淡《てんたん》とした江戸っ子気質をよく現している。新鮮な印象を与えると同時に、物質主義、出世主義など、既成の価値観を問い直すきっかけも作っている。

次にあげる長屋の夫婦のとんちんかんなやりとりは、長屋らしい生活感情を伝える。


「へえ、そんなに変わってんのか？」

「ああ、あの女ァ長屋きっての変わり者だよ。あいつァ長屋でも一番早く起きんだよ」

「？……」

「亭主より先起きるなァ女の恥だよ」

「嘘をつきァがれ。亭主に寝顔をみせンなァ女の恥てえなァ聞いてらあ。おめえ、先起きてどこが恥だい」

「第一生意気だよ。女のくせに男より先ィ起きるなんて……」（「猫久」）

威勢のいい啖呵に、独白や傍白が入ると、それが間《ま》を作り出し、啖呵のテンポが緩んで、次につづく急テンポの啖呵をいっそう引き立たせる効果を生み出す。逆に独白、傍白の発言者は、滑稽な役割を担うことになる。

夜道を歩いている町人は、突然侍に出会ってびっくりする。町人は侍を、試し斬りと勘違いする。彼は何とかして自分を奮いたたせないと、不安でしかたがない。（傍線の部分が独白、傍白である）。

「まごまごしやがっとな、頭と尻尾もって結んじゃうぞォ。へ、めめずだね。びっくりしやがんだろうなァ。股もって引っ裂いちゃうぞって、たきつけだよ。へへん、塩つけてかじっちゃうぞ。生梅だ。ははん、驚きやがったろうね。さあ出てくれ、試し斬り、おいはぎ、出ろい」……「気のさいた鰻を見ろ、五本だって六本だって差してるよ。うぬはそんな鰻食ったことねえだろ。ええ？　お、おれも久しく食わねえけど……何言ってやんでえ。教えられねえから教えられねえと言ったんだ」（「首提灯」）

ふざけた口上

口上とは元来、「口頭で用事を伝えること」だが、ただ単に伝えるのではなく、改まって申し述べるものである。[5] その様式化の進んだ形が、歌舞伎その他の興行物で、出演者または劇場の代表者が観客に対して述べる挨拶である。初舞台、襲名披露、名題《なだい》昇進、追善などの際に行われ、また題名、出演者などの紹介をすることもある。[6] 宝暦十三年（一七六三年）の川柳に、「ひきがえる口上を言うすがたなり」というのがあるが、これは儀式ばった上下《かみしも》をつけた口上言いの姿を茶化したものであろう。落語の世界でも、そのような様式化、形式化を茶化すのに口上を使う。口上が啖呵と異なる点は、口上は相手を打ち負かすことが第一目的ではないことである。だが、自己誇示に口上を使うと、結果的に相手を格下げし、苛立たせることになる。ふざけた口上は相手を侮辱して、啖呵と同じ効果を生む。

落語のなかでは数少ないまっとうな朗誦は、「野ざらし」の尾形清十郎による回向《えこう》である。尾形清十郎は向島に釣りに行ったが、魔日《まび》で小魚一匹かからない。水死者の野ざらしを見つけて、手向けの句を詠んだ。「野を肥《こ》やす骨をかたみに薄《すすき》かな。生者必滅《しょうじゃひつめつ》、会者定理《えしゃじょうり》、南無阿弥陀仏、南無阿弥陀仏」。そして少しばかり残っていた瓢《ふくべ》の酒を骨にかけてやった。八さんは清十郎の手向けをまね、真面目な回向を不敬虔な冒瀆に変えてしまう。葦《あし》をかきわけ、野ざらしを見つけ、持ってきた酒を注ぎながら、飲み屋で騒ぐように陽気に騒ぐ。尾形清十郎の朗誦は、パロディ化される。「鐘がボーンと鳴りゃサ、上げ汐、南サ、鳥が飛びたちゃコラサーサ、骨があるサイサイサイ。ア、チャチャラカチャン……そのまた骨にとサ、酒をばかけりゃサ、骨がべべ着てコラサーサ、礼に来るサイサイサイ」と歌い、「のをおやす、骨をたいてお伊勢さん、神楽がお好きでとッぴきぴのぴッ」と言いながら、持参の酒を全部ふりかけ、二十七、八から三十前後の乙な年増がやってくるのを夢想する。

こうしたふざけた祈禱朗誦が、落語にはしばしば使われる。わずかな賽銭でできる限りのご利益を願うのは凡人の常だが、十円玉ひとつのお賽銭で、あれもこれもり沢山に願う人がいる。「(拍手を打って)天下太平、家内安全、無病息災、武運長久、商売繁昌、病難火難盗難剣難を逃れますように……」(「小言念仏」)。よく見ると、願い事自体が矛盾している。「天下泰平」の平和を願いながら、「武運長久」と戦いの勝利も願っている。

「万金丹」の二人の江戸からの流れ者の俄か坊主は、木魚を叩き、念仏を唱えながら、女のことを思ったり、和尚を殺して金を奪うことなどを相談しあったりする。この二人は、「なむあみだぶ」を唱える以外には、坊主の勤めを何も知らない。だから葬式を頼まれた時、二人はふざけたお経を即興的に実践する。「いィろㇿはァにィほホへェとォ……かなんかやりゃお経に聞こえるだろ。いいかげんのところで調子を張り上げてな、ゴニョゴニョやっときゃいいやな」

読経と密接に関連するのが名前である。古典的な長い名前は、よく知られた「寿限無」。生まれた息子に、男らしい立派な名前を父親が望むと、相談された和尚は、長寿を表すめでたい言葉をいろいろ教える。父親はそのなかから一つを選びかねて、全部子供につけてしまう。「寿限無寿限無、五劫のすり切れ、海砂利水魚の水行末、雲行末、風来末、食う寝るところにすむところ、やぶら柑子ぶら柑子、パイポパイポ、パイポのシューリンガン、シューリンガンのグーリンダイ、グーリンダイのポンポコピーのポンポコナの長久命の長助」

のり屋のおばさんは「ようやくなんとか覚えたが、今日はさらって貰おうと思ってきたのさ」と長い名前を言いはじめ、無事言い終わった時、「あーあー、なむあみだぶつ……」と思わず読経の句が口からでる。長い長い名前は、日常生活では手に負えない厄介な物になる。

他方、名前を省略して短縮することから、滑稽でグロテスクな表現が躍り出る場合がある。有名な例は、「かつぎ屋」。呉服屋の五兵衛が、年始回りの客の名前を書きとめるため、小僧の長吉に名前の頭だけを読み上げさせると、てんかん（天満屋の勘兵衛）、あぶく（油屋の九兵衛）、しぶとう（渋屋の藤吉）、ゆかん（湯屋の勘太郎）と立てつづけに不吉な名前が飛び出す。癲癇《てんかん》の発作を起こして死んで湯灌をする、となる。よりによって正月には想い起こしたくない不吉な出来事で、縁起をかつぐ主人はふさぎこんでしまう。ごますり番頭が、小僧に代わって、「ええ、鶴亀とおつけねがいます……鶴屋の亀吉さんでございます」と言うと、五兵衛の気も晴れる。

名前や物を列挙する長い言い立てもまた、落語の大事なギャグになる。庶民信仰の霊場、浅草寺の観音様は、江戸っ子なら誰でも知っている。「やかん」の知ったかぶりの先生はのたまう、「あれは観音ではない。あれはな、金龍山浅草寺《きんりゅうざんせんそうじ》に安置したてまつる、聖観世音菩薩《しょうかんぜおんぼさつ》というものだ」長く言いたてると、どことなく箔《はく》がついてくる。「山号寺号」では、寺の山号寺号がもったいぶって列挙される。成田山新勝寺、東叡山寛永寺、金龍山浅草寺、万松山泉岳寺、一縁山妙法寺、池上山本門寺、などなど。このもったいぶった仰々しさは、早速パロディ化する。時代の風俗を取り入れた豊かで滑稽な列挙が続く。植木屋さん建仁寺、あんまさん揉み療治、漬物屋さん金山寺、時計屋さんいま何時、餅屋さん道明寺、お巡査《まわり》さん一大事、お嫁さん拭き掃除、お乳母《んば》さん子が大事、軍医さん荒療治、隠居さん茶焙じ、お姐《ねえ》さんいい返事、一目散随徳寺、南無三仕損じ、みなさんよく御存知。

一字一句、型にはまった堅苦しい言葉づかいは、町人の日常生活では甚だしい違和感を生む。「たらちね」の八五郎の嫁は、公卿の家に奉公して丁寧な公卿言葉を身につけたが、これが八五郎にとっては厄介なことになる。

この嫁は器量も十人なみ、利口で如才ない。だが、女のただ一つの疵《きず》は、言葉が丁寧すぎることだ。名前を問われると、とんでもない切り口上で、「みずからことの姓名を問い給うや」と言いはじめる。「みずからことの姓名は、父はもと京都の産にして姓は安藤、名は慶三、字《あざな》は五光、母は千代女と申せしが、わが母三十三歳の折、ある夜、丹頂の鶴を夢見てはらめるがゆえに、たらちねの胎内をいでし時は鶴女と申せしが、それは幼名、成長の後これを改め清女《きよじょ》と申し侍るなり」

名前を問われて、単刀直入に「清《きよ》」と答えず、両親の名前から説きおこしていき、一分のすきもない、淀みない切り口上であったので、八五郎の方はこれ全部が嫁さんの名前かと誤解する。彼は仮名で書いてもらって読みはじめたが、段々読経の調子になっていき、「チーン、お経だなァ。どうも驚いたなァ」と傍白する。

夜なかにこの嫁さんは婿の枕元へ手をつかえ、「あーら、わが君。あーら、わが君……いったん偕老同《かいろうどう》穴《けつ》の契りを結びし上からは、千代八千代かわらせ給うことなかれ」と申し立てる。翌朝米の在りかを尋ねて、「白米《しらげ》のありかは、いずくなりや」。振売《ふりうり》の八百屋に呼びかけて、「こりゃ、門前に市をなす賤《しず》の男《おのこ》、男《おのこ》や男《おのこ》」、葱《ねぎ》を一束買うのに「汝《そもじ》のたずさえる白根草、価一束幾何《あたいいっそくいくばく》なりや」という調子である。

切り口上とそのパロディは、落語の笑いの源泉の一つである。その古典的な例は、落語家《はなしか》の不可欠な持ちネタ「金明竹《きんめいちく》」である。骨董屋の仲買人から来た使いの者が、道具屋に口上を言う。道具屋は留守で、店番をしていた間抜けな与太郎が聞き、次に内儀《かみ》さんが聞く。使いの口上は次の通りである。

わては中橋の加賀屋左吉方から参じましたン。（はじめはゆっくり言いはじめるが次第に早口になっていく）先《せ》ン度、仲買の弥市の取り次ぎました道具七品《ななしな》のうち、祐乗光乗宗乗《ゆうじょこうじょそうじょ》三作の三所物《みところもの》、備前長船《おさふね》の則光《のりみつ》四分一ごしらえ、横谷宗珉《よこやそうみん》小柄付きの脇差、あの柄前《つかまえ》はナ、旦那はんが古鉄刀木《ふるたがや》さんやというてでござりましたが、やっぱりありゃ埋れ木じゃそうで、木が違うでおりますさかい、念のためちゃっとおことわり申します。次は織部の香合《こうごう》、のんこの茶碗、自在は山金明竹、ずんどうの花活けには遠州宗甫《そうほ》の銘がござります。古池や蛙《かわず》とびこむ水の音、これは風羅坊正筆の掛け物。沢庵木庵隠元禅師はりまぜの小屏風。あの屏風はナ、もし、わての旦那の檀那寺《だんなでら》が兵庫におましてナ、へえ、この兵庫の坊主の好みまする屏風じゃによって、表具にやって、兵庫の坊主の屏風にいたしますと、こないにおことずけ願います。

固有名詞と特殊な専門用語が羅列されるため、店番にもお内儀《かみ》にも全く意味が掴めない。与太郎はこの長い口上が早口でまくしたてられるのが面白くて、何回も使いの者に繰り返させたので、彼は怒って帰ってしまう。

店の主人が帰宅すると、お内儀は分かった言葉を勝手につなぎ合わせて、奇想天外な話を編み出した。「祐乗光乗宗乗」は「遊女・孝女・掃除好きの女」になる。仲買の弥市が気が違って、遊女を買ったが、この遊女が孝行で掃除好きの女であった。弥市はこの女をずん胴斬りにして、隠元豆と沢庵でお茶漬けを食べて、何を言ってものんこのしゃあ。備前の国へ親船で行こうと思ったら、兵庫へ行ってしまった。兵庫にお寺があって、そこに坊さんがいて、屏風のうしろで、坊さんと寝て……最後に古池に飛び込んでしまった。

加賀屋の番頭の本来の口上も、同じ文句を四度繰り返すと、落語の聴き手はそのつど爆笑する。これは内容を理解して笑うのではなく、あまりに早口で理解できず、なにがなにやらさっぱりわからないから笑うのである。内容はとても真面目なもので、仲買の弥市が取り次いだ七品の道具の説明だが、実際どれ一つとっても天下の逸品で、それが七品も揃うことは実際には夢のまた夢である。

そして女房が亭主にしどろもどろの報告をするときは、「木が違って」「祐乗、光乗、宗乗」「寸胴の」「長船」「古池や蛙飛び込む」の個所が断片的に頭に入って、奇妙な話が創作されるわけで、早口の言い立ての滑稽なパロディになる。

口上の文句を使いの者が間違えて歪曲してしまう例が「鼻ねじ」である。隣の学者が隠居の庭の桜の枝を折るので、談判に丁稚《でっち》が送りこまれる。先方に伝えるべき本来の口上は次のようなものである。

今日は結構なお天気さんでござります。ただ今、手前どもの主人が、縁先で本を読んでおりますと、時ならぬ時分に花が散りますので、見てみますと、先生が私方の桜の枝を無断で手折っておられます。もし、お入用なれば、隣家さまのことゆえ、根引きにしてでもさし上げます。日頃から、書に眼《まなこ》をさらして、子曰《しいわ》くの、ひとつも心得てござる先生には、似合わしからざる儀かと心得ます。それを無沙汰で手折るというのは、その意を得まへん。言語道断。落花狼藉というものにござります。このご返答を承りたい。

丁稚は旦那から口うつしに即席で覚えこんだが、彼にとってはひどくむずかしい。この口上言葉は、丁稚の日頃の世界の言葉ではなかったために、彼はちんぷんかんぷんの受け留め方をして、相手に伝えたので、もちろん、談判にもならない。

今日も結構なお天気さんでござります。戸も障子も、何もいりまへんのや。ただいま、手前どもの主人、縁先で本を読んでおりますと、ときならぬ時分に、花が散りますので、見てみますと、先生が私方の桜の枝を無断で手折っておられます。もしご入用なら金柑さんのことゆえ、根びきにしてもさし上げます。……日ごろから障子に海鼠《なまこ》をさらして……火《し》の玉のひとつもころばしてござる先生には、似合わしからざる儀かと心得ます。……それを無沙汰で手折るとは、言語道断、パッパ唐人……

隣の学者は、「障子に海鼠《なまこ》をさらし……火《し》の玉をころばす」変人に成りさがってしまう。学問の世界に無縁な丁稚にとっては、これは案外、本音だったのかもしれない。

先にも少しふれた「掛取万歳」は、けんか好きの魚屋のほかにも、狂歌好き、義太夫好き、芝居好き、万歳好きなど、さまざまな趣味を持つ借金取りが現れるのを、長屋の八五郎がその趣味に合わせて次々と撃退していく話である。これは文化の頃に上方の噺家初代林家蘭丸が小咄を元にして創り、その後大勢の落語家がいろいろな場面をつけ加えて、大成したと考えられている。文政の頃には、初代林家正蔵が角力好きと万歳好きの掛け取りを撃退する話を高座にかけていたらしい。[7]

大晦日の掛け取り風景は今ではすっかり昔がたりになってしまったが、掛け取り人の趣味に応じて撃退を試みるという発想は、なかなか秀逸である。義太夫好きの掛け取りに対しては、三味線が入り、

八五郎「頃は如月《きさらぎ》、初午や、桃の節句や、雛済んで、五月人形も済んで後、軒の燈籠や盆過ぎて、菊月済めば、戎《えびす》講、中払いやら、大晦日か、所詮払いはできませぬゥ……それから先は十年、百年、千年、万年、待ったとォてェ、その時払いが」

と、年中行事を順を追って読みこみながら、言い訳をする。すると旦那の方も、

旦那「(静かに)出来《でけ》るのか?」

八五郎「(目を閉じ首を振りながら、声をふりしぼる)〽ちぇェ……えッ、おぼつかなァいィ……いッ」

義太夫好きの旦那は、満足して、金を取らず日延べして帰ってしまう。
芝居好きの酒屋の番頭との歌舞伎調のやりとりは、貧乏世帯の歌舞伎パロディとなる。

八五郎「お掛取りさまのおん入ィりィい……これはこれは、お掛取りさまには、遠路のところご苦労千万、そこは溝板、いざまず、あれへ、お通り下され」
番頭「ひとつ、このたび、月々溜まる味噌醤油、酒の勘定、積もり積もって三十二円八十六銭五厘、丁稚《でっち》定吉をもって、数度催促いたすといえど、いッかな払わぬ、今日《こんにち》ッた、大晦日のことなれば、きっと勘定受け取りまいれと、主人吝《けち》兵衛の厳令、上使のおもむき、かくの次第」
八五郎「その言訳はこれなる扇面《せんめん》」
番頭「……こりゃこれ近江八景の歌……この歌もって言訳とは」
八五郎「心やばせ（矢橋）と商売に、浮御堂《うきみど》やつす甲斐もなく、膳所《ぜぜ》（銭）はなし、城は落ち、堅田《かただ》に落つる雁《かりがね》の、貴殿に顔を粟津《あわず》（会わす）のも、比良の暮雪《ぼせつ》の雪ならで、消ゆる思いを推量なし、今しばし唐崎《からさき》の……」
番頭「松で（待って）くれろという謎か。……して、その頃は？　……」
八五郎「今年も過ぎて来年の、あの石山の秋の月」
番頭「九月下旬か」
八五郎「三井寺の、鐘を合図に」
番頭「きっと勘定いたすと申すか」
八五郎「まずそれまではお掛け取りさま」

番頭「この家《や》の主《あるじ》八五郎」
八五郎「来春お目に」
番頭「かかるであろう……」

番頭と八五郎の息があって、完全な掛け合い台詞になっていく。
この落語は、落語家によって自分の得意な芸に置き換えて演じられるが、最後に万歳で終わらねばならない。支払い延期の三河万歳版は、こんな具合になる。

三河屋「待っちゃろかァと、申さァば、ひとつきィか。ふたつきか?」
八五郎「なかァなァかそんなァことじゃァ、勘定なんざできねえ……」
三河屋「出来なけれェば、待っちゃろか、ずうッと待って、十年か、二十年か、三十年、四十年も待っちゃろか、こけえらァでどうだんべえ」
八五郎「なかァなァかそんなァことじゃァ、勘定なんざできねえ……」
三河屋「そんじゃァ一体、いつ払えるだ?」
八五郎「あァしら百万年も過ってのち、払いましょう」

「なかァなァかそんなァことじゃァ、勘定なんざできねえ」の間《あい》の手がリフレインになって、八五郎はうまく窮状をしのいだ。これで掛け合い口上をうまく使った、借金取り撃退が終わる。
落語では、どうしようもない馬鹿がほめ口上を伝えねばならない場合がある。彼は口上を必死に丸暗記する。だが、言葉は自分の心から出たものではないし、日常使う語彙でもないので、取り違えて、言うことは取りとめもないおかしなことになる。言い誤りは、本人の意図とは無関係に、本心を現すことが多い。言い誤りによるギャグは、落語の大きな部分を占める重要な技巧である。

「松竹梅」では、町内の三人の者がいっしょに婚礼の宴の御祝儀に謡《うたい》を出すことにした。本来の謡の文句と段取りは、松「成った、成った、じゃになった」、竹「何のじゃになられた」、梅「長者になられた」、三人「お目出度うございます」となる。しかし実際には、こんな風に円滑に行かず、言い誤りが続出する。じゃになったは、嫌《や》になった。当家の婿殿は、当家のむく（むく犬のこと）殿。じゃになったはまた、番茶、大蛇、患者、忍者、風邪《ふうじゃ》、亡者になってしまう。次々に飛び出す言い誤りは、めでたい宴に不吉な影を落とし、婿は風邪をひいてついに死ぬことになってしまう。

「牛ほめ」では、家ほめの口上がいっそう複雑化してくる。父親は息子の与太郎に家ほめ口上を教えようとする。ところが与太郎は、不吉な意味合いの言葉ばかり並べ立てる。

父「ご普請は総体檜《ひのき》づくりでございます」、与太郎「ご普請は、総体屁ノキづくり」父「畳は備後の五分縁《べり》で」、与太郎「畳は貧乏で、ボロボロで」父「左右の壁は砂摺り」、与太郎「佐兵衛のかかァは、おひきずり」父「天井は薩摩の鶉木目《うずらもくめ》」、与太郎「天井は、薩摩芋にうずら豆」父「お庭はすべて御影《みかげ》づくり」、与太郎「お庭はすべて見かけだおし」父「床の間のお掛けものは、隠元禅師の茄子《なす》の絵で」、与太郎「床の間のばけものは、隠元豆に唐茄子の化けもの」……父「これはたしか、去来の句でございますな」、与太郎「これはたしか、去年の暮れでございましたな」

この特訓もあまり効果がないままに、父親は与太郎を、家を新築した叔父佐兵衛のところにつかわす。与太郎がこの家ほめ口上を述べた時、どんなことになるか容易に想像できる。

正月には縁起のよい言葉、「めでたく」などの語をさかんに使うのは、今でも同じだが、「かつぎや」の五兵衛は、この「めでたづくし」で元旦に大騒ぎをする。

　さァさァ、めでたく夜が明けましたよ。めでたく起きなさいよ。めでたく布団をたたんで、ソラ、めでたく枕が落ちましたよ。だれだい、汚いふんどしをめでたくこんな所へ置いておくのは。めでたく片づけなさい。どうも今日はめでたく寒いな。めでたく火を起こしなさいよ。さァ、めでたく炭をかついで、めでたくあたりなさいよ。

めでたかろうとなかろうと、五兵衛は無差別に「めでたく」の語をすべてにかぶせる。ほめ口上もこうなると、空虚な滑稽に変わってしまう。

　多弁、早口、流暢なまくしたて、相手を圧倒する言い立てなどの芸は、啖呵に似ている。啖呵と異なる点は、言い立ては、相手に敵意を抱く喧嘩ではなく、商品を売り込んだり、相手を何らかの意味で説得することを目的とすることである。したがって相手に反対するというより、賛成か反対かの意思表示をするだけで、反対する場合のみ、言い立ては啖呵に変わる。

「蟇《がま》の油」の雄弁な立師《たてし》口上は立派な言い立て芸であり、古典落語の口上の最も有名なもののひとつである。蟇の油売りの口上を言う立師は、大道芸人のうちでも大立物で、ご存知のように口上の名調子につられて、大勢の人が正体のよくわからない蟇の油を買ってしまう。呼びかけの「お立ちあい」の語句が、リフレインのようにしばしば挿入され、喚起的に使われる。先ず型通りの呼びかけではじまる。

「さあさ、お立ちあい、ご用と急ぎのない方はァ、ゆっくりと聞いておいで」次に聴き手の情感に訴えて、何となく郷愁をそそるようなことを言う。「遠目《とおめ》、山越し、笠の内、聞かざるときは物の文色《あいろ》、理方《りかた》の良し悪しがとんとわからない。山寺の鐘は轟々《ごうごう》と鳴るといえど、童子来《き》たって鐘に撞木《しゅもく》をあたえずば、鐘が鳴るやら撞木が鳴るやら、とんと鐘の音色《ねいろ》が分からない」この口上の最初《はな》は、どう考えても意味不明、意図不明だが、調子は大変リズミカルである。

いよいよ本番。恭しく蟇蟬噪《ひきせんそう》四六《しろく》の蟇の油の紹介が始まる。ここでは、特別な「薬力と効能」が強調される。「四六の蟇」の無類さはそのグロテスクな奇形にある。「前足の指が四本、後足が六本」。そして棲むところ、取れる時期が紹介される。「この蟇の棲む所は、これより北は筑波山の麓に、車前草《おんばこ》という露草を食《くら》って育つ」、「この蟇のとれるのは、五月に八月に十月、これを名づけて五八十《ごはっそう》は四六の蟇だ」と名調子である。

蟇の油の製造法は念入りで、時間がかかる。言葉のテンポも落ちて、ぐっと緩やかになる。「この蟇の油を取るには、四方に鏡を取りつけ、下には金網を張り、そのなかへ蟇をば追い込む。蟇は己れの姿が四方の鏡に写る。己れを己れが驚き、身体《からだ》からたらーりたらりと油汗を流す。これを金網の下に梳《す》き取り、三七《さんしち》二十一日の間、柳の小枝をもって、とろーりとろりと煮つめ、赤い辰砂《しんしゃ》や椰子の油、テレメンテーナにマンテイカ、かような油を練り合わせてこしらえる」

この後、急テンポに変わって、蟇の油の効能が列挙され、いよいよ最大の見せ場がくる。試し切り、血止めの実演ショウである。

まず白紙を刀で細かく切っていく。芝居もどきの名調子に変わる。「抜けば玉散る氷の刃《やいば》だ、お立ちあい。紙を切ってお目に掛けよう、紙を切ってソーラこの通り（紙を刀で切る）。一枚の紙が二枚、二枚が四枚、四枚が八枚と切れる。ソーレこの通り、八枚が十六枚、十六枚を二つに切って三十と二枚、三十二枚が六十四枚と切れる。（プーッと切った紙を吹く）アーラこの通り嵐山は落花の形、比良の暮雪は雪降りの形だ、お立ちあい」

黒紋付きの着物に袴ばき、白鉢巻き、白だすきの立師の大見得と、落花雪降りのように舞う紙片、細かく紙が切れていく重畳的な調子に、取り巻く見物人は目と耳を楽しませる。

最後に蟇の油売りは自分の腕を切る。と、血が吹き出る（実際には鈍刀《なまくら》にあらかじめ付けた赤のりに過ぎない）。そこでおもむろに蟇の油をつける。たちまち血が止まったのを皆に見せる。催眠術にかけられたように、見物人の手があちこちから伸びて、蟇の油は羽が生えたように売れる。ショウは上首尾に幕を閉じる。

だが、落語の「蟇の油」はこれで終らない。

蟇の油売りは疲れて喉の乾きを覚えた。売り上げ金のいくらかを掴んで近くの酒屋へ行き、酔っぱらってしまう。次に続くのは、前述の堂々たる大道芸のグロテスクなパロディとなる。

欲が出て、彼はもう一度儲けようと思う。蟇の油の口上を再び言いはじめるが、酔っ払っているので、支離滅裂になる。間違えるたびに鋭い野次が飛び、彼は嘲笑する野次馬の啖呵の犠牲になっていく。

立師「……四六、五六はどこでわかる。前足が二本で、後足が八本だ……」
野次馬「なにいってやがんでえ。八本ありゃあ、蛸じゃねえか」
立師「……これからはるーか……東にあたる高尾山の麓で……」
野次馬「おいおい、いつもは、はるか北で、筑波山てえじゃあねえか」
立師「……いつもは、二貝《ふた》で百文だが、こんにちは、ひろめのため一貝《ひと》だよ。お立ちあい」

野次馬「それじゃあ、あべこべじゃねえか」
立師「……鈍刀《なまくら》たりとも言えども……とにかくよく斬れるよ。お目の前にて白紙を切ってお目にかける……あーあ、」
野次馬「あくびなんかしてねえで、さっさとやれ！」
立師「……いや、えへん、えへん……お立ちあい、切れないはずなのに、切れちまったよ。どういうわけだろう？」
野次馬「そんなこと知るもんか」
立師「……こんどこそ、血が止まらないぞ、お立ちあい……」
野次馬「どうするんだ？」
立師「お立ちあいのうちに、血どめはないか？」

ここで話は終る。本末顚倒、何のために蟇の油を売っているのか、誰にも分からなくなる。「蟇の油」は古典落語の傑作の一つである。口演は落語家の才と工夫の見せどころで、よい口演は落語の口上と啖呵の諸相を明快に示し、口上と啖呵とがいかに密接に絡み合っているかを示してくれる。

これまで見てきた各種の口上の失敗例に、発言者の本音がこぼれ落ちるのに気がつく。その本音は、発言者が意識するにせよ、しないにせよ、意外に反体制的、挑戦的、攻撃的なもので、正面切って喧嘩を吹っかける啖呵と、ほとんど紙一重の場合もある。江戸っ子は言い誤りの形で、ぽろっと本音を出しながら、うまく紋切型のなかに逃げこんでいたのかもしれない。型は使いようによって、結構、相手を挑発する有効な手段となり、巧みに使われていたと思われる。

フロンティアの悪態

落語が江戸庶民の娯楽として寄席で語られはじめた十九世紀前半に、太平洋の彼方アメリカにも新しい型の庶民話が登場した。

プリマス・ベイに入植したイギリスからの移民がニューイングランドに「丘の上の町」の新しい聖書王国を築いた十七世紀のピュリタン文化がやがて衰え、十九世紀のロマン主義の時代になると、荒野に対する観方が大きく変わる。森の生活へ適応する者は賛美と感嘆の対象となってきた。その間、ロマンの夢を抱いて、西へ西へと、わな仕掛猟師、マウンテン・マン、道案内人、いわゆる「アメリカ・インディアン」とよばれる先住民族の動静を探る斥候などが辺境の奥地深く進入していった。その荒野の最前線のすぐ後ろには土地獲得を目指す開拓民の大群が続いた。これがいわゆる西漸運動である。辺境がミシシッピー川に達すると、活躍する人たちに平底貨物船を操る船乗りが加わる。さらにフロンティア・ラインが西へのびていくと、再びマウンテン・マン、わな仕掛猟師、さらに鉱夫などが辺境の最前線を出入りする。

アメリカ大陸に広がる荒野には先住民族が豊かな自然の恩恵に包まれて、素朴ながら独特の文化社会を形成して生活していた。ヨーロッパから進入してきた白人はフランス、イギリス、オランダ、スペインの各勢力が入り乱れて、主として毛皮取引と土地の獲得に狂奔した。先住民族と接触した白人たちは徹底的に彼らをだました。先住民族はずたずたに引き裂かれ、土地を奪われ、部族はやがて壊滅した。白人開拓者が増え続け、辺境荒野が西へ移動するにつれて、先住民族との正面衝突は増大していた。白人は先住民族を荒野と同一視して、彼らを迫害し、殲《せん》滅に追いやったのである。

辺境最前線の各地では白人と先住民族との修羅のたたかいが熾烈にたたかわれた。同時にこの緊張した殺戮《りく》の場にアメリカ土着のユーモアが生まれ出たことも事実である（アメリカ大衆文化のパイオニア的存在であったコンスタンス・ルーケがこれを指摘している）。[8]

フロンティアでは、喧嘩や格闘は日常茶飯事であった。人が生死を賭して戦う時、敏捷な行動は、大言壮語より重要であった。そこではガンやナイフが決定的役割を果たす。だが、争いがそれほど深刻でなくなり、殺す、殺されるというより、相手を黙らせるとか、見物人を威圧する方がいっそう大事になる時、大言壮語がガンやナイフにとって代わり、重要な武器となってくる。

フロンティア法螺

フロンティア法螺は、新世界に進人したフロンティア辺境の庶民の精神や感情を豊かに反映している。その法螺は、都市文化からはるかに隔たった森とか大草原の小さな開拓地で発達した。法とか秩序はまだ確立しておらず、誇大表現と野性的空想で、フロンティアのヒーローたちは自己膨張を試み、周囲の仲間や周辺の野生に対する優越性を示そうとした。概して、彼らの法螺は挑戦的、挑発的である。彼らは喧嘩相手を探して、周囲を見渡す。ソルト河の暴れん坊は喧嘩のためなら、昼夜を問わず十マイルでも歩いたという。

フロンティア法螺は必ずしも筋をもつ話ではない。W・F・トンプソンの定義によれば、それは「人とか物を非難したり、賞賛したりする時の短い口上風の発言形式である。構成は、創意工夫に満ちた形容語句の奇妙な混ぜ合わせから、無茶な誇張、風変わりな直喩や隠喩の使用、大袈裟な演説ぶりなど、広範囲にわたる。目的は、話し手自身や友人の武勇や一般的優越性を、聞き手に印象づけることである」[9] フロンティア民話と伝承の最も広汎な収集の一つは、B・A・ボトキンの『アメリカ民話の宝典』（一九四四年）である。[10] 以下にまとめた数多くの用例は、主としてこの宝典からのものである。

周知のフロンティア・ヒーロー像にデイヴィッド・クロケット、マイク・フィンク、ポール・バンヤン、バッファロー・ビルなどがいる。例えばデイヴィッド・クロケットは、生前から伝説化が進み、彼の虚像は、死後、みるみるふくれていった。当時の画期的な印刷技術の進歩も大いに貢献している。各種の『デイヴィッド・クロケット暦』（一八三五－一八五六年）の出版が拍車をかける。暦は当時最も人気を集め、流布する範囲も広い出版事業であった。情報源として重宝がられ、聖書と並んで、各家庭に備えられた。[11]

なかでも、C・エルムズの編集になる『ナッシュヴィル・クロケット暦』（一八三九－一八四一年）は、クロケット神話の定着に大いに貢献した。このナッシュヴィル版の挿絵と文言によって表現されるクロケットは、典型的なフロンティア法螺のヒーローである。有名なこの人物を主人公にした、奥地荒野の野獣の描写や、猟や、冒険中の人と動物との乱闘、危機一髪の脱出劇などの話は、当初は少なくとも部分的には実話に基づいていた世界だが、たちまち、法螺のユーモアの世界へと入っていく様相を示している。[12]

このクロケット以外にも、マイク・フィンクやポール・バンヤンのような、国民的人気を集めたフロンティア・ヒーローがいた。彼らはみな神話的で、大巨人あるいは半神半人などの超人間的なイメージを持つ。[13] こうしたフロンティア時代最後の英雄の一人が、バッファロー・ビルである。バッファロー・ビルとは、F・コディ（一八四六－一九一七年）という人物のあだ名で、彼は最後の西部開拓に大いに貢献したアメリカ騎兵隊の有能な斥候であった。彼は、先住民族の動静を探り彼らとの戦いに伝説的な武勲をとどろかせた。

アメリカの作家フランク・ノリス（一八七〇－一九〇二年）は、「軽視された叙事詩」という随想のなかで、フロンティア法螺を、古代ならびに中世ヨーロッパの叙事詩の主人公たちの自慢話と比較する。ノリスは、法螺話はまだ正当に評価されておらず、アメリカの英雄譚は今後書かれるのであろう、と慨嘆する。「トロイ戦争はヘクトールを後世に残した。サラセン戦争でローランが生まれ、アイスランド民族はグレティルを生んだ。スコットランド辺境沿いの詩はダグラスをもたらした。スペイン叙事詩はシッドを。だが、アメリカ叙事詩は、同じように英雄的、基本的、重要かつ絵画的であるにもかかわらず、バッファロー・ビル以上の立派で気高いヒーローを生まずに、歴史のなかに消えて行くであろう。率直に言って、われわれ（アメリカ人）は、これまで叙事詩を軽視してきたのだ」[14]

ノリスがこれを書いたのは、一九〇〇年頃であった。以後、民俗学者や言語学者は、フロンティアの「バッファロー・ビル」とその仲間の再発見や再評価に努めてきた。

ノリスの慨嘆は、敗者として滅びた先住民族の声がきかれないこととも深く関係する。彼らの声はずっと後、二十世紀後半になって聞こえるようになった。敗戦の体験をふまえたアメリカ南部の文学者の視点に、僅かにノリスの待望する「叙事詩」への契機があるかとも思われる。

しかし、それでもなお、フロンティアと古代叙事詩のヒーロー像との最大の類似点を探れば、己れの優越性を吹聴する習癖である。古代の勇士は戦う前の名乗りで、己れの血統やそれまでの武勲を自慢しあった。フロンティア・ヒーローたちも、自己の力と栄光を自慢する。だが、彼らには自慢する貴族的先祖はいなかった。彼らは、昔のヒーローたちが夢想さえしなかった広大な荒野を征服し、広大無辺の大自然と、そこに住む野獣たちから、自己栄光化の形容語句を見つけてきたのである。[15]

自慢する者は、自分を野生動物にあてはめる――俺は大ミシシッピ川からやって来た本格派の叫び野郎、果てしない大草原からやって来た吠える獣だぞ。

さらに頻繁な言い回しとして、特定の動物の名前をあげる。――俺は飛びつき大山猫の一番血みどろの倅《せがれ》。苦り川《ビタークリーク》から来た野生の雌狼。飛ぶような韋駄天バイソン。撃ち落とした水鳥を水中から拾って来る猟犬。東部からやって来た二重顎のハイエナ。あの例の茶色熊。老いぼれやくざ馬。ミシシッピ川の噛みつき亀。湖水を飛び跳ねる虹鱒。鷲族の王者。鼬《いたち》の眼――などがあげられる。

自己栄光化の隠喩は野生の奇妙な動物が多い。ヒーローたちが日常生活で出会った動物たちである。非正統性が強調されているのが巧まぬ面白さとなる。よく使われる言いまわし、「俺は半分野生の荒馬、半分藪睨みの鰐」には、荒野に棲息する、猛々しい荒馬、鰐への激しい憧憬、同化願望さえ感じさせる。この辺りにアメリカのユーモアが辺境荒野から生まれ出た独自の秘密の源があるように思われる。

――俺様は折れ曲がった埋もれ木枝と、真赤に怒った噛みつき亀よ。俺は半分地下に伸びて、突然思わぬところで根が剝《む》き出る大樫の木。ちくちく肌に突き刺さる西風。地震のビリー。合衆国のぎらぎら輝く凄まじい猛吹雪――など荒野制覇でてこずった自然の風物にあやかりたい気持ち、それが高じて、最後の猛吹雪は凄まじい破壊力を示唆し、同時にもちろん英雄の破壊力を示唆することになる。

機械が初めて自然界に導入された時代を反映して、無生物や機械が自慢のネタに使われるのも面白い。

――俺は頭以外は全部土硫黄よ。仕上げ塗り鏝《こて》、真赤に焼けた砲丸よ。

自慢の「ネタ」を自然界の奇妙な物づくしから採用した結果、自己吹聴者が自慢する眼目は、ひとえに己れの獰猛さなのである。――俺はコロラド州出身の肝っ玉の坐った二丁拳銃野郎、おまけにひどい悪人《わる》。最上の男、眼がまだ明かないうちからミルクを嫌がり、ライ・ウィスキーが欲しいんだと泣きわめいた赤ん坊よ。

この偽悪性はエスカレートしてポパイの自慢になる。ポパイは、「俺様は有る者なんだ、それが俺様なんだからな」と自慢する。あからさまに神を冒瀆するつもりはないのだが、少なくともこの世には、彼の相手になる者はいないと確信している。もちろんこれは「我は有りて有る者」(出エジプト三・十四)のエホバの神のことをふまえているのである。

概して、フロンティアの男は、神や天使よりも、悪魔とその破壊力にいっそう親しみを覚えているようだ。こんな表現もある。——俺は罪の子、砂漠の創り主、荒廃の先触れ、アーカンソーの荒野出身の鉄顎、真鍮歯茎、銅腹の殺し屋の本家本元、「急なる死」とか「総破壊」とか呼ばれる奴。血を啜《すす》り、頭皮を剝ぐ、ナイフ使いの向日葵《ひまわり》川《クリーク》の悪魔。俺はテキサス州ジャック郡に住んでいるのさ、人喰い人種の出身地だぜ、俺様もその一人さ。

こうした巨人や悪魔のようなヒーローは、黄金の宮殿で育てられるのではなく、山々や砂漠の動物たちのなかで育つ。——俺の母方はがらがら蛇と親類だ。鰐が父親だ。北極熊の乳を飲んで育ったんだぜ。餓鬼の時には俺は鰐と喧嘩し、灰色熊と取っ組みあったんだぜ。

これがエスカレートして、伝染病や天変地異でさえ英雄の誇るべき血統の一部となる。——俺はコレラの異母兄弟で、天然痘は母方の親類だぜ。俺の父方はハリケーン暴風雨で、母方は地震でさあ。

こうしたヒーローの日常生活は、やはり常人とは異なる。食べ物も、着る物も普通ではない。まず大自然がヒーローに必要な食物を恵む。——俺の朝飯《めし》は、ピンピン元気なときは、十九匹の鰐とウィスキー一樽よ。病気の時はよ、一ブッシェル(約三十キロ)のがらがら蛇と人間の死体一個よ。おやつに雪。湧き出る泉の水は地面に落ちないうちに。腹がへった時には、生きた灰色熊の鼻っ面をかじって食う。血は俺の天然の飲み物。

こんなわけで、フロンティア・ヒーローの外観が、文明人より獣に似てくるのも当然である。——俺は荒っぽく毛むくじゃらで、蚤だらけよ。膝から下にはブラシも櫛も入れたことはねえ。ずぶ濡れ犬のように匂うぜ。ソルト川に肩まで漬かって、すっかり塩漬けになっちゃったのさ。

フロンティアの女性が晴着で着飾った姿は、お上品な淑女のグロテスクな戯画になる。——あたしの帽子は雀蜂の巣を狼の尻尾と鷲の羽毛で飾ったやつよ。ガウンは熊の皮、丸ごとよ、尻尾は裳裾よ。

にもかかわらず、フロンティアのヒーローは全体として、動物や普通の他の人間よりはるか上位に位置する。——俺さまはライオンにまたがって、此の国へやって来たのさ。彼奴《きやつ》の頭に四十五口径銃を突きつけ、爪楊枝代わりに三十八口径で俺の歯をほじくり、両腰に四十五口径銃をつけてさ。サボテンを代わりに使ってさ。

あるいは、——俺の体重は四千ポンド、寒い時はメキシコ湾を沸かして湯浴みし、暑い時は春分点で微風が眉の暑気払いをするのさ。雷雨のなかで日光浴をするさ。

SFフィクション映画から飛び出したような、宇宙人まがいのカウボーイのことも歌われる。——顎には歯が四列並び、それ以上に歯穴ができ、肋骨は鋼鉄《はがね》、背骨は鉄《くろがね》、尻尾に螺子《ねじ》がはめこまれているぞ。

つぎに能力誇示の自慢になる。自己能力のいっそうの宣伝であり、相手や見物人に強烈な印象を与える。まず、抜群の肉体の力を誇示する。——大稲妻のように、物にぶち当たり、森のなかでぶち当たったところは、一エーカー（約四千平方メートル）そっくり焼野原《のっぱら》になっちまうぞ。相手の顔に平手打ちを食らわすと、首がガクッと折れちゃうぞ。プルマン豪華一等客車を、誰よりも多く破壊してしまうのさ。ひざまずいて、なつかしの大ミシシッピ川を抱きしめるのよ。大岩を打ち砕いたら、製材所の仕事を全部やってのけるくらいの力が湧くっていうことさ。俺は大山猫の群れに鞭のように飛びこめるぞ。ひるまずにライオンを組み伏せられるぞ。熊の野郎をギュウッと抱きしめ、痛い目に会わせるぞ。素手で大山猫をひっ掴まえて、大鰐を俺の膝でへし折って粉々に砕き、全土にその粉末をまき散らすぞ、黒熊を絞め殺し、灰色熊に命乞いをさせたぞ！

彼らの飲み食い方法も一風変わっている。――頭にバターを塗って、両耳をピンで押さえたら、喉を詰まらせずに黒ん坊一人、丸飲みにできるぞ。この界隈の誰よりもウィスキーをがぶ飲みしても、平気の平左、素面《しらふ》でいられるぞ。嚙み煙草を誰よりも多く、吐く唾は誰よりも少ないのさ。苦味《にがみ》酒には硫黄で甘みをつけ、避雷針でかき回し、ハリケーン暴風雨でひとなでして、上澄みを取った硝酸を小ジョッキ一杯キュウッとやれるぞ。

ヒーローはまた、豊かな声量を誇る。――墓場の大口笑いのように、吠えられるぞ。一緒につながれた七匹の大山猫より、強く叫ぶぞ。アメリカ・インディアンのように喚《わめ》くぞ。俺様がものを言うと、雷が静まるぞ。怒った時の俺様の叫び声は、荒野から豹を呼び出すぞ。

また彼らは運動能力に関しては、言うまでもなく万能選手である。まず跳躍力が自慢の種となり、続いて木をすべりおりるとか、走る、泳ぐ、潜水能力などが目立つ。――俺は自分の影を飛び越えられる。絶壁から絶壁へ飛び渡る。オハイオ川を飛び越える。喉元にずばりくらいつくんだ。一条の稲光が黒ん坊をぶっ倒すより早くだぞ。ケンタッキー中の誰よりも長い時間、走り、大きく跳び、身を投げ出し、鞭打つことができるぞ。両の腕に山猫を一匹ずつひっ摑まえて、擦り傷ひとつなしに、百フィートのニセアカシアの木から滑りおりられるぞ。稲妻に乗って、ニセアカシアの木の上にうまく乗り移れる。ソルト川を背泳ぎでくだり、オハイオ川もさかのぼる。狐のように走り、鰻のように泳ぐ。この大沼のこっち側で、誰よりも深く長く潜って、濡れずにあがってくるぞ。背中で蒸気船をひっぱるぞ。濡れずにミシシッピ川を渡りきるぞ。

最後に、彼らは奇蹟的な睨み能力を誇示する。川と陸《おか》の二人の男が、派手な喧嘩をはじめる直前の睨みあいで、――俺の睨みは稲妻より強いのさ、ひと睨みすると、永遠の岩がまっ二つよ。ハイエナのように睨んで、ついに樹の皮が剝がれてしまう。睨んで樹の皮をひっぱがしてしまう話なんて、けち臭いわ！そんなことは何でもねえ、俺様が牛の踵《かかと》をちょっと藪睨みするだけで、火ぶくれになるわい。俺は、移動動物園を隅から隅まで睨みつけて、あわてふためかせた。まさにそいつよ。からかわれた大猿が逆さ吊りになって、顔をいっそう赤くしたのさ。彼奴《きやつ》は俺をはすかいに見上げ、俺は彼奴をはすかいに見下ろしたのよ。

これまでのような隠喩を使わずに、ただ単に動詞の前にoutをつけて、単純明快に自分が一番優れていることを表現する言いまわしは、アメリカ的で面白い。すなわち、走る、跳ぶ、自慢する、酒の飲みっぷり、喧嘩、射撃、潜水など誰よりも優っていることは実に簡単に次のような動詞で言える。out-run, out-jump, out-brag, out-drink, out-fight, out-shoot, out-swim, out-dive.

マイク・フィンクは自己吹聴してうそぶく、「俺は、走っても、跳んでも、自慢でも、酒飲み、喧嘩、ガンさばき、泳ぎ、潜水《もぐり》でも、誰にも負けず、一番だぞ。潜るのも叫ぶのも撲るのも強い輩《やから》だ。泳ぎで誰にも負けないぞ」。また、デイヴィ・クロケットは睨みで動物をうち負かし、稲妻にもうち勝つ。ヒーローたちは、この界隈で（または全米で）、最高の命中必殺のライフル銃、一番の早荒馬、一番別嬪の妹、一番醜い猟犬をもっていると自慢する。

自慢話や法螺のなかにwhoop（「やーい、やい」）という感嘆詞をしばしばさしはさむ。この語の語源は古英語のwhopanに近く、「脅かす」とか「自慢する」という意味であった。十六世紀以来、猟師が獲物を射止めた時にあげる歓声として使われていた。アメリカ合衆国の旧南西部では、この語は羊や家畜を呼ぶのに広く使われていたらしい。また、鬨《とき》の声（war whoop）は、先住民族の喚き声や戦場になだれこむ時の表現になった。いずれの場合にせよ、この叫び声は、興奮、高揚、刺戟を表現する。例えば、whoop-whoop-whoopee! や whoopee-whee-a-ha! や whoopee-yip-ho などがある。

雄鳥の鳴き声が、時にこの「フープ」と結び合わされる。特にマイク・フィンク、地震のビリー、デイヴィ・クロケットなどの大ヒーローたちの自己吹聴に、この傾向が著しい。例えば、"whoop! ...Cock-a-doodle-do" などと言うのである。同じく種馬のようにいななくのも、喧嘩に対する動物的興奮と欲求を表わす。

概してフロンティア法螺では、自己吹聴、自己能力誇示の強烈な表現を通して、フロンティアのヒーローたちは啖呵を切る。自己高揚、自己称賛によって、喧嘩の相手を萎縮させ、同時に、周囲に集まってくる野次馬連中さえも威圧する。

ふざけた演説・祈り

デイヴィ・クロケットは一八二一年に出身地テネシー州の議員になり、さらに下院議員にもなった政治家である。デイヴィが自分を馬だとか、道楽者の名で紹介した、ふざけた演説が残っている。

…友よ、朋輩市民よ、兄弟姉妹たちよ、キャロルは政治家ですぞ、ジャクソンは英雄ですぞ、そしてクロケットは馬でありますぞ！　友よ、朋輩市民よ、兄弟姉妹たちよ、わしは間男をしたと非難されているが、それは嘘ですぞ、わしは決して人妻と駆け落ちはしなかったのでありますぞ。魚心のない女とは、わしの生涯で一度たりとも。わしが賭事をすると人は非難するが、それは嘘ですぞ、いつもわしは有り金を洗いざらい、はたいてしまいますぞ。友よ、朋輩市民よ、兄弟姉妹たちよ、わしのことを飲んだくれと非難するが、それはこん畜……果てしない嘘でありますぞ。ウィスキーは決してわしを酔わせないんですぞ。[16]

彼の最初の選挙の勝利報告は、次のようなものである。

ある日、がらがら蛇を取りに緑沼《グリーンスワンプ》に出かけようとしていると、ルーク・ウィングとグリズル・ニューカムとバット・ウィングルが、わたしの家にやって来て、議会に出馬するよう、わたしに言い寄った。わたしは彼奴らの折伏《しゃくぶく》がわからぬと言ったのだ。だが、彼奴らはわたしが出馬せぬと必ず国が滅《ほろ》んでしまうとわたしに言った。わたしもその気になった。そこで遊説に出かけ、この件を有権者と議論する肚を決めたのじゃ。わたしは干し草窪地《ヘイ・ハロウ》に行き、厄介な大鰐を一匹捕まえたんだ。豹の皮で作った鞍を置き、わたしはその背にまたがり、熊開拓地《ベア・クリアリング》に乗りつけたんだ。大勢の人が騒がしく政見を吐いていた。わたしはツツウゥとその群れの真んなかに乗りつけたんですぞ。わたしの鰐は「黒洞穴」のように大口を開けたわい。すると彼らはみな、びっくり仰天したのじゃ。わたしの選挙には、たいへん役に立ったんですわ。其奴《そやつ》が口を開けると、歯の数だけ票がこっちのもの、そしてわたしが乗りつける時には、アメリカ・インディアンたちの七倍もの大声で喚《わめ》いたのよ。目の玉が二インチ飛び出るくらいの鬨《とき》の声をあげたのよ。対立候補者は、こりゃあ選挙に負けてしまうわいと思って、切り株（演壇代わり）に上って演説をぶちはじめた。だが、わたしがそこまで鰐を乗りつけると、鰐は今まで以上に大口を開けて、まるでそいつを呑みこまんばかりだったので、そいつは切り株から飛び下りて走り、殺されるゥと叫んだのだ。それっきりそいつの姿は見えなくなり、わたしは選挙に勝った次第さ。[17]

このエピソードは一八四〇年頃の大衆雑誌に最初掲載された。選挙運動を嘲笑するのは、民主主義の歴史をもつアメリカ合衆国ならではの風景である。

デイヴィ・クロケットが選挙演説で誇示したナンセンス・ユーモアはアメリカ建国の父祖たちの格調高い演説と対比すると、実に雲泥の差がある。だが、道楽を極端に排斥した東部ピュリタンの美徳は、その極端さゆえに、このような風刺、揶揄の演説を生んだといえる。

説教師はヨーロッパでも中世以来、忌憚のない揶揄の対象となっている。それ故、宗教改革以降のヨーロッパと比べると、ある意味で、フロンティア・ユーモアの風刺と辛辣さ加減は、いくぶん穏当で、宗教上の意見の違いに敬意を払う寛容さも示している。旧南西部のフロンティアの説教師はたいてい、メソジスト派かバプティスト派である。肥満タイプの呑気者が多く、馬とか騾馬に乗って巡回する。彼らが聖書からひく譬え話の説教は、自分自身の空想の所産である。[18]

ここにあげる説教は、一八五五年九月二十九日の『スピリット・オブ・ザ・タイムズ』紙に載ったものである。

私は私の聖句がどこにあるか、正確に言うつもりはありません。聖書《みふみ》の表紙から裏表紙までのどこかにあると言えば、それで充分であります。そうすれば皆さんは、『世代記』(『創世記』の間違い)の第一章から、『革命録』(『黙示録』のつもり)の最後の章までのどこかに見つけるでありましょう。さらに聖書《みふみ》を探せば、私の聖句ばかりでなく、非常に多くの聖句を見つけ、それをお読みになれば有益であります。そこで私の聖句ですが、それを見つけられたならば、次のように読んで頂きたいのです。「そこで彼が一千の弦の竪琴をかき鳴らした——道化師《ジェスト・メン》(本当は義人《ジャスト・メン》だが、発音が悪いので道化師《ジェスト・メン》に聞こえる)の精神は全うされました」この聖句から、私は、皆さん、精神《スピリット》(同じ言葉が酒精の意味になる)について話をすることになりましょう。さて、世のなかには実に数多くのスピリットがあります。まず第一には、幽霊と呼ばれるもの、それからテレピン油というスピリットもあります。それからさらに、酒精とよばれるスピリットもあります。ミシシッピ川流域でとれる最上等の奴を、私は平底船に置いてありますよ。[19]

旧南西部の農家兼業のバプティスト派やメソジスト派の巡回説教師たちのあいまいな神学知識、無知、しどろもどろの論旨などは、東部ピュリタンの輝かしい説教伝統に対するあからさまな挑戦ともとれる。とある説教師が通称「山の暴れん坊」という乱暴者に喧嘩をふっかけられた時、落ち着いて賢明にふるまった。

信心深い説教師は穏便にと願ったのだが、聞き入れられなかった。説教師「喧嘩よりほか、何もお前を満足させぬというのなら、ひとつ喧嘩を始める前に、私にひざまずかせて祈りをさせてくれぬか？」「おお、いいとも先生」とバードは言った。「だが手短かに願いますぜ、俺は手前《てめえ》をこてんぱんにぶちのめしてやるんだから」説教師はひざまづいて、声高に祈りはじめた。「おお主よ、貴方はご存知であります。私がビル・カミンズとジョン・ブラウンと、ジェリー・スミスと、レヴィ・ボトルズを殺《や》った時、それは自己防衛からやむなく殺ってしまったことを。おお主よ、貴方はご存知のはずです。若いスリガーから心臓をとり出して、パディ・マイルズの脳味噌といっしょに地面にばらまいた時、それはやむをえなかったことを。私は魂の大苦悶にもだえながらそれをしたのです。そしていま、おお主よ、私は今日ここで私を襲ったこの憐れなかわいそうな者を、彼の棺《ひつぎ》にやむをえず入れようとしています。おお主よ、彼の魂にご慈悲を。そして彼の亡きあと、身寄りのない彼の未亡人と、彼の孤児たちを顧みてください！」それから彼は立ちあがり、ナイフを靴底で研ぎ、声高らかに、「聴け、墓より悲しき声がするのを。その叫びにわが耳を傾ける」と朗誦した。[20]

祈りの効果はてきめん、この祈りが終わらぬうちに、暴れん坊はいつの間にか逃げ去ってしまった。窮地におちいったかに見えた説教師の、祈禱の形を借りて彼の数多の過去の成果とその非道なやり方を列挙する法螺は、充分効果のある威嚇となった。穏健で敬虔な説教師の口から、こういう呪文のような言葉が発せられるところに、当の暴れん坊本人ならずとも、読者も意表をつかれる。

落語の政談物に出てくる人物は、名奉行《めいぶぎょう》・名裁判官ぞろいで、庶民に味方する。だが、フロンティアの裁判官は残虐で、「絞首刑裁判《ネックタイ・ジャスティス》」で悪名高い。もちろん、フロンティアの無法地帯では、無謀な冒険家や無法者《アウトロー》に対しては、都市とは異なる対応も止むを得なかったのであろうが、フロンティアの裁判官のなかには、非人間的な苛虐趣味《サディスティック》の者もいた。フロンティアの司法判決に現れる三人の主要人物は、ほとんど同じ疑似修辞学を弄して、死刑宣告を下している。ひとりは、「ペーコス河以西の法」と呼ばれたロイ・ビーン、もうひとりは、「スミス保塁の絞首刑裁判官」と呼ばれたパーカー判事、最後のひとりは、「サンタ・フェのカービー・ベネディクト」と呼ばれたフランクリン・ピアス・ベネディクトである。
牛泥棒で摑まったメキシコ人に、ロイ・ビーンはこんな風に語りかける。

時が流れ、四季がめぐる。春は波うつ緑の草やおびただしいかぐわしい花を、丘や谷の隅々にまで運ぶ。やがて蒸し暑い夏がやって来て、煮えたつ熱波は焼けただれた地平線上に現れる。そして秋だ。黄色の収穫期の丘は、沈む太陽の下で茶褐色やら黄金色やらに変わる。そして最後に冬だ、刺すようにヒュウヒュウ鳴る風が吹き、国中雪のマントを着こむ。だが、カルロス・ローブレスよ、お前はこの世にとどまってこれらを見るわけにはいかないぞ。一目たりとも駄目なのじゃ、罰当りめ！　なぜかといえば、この裁判の命令はな、最寄りの木にお前を連れて行って、首から吊して、お前をとことんくたばらせるというのじゃ、とことんじゃ、おい、オリーヴ色の唐変木雄山羊の倅よ！[21]

メキシコ人に死刑宣告を下すパーカー判事の断罪は、さらに念が入った修辞を弄するものである。そこでは、被告の長い長い名前「ホセ・マニュエル・ミゲール・サビエル・ゴンザレス」を、省略せずに何回も何回も繰り返すが、これがなぶりの効果を生む。その判決は、ロイ・ビーンの場合よりあくどい悪態で終わる。「冷血の、銅色の、血に飢えた、チリ食いの、罪深い、羊飼いの、メキシコの、雌犬の倅よ」[22]
最後のベネディクト判事の死刑宣告演説は最も苛虐的で、宣告を下すことを楽しんでいる趣がある。「裁判所は、お前に死刑の宣告を下すことを積極的に喜ぶものである」とまで、彼は言う。[23]

これらの裁判判決は、権力側の人間が無力な弱者に思いきりあびせる悪態だけに、そら恐ろしい。権力側の人間の「汚い言葉」は、彼ら自身の命取りにもなるほどの衝撃力を含むからである。[24]

日本とアメリカ、また都市文化と村文化という本質的差異にもかかわらず、太平洋の両岸の文化的過渡期の重要な時期に、落語の啖呵や口上と、フロンティア法螺は、雄弁に面白おかしく、庶民の知恵とユーモアを表明している。

注・参考文献

01 消費社会のピューリタン

注

1 Edith Wharton, *Twilight Sleep* ([1927] New York: Scribner, 1997) 以後この本から引用する際には、*TS* と略し、ページ数を表記する。

2 一九一三年に出版された *The Custom of the Country* の中でもウォートンは消費社会における妊娠と出産を取り上げている。ここでは主人公、アンディンの消費活動と社交を妨げるものとして妊娠が描かれている。

3 Edith Wharton, *The Age of Innocence* ([1920] New York: Penguin Books, 1993). 以後この本から引用する際には、*AI* と略し、ページ数を表記する。

4 Edith Wharton, "Life and I". *Edith Wharton Novellas and Other Writings* (New York: Library of America. 1990), 1069-96. 以後この本から引用する際には、*LI* と略し、ページ数を表記する。

5 Singley, 106-7 を参照した。

6 Lewis, 473-4.

7 この引用はバウアーの見解ではない。ここでバウアーは『無痛分娩』の主要な研究動向を取り上げている。

引用文献（引用文の訳は拙訳である。）

Bauer, Dale M. *Edith Wharton's Brave New Politics*. Madison: The University of Wisconsin Press, 1994.
Killoran, Hellen. *Edith Wharton Art and Allusion*. Alabama: The university of Alabama Press, 1996.
Leach, William. *Land of Desire*. New York: Vintage, 1994.
Lewis, R. W. B. *Edith Wharton a Biography*. New York: Harper & Row, 1975. New York: Formm International Publishing Corporation, 1985.
Singley, Carol J. *Edith Wharton Matters of Mind and Spirit*. Cambridge: Cambridge University Press, 1995. rep. 1998.
Wharton, Edith. *The Age of Innocence*. New York: Scribner, 1920. New York: Penguin Books, 1993.
——. "Life and I". *Edith Wharton Novellas and Other Writings*. Ed. Cynthia Griffin Wolff. New York: Library of America. 1990.1069-96.
——. *Twilight Sleep*. New York: D. Appleton and Company, 1927. New York: Scribner, 1997.
ヴェーバー、マックス（大塚邦雄訳）『プロテスタンティズムの倫理と資本主義の精神』岩波書店、一九八九年。
ゲーテ（相良守峯訳）『ファウスト』岩波書店、一九五八年。

02 西部劇の「木箱」

注（映画作品と書籍からのすべての引用文の邦訳は拙訳である。）

1 『真昼の決闘』のハドリヴィルは、他の作品の背景とは対照的に架空の町で、テキサスの北に位置している地域にあることと以外は曖昧にされている。

2 アメリカ詩人のウィリアム・カレン・ブライアントは"The Prairies"（1832）という詩で、アメリカの大平原を大海原にたとえている。また映画『大いなる西部』（ウイリアム・ワイラー監督、一九五八年）でもテキサスの平原と海洋を比較するセリフがパーティーの席で聞かれる。

3 Phil Hardy, ed., *The Western*. London, Aurum Press, 1991 ではモーパッサンの「脂肪の塊」との類似がほのめかされている (98)。また Frank N. Magill, ed., *Magill's American Film Guide* (Englewood Cliffs: Sales Press, 1983) ではジョン・フォード監督がモーパッサンの短編との類似点に気づいていたことが、指摘されている。(3080).

4 Tonto Flat という地名がアリゾナにある。また Lordsburg はニューメキシコ南部に実在する町で、Lord（主、神）の町と解釈できる。

5 『シェーン』（ジョージ・スティーブンズ監督）と『西部の男』は、自営農対牧畜業者との闘争という点での近似性が見られる。しかし『シェーン』のほうにひずみ、ゆがみが多いのは、その間アメリカが第二次大戦と朝鮮戦争を体験したからであろう。

6 Stuard Berg Flexner, ed., *I Hear America Talking: An Illustrated History of American Words and phrases* (New York: Simon and Schuster, 1976) ここでは、一八八〇年代の実在したビーン判事の酒場の写真が掲載されていて、"Law west of the Pecos"と表示が入り口にかかっていた。「荒っぽい法の裁き」とも言える。

7 Magill, 1281.

8 *The Westerner* (United Artists, 1940) Director: William Wyler. "If I had to build myself a house, I'd rather have it on wheels."

9 Mark C. Carnes, ed., *Past Imperfect*: Hstory According to the Movies (New York: Henry Holt and Co., 1995) ここでは、アープ保安官の弟のジェイムズの殺害が事実無根であるなど、『荒野の決闘』での描写の多くは歴史的事実に反するとの指摘がある。(156-158).

10 この映画ではドクは外科医であるが、『ＯＫ牧場の決闘』（ジョン・スタージェス監督、一九五七年）では歯科医として登場する。

11 Joseph McBride and Michael Wilmington, *John Ford* (New York: Da Capo Press, 1988). "government affairs are conducted... in the saloon." (38).

12 ニューヨーク市立美術館所有のこの一八六八年の絵画では、開通した鉄道の近くの新しい集落ではまず最初に教会と学校が建設され、人々は額に汗して開墾に従事している。

13 Philip Fisher, *Hard Facts* (New York: Oxford UP, 1987), 154.

14 Carnes, 158.

15 *My Darling Clementine* (Fox, 1946) Director: John Ford. "Welcome to the Bon Ton Tonsorial Parlor."

16 *M. D. C.*, "What king of town is this?"

17 *M. D. C.*, "I've read the Good Book from cover to cover and back again, but but nowhere could I find any passage agaist dancing. So, let's celebrate it with dancing today!"

18 McBride and Wilmington, 91.

19 Mark Siegel, *American Culture and the Classic Western Movie* (Tokyo: The Eihosha, 1984), 22.

20 *Fort Apache*, (RKO, 1948) Dirctor: John Ford. "Soldier boy!"

21 *F. A.*, "I remember it from the war, sir." これは、南北戦争での輝かしい武功が評価され、若くして将軍に昇格したが、戦後の人員整理で降格されたことを意味する。同様にカスターはゲティスバーグの戦いで準将になったが、十三年後に第七騎兵隊の司令官として、モンタナで三十六歳で戦死したときは中佐であった。

22 例えばコロラドに実在したコリンズ砦にも柵などはなかった。この背景には周辺のシャイアン族との関係がうまくいっていた事実があった。

23 *F. A.*, "Your presence here is uninvited, Sir."

24 Jane Tompkins, *West of Everything: The Inner Life of Westerns* (New York: Oxford UP, 1992). "Gary Cooper in High Noon, has to slug it out...with a man half his age before facing Frank Miller and his gang." (105).

25 William M. Gibson, *The Art of Mark Twain* (New York: Oxford UP, 1976) (95)では、『真昼の決闘』のハドリヴィルは、「ハドリバーグを堕落させた男」の町名からきているなどの説明が見られた。

26 *High Noon* (United Artists, 1952) Director: Fred Zinneman. "If he was my man, I would not leave him."

引用・参照資料

（映画作品）

Stagecoach (1939, United Artists) Director: John Ford.　邦題『駅馬車』。
The Westerner (1940, United artists) Director: William Wyler.　『西部の男』。
My Darling Clementine (1946, Fox) Director: John Ford.　『荒野の決闘』。
Fort Apache (1948, RKO) Director: John Ford.　『アパッチ砦』。
High Noon (1952, United Artists) Director: Fred Zinneman.　『真昼の決闘』。

（図書一覧）

Carnes, Mark C., ed. *Past Imperfect: History According to the Movies*. New York: Henry Holt & Co., 1995.
Fisher, Philip. *Hard Facts*. New York: Oxfort UP, 1987.
Flexner, Stuart Berg. *I Hear America Talking: An Illustrated History of American Words and Phrases*. New York: Simon and Schuster, 1976.
Gibson, William M. *The Art of Mark Twain*. New York: Oxford UP, 1976.
Hardy, Phil., ed. *The Western*. London: Aurum Press, 1991.
Magill, Frank N., ed., *Magill's American Film Guide*. Englewood Cliff: SalesPress, 1983.
McBride, Joseph and Wilmington, Michael, *John Ford*. New York: Da Capo Press, 1988.
Siegal, Mark. *American Culture and the Classic Western Movie*. The Eihosha, 1934.
Tompkins, Jane, *West of Everything: The Inner Life of Westerns*. New York: Oxford UP, 1992.

03　抱く聖像から、クリックするアイコンへ

注

1　純粋な仏教用語としてではなく、聖域、聖地として一般に論じられるディズニーランドを受けて、神聖なものを前にして侵し難い境界線を指す一般的な用語として使用した（『日本国語大事典』「結界」③以下の語義に倣う）。

以下、「ハレ」「ケ」の使用についても同様で、民俗学の用語としてではなく、一般的な用法として使用した。

2 ベルヌとスティーヴンソンの作品のディズニーによる映画化についての論議は、別の稿に譲る。

3 『グリーン・ノウの子どもたち』一二三頁。原書の出版は、一九五四年。

4 『アメリカ文学と祝祭』一四六頁。

5 『ゲート・ウェイUSA』。

6 遊園地の起源については『日本の遊園地』を参照した。

7 「行く」型の「ハレ」空間のエッセンスとして象徴的なのが、フロリダのディズニーワールドの一角に設けられたダウンタウン・ディズニー地区で毎晩行われている新年のカウントダウンである。

8 もっとも、ディズニーランドは、ロスアンジェルスのダウンタウンおよび国際空港から約三十一マイル離れた郊外に位置しているとはいうものの、可視範囲の上空に四本の航空路（V8-21, V363, V394, V16-370）を擁しており、上空からの下界の侵入は不可避である。東京国際空港（羽田）や新東京国際空港（成田）、東京へリポート、自衛隊駐屯地に近い東京湾の東京ディズニーランドでも、その開園時に、特に羽田・成田の両空港に離着陸する航空機が見えてしまうことが問題となったが、航空路を変更する訳にもいかず、その後は無視の路線を貫いているようである。

9 食品などの搬入は、舞台の裏口または地下通路から行われている。しかしディズニーランドの方針に忠実に建設された東京ディズニーランドでは、ウエスタン・リバー鉄道を横切る踏み切りで、工事用・商用・社用車が通行する構内道が交差しており、生垣の蔭から列車の通過待ちをするそれらの外界の車両をバックミラー越しに見ることができる。

10 *Creating Walt Disney's Vision: Disneyland U. S. A.*, 6.

11 『トムは真夜中の庭で』（五二）。

12 アレルギー食や小児用特別食などは除外。

13 少少煩雑になるが、全く別のアトラクションの名称であっても、日本語にしてしまうと何を指しているのか判別が難しくなるものがあるため、以後同様に、原名称を付記する。

14 *Walt Disney's Engineering A behind Dreams Look at Making Magic Real.*

15 これはディズニーランドが公式に発表しているデータに基づく数字だが、現在は店舗のカテゴリーに分類されているメインストリートＵＳＡに設置されたゲームセンター「ペニーアーケード」Main Street Penny Arcadeが、アトラクションとして数えられているなど、疑問点もある。

16 “Disneyland will never completed as long as there is imagination left in the world.”（一九五五年のウォルトの発言として知られている。）

17 “Disneyland is dedicated to the ideals, the dreams, and the hard facts that have never created America....”（ディズニーランド開園時の、ウォルトの挨拶。）

18 無論新しく作ったものである。「眠りの森の美女の城」の中央正面に据え付けられたそのにわか紋章は、紋章として許可されている四十二のライオンの姿勢のどれにも当てはまらない、妙な格好をした三頭のライオンが描かれた楯の周りをさまざまなアクセサリーで飾り立てた大紋章である。また、城のファンタジー側には、交差した鍵に四つのフラ・ダ・リを組み合わせた別の紋章がついているのも、奇妙である。

19 一九五九年といえば、第二次大戦後の米ソ間の冷戦を緩和しようという動きが現れてきた年である。ソ連博、アメリカ博が開催され、アイゼンハワーはフルシチョフの訪米を歓迎した。その際フルシチョフはアメリカ国内の視察旅行のスケジュールにディズニーランド見学を組み込むことを希望したが、保安上の理由から断られた。その時彼の潜水艦艦隊を自慢する台詞まで考えていたウォルト・ディズニーもまた残念がったというエピソードは有名である。

20 『現代アメリカのポップヒーロー』一〇〇頁。

21 『ディズニーランドという聖地』

22 東京ディズニーランド（一九八四–）の順調な滑り出しを伝え、当時のディズニーの公式季刊雑誌『ディズニー・ニュース』（一九六五–一九九四、現『ディズニー・マガジン』の前身）は、イヤーキャップを被った着物姿の日本人老女の写真を掲載し、極東における布教の成果をよろこんだ。

23 一九八四年テキサスを本拠地とするバス一族が二十五パーセントの株式を取得し、ディズニーゆかりの経営陣を斥けて乗っ取りを果たした。『ディズニーランドの経済学』。

24 Eisner’s challenge: to keep the magic going after such a dazzling decade of success. with new competition and changing demographics looming over its theme parks, Disney must rethink them. The Information Superhighway is coming. Disney must decide how to ride. *Newsweek* (September 5, 1994), 40.

25 関係者の話では、一九九五年頃に撤去されたということである。

26 ウォルト・ディズニー自らがホストを務めるテレビ番組『ディズニー・ランド』。初放映一九五四年十月二十七日。

27 ジャングルをテーマとしたレストラン、レイン・フォレスト・カフェなど。

28 例えば、ディズニーランドの地図の中では、必ず風は右から左に（東風）吹いているが、これに何の意図もないと言えるだろうか。その東風にはためく星条旗は、当然裏返しとして描かれる。鳥瞰図の形をとりながら、真の視座はパークの中におかれているのだ。

29 "Star light, star bright,/ First star I see tonight,/ I wish I may, I wish I might,/ Have the wish I wish tonight."

引証資料

児童文学関係

ミヒャエル・エンデ著、大島かおり訳、『モモ』、岩波書店、一九七六年。

L・M・ボストン著、亀井俊介訳、『グリーン・ノウの子どもたち』、評論社、一九七二年。

フィリパ・ピアス著、高杉一郎訳、『トムは真夜中の庭で』、岩波書店（岩波少年文庫）、一九七五年。


アメリカ文化・ディズニーランド関係（出版年順）

M・フィッシュウィック、著、石川弘義訳、『現代アメリカのポップヒーロー』、時事通信社、一九七九年。

武藤脩二著、『アメリカ文学と祝祭』、研究社（研究社叢書）、一九八二年。

小野耕世著、『ドナルド・ダックの世界像—ディズニーにみるアメリカの夢—』、中央公論社（中公新書）、一九八三年。

アリエル・ドフマン、アルマン・マトゥラール著、山崎カヲル訳、『ドナルド・ダックを読む』、晶文社、一九八四年。

粟田房穂、高成田亨著、『ディズニーランドの経済学』、朝日新聞社（朝日文庫）、一九八七年。

『東京ディズニーランド クロニクル／十五年史』、講談社、一九九八年。（巻末資料のみ参照）

海野弘著、『黄金の50年代アメリカ』、講談社（講談社現代新書）、一九八九年。

能登路雅子著、『ディズニーランドという聖地』、岩波書店（岩波新書）、一九九〇年。
Disneyland Anthology,ブエナビスタホームエンターテイメント。（テレビ番組『ディズニーランド』のアンソロジーの付録パンフレット）
Disney, Imagineering the Dream,東京ディズニーランド、一九九八年。（東京ディズニーランド15周年記念展示のパンフレット）
橋爪紳也著、『日本の遊園地』、講談社（講談社現代新書）、二〇〇〇年。
有馬哲夫著、『ディズニー千年王国の始まり―メディア制覇の野望』、NTT出版、二〇〇一年。
Walt Disney Productions, *Disneyland* (map), 1958.
Walt Disney Productions, *Disneyland* (map), 1962.
Schicel, Richard, *The Disney Version*, Simon and Schuster, 1968.
Finch, Christopher, *The Art of Walt Disney-From Mickey Mose to the Magic Kingdom*—, Abradale Adams, 1973.
Dorfman, Ariel, Armand Mattelart, trans. David Kunzle, *How to Read Donald Duck*, New York International General, 1975.
Bailey, Adrian, *Walt Disney's World of Fantasy*, Chartwell Books, 1982.
Tokyo Disneyland, April 15, 1983.（東京ディズニーランド開園に伴い、ディズニーランド、ディズニーワールド、東京ディズニーランドの全ての従業員に配布された記念誌）
Walt Disney Productions, *The Best of Disney—30 All-Time Favorates*—, Hal Lepmard, 1985.（楽譜集）
'Disney's World', 'Pax Mickeyana?', 'How Eisner Saved Disney-and Himself', *Newsweek*, August 14, 1985.
Walt Disney Productions, *Disneyland* (map), 1989.
Thomas, Bob, *Disney's Art of Animation—From Mickey mouse to Beauty and the Beast*—, Hyperion, 1991.
'Of Mice and Man', 'A New Generation of Genesis', 'The Wide Gets a Little Roughter', 'Decade Disney', 'Waiting Warily on the Info On-Ramp', An Endless Stream of Magic and Moola', *Newsweek*, September 5, 1994.
Walt Disney Company, *The Creating Walt Disney's Vision: Disneyland U. S. A.*, 1995.（ディズニーランド四十周年記念展示のパンフレット）
Disney Fake Book, Hal Leonard, 1996.（楽譜集）

The Imagineers (Written by Kevin Rafferty with Bruce Gordon. Image section and research by Randy Webster and David Mumford), *Imagineering: A behind the Dreams Look at Making the Magic Real*, The Walt Disney Company, 1996.
Vollmar, Rainer, Anaheim, *Utopia Americana*, F. Steiner, 1998.（独文のため、巻末の十二の地図と統計図版のみ参照）
Eisner, Michael D., Tony Schwarts, *Work in Progress*, Random House, 1998.
Smith, Dave, Steven Clark, *Disney—The First 100 Years—*, Hyperion, 1999.
Birnbaum's Disneyland 2000—Expert Advice from the Inside Source—, Hyperion, 2000.
Text by Tim O'Day, *Disneyland—Celebrating 45 Years of Magic—*, Round Press (Disney Editions), 2000.
The "E" Ticket No. 34, Fall 2000, featuring The Disneyland's Submarine Voyage, The "E" Ticket.

その他

森護著、『紋章学辞典』、大修館書店、一九九八年。

日本児童文学会編、『児童文学事典』、東京書籍、一九八八年。

Los Angeles Sectional Aeronautical Chart, U. S. Department of Commerce, National Oceanic and Atmospheric Administration, National Ocean Service.

04 近代消費社会のフォーチューン・ハンター

注

1 短編「密林の野獣」（一九〇三）のジョン・マーチャーの心の「庭」は、手入れを怠っていた為に次第に殺伐とした「ジャングル」になる。

2 『ある貴婦人の肖像』には、四十以上の花のイメージが用いられている（Gale, 40-51）。

3 Veblen. 68–101.「顕示的消費」をより具体的に述べた他書は次の通り。Simon J. Bronner, "Reading Consumer Culture," *Consuming Visions* (New York: Norton, 1989) 13-53. 本稿の執筆に当たり、ジェイムズと彼の生きた消費社会との関係を鋭い視点で述べた、次の論文を参考にさせて頂いた。町田みどり著「ジェイムズと消費社会『鳩の翼』再読」（渡辺利雄編『読み直すアメリカ文学』研究社出版、一九九六年）三五〇-三六六。

4 伯母の協力を得て、結婚市場である社交界にデビューすることを、ケイトは「ショーケースに並べられる」ことだと表現する。彼女が社交界で成功するか否かは、店先に並べられた商品と同様に、その美しさがどれほど人々の注目を集められるかにかかっている。ケイトは普段、装飾品の類をほとんどつけない。そのような物に頼らなくても、人の目を惹きつける生来の魅力が自分にはあることを、彼女は承知している。

5 *WD*. 1, 37.ジェイムズは、醜女になり、内面もそれに対応するマリアンを次のようなコミカルな筆致で描いている。「マリアンは、まるで夫という頑丈な煙突の中へ無理やりに押し込まれて、出てきた時にはしわくちゃで何の役にも立たない代物になってしまった。彼女らしさは無くなって、夫の影響しか残っていない格好であった。」

6 『ある貴婦人の肖像』のギルバート・オズモンドや、『ワシントン・スクエア』のモリス・タウンセンドといったフォーチュン・ハンターは、贅沢な生活をしたいという欲望にのみ支配されている。しかし、ケイトに彼らのような願望は一切無く、彼女はただ家族を救うことに懸命になっている。さらに、ケイトは結末において手に入れかかった遺産を全て拒絶しており、他者とは明確に一線を画している。

7 ラルフ・タチェットは相手の人間性を即座に見抜くことができ、イザベルにあらゆる警告をする。彼はジェイムズの分身の役割を果たしているともいえる。

8 イザベルは自分で決断したことの責任は、例えどんな結果であっても自分で取ろうとする。彼女のピューリタン的に潔癖な道徳観念では、オズモンドとの離婚は自己責任の放棄である。また、パンジーを再び母親喪失の状態にすることは、イザベルにとって耐えられないことである。パンジーの存在は、イザベルを精神的に大きく成長させている。自分以外の者を守り、育てることへの使命感は、イザベルが初めて知ったことであり、彼女は自己を犠牲にしてもパンジーを傷つけまいとする。試練によって鍛えられ、厳しい現実に対抗できる強さを得たイザベルには、成熟した人間の寛容さも備わっている。

引証資料（＊本文中の日本語訳は、拙訳によるものである。）

Dietrichson, Jan W. *The Image of Money*. Oslo: Universitetsvorlaget, 1969.

Dupee, F. W. *Henry James*. New York: William Sloane Associates, 1951.

Edel, Leon. *Henry James Letters* New York: Harvard UP, 1975, vol. 2.

——. *Henry James: The Untried Years*. London: Rupert Hart-Davis, 1953.

——. "Two Studies in Egotism," *Washington Square and The portrait of a Lady*. London: Macmillan, 1984.

Gale, Robert L., *The Caught Image: Figurative Language in the Fiction of Henry James*. New York: U of North Carolina P, 1954; rpt., 1964.

James, Henry. *The Golden Bowl*. New York: Scribner's, 1907-09, vol. 2.（*GB* と略記）

——. *The Portrait of a Lady*. New York: Scribner's, 1907-09, vol. 1-2.（*PL* と略記）

——. *The Wings of the Dove*. New York: Scribner's, 1907-09, vol. 1.（*WD* と略記）

Lewis, R. W. B. "The Fortunate Fall : The Elder James and Horace Bushnell," *The American Adam*. Canada: U of Toronto P, 1961.

Matthiessen, F. O. *The Notebooks of Henry James*. New York: Oxford UP, 1961.

Moore, Harry T. *Henry James and his World*. London: Thames and Hudson, 1974.

Veblen, Thorstein. *The Theory of the Leisure Class—an economic study in the evolution of institutions*. London: Macmillan, 1899.

秋元英一著『アメリカ経済の歴史 一四九二−一九九三年』、東京大学出版会、一九九五年。

阿出川祐子著『ヘンリー・ジェイムズ研究　インク壺と蝶』、桐原書店、一九八九年。

中山公男監修『世界ガラス工芸史』、美術出版社、二〇〇〇年。

長島伸一著『世紀末までの大英帝国』、法政大学出版局、一九八七年。

ＨＯＹＡ編『ガラスあれこれ』、東洋経済新報社、一九八六年。

05　ヘンリー・ジェイムズの旧世界巡礼者たち

注

1 「情熱の巡礼者」は、ジェイムズの短編のタイトル（“A Passionate Pilgrim”）になっている。

2 H. James, “Nathaniel Hawthorne,” *Henry James Literary Criticism*., ed. L. Edel (New York: The Library of America, 1984), 351.

H. James, *Henry James Letters*, ed. L. Edel (Cambridge: The Belknap Press of Harvard UniversityPress, 1975). 以後この書簡集はLと略し、引用は本文中に巻数とページ数を記す。

3 “Thirst” H. James, *The Novels and Tales of Henry James New York Edition, vol. 1*, (New York: Charles Scribner'sSons, 1936). 十七頁「渇き」というのは、ジェイムズの初期の長編『ロデリック・ハドソン』に登場する、若い芸術家の作った彫像につけられたタイトルである。この彫像は「器」（“gourd”, “cup”）の中身を飲み干そうとしているが、「器」はロデリックの説明にある通り、知識、快楽、経験などを象徴している。「渇き」とは、十九世紀アメリカ人の生への渇望であると言える。ビューリーはこれを「生からの疎外」（“deprivation of life”）と表現している。（“Henry James and ‘Life,’” *The Hudson Review*, vol. xi no. 2, Summer 1958), 181.

ジェイムズは、この渇望のために旧世界の美点しか見えないことを、初期の短編「四度の出会い」で、「大いなるアメリカ病」（“the great American disease”）と言っている。

4 「個」（“self”）対「社会」（“shell”）という表現は『ある婦人の肖像』での、イザベルとマダム・マールの、自己を表すものは何かという論争から採っている。“shell”が即「社会」ではないが、確立した社会が持つ固い骨組みを指すと言えよう。

5 H. James, *The Novels and Tales of Henry James New York Edition*, (New York: Charles Scribner's Sons, 1936). 以後この全集からの引用は、本文中に巻数とページ数のみを記す。

6 ニューマンは、ヨーロッパで「一番高い山、一番青い湖、一番すばらしい絵、一番立派な教会、一番有名な人物、一番美しい女性」（II：三三）を見たいと言う。この発言は、自分が最高のものにふさわしいという、自己に対する確信の現れであり、エマソンの「自我の無限大」に通じる。

7 ルーヴルの場面では、名画の実物より模写が気に入ったり、その模写を法外な値で買い取るなど、ニューマンの天真爛漫な性格が描かれる。同時に、模写に励むノエミが、実はルーヴルで、出世のチャンスを狙っているということを見抜く、彼の鋭い洞察力も示される。また、没落はしていても体裁を繕いながら、再興の機会を捉えようとするニオシュ父娘は、ニューマンがこれから立ち向かうことになる大フォーチュン・ハンター、ベルガルド家に対し、小フォーチュン・ハンターとして登場する。

8 H. James, *The Notebooks of Henry James*, ed. F. O. Matthiessen and K. B. Murdock (New York: Oxford University Press, 1947). 以後この覚書はNと略し、引用は本文中にページ数を記す。ジェイムズは『ある婦人の肖像』の中で、互いに訪問しあって日々を過ごすパリのアメリカ人居留者に向って、「何の成果もなく、うんざりなさっているのではありませんか」(Ⅲ：三〇二) とイザベルに言わせている。

9 ジェイムズの初期の作品には、多くの在欧アメリカ人が登場する。彼らは豊かなヨーロッパ経験を持ち、主人公達の案内役になり得る存在である。しかし、旧世界の閉鎖性ばかりでなく、彼ら自身のスノビズムや、旧世界に対するコンプレックスのために、主人公達を正しく理解し、適切に導くことに失敗する。「インターナショナル・エピソード」のウェストゲイト夫人は、母国では教養と社交性を生かし、自信を持って旧世界からの客をもてなすが、ひとたびヨーロッパに足を踏み入れると、その自信は影を潜め、コンプレックスや猜疑心が先走り、初めて旧世界を訪れた妹に適切なアドヴァイスを与えることができない。「デイジー・ミラー」のウォーカー夫人は、現地の社交界の顔色を窺い、コステロ夫人に至っては、ニューヨークの社交界の序列をそのままヨーロッパのアメリカ人社交界に持ち込み、そぐわない同胞を卑俗だとして交わりを拒否する。また、ふたりのようなコンプレックスやスノビズムとは無縁であるウィンターボーンも、あまりに長く故国を離れていたが為に、デイジーの気ままな振る舞いに、彼女が無垢なのか、あるいは単にはすっぱな娘であるのか見極められなくなっている。

10 H. James, *The American*, (New York: W. W. Norton & Company, 1978) 105. 初版では、ヴァレンタンは、ニューマンが“noble”でないから、クレアとの結婚は難しいと説明する。“noble”を、ニューマンが「高潔」とし、ヴァレンタンが「貴族」と意味することから起こる食い違いを、ジェイムズは、興味深く描いている。

11 本論中の引用は全て拙訳である。

12 L. Edel, *Henry James: The Conquest of London*, (London: Rupert Hart-Davis, 1962) 253. エデルは、ニューマンと互角に闘う夫人を、「ヨーロッパ版クリストファー・ニューマン」(“a European Christopher Newman”) と呼ぶ。

13 ニューマンは、床から天井まで金めっきを施した住居で暮している。婚約披露の祝宴では、この部屋で、友人から公爵まで各界の大物を招待し、歌劇場の歌手を雇って最大のショーを催そうと計画する。幸福と勝利の証として、盛大であるほどよいと考えるニューマンにとっては、自分の富を存分に使っているにすぎないが、彼の行為は、ベルガルド家の人々にとっては悪趣味そのものである。また、その後婚約解消を言い渡されたニューマンは、クレアを追うために特別列車を仕立てようとする。金に糸目をつけない彼の行動が、崩れかかった屋台骨を必死で支えようとする名家のプライドを踏みつける、傍若無人な振る舞いに映るのは当然である。

14 J. W. Tuttleton, *The Novel of Manners in America*, (New York: The Norton Library, 1974) 67. タトルトンはニューマンのこの行為を指し、彼をヨーロッパ社交界の観点から見ると、秩序を破壊する全くの野人であると言っている。

15 イザベルの考え方は、エマソンの思想を色濃く反映している。彼は「自己信頼」の中で、次のように述べている。「最も要求される徳は付和雷同である。自己信頼は社会が嫌うものだ。社会が愛するのは真実や創造者ではなく、名声や習慣である。」*Essays vol. 2*, (New York: Houghton, Mifflin and Company, 1968) 50.

16 F. O. Matthiessen, *Henry James The Major Phase*, (New York: Oxford University Press, 1963) 26. マシーセンは、イザベルを「超絶主義的啓蒙運動に育まれた娘」(“a daughter of the transcendental enlightenment”)と呼び、彼女の全ての行動が、一九世紀のアメリカ的教育による無知、片意地な熱意、悪に対する高潔だがロマンティックな盲目とに起因すると主張している。

17 ジェイムズの作品では、旧世界へやって来たアメリカ人が、旧世界の人間によって悪を経験するパターンが多い。この作品のように、旧世界で洗練されると同時に、道徳心を失ってしまったアメリカ人が同胞に悪を為す例は、小規模ながら、「四度の出会い」に萌芽が見られる。

18 R. E. Long, *Henry James: The Early Novels*, (Boston: Twayne Publishers, 1983) 120. ロングは、「体系」と「軌道」(“a system”, “an orbit”) が“The American Scholar”で使われている表現であることを示し、ジェイムズがエマソンの言葉を使うことによって、イザベルが時代の子であることを表していると指摘している。

19 自らの努力で築いた財産を、何のためらいもなく、人にも自分にも鷹揚に使うニューマンと異なる点である。

20 Q. Anderson, *The American Henry James*, (New Brunswick: Rutgers University Press, 1957) 193. アンダーソンは、ジェイムズがしばしば「中年時代」を、自己中心的自我からの解放に必要な、試練の時期として使って

いること指摘し、『黄金の盃』からアダム・バーバーの例を引用している。「アダム・バーバーは自分の人生の中間期を思い起こし、光明の時代を可能にするには、暗黒の時代が必要だったのだ、と結論付けた。」（XXⅢ：一四四）。

21 結婚前のイザベルが、姉一家を大陸旅行に招待し、彼らを見送った後、どれほど自分が自由であるかと感じたかを、ジェイムズは「全世界が彼女の前に広がっていた。選んだことは何でもできるのだ」（Ⅳ：三六）と表現する。この表現はミルトンの『失楽園』最後の「安住の地を選ぶべき世界が彼らの前に広がっていた」（第一二巻六四六-七行）を思い起こさせる。ラルフの死後、グッドウッドが再度イザベルに求婚する際、彼はふたりがいかに自由であるかを表すのに、同じ言い回しをする。しかし彼の意味する自由とは、若い日のイザベルと同様、好きなことができるということである。皮肉にも彼の言葉は、これまで自分が自由の意味を履き違えていたことをイザベルに気付かせ、彼女をローマへ向わせることになる。イザベルもまた「摂理を導き手」（第一二巻六四七行）として、人生の選択をしなくてはならない。彼女の結婚は人々の前で誓った「唯一の神聖な行為」（Ⅳ：二四六）なのである。

22 "The Fortunate Fall" R. W. B. Lewis, *The American Adam*, (Chicago: The University Of Chicago Press, 1961).

23 "a social being." R. W. B. Lewis, *The American Adam*, (Chicago: The University of Chicago Press, 1961) 58.

24 初期の短編「マダム・ド・モーヴ」のヒロイン、モーヴ夫人は、良心のおかげで悪いこともできないかわりに、すばらしいことからも締め出されると考える。この認識は後期の長編『使者たち』の主人公ストレザーに受け継がれる。彼はパリに滞在するうちに、道徳に縛られたこれまでの人生を、生きたとは言えないものであったと思うようになる。ストレザーがグロリアーニの庭園で、若い芸術家に向って吐露する「生きよ」（XXI：二一七）という言葉は、ジェイムズの作品を貫くテーマの精髄と言える。

引証資料

Anderson, Q. *The American Henry James*. New Brunswick: Rutgers University Press, 1957.
Bewley, M. "Henry James and 'Life.'" *The Hudson Review* vol. xi no. 2 Summer 1958.
Edel, L. *Henry James*: *The Conquest of London*. London: Rupert Hart-Davis, 1962.

Emerson, R. W. *Essays vol. 2*. New York: Houghton, Mifflinand Company, 1968.

James, H. *The Novels and Tales of Henry James New York Edition vol. 1, 2, 3, 4, 13, 14, 16, 18, 19, 20, 21, 22, 23, 24*. New York: Charles Scribner's Sons, 1936.

——. *The American*. New York: W. W. Norton & Company, 1978.

——. *Henry James Letters vol. 1, 2*. ed. L. Edel. Cambridge: The Belknap Press of Harvard University Press, 1975.

——. *The Notebooks of Henry James*. ed. F. O. Matthiessen and K. B. Murdock. New York: Oxford University Press, 1947.

——. "Nathaniel Hawthorne" *Henry James Literary Criticism*. ed. L. Edel. New York: The Library of America, 1984.

Long, R. E. *Henry James: The Early Novels*. Boston: Twayne Publishers, 1983.

Lewis, R. W. B. *The American Adam*. Chicago: The University of Chicago Press 1961.

Matthiessen, F. O. *Henry James The Major Phase*. New York: Oxford University Press, 1963.

Milton, J. *Paradise Lost*　繁野天來注釈　研究社英文学叢書　東京：研究社、一九二六年

Tuttleton, J. W. *The Novel of Manners in America*. New York: The Norton Library, 1974.

06　「慶ばしい空間」を求めて

注

＊本文中の訳は拙訳である。

1　一八六七年に準州から州に昇格した。

2　原語は"felicitous space"である。"To find the center of one's boundless desire, to give it form, is to begin in a space that is felicitous, one that frees the imagination."

3　『私たちの一人』からの引用。以降、本書からの引用はページ数のみ記す。原語は"filthiness"である。「泥でぬ

かるんだ」「胸がむかつくような」の意。沼のように淀んで水が流れない状態。田舎社会の淀んだ状態を指し、同時にキャザーのこの状態に対する不快な感情も表している。

4 キャザーは『教授の家』（一九二五年）の中で主人公の環境を船という空間にたとえ、彼の苦しみを船酔いとして表現している。

5 アーネスト・ヘミングウェイの短編集『われらの時代に』のように戦死をロマンティックなものとして捉えず、その残酷性を表しているほぼ同時期のアメリカ文学の作品もある。

引証資料

（英文文献）

Anderson, Sherwood. 'The Untold Lie' (1919). In *The Complete Works of Sherwood Anderson*. ed. Ohashi, Kichinosuke. Rinsen Book Co., 1982.

Cather, Willa. 友人Mariel宛ての手紙 1893.8.1（Willa Cather Memorial 所蔵）。

Cather, Willa. *One of Ours*. New York: Alfred A Knopf, 1960.

Cather, Willa. *The Song of the Lark*. New York: Vintage Classics, 1999.

Fitzgerald, F. Scott, 'Winter Dreams' (1922). In *The Short Stories of F. Scott Fitzgerald*. ed. Bruccoli, Matthew J. New York: Charles Scribner's Sons, 1989.

Fryer, Judith. *Felicitous Space*. Chapel Hill and London: The University of North Carolina Press, 1986.

Hemingway, Ernest. *In Our Time*. New York: Charles Scribner's Sons, 1958.

（邦文文献）

加藤菊雄『ウィラ・キャザー論考』研友社一九八〇年。

佐藤宏子『キャザー―美の祭司―』冬樹社一九七七年。

桝田隆宏『ウィラ・キャザー　時の重荷に捉われた作家』大阪教育図書一九九五年。

07 ミシシッピを超えて

注

1 実際は、十三、四歳の少年として、小説に登場する。トウェイン自身は、ノートブックの中で、「十四歳の少年」と語っている。（*HF* 398）

2 トウェインは、たびたび「教育」によって意識が歪められてゆき、やがて不当で有害なことも「神聖」視するようになってゆく人間模様を描いている。例えば、『アーサー王宮廷のコネティカットヤンキー』の中に登場する「自由民」という名の奴隷達は、そのよい例だろう。（CY）

3 例えば、『コネティカットヤンキー』の主人公ハンクは、転生した先の6世紀イギリスで、巡礼中、奴隷の一行に遭遇する。奴隷商人による奴隷たちの扱いは、あまりに痛ましく、ハンクは思わず目を背けるほどであったが、このような光景に慣れきっている他の巡礼者たちは、奴隷たちが受ける痛みに無関心であるばかりか、奴隷商人の鞭さばきにひどく感心している。（CY）

4 トウェインの人生は、いわば、旅の連続だった。蒸気船パイロット時代に過ごした「ミシシッピの生活」、大西部での「苦難を忍」ぶ体験、クエーカーシティ号での「地中海遊覧」、そして、北部での結婚生活など、その経験は、幅広い。このような体験を通して、『地中海遊覧記』の結びで、トウェインは、次のように述べている。「旅行は、偏見、頑迷、狭量の息の根をとめるものである。わが国の人々の多くは、まさにその故に、ぜひとも旅行をする必要がある。人間や事物に関する幅広く、健全で、寛大な見解は、地球上の小さな片隅に一生涯、植物のように根を下ろしていたのでは、得ることができない。」（亀井俊介訳『マーク・トウェインの世界』一三七）

5 一九一〇年、ブッカー・T・ワシントンは、"Tributes to Mark Twain"の中で、トウェインが生前黒人たちに示した深い「共感」に感謝の気持ちを表している。（Washington, 462-63）

6 Pettit も同じ点に着目している。

7 トウェインは、ハンニバル時代を振り返って、つぎのように語っている。黒人と白人の子供達はよい遊び友達ではあったが、実際は、「肌の色と社会的立場の違いで、両者の間に微妙な一線が隠されており、双方ともそれを意識するあまり、完全に融け合うことはなかった」。（*ATM*, 6）

8 ハックのジムに対する一体感が具体的に描写されている顕著な場面は、やはりレオ・マークスが指摘するように、ハックが思わず「おらたちを追ってくるぞ！」（七五）といって、ジムをたたき起こすシーンである。ハックは、本来殺害されたように装ってセント・ピーターズバーグを後にしたのであるから、逃げる必要などないのである。しかし、不意に発せられたこのハックの言葉は、ハックがジムを自己の一部として受け入れていることを示唆しており、貴重である（Marx, 28）。

9 ハリスは、自然という有機的世界との親しい交わりのうちに生きるハックを、現象学者と述べている。（Harris, 60-71）

10 余談だが、クリーク族の「まじない師（メディスン・マン）」であるベア・ハートは、インディアンが「一神教」であることを明らかにしている。「宣教師は、インディアンが木々やワシ、パイプなど、物を崇拝していると思っていた。当時もそうではなかったし、今もそうではない。わたしたちは一神教徒である。だが、さまざまな物は創造主からの贈り物であり、わたしたちを助けるために置かれたのだという認識はある。……わたしたちが崇めているのは土や木ではなく、それを造り給うた創造主なのである。……神は唯一の存在である。」（ベア・ハート二〇五-二〇六）

11 三石庸子は、ワイネマッカが語る「ウィグワム」の精神に言及した後で、ハックとジムの筏にも「ウィグワム」が据えられていることを指摘し、詐欺師たちをも受け入れる二人の開かれた姿勢が、インディアンの寛容さと大いに重なることを述べている。（三石一七八）

12 西洋文学の評論家としても知られている、カトリック作家遠藤周作は、「作家が無意識で描いた自然描写ほど、彼の魂の秘密をもらすものはない」と述べている。（遠藤二〇八）ハックに見られるような、自然体験とそれがもたらす内的世界への影響は、ミシシッピの大自然を熟知したトウェイン自身の経験に基づいている。十五年間にわたるハンニバルでの生活に加え、蒸気船パイロットとしての体験を通して、ミシシッピ川と周辺の世界は、トウェインにとって、個人的に親しいものとなっていった。毎年、雄大な筏の列がハンニバルを通過してゆくと、「四分の一あるいは三分の一マイルも泳いでそれらの筏にはい上がり川の旅としゃれこんだものだ」（*LM*, 42吉田映子訳）。そして、川上を生きたパイロット時代には、川は、あたかも「一番大切な秘密を声に出して語るかのように……その精神をあますことなく伝えてくれた」という（*LM*, 118）。トウェインにとって、この大自然は、まさに心の故郷だった。コネティカット州ハートフォードに建てられたクレメンス邸が、これをもの語っている。蒸気船をイメージしてつくられたこの豪邸には、主人の俗物ぶりを暴露する一面もあるが、一方で、彼が幼い頃から慣れ親しんでいた風景への憧憬を漂わせている。窓の外に広がるハートフォードの街並みも、トウェインの心眼には、ミシシッピの大自然として映ったであろうし、彼の心耳には、大自然の声が響いたことだろう。この蒸気船ハウスは、「申し分のない調和のとれた彩り」で、「平和と静けさ、そして深い安らぎ」に満ち満ちている（Melzter 133）。まるで、ハックとジムの「ホーム」を思わせるかのようだ。この邸宅で過ごした頃から、トウェインは、ハックがジムに示したような深い理解と共感を、黒人たちに抱くようになる。ブッカー・T・ワシントンと最初に会ったのも、この場所だった（Washington, 462）。

13 手書き原稿の紙の黄ばみ具合やインクの濃さや色合いから判断すると、この序文は、全体の原稿の半分くらいに差し掛かったところで、トウェインが書き足し、差し入れたものと考えられる。これは、マーク・トウェイン・ペーパーズの総監修者ロバート・ハースト教授にも確認して頂いたものである。トウェインがこの作品にほら話的ムードを与えようと意図したことを、より明確な形で、読者に伝えようとしたことが窺い知れる。（カリフォルニア大学バークレー校所蔵のマーク・トウェイン資料［マーク・トウェイン・ペーパーズ］による）。

14 トウェインは、「ミステリアス・ストレンジャー」シリーズの執筆課程で、自分が「人間をどのように思っているか、人間がどのように造られ、どれほどばかげた存在であるか、さらに、人間が自己の特徴、能力、特質、また動物の中での自分の地位についての評価が、いかにあやまったものであるか」をうまく表現できていると自負している。（*MTHL* II, 698-699）。

15 ブラウンは、語り手の「懐疑的」で「非礼」で「笑いを誘う大胆な」特徴を、「ほら話気質」と定義づけているが、「四十四号」にも、同様な特性が見うけられる。（Brown 89-90）。

16 「四十四号」の語る「無限の空虚」は、時間の無限性を表す「寿限無」を彷彿とさせる（Morioka & Sasaki 53）

引証資料

Brown, *Carolyn S. The Tall Tale in American Literature.* Knoxville: U of Tennessee P, 1987.

Fishkin, Shelley Fisher. *Was Huck Black?* NY: Oxford UP, 1993.

Harris, Susan K. *Mark Twain's Escape From Time: A Study of Patterns and Images.* Colombia & London, U of Missouri P, 1982.

Mark Twain-Howells Letters I: The Correspondence of Samuel L. Clemens & William Dean Howells1869-1910. Ed. Henry Nash Smith and William M. Gibson. Cambridge: The Belknap P of Harvard UO, 1960.

Mark Twain-Howells Letters II: The Correspondence of Samuel L. Clemens & William Dean Howells1869-1910. Ed. Henry Nash Smith and William M. Gibson. Cambridge: The Belknap P of Harvard UO, 1960.

Mark Twain Papers, University of California at Berkeley.

Marx, Leo. "Mr. Eliot, Mr. Trilling and Huckleberry Finn" in *Twentieth Century Interpretations of Huckleberry Finn*. Ed. Claud M. Simpson, Englewood Cliffs: Prentice-Hall, 1968.

Meltzer, Milton. *Mark Twain Himself*. NY: Bonanza Books 1960.

Morioka, Heinz and Sasaki, Miyoko. *Rakugo: the Popular Narrative Art of Japan*, Cambridge: HarvardU & Haarvard UP of Kentucky, 1974.

Pettit, Arthur G. *Mark Twain & the South*. Lexington: UP of Kentucky, 1974.

Shakespear, William. *Macbeth*. Ed. Kenneth Muir, London: Methuen & Co., Lted, Harvard UP, 1965.

Twain, Mark. *Adventures of Huckleberry Finn*, Berkeley: U of California P, 1996.

——. *The Autobiography of Mark Twain*. Ed. Charles Neider. NY: Harper Perennial 1990.

——. *A Connecticut Yankee in King Arthur's Court*. Ed. Shelley Fisher Fishkin. NY: Oxford UP, 1996.

——. *Following the Equator and Anti-Imperialist Essays*. Ed. Shelley Fisher Fishkin. NY: Oxford UP, 1996.

——. *Mark Twain's Mysterious Stranger Manuscripts*. Ed. William M. Gibson. Berkeley: U of California P, 1969.

——. *Mark Twain's Which Was the Dream? and Other Symbolic Writings of the Later Years*. Ed. John S. Tuckey. Berkeley: U of California P, 1968.

——. *Life on the Mississippi*. Ed. Shelley Fisher Fishkin. NY: Oxford UP, 1996.

——. *The Innocent Abroad*. Ed. Shelley Fisher Fishkin. NY: Oxford UP, 1996.

Washington, Booker T. "Tributes to Mark Twain" in *Mark Twain: Critical Assessments vol. II*. Ed. Stuart Hutchingson. East Sussex : Helm Information, 1993.

Wector, Dixon. *Sam Clemens of Hannibal*. Boston: Houghton Mifflin Company, 1952.

遠藤周作『遠藤周作文学全集 第十二巻 評論・エッセイ一』新潮社 二〇〇〇年。

亀井俊介『マーク・トウェインの世界』南雲堂 一九九五年。

清水忠重『アメリカの黒人奴隷制論―その思想史的展開―』木鐸社刊 二〇〇一年。

マーク・トウェイン『細菌ハックの冒険』訳者 有馬容子 彩流社 一九九六年。

マーク・トウェイン『ハックルベリー・フィンの冒険 上・下』訳者 西田実 岩波文庫 一九九五年。

マーク・トウェイン『マーク・トウェイン自伝』訳者 勝浦吉雄 筑摩書房 一九八四年。

マーク・トウェイン『ミシシッピの生活 上』訳者 吉田映子 彩流社 一九九四年。

マーク・トウェイン『ミステリアス・ストレンジャー 四十四号』訳者 山本長一、佐藤豊彩流社 一九九五年。

本田創造『アメリカ黒人の歴史』岩波新書 一九九八年。

ハート・ベア『母なる風の教え』訳者 児玉敦子 講談社 二〇〇〇年。

三石庸子「ハックにみる黒人・先住民のアメリカ」(井川真砂編『いま「ハック・フィン」をどう読むか』京都修学社 一九九七年。)

08 自己探求の始まり

注

1 Lawrence Grobel, *Conversation with Capote* (New York, New American Library, 1985), 55より引用。日本語は拙訳。

2 近年では、杉山洋子氏による「分身の名前・名前の分身"Miriam"」『関西学院大学英米文学紀要』一九九七年、片桐多恵子氏による「トルーマン・カポーティ研究 象徴の背後に潜む「ミリアム」のテーマ」『中部女子短期大学紀要』一九九四年、木下高徳氏による「トルーマン・カポーティの分身小説」『跡見英文学』一九九二年などが挙げられる。

3 トルーマン・カポーティ『夜の樹』三八ページより引用。以下邦題と、本文中にページ数を記す。

4 *Ibid.* 30より引用。

5 「いま汽車はアラバマを走っている。明日はアトランタに着く。わたしはいま十九歳で、八月には二十歳になる。わたしはいま大学の二年生……」（『夜の樹』四九）と、ケイは声に出して自己確認をする場面がある。

6 トルーマン・カポーティ著・川本三郎訳、『夜の樹』、一四五ページより引用。

7 この映画の主人公は、たまたま居合わせたミュージック・ホールで、"Thirty-Nine Steps"（映画の原題でもある）という名の秘密組織の諜報官である女性と知り合う。彼がその女性を自宅へ招待した直後、秘密組織の者達によって彼女は殺害される。殺人犯として容疑をかけられた彼は、警察と、組織の機密を知られたと危惧する彼らの両方に追われる身となる。彼は逃亡するが、スコットランド行きの列車の中で偶然出会った女性と後に手錠に掛けられるはめになる。

D・Jは、この映画の主人公に自己投影するかたちで、彼女の現場を説明している。

8 トルーマン・カポーティ著・河野一郎訳、『遠い声　遠い部屋』、八三ページより引用。以下『遠い声』と略記、本文中にページ数のみ記す。

9 ジョエルの父、エドが寝たきりになったのは、愛する男に捨てられたと思い錯乱したランドルフが誤って彼を銃で撃ったことによる。

10 ジョエルを訪ねて来た、エレンとの対面を避けるためにランドルフはジョエルを連れてクラウド・ホテルへ逃げた。何故なら、エレンがジョエルを連れて帰ると危惧したからである。

11 トルーマン・カポーティ著・大澤薫訳、『草の竪琴』、六九ページより引用。以下邦題と本文中にページ数を記す。

12 柄谷行人著、『反文学論』講談社学術文庫、一九九八年、八九より引用。

13 「ETV特集　20世紀を駆けた作家たち」（全三回シリーズ）NHK「ETV特集」担当制作。第三回「トルーマン・カポーティ――疾走の人生――」本放送一九九九年七月七日。再放送二〇〇〇年十二月十七日より引用。

14 『カポーティ』の著者、ジェラルド・クラークによると、殺人犯、ペリーとディックの絞首刑の現場に居合わせたことが、カポーティに後々まで影響を及ぼしたとされている。また、ローレンス・グローベルのインタヴューでも、当時を振り返り、『冷血』執筆にあたって経た苦労を知っていたら、二度と同じような思いはしたくない、そしてそれは彼の創作人生において最も「エモーショナル」な経験だったと告白している。また、絞首刑に臨み、その全てがあまりに恐ろしかったため非常に狼狽したということももらしている。

引証資料
Capote Truman, *The Grass Harp Including A Tree of Night and Other Stories*. New York: Vintage Books, 1993.
Ed. Iwao Iwamoto In Association with Kichinosuke Ohashi. *Postwar American Fiction 6*, Kyoto: Rinsen Book Co., 1986.
トルーマン・カポーティ著・川本三郎訳『夜の樹』新潮社文庫、一九九九年。
トルーマン・カポーティ著・河野一郎訳『遠い声　遠い部屋』新潮社文庫、一九九九年。
トルーマン・カポーティ著・大澤薫訳『草の竪琴』新潮社文庫、一九九九年。
Lawrence Grobel, *Conversation with Capote*. New York: New American Library, 1985.
柄谷行人著、『反文学論』講談社学術文庫、一九九八年。

09 堕落から目覚めへ

注

1 友人に宛てた手紙で、オコナーはケネディ大統領の死に悲しみを覚えると記している。また、暗殺者オズワルドの暗殺場面を居間のテレビで三度も見たと書き、子供たちが、このような殺人の場面やケネディの葬儀の模様をテレビを通じて、ドラマや漫画をみるような感覚で目撃するために、歴史的事実とフィクションの線引きができなくなるのではないかと、危惧している。今日では、彼女の不安は現実のものとなったと言えるのではないだろうか。(*HB*, 549-550.)

2 オコナーは、彼女自身が公民権運動に参加する黒人たちを支持するかしないかという問題について、手紙では触れていない。黒人を作品に多く登場させているが、彼女は作家として、自身を取り巻く環境を作品のモチーフとし、そこに彼女の作家としての信念を吹き込んでいるのであって、政治的意図は無いと考えられる。

3 テレヴァンジェリスとは、一九六〇、七〇年代、合衆国の威信と価値観が根底から揺さぶられた時代に、庶民の精神的空白を埋めるために登場した、古き良き信仰を勧めるテレビ番組のパーソナリティ（司会進行役）のこと。アメリカ国民の間に根強い保守的な道徳観を訴えることに成功した。多くは、保守派キリスト教徒であり、ファンダメンタリストだった。中には庶民の信仰心を利用して金儲けに走り、神学的にはあやふな者もいた。また、『賢い血』には、ラジオで宗教番組のパーソナリティをしていたというフーヴァー・ショーツという金儲け主義の宗教家が登場する。

4　とくに敗戦経験において日本と南部は共通するものがあると言われる。南部作家であるウィリアム・フォークナーが、一九五五年に長野で「日本の若者たちへ」というスピーチをしている。第二次大戦に敗戦した後、「守るべきもの、信じるものがなく絶望的な」日本の若者の気持ちがわかると述べている。南部の若者たちもまた、同じ気持ちを今なお（当時）持ち続けている。また、「戦争と災害は、人間に忍耐と強靭の記録が必要であることを最も思い出させる」からであると語っている。フォークナーとオコナーの南部観には異なる部分もあるが、過去の敗戦経験が創作欲に関わるという点においては通底するものがあると言えよう。(Faulkner, 185-188.)

5　フォークナーは「(中立な場所ではなく) 私たちの家、私たちの庭、私たちの農場が戦場と化した」と述べている。(Faulkner, 185.)

6　南北戦争前後の南部人たちの思想については、キャッシュの『南部の精神』を参照にした。

7　オコナーは、「南部を南部たらしめているものが、南部自身の蒙った敗北と侵害の歴史および聖書から吸収された特質と信念であ」り、「その信念や特質というのは、抽象的なものに対する不信、人間が神の恩恵に依存するものであることを知る感覚、そして、悪というのは解かれるべき問題であるだけでなく、耐えなくてはならない神秘でもあると知ることである」と述べている。(*MM*, 209.)

8　ファンダメンタリズムとは、プロテスタント派内の、ピューリタン以来のアメリカの道徳的価値を重んじる、保守性の強い、政治的には極右勢力と呼ばれる思想で、キリスト教原理主義と呼ぶ。進化論を否定し、創世記こそが「自分たちのはじまり」であると主張するが、これは多民族国家となったアメリカにおける、「自分たちとは誰なのか」というアイデンティティの問題に対する答えを明示しているがゆえに、多くの南部人に熱狂的に支持されたのではないかという考察もある。(森　一八一－一八二。)

9　当時、キャッシュのように、現在の南部を悩ましているのは、産業主義や商業主義を導入したという理由ののみから生じたという主張に対して、古い南部の機構に原因があるとする考え方もあり、戦前戦後の南部人の精神についての思想は様々である。(Cash, 382-383.) だが、本稿では、あくまでも「キリスト教の正統的立場からものをみる」という作家としての視点から見た、オコナー独自の南部観を考察していることを書き加えておく。(*MM*, 32.)

10 地主階級出身のブランチは、戦後、財産や名誉を失いながらも、南部女性としての誇りを持ち続けようとするが、時代の変化の波にのみ込まれ、最終的に精神に異常をきたしてしまう。ウィリアムズの作品には失われゆくものへの哀感が漂うが、オコナーの場合、感傷的な表現はいっさい排除されている。

11 ブルボン(新興産業家)たちへの反発が、農園主の血をひく彼女たちのような庶民には強かったのだろう。戦後、南部の精神は北部化されず、むしろそれは真の南部へと戻っていった。「旧南部の神話は、優雅な大農園生活、従順で素朴な奴隷、真に女性的な南部女性、弱き者への温情主義、敬虔な宗教心といった形で表れ」たが、この神話は二〇世紀半ばにおいても生き続いていた。(『アメリカの南部』二五—二六。)

12 ジュリアンの母親が、「(黒人の)地位は向上しなくてはならないが、彼らは自分たち(黒人)の側にいなくてはならない」と言う場面がある。これは一八九六年の「分離すれども平等」の原理(思想)を、一九六〇年前後にも日常に見受けられることを表している。ちなみに、ローザ・パークスのバス・ボイコット事件は一九五五年に起こった。

13 この短編を授業で取り上げる教師たちが、主人公である祖母を「邪悪である」と言うと、学生たちが「わけのわからぬ激しさで」反発するのだが、それは、学生たちは彼女のような祖母を実際に知っていて、「彼女は理解力は足りないかもしれないが優しい心を持っている」ことを知っているからであると、オコナーは説明している。老女の優しい心は表層的なものであるかもしれないが、邪悪であるとするのも、また間違いであるとオコナーは考えているようである。(*MM*, 110.)

14 この表現は的確だと思われるが、カトリック教徒であるオコナーの作品に見られるピューリタン的影響について考察しているこの論文には、議論の余地があるのではないだろうか。(Newburger, 42.)

15 自作で非常に多くの暴力を用いる理由を、オコナーは次のように説明している。「人物を真実に引き戻し、彼らに恩恵の時を受け入れる準備をさせるという点で、暴力が不思議な効力を持つということに気づくからである。人物たちの頭は非常に固くて、暴力の他に効き目のある手段はなさそうだ。」(*MM*, 112.)

16 オコナーは、この祖母の最期にある種の「勝利」を与えたと記している。「あの祖母が偽善的な老女だというのは本当である。頭でも、とうていミスフィットにかなわないし、恩恵を受ける資格の点でも、彼には及ばない。

しかし、公平な読者なら、祖母がこの物語で特別な勝利を収めていると感ずるだろうと思う。このような勝利を、まったくの悪人に与えるようなことをわれわれは本能的にしないものである。」(*MM*, 111.)

17 彼女が読んでいるのは『人間の発展』という本である。この場面は、新しい知識を受け入れる若い世代と、古い南部を維持する旧世代との衝突とも考えられる。

18 須山静夫は、エマリーの行動はキリスト以前の世界への回帰を表していると指摘している。「イーノック・エマリーは、現代の世界のなかでの渇望を癒すために、原始の社会に戻ろうとする。」(須山　二六四。)

19 オコナーはヘイゼルのネズミ色の車が象徴する意味を、「脱出の手段と考えているものであると同時に、彼の説教壇であり、棺桶である」と記している。「警官にそれが壊されるまで、(彼が)本当の意味で窮地を脱出することはない。」(*MM*, 69.) このオンボロの車は、ヘイゼルの衰えゆく肉体の伏線であり、また、彼自身を「死」のなかに閉じこめていたものと解釈できるのではないか。車を、つまり「死」を破壊した後、新たな生を歩み始めた。

引証資料

Cash, W. J. *The Mind of the South*. New York: The Division of Random House. 1941.

Faulkner, William. *Faulkner at Nagano*. Tokyo: Kenkyusya. 1956.

Newburger, L. G. *Holy Violence: The Puritan Influence on Flannery O'Connor*. Diss, Fordham. U., 1995. Ann Arbor: UMI, 1995.

O'Connor, Flannery. "Everything That Rises Must Converge" "Good Man Is Hard to Find" "Revelation" *The Complete Stories*. New York: The Noonday Press. 1971.それぞれ *ET*、*GM*、*RE* と略す。(拙訳)

—— *The Habit of Being*. Ed. Sally Fitzgerald. New York: The Noonday Press. 1979. *HB* と略す。

—— *Mystery and Manners*. Ed. Sally and Robert Fitzgerald. New York: The Noonday Press. 1969. *MM* と略す。(訳は上杉を用いた)

—— *Wise Blood*. New York: Farras, Straus and Giroux. 1952. *WB* と略す。(拙訳)

William, Tennessee. *A Streetcar Named Desire*. New York: Penguin Books. 1974.

オコナー、フラナリー『秘義と習俗』上杉明訳　春秋社　一九八二年。

猿谷要『南部と黒人革命』井出義光、本間長世、大橋健三郎編著、『アメリカの南部』研究社　一九七三年。

須山静夫『神の残した黒い穴』花曜社　一九七八年。

森孝一『宗教から読む「アメリカ」』講談社　一九九六年。

10　日系人の心の闇

注

1　この引用は Kai-yu Hus and Helen Palubinskas, eds., *Asian American Authors*, (Boston, Houghton Mifflin Co., 1972) 113 から Kim が引用した箇所である。

2　三作品の原題はそれぞれ"Seventeen Syllables," "Yoneko's Earthquake," "The Legend of Miss Sasagawara" である。

3　Hisaye Yamamoto, *Seventeen Syllables and Other Stories*, (New Brunswick, Rutgers UP, 1998) からの引用であり邦訳はすべて拙訳である。以下この短編集からの引用は括弧内にページ数を記す。

4　河原崎やす子「写真結婚・写真花嫁」は植木照代ゲイル・佐藤編『日系アメリカ文学―三世代の軌跡を読む―』創元社　一九九九年に収録されているコラムである。

5　ここに挙げた Wakako Yamauchi の二作品の原題はそれぞれ"And the Soul Shall Dance," "Songs My Mother Taught Me" である。

6　Hisaye Yamamoto, "...I Still Carry It Around" からの引用でありこれは King-Kok Cheung, ed., "*Seventeen Syllables,*" *Hisaye Yamamoto*, (New Brunswick, Rutgers UP, 1994), 69-70 に収録されている。

7　Hisaye Yamamoto, "... I Still Carry It Around" からの引用であり（6）で記したテキストの六九から引用したものである。

参考文献

Yamamoto, Hisaye. *Seventeen Syllables and Other Stories*. New Brunswick: Rutgers UP, 1998.

Bloom, Harold, ed. *Women Writers of English and Their Works: Asian-American Women Writers*. Philadelphia: Chelsea House, 1997.

Cheung, King-Kok. *Articulate Silences: Hisaye Yamamoto, Maxine Hong Kingston, Joy Kogawa*. Ithaca: Cornell UP, 1993.

——. ed. *An Interethnic Companion to Asian American Literature*. Cambridge: Cambridge UP, 1997.

——. ed. "*Seventeen Syllables*": *Hisaye Yamamoto*. New Brunswick: Rutgers UP, 1994.

——. ed. *Words Matter: Conversations with Asian American Writers*. Honolulu: U of Hawai'i P, 2000.

——. "Introduction" In *Seventeen Syllables and Other Stories* by Hisaye Yamamoto. New Brunswick: Rutgers UP, 1998.

Kim, Elaine H. *Asian American Literature: An Introduction to the Writings and Their Social Context*. Philadelphia: Temple UP, 1982.

Kitano, Harry and Sandra Stotsky, eds. *The Immigrant Experience: The Japanese Americans*. New York: Chelsea House, 1996.

Lim, Shirley Geok-lin and Amy Ling, eds. *Reading the Literatures of Asian America*. Philadelphia: Temple UP, 1992.

Nozaki, Kyoko Norma. *Singing My Own Song*. Kyoto: Yamaguchi Shoten, 2000.

Weglyn, Michi Nishiura. *Years of Infamy: The Untold Story of America's Concentration Camps*. Seattle: U of Washington P, 1996.

イチオカ・ユウジ著　富田虎男・粂井輝子・篠田左多江訳『一世―黎明期アメリカ移民の物語り』刀水書房　一九九二年。

村上由見子『アジア系アメリカ人―アメリカの新しい顔―』中公書房　一九九七年。

野村達朗『「民族」で読むアメリカ』講談社現代新書　一九九九年。

島田法子『日系アメリカ人の太平洋戦争』リーベル出版　一九九五年。

タカキ・ロナルド著　阿部紀子・石松久幸訳『もう一つのアメリカン・ドリーム―アジア系アメリカ人の挑戦―』岩波書店　一九九六年。
植木照代　ゲイル・佐藤編『日系アメリカ文学―三世代の軌跡を読む―』創元社　一九九九年。

11「唇を噛んで試練へ 血を誇り」

注

1 Werner Sollors, ed., *Multilingual America: Transnationalism, Ethnicity, and the Language of American Literature* (New York: New York University Press, 1998); Orm Overland, ed., *Not English Only* (Amsterdam: VU University Press, 2001)等参照。

2 『思想の科学』（一九八七年九月）特集「海外日本人の想像力　北アメリカより」、植木照代他編『日系アメリカ文学』（創元社、一九九七年）、篠田左多江、山本岩夫共編著『日系アメリカ文学雑誌研究』（不二出版、一九九八年）、野崎京子『日系女性たちが語る心の声』（二〇〇〇年、山口書店）、アジア系アメリカ文学研究会編『アジア系アメリカ文学』（大阪教育図書、二〇〇一年）など。近年の研究動向に関しては、小林富久子「アジア系アメリカ文学に関する研究」『東京大学アメリカ研究資料センター年報』（一九九五年、六八―七八）、日本移民研究会編『日本の移民研究』（日外アソシエーツ、一九九四年）が参考になる。研究の遅れは、日本文学研究者の関心の低さも一因であろう。

3 戦前の川柳に関しては、稿を改めたい。

4 Michi Weglyn, *Years of Infamy. The Untold Story of America's Concentration Camps* (New York: William Morrow, 1976). ヒューストンは、一九九一年一二月一四日移民研究会の例会で強制収容所体験が戦後日系人の間では「押し入れの骸骨」であったと形容した。Jeanne Wakatsuki Houston and James D. Houston, *Farewell to Manzanar* (New York: Bantam Books, 1973).

5 「サンタニタ戦時仮収容所馬小舎川柳」は山中桂甫氏所蔵。Santa Anita は発音すれば、サンタニタと聞こえる。

しかし、一般的な表記ではサンタ・アニタあるいはサンタアニタと記される。本稿では、サンタアニタの表記を採用した。タイトルは六月二〇日竹原白雀が詠んだ句である。

6 U. S. Department of War, *Final Report Japanese Evacuation from the West Coast, 1942* (Was hington D. C.: Government Printing Office, 1943)：他の文献に関しては日本移民研究会編『日本の移民研究：動向と目録』を参照されたい。なお収容所の生活に関しては、一九七三年以来、数多くの一世、二世の方々から教示を受けた。とくにトヨタ財団助成による「日米戦時交換船・戦後送還船「帰国」者に関する基礎的研究」での知見は有用であった。ここに改めて謝意を評したい。

7 上野稠次郎『川柳史観』（非売品、一九六四年）二一二。

8 戦前の日本人移民社会に関しては、拙著『外国人をめぐる社会史　近代アメリカと日本人移民』（雄山閣、一九九五年）。

9 The Commission on Wartime Relocation and Internment of Civilians, *Personal Justice Denied: Report of the Commission on Wartime Relocation and Internment of Civilians* (Washington D. C.: Government Printing Office, 1982), 141.

10 *Final Report*, 205.

11 *Final Report*, 205-6.

12　アイリッシュ・カウボーイと分裂した夢想のアメリカ

注

1 本稿ではくわしくふれないが、兄や母たちと離れて暮らさなければならなかったモンタギューは、自分は望まれずして生まれた子供であると考え、母に捨てられたと思っており、彼女を許すには長い時間がかかった。彼は短編小説「手紙の束」（'The Letters'; In *An Occasion of Sin*, 29-37）のなかで、父母の結婚の崩壊と母子がアイルランドへひきあげることになった隠された原因を暗示しているが、これが発表されたのは、一九九一年のことである。実際の出来事から五十年以上たって、ようやく家族の苦い記憶と冷静に向き合うことのできる距離をもつことができるようになったということらしい。

2　マイケル・J・クイルは一九〇五年、アイルランド南西部ケリー州の農家に生まれ、アイルランド独立運動が盛んな時期には父や兄たちがIRAの活動に参加した。彼自身は幼すぎてほとんど実際の活動には参加できなかったが、内戦に敗北した側の志士として一九二四年にニューヨークへ渡った兄を追って、二六年ニューヨークへ移民した。職を転々とした後、ニューヨークの地下鉄切符売り係となり、「赤毛《レッド》／左翼のマイク」の異名をとる労働活動家となった（O'Donnell, 184-85）。

引証資料

Casey, Daniel J. 'Heresy in the Diocese of Brooklyn: An Unholy Trinity'. In Daniel J. Casey and Robert E. Rhodes, eds., *Irish-American Fiction: Essays in Criticism*. New York: A M S Press, 1979: 153-172.

Denman, Peter. 'The Executioner's Boots: The Ficiton of John Montague'. In *Irish University Review*, 19-1, Spr. 1989: 129-138.

Hamill, Pete. 'The Interrupted Narrative'. In Michael Coffey, ed. *The Irish in America*. New York: Hyperion, 1997.

McNickle, Chris. 'When New York Was Irish, and After'. In Ronald H. Bayor and Tomothy J. Meagher, *The New York Irish*. Baltimore: The Johns Hopkins University Press, 1996: 338-356.

Montague, John. *The Figure in the Cave and Other Essays*. Dublin: The Lilliput Press, 1989.

——. 'The Oklahoma Kid'. In *An Occasion of Sin: Stories by John Montague*. Ed. Barry Callaghan and David Lampe. New York: White Pine Press, 1992: 11-28.

——. *Collected Poems*. Oldcastle, Co. Meath: The Gallery Press, 1995.

O'Donnell, L. A. *Irish Voice and Organized Labor in America*. Westport, Conn. : Greenwood Press, 1997.

O'Reilly, Gerald. 'The Irish Underground Railway'. In Bob Callahan, ed. *The Big Book of American Irish Culture*. New York: Viking, 1987: 144-145.

小野修著、『アイルランド紛争―民族対立の血と精神』明石書店、一九九一年。

ピート・ハミル著、常磐新平訳『ブルックリン物語』ちくま文庫、一九八六年。

作者不詳「105号室　テスト」。ダーモット・ボルジャー著、茂木健訳『フィンバーズ・ホテル』東京創元社、二〇〇〇年。一八九-二四三頁。

フランク・マコート著、土屋政雄訳『アンジェラの灰』新潮社、一九九八年。

13　日米の悪態くらべ

注

本文中で引用した落語のテキストは、主として次のものを参照した。

飯島友治編『古典落語』(筑摩書房、一九六八-一九七四年) 第一期・五巻、第二期・五巻。

佐竹昭広・三田純一編『上方落語』(筑摩書房、一九六九-一九七〇年) 上下・二巻。

江国滋ほか編『古典落語体系』(三一書房、一九六九-一九七〇年) 全八巻。

武藤禎夫ほか編『噺本体系』(東京堂出版、一九七五-一九七九年) 全二〇巻。

斉藤忠市郎ほか編『名人名演落語全集』(立風書房、一九八一-一九八二年) 全一〇巻。

なお、注で個別にあげたテキストを含め、表記(促音表記、濁音表記、踊り字表記、ルビ等)に関しては、本稿で若干の統一・整理をした。

1　前田勇編『近世上方語辞典』(東京堂出版、一九六四年)、同編『江戸語大辞典』(講談社、一九七二年)の「痰火」の項を参照。

2　例をあげれば、「鮑のし」、「鰻の幇間」、「厩火事」、「大山詣り」、「お直し」、「掛取万歳」、「笠碁」、「堪忍袋」、「首提灯」、「小言幸兵衛」、「五人廻し」、「ざこ八」、「三人旅」、「三軒長屋」、「三方一両損」、「三枚起請」、「締め込み」、「大工調べ」、「たがや」、「長者番付」、「突落し」、「転宅」、「猫久」、「坊主の遊び」、「らくだ」などである。ちなみに、「祇園会」、「胴乱幸助」、「野崎詣り」などの上方落語にも、面白い啖呵がみられる。

3 「悪口のたのしみ」（座談会）、『言語生活』（筑摩書房、一九八五年）第三九八号、一一―一四頁参照。

4 西山松之助「江戸学総説」『江戸学事典』（弘文堂、一九八四年）二―一二頁。

5 『江戸語大辞典』の「口上」の項参照。

6 『日本国語大辞典』（小学館、一九七四年）の「口上」の項参照。

7 『古典落語』第二期、第三巻、二五二頁。

8 Constance Rourke, *American Humor* (1st ed. Harcourt Brace and Co., 1931; rep. Doubleday: Doubleday Anchor Books) 160.

9 William F. Thompson, "Frontier Tall Talk," *American Speech*, 9 (1934) 187

10 B. A. Botkin, *A Treasury of American Folklore* (NY: Crown, 1944).

11 この種の「暦」には、天文上の資料、祭日、農事情報はもちろん、さまざまな工夫を凝らした情報が盛りこまれた。古いところでは、たとえば、R・B・トマスの『農民暦』（一七九二年）には、農民用語で道徳訓が述べられており、登場人物には田舎の身近な名前がつけられている。当時これは十万部以上のベスト・セラーとなった。私たちにお馴染みのベンジャミン・フランクリンの名声も、彼自身の製作によるユーモアあふれる金言入り暦、*Poor Richard's Almanac*（1732-1757）に依るところが大きい。

12 Michael A. Lofaro, *The Tall Tales of Davy Crokett* (Knoxville: The University of Tennessee Press, 1987) xix f. Charles Ellms's *The American Comic Almanac* (Boston, 1831)は、実用価値もさることながら、英国の冒険漫画暦の伝統を継承し、ユーモアと爆笑的なイラストを強調して、より広汎な読者層を狙った。最近の研究によれば、どうやらこのボストンの編集兼イラスト画家、エルムズが、『ナッシュヴィル・クロケット暦』の始祖らしい。この暦は、荒々しい奥地住民の典型的英雄として、クロケットの伝説的な諸行為を宣伝した。『クロケット暦』には、三十一種の異なる版があって、一八三五年から一八五六年まで、二十二年の長期間にわたる出版によって、独特の影響を人々に与えた。

13 フロンティアの移動に伴い、奥地住民の仕事や場所が変わっていくにつれ、英雄のイメージも次第に変化する。半神半人像から、並の人間に落ち着いてくる。W. Blair & H. Hill, *America's Humor* (NY: Oxford University Press, 1978) 143-146 参照。

14 Frank Norris, "A Neglected Epic,' *The Responsibilities of the Novelist* (1901), in *Complete Works of Frank*

Norris, Vol. 7 (Port Washington, NY: Kennikat, 1967) 46 f.

15 Dorothy Dondore, "Big Talk!," *American Speech*, 6 (1930) 45-55.

16 *Davy Crokett's Almanac, of Wild Sports in the West, Life in the Backwoods, and Sketches of Texas* (Nashville, TN: 1837), I, 3, 40; Botkin, 27.

17 *Twenty-Five Cents Worth of Nonsense; or, The Treasure Box of Unconsidered Trifles* (Philadelphia: Fisher, 184?); Botkin, 26.

18 H. Cohen & W. B. Dillingham, eds., *Humor of the Old Southwest* (Athens: University of Georgia Press, 1975) 357.

19 William Penn Brannan, "The Harp of a Thousand Strings," *Spirit of the Times*, Sept. 29, 1855; S. P. Avery, ed., The Harp of a Thousand Strings (NY, 1858); Humor of the Old Southwest, 356.

20 Robert L. Taylor, "Visions and Dreams," *Echoes, Centennial and other Notable Speeches, Lectures, and Stories* (Nashville, TN: Williamson, 1899) 175-177; Botkin, 411-412.

21 Ruel McDaniel, "Law West of the Pecos," *Vinegarroon, The Saga of Judge Roy Bean* (Kingsport, TN: Southern Publishers, 1936); Botkin, 136.

22 John A. Lomax, "Stop-Over at Abilene," *Southwest Review*, XXV, No. 4 (1940) 407-418; Botkin, 147-148.

23 Ralph Emerson Twitchell, *Old Santa Fe, the Story of New Mexico's Ancient Capital* (Santa Fe: Santa Fe New Mexican Publishing Corporation, 1925) 349-350; Botkin, 149.

24 堀内克明「罵倒語の比較文化」『言語生活』（筑摩書房、一九八〇年）第三三一号、五二―五三頁。

坂内徳明「悪態に挑む―ロシアの場合」『言語生活』（一九八五年）第三九八号、六〇頁。

＊本稿は、「落語の啖呵と口上とアメリカ法螺」（*Sophia Linguistica* 13, 1983）を修正加筆したものである。

執筆者紹介（執筆順）

土屋宏之 つちや・ひろし

上智大学卒業。上智大学大学院英米文学専攻修士課程修了。白百合女子大学教授。著作『アメリカ合衆国とは何か――歴史と現在』（雄山閣出版、一九九九年／共著）、『アメリカにおける夢と崩壊』（創元社、一九八八年／共著）ほか。翻訳：ジョージ・オーウエル著『ウィガン波止場への道』（筑摩書房、一九九六年／共訳）ほか。

上島順子 うえじま・じゅんこ

白百合女子大学卒業。白百合女子大学大学院英語英文学専攻修士課程修了。白百合女子大学大学院言語文学専攻博士課程満期退学。白百合女子大学、調布学園短期大学非常勤講師。業績「ウォートンのオールド・ニューヨーク　知性と慣習――閉塞状況の打破とその限界」（白百合女子大学英文学会紀要『SELLA』所収、一九九九年）、「本物への模索――『歓楽の家』のヒロイン像」（『SELLA』、一九九七年）ほか。

大木理恵子 おおき・りえこ

白百合女子大学卒業。明治学院大学大学院英文学専攻博士課程前期課程修了。白百合女子大学大学院言語・文学専攻博士課程満期退学。白百合女子大学言語・文学研究センター研究助手。白百合女子大学、武蔵野美術大学非常勤講師。業績「文化案内としての漢字」・「四書からの引用について」『ねびゅらす』（第二十一号、明治学院大学大学院紀要、一九九三年）ほか。翻訳：オックスフォード大学出版局『20世紀クロノペディア――新英単語で読む１００年』（ゆまに書房、二〇〇一年／共訳）ほか。

伊藤美香 いとう・みか

白百合女子大学卒業。白百合女子大学大学院英語英文学専攻修士課程修了。白百合女子大学大学院言語文学専攻博士課程満期退学。東京純心学園中学校・高等学校非常勤講師。業績「Ishmael と Queequeg の出会い」（白百合女子大学英文学会紀要『SELLA』所収、二〇〇〇年）、「成熟への道――Henry James『鳩の翼』研究」（『SELLA』、一九九八年）ほか。

太田紀子 おおた・みちこ

早稲田大学卒業。白百合女子大学大学院英語英文学専攻修士課程修了。白百合女子大学非常勤講師。業績 "*The American*: 'Self' vs. 'Shell'"（白百合女子大学言語・文学研究センター紀要論文集『言語・文学研究論集』所収、二〇〇一年）、"'Henry James' 'Three Lives' Isabel, Milly and Maggie"（白百合女子大学英文学会紀要『SELLA』所収、二〇〇〇年）ほか。

鵜沢文子 うざわ・ふみこ

白百合女子大学卒業。白百合女子大学大学院英語英文学専攻修士課程修了。白百合女子大学大学院言語文学専攻博士課程満期退学。江戸川女子中学校・高等学校非常勤講師。白百合女子大学非常勤講師。業績「人工空間の創造過程――ウィラ・キャザーのネブラスカ」（白百合女子大学英文学会紀要『SELLA』所収、一九九九年）ほか。

瀧岡啓子 たきおか・ひろこ

白百合女子大学卒業。白百合女子大学大学院英語英文学専攻修士課程修了。白百合女子大学大学院言語・文学専攻博士課程満期退学。元白百合女子大学非常勤講師。業績 "Mark Twain's 'Tall Tale State of Mind' in His Later Years"（白百合女子大学言語・文学研究センター紀要論文集『言語・文学研究論集』所収、二〇〇一年）"The Endless Journey of Mark Twain"（白百合女子大学英文学会紀要『SELLA』所収、一九九九年）ほか。

三橋恭子 みつはし・きょうこ

白百合女子大学卒業。白百合女子大学大学院英語英文学専攻修士課程修了。白百合女子大学非常勤講師。業績「Quentin の再生：*The Sound and the Fury* にみられる「ずれ」の感覚」（白百合女子大学英文学会紀要『SELLA』所収、一九九八年）ほか。

中村恭子 なかむら・やすこ

白百合女子大学卒業。白百合女子大学大学院英語英文学専攻修士課程修了。白百合女子大学非常勤講師。業績「Tennessee Williams の「所有空間」感覚」（白百合女子大学英文学会紀要『SELLA』所収、二〇〇〇年）、「ある女性の生き方――*The Awakening*――」（『SELLA』、一九九八年）ほか。

川崎友絵　かわさき・ともえ

東京女子大学卒業。東京女子大学大学院修了（英米文学専攻）。業績 *A Study of Charlotte Perkins Gilman: Gilman's Progress Toward a Humanist-Socialist World*（修士論文、二〇〇〇年）ほか。

粂井輝子　くめい・てるこ

津田塾大学卒業。シラキュース大学大学院アメリカ史専攻修士課程修了。白百合女子大学教授。著作『外国人をめぐる社会史：近代アメリカと日本人移民』（雄山閣、一九九五年）、『戦争と日本人移民』（東洋書林、一九九七年／共編著）ほか。

栩木伸明　とちぎ・のぶあき

上智大学卒業。上智大学大学院英米文学専攻博士課程満期退学。白百合女子大学教授。著作『アイルランド現代詩は語る――オルタナティヴとしての声』（思潮社、二〇〇一年）、『アイルランドのパブから――声の文化の現在』（日本放送出版協会、一九九八年）、『竪琴の樹――15人の現代英語詩人たち』（山口書店、一九九五年／共編著）ほか。

佐々木みよ子　ささき・みよこ

東京外国語大学卒業。イエール大学大学院アメリカ研究専攻博士課程修了。イエール大学文学博士。白百合女子大学教授。著作 *Die Bühnenkunst des Kyōgen-Neun klassische Kyōgen-Spiele*（Deutsche Gesellschaft für Natur und Völkerkunde Ostasiens, 1997／共著）、*Rakugo: The Popular Narrative Art of Japan*（Harvard University Press, 1990／共著）、『笑いの世界旅行――落語・オイレンシュピーゲル・アメリカ法螺』（平凡社、一九八九年／共著）ほか。

あとがき

四十年余にわたる教師生活の最後の八年間を、ふとした御縁から、私は白百合女子大学で過ごすことになりました。無我夢中で新職場に馴れることに追われるうちに、いつの間にか、新天地が開けていく思いがいたしました。

心やさしい、感性豊かな学生、院生、研究生に囲まれて、私自身学ぶことが多かった気がいたします。しかし、同時に、論文による自己表現、気取りのない平易な文章で、明瞭に真意を伝えることが、いわば文化文学研究学徒の極意であると、くり返し力説する自分自身の姿がいつもあったように思います。皆よく耳を傾け、それぞれ努力を重ねてきました。

私の若い頃、焦土の日本から海の彼方のアメリカへ行って勉強することは、並たいていではない決意を必要としました。今は、気軽に世界のどこへでも出かけられる時代になり、異文化研究もすっかり様相が変わってきました。彼我の区別が、一見、峻別でき難い表層現象から、その奥に潜む異質なもの、共通なものへの深い洞察が今では求められています。

若い人たちが、この新時代にあって、あくまで自分自身の知性と感性を基に独自の分析研究の努力を、怠らずに続けてほしいと願っています。さいわい、心から協力しあえる同僚に恵まれ、互いにはげましあう若い研究者たちといっしょに、アメリカ文化文学研究コロキアムを発足させ、四年の歳月がたちました。「封じこめ」という総括的テーマの下、各自が任意の作家なり文化現象をとりあげ、毎月の例会で報告発表をし、討議を重ねてきました。こうした勉強会の地道な活動に、学校当局のご理解、ご助成があったことは有難いことです。特に本論文集の刊行にあたっては、平成十三年度私立大学等経常費補助金特別補助高度化推進特別経費［大学院の高度化］大学院教育研究特別経費研究科共同研究経費の助成をいただきました。あわせて、この紙面をかりて感謝申し上げます。

その成果の一端を『読み継がれるアメリカ――「丘の上の町」の夢と悪夢』という論文集の形で公刊することになりました。何とぞ、ご高覧、ご叱正を賜り、今後も若い人たちに暖かい育成の眼をお注ぎ下さいますよう、お願いいたします。

末筆ながら、南雲堂の原信雄編集長のお世話になりましたことを、あわせて感謝申しあげます。

古希を越えて

二〇〇二年二月　　佐々木みよ子

読み継がれるアメリカ
「丘の上の町」の夢と悪夢

二〇〇二年三月二十日　第一刷発行

編著者　佐々木みよ子　土屋宏之　粂井輝子
発行者　南雲一範
発行所　株式会社南雲堂
東京都新宿区山吹町三六一　郵便番号一六二-〇八〇一
電話　東京（〇三）三二六八-二三八四［営業］
（〇三）三二六八-二三八七［編集］
振替口座　東京〇〇一六〇-〇-四六八六三
ファクシミリ　（〇三）三二六〇-五四二五
装丁者　木庭貴信（オクターヴ）
印刷所　壮光舎印刷株式会社
製本所　長山製本

乱丁・落丁本は、御面倒ですが小社通販係宛御送付ください。
送料当社負担にて御取替えいたします。

IB-274〈検印廃止〉

ISBN4-523-29274-4 C3098